ULLSTEIN

Das Buch

Sarah Patrick arbeitet mit ihrem Golden Retriever Monty für die K9, eine Spezialeinheit des Such- und Rettungsdienstes. Sie ist eine Spezialistin, wird auch dann noch fündig, wenn andere längst aufgegeben haben. Eines Tages erhält sie einen Auftrag des Multimillionärs John Logan, den sie nur mit Misstrauen annimmt: Logans geheime Forschungsstation im kolumbianischen Urwald wurde überfallen, die Mitarbeiter ermordet und der Chef-Wissenschaftler entführt. Sarah soll das Team bei der Suche unterstützen, denn Logan ist sich sicher: Er muss seinen Mann befreien, weil der Kidnapper vor nichts zurückschrecken wird – er ist ein international operierender Topterrorist ...

Die Autorin

Iris Johansen schafft mit ihren Psychothrillern immer wieder den Sprung auf die obersten Plätze der Bestsellerlisten der USA und wurde für ihre Bücher mit zahlreichen Preisen ausgezeichnet. Mit Thrillern wie *Das verlorene Gesicht* und *Im Profil des Todes* begeisterte sie auch die deutschen Leser. Sie lebt in der Nähe von Atlanta, Georgia.

Von Iris Johansen sind in unserem Hause bereits erschienen:

Das verlorene Gesicht
Im Profil des Todes
Und dann der Tod

Iris Johansen

Komm, dunkle Nacht

Roman

Aus dem Englischen
von Peter Hahlbrock

Ullstein

Ullstein Taschenbuchverlag
Der Ullstein Taschenbuchverlag ist ein Unternehmen der
Econ Ullstein List Verlag GmbH & Co. KG, München
Deutsche Erstausgabe
1. Auflage 2002

Titel der amerikanischen Originalausgabe: *The Search*
(Bantam Books, New York)
Übersetzung: Peter Hahlbrock
Redaktion: Heike Steffen
Umschlaggestaltung: Thomas Jarzina, Köln
Titelabbildung: Mauritius, Mittenwald
Gesetzt aus der Sabon
Satz: KompetenzCenter, Düsseldorf
Druck und Bindearbeiten: Clausen & Bosse, Leck
Printed in Germany
ISBN 3-548-25379-2

Herzlichen Dank schulde ich den Sergeants John Hall und Danny Henderson, beide technische Rettungsexperten bei der Feuerwehr von Clayton County, und Captain Timothy Dorn vom Amt des Sheriffs im Manicopa County für ihre großzügig gewährte Hilfe.

Gleichfalls zu Dank verpflichtet bin ich Adele Morris, Shirley Hammond und Bev Peabody von der *California Search and Rescue.* Sie alle haben aus dem reichen Schatz ihrer Sachkenntnis zu diesem Buch beigetragen.

Meine Dankbarkeit gilt allen Mitarbeitern des Rettungsdienstes, die so oft das eigene Leben aufs Spiel setzen, um anderen zu helfen. Und allen Montys, die ihre Mühe, ihre Liebe und manchmal das Leben hergeben, ohne Bedingungen zu stellen.

1

Barat, Türkei
11. Juni

»KOMM RAUS DA, SARAH«, schrie Boyd von draußen. »Die Wand kann jeden Moment einstürzen.«

»Monty hat was gefunden.« Sarah kletterte vorsichtig bis zu dem Trümmerhaufen, vor dem ihr Golden Retriever stand. »Ruhig, Junge, ganz ruhig.«

Ein Kind?

»Woher soll ich das wissen?« Monty hoffte immer, dass es ein Kind sein würde. Er liebte Kinder und es brachte ihn fast um, all diese vermissten und verletzten Kinder zu sehen. Genau wie mich, dachte Sarah erschöpft. Kinder und alte Leute zu finden war immer am schlimmsten. So wenige von ihnen überlebten diese Katastrophen. Die Erde bebte, die Mauern fielen ein und Leben wurden ausgelöscht, als hätte es sie nie gegeben.

Raus.

»Bist du sicher?«

Raus.

»Okay.« Geistesabwesend tätschelte sie Montys Kopf, während sie die Trümmer betrachtete. Das zweite Geschoss des kleinen Hauses war eingestürzt und die Chancen, dass unter den Trümmern noch jemand lebte, waren minimal. Sie hörte ein Stöhnen oder Weinen. Doch sie konnte es nicht verantworten, noch jemanden aus dem Rettungsteam hier reinzuholen. Auch sie sollte schleunigst verschwinden.

Kind?

O verdammt! Wozu Zeit verschwenden? Sie würde ja doch nicht eher rausgehen, bis sie nicht alles gründlich abgesucht hatte. Sie packte einen Hocker und schob ihn beiseite. »Geh zu Boyd, Monty.«

Der Retriever setzte sich und sah sie an.

»Wie oft soll ich dir noch sagen, du musst wie ein Profi arbeiten. Und Profis gehorchen.«

Hier bleiben.

Sie warf ein Kissen zur Seite und zog an einem Sessel. Jesus, war der schwer. »Du kannst mir jetzt nicht helfen.«

Hier bleiben.

»Komm raus da, Sarah«, schrie Boyd. »Das ist ein Befehl. Es ist vier Tage her. Du weißt, dass wahrscheinlich niemand mehr am Leben ist.«

»In Tegucigalpa haben wir nach zwölf Tagen noch einen Überlebenden gefunden. Aber tu mir den Gefallen und rufe Monty, Boyd.«

»Monty!«

Monty rührte sich nicht. Sie hatte auch nicht damit gerechnet, einen Versuch war es wert gewesen. »Blöder Hund.«

Hier bleiben.

»Wenn du da drinbleibst, komme ich dir helfen«, sagte Boyd.

»Nein, tu das nicht, ich komme sofort.« Sarah beäugte misstrauisch die hintere Wand, dann zog sie an einer Matratze, bis sie das Ding auf die Seite kippen konnte. »Ich sehe mich nur um.«

»Ich gebe dir drei Minuten.«

Drei Minuten. Sie zog verzweifelt an dem geschnitzten Kopfbrett eines Betts. Monty jaulte.

»Schschsch.« Endlich gelang es ihr, das Brett zur Seite zu ziehen.

Und dann sah sie die Hand.

Eine kleine, zarte Hand, die eine Perlenschnur umklammerte …

»Ein Überlebender?«, fragte Boyd, als Sarah aus dem Haus kam.

»Müssen wir ein Team reinschicken?«

Sie schüttelte benommen den Kopf. »Tot. Ein junges Mädchen. Seit zwei Tagen vielleicht. Bringe niemanden in Gefahr deswegen, aber markiere die Stelle.« Sie zog an Montys Leine. »Ich muss Monty hier rausbringen. Du weißt ja, wie sehr ihn das mitnimmt. In ein paar Stunden bin ich zurück.«

»Ja, ich weiß, deinen Hund nimmt das mit«, sagte Boyd in sarkastischem Ton. »Und deshalb zitterst du wie Espenlaub, stimmt's?«

»Mir geht's gut.«

»Ich will dich vor morgen früh hier nicht mehr sehen. Du bist seit sechsunddreißig Stunden auf den Beinen. Du weißt, dass ein übermüdeter Helfer sich selbst und die Leute, denen er zu helfen versucht, in Lebensgefahr bringt. Es war unglaublich dumm von dir, dieses Risiko einzugehen! Normalerweise bist du doch vernünftiger.«

»Monty war überzeugt, dass da jemand war.« Aber warum ließ sie sich auf diese Streiterei ein? Er hatte ja Recht. In Situationen wie dieser kam man nur dann mit dem Leben davon, wenn man sich an die Regeln hielt und nicht irgendwelchen plötzlichen Eingebungen folgte. Sie hätte sich danach richten sollen. »Tut mir Leid, Boyd.«

»Na, hoffentlich.« Er verzog das Gesicht. »Du gehörst zu meinen besten Leuten und ich will nicht, dass du aus dem Team geworfen wirst, weil du anfängst, mit dem

Herzen statt mit dem Kopf zu denken. Du hast nicht nur dich selber in Gefahr gebracht, sondern auch deinen Hund. Was hättest du gemacht, wenn die Wand eingestürzt wäre und Monty erschlagen hätte?«

»Dazu wäre es nicht gekommen. Ich hätte mich auf ihn geworfen und du hättest die Mauer von mir runtergebuddelt.«

Sie lächelte schwach. »Ich weiß schließlich, auf wen's hier ankommt.«

»Sehr komisch.« Er schüttelte den Kopf. »Und du meinst das auch noch ernst.«

»Stimmt.« Sie rieb sich die Augen. »Sie hatte einen Rosenkranz in der Hand, Boyd. Sie muss den ergriffen haben, als das Beben anfing. Aber er hat ihr wohl nicht geholfen.«

»Ich fürchte, nicht.«

»Sie kann nicht älter als sechzehn gewesen sein und sie war schwanger.«

»Scheiße.«

»Ja.« Sie zog sanft an Montys Leine. »Wir sind bald zurück.«

»Du hörst mir offenbar nicht zu. Ich bin derjenige, der diese Suchaktion leitet, Sarah. Ich will, dass du dich ausruhst. Wir haben inzwischen wahrscheinlich alle Überlebenden gefunden. Ich nehme an, dass wir morgen abberufen werden. Die Suche nach den Toten wird die russische Mannschaft zu Ende führen.«

»Gerade deshalb sollten wir umso härter arbeiten, bis wir den Befehl zum Abzug kriegen. Von den russischen Hunden hat keiner Montys Nase. Du weißt, wie gut er ist.«

»Du bist selbst sehr gut. Wusstest du, dass die anderen im Team darauf wetten, dass du Montys Gedanken lesen kannst?«

»Schwachsinn. Sie haben doch alle eine enge Beziehung zu ihren Hunden. Sie müssen doch wissen, dass man ein Tier verstehen lernt, wenn man mit ihm lebt.«

»Nicht wie du.«

»Was soll das Gerede? Es kommt doch nur darauf an, dass Monty einzigartig ist. Er hat noch Überlebende gefunden, wo alle anderen längst die Hoffnung aufgegeben hatten. Und er könnte auch heute noch welche finden.«

»Wahrscheinlich ist das nicht.«

Sie ging davon.

»Ich meine es ernst, Sarah.«

Sie sah sich über die Schulter nach ihm um: »Und seit wann hast du nicht mehr geschlafen, Boyd?«

»Das geht dich nichts an.«

»Mach, was ich sage, aber nicht, was ich mache? Ich bin in ein paar Stunden wieder da.« Sie hörte ihn hinter sich fluchen, während sie sich durch die Trümmer einen Weg den Hang hinab zu den Wohnwagen des Rettungsteams suchte, die am Fuße des Hügels aufgestellt worden waren. Boyd Medford war ein guter Kerl, ein ausgezeichneter Einsatzleiter, und was er sagte, hatte Sinn und Verstand. Aber es gab Zeiten, da sie nicht vernünftig sein konnte. Zu viele Tote. Zu wenig Überlebende. O Gott, viel zu viele Leichen …

Der Rosenkranz …

Hatte das arme Mädchen noch Zeit gehabt, für ihr Leben und das ihres Kindes zu beten, ehe sie zermalmt wurde? Wahrscheinlich nicht. Im Bruchteil einer Sekunde konnte ein Erdbeben gewaltige Zerstörungen anrichten. Vielleicht sollte sie hoffen, dass der Tod schnell eingetreten war und das Mädchen nicht gelitten hatte. Monty drückte sich an ihre Beine. *Traurig.*

»Ich auch.« Sie öffnete Monty die Tür zum Wohnwagen. »Das kommt vor. Nächstes Mal wird es anders sein. Vielleicht.«

Traurig.

Sie füllte Montys Wasserschüssel. »Trink, Junge.«

Traurig. Er legte sich vor der Metallschüssel nieder. Er würde bald trinken, aber mit dem Füttern würde sie noch ein, zwei Stunden warten. Er war zu verstört zum Essen. Er hatte sich nie daran gewöhnen können, einen Toten zu finden.

Genauso wenig wie sie.

Sie setzte sich neben Monty auf den Boden und legte die Arme um ihn. »Es wird alles gut werden«, flüsterte sie. »Vielleicht finden wir bald wieder einen lebendigen kleinen Jungen, wie gestern.«

War es gestern? Die Tage verschwammen ineinander, das war bei jeder Suchaktion so. »Erinnerst du dich an das Kind, Monty?«

Kind.

»Er lebt, dank dir. Deshalb müssen wir weitermachen. Wenn es auch wehtut.« Jesus, es tat wirklich weh. Es tat weh, Monty so verstört zu sehen. Der Gedanke an das Mädchen mit dem Rosenkranz in der Hand tat weh. Die Vorstellung, dass wahrscheinlich niemand mehr lebend geborgen werden würde, tat weh. Doch auch wenn es nicht wahrscheinlich war, es war nicht ausgeschlossen. Es gab immer Hoffnung, solange man die Suche nicht aufgab.

Sie schloss die Augen. Sie war müde und ihr taten alle Knochen weh. Na und? Bald würde sie die Zeit haben, sich auszuruhen. Fürs Erste brauchte sie nur ein paar Stunden Schlaf, dann konnte sie weitermachen.

»Los, machen wir ein Nickerchen.« Sie streckte sich neben ihrem Retriever aus. »Und dann werden wir sehen, ob wir in diesem Höllenloch nicht doch noch einen Überlebenden finden.«

Leise wimmernd legte Monty den Kopf auf die Pfoten.

»Schschsch.« Sie vergrub das Gesicht in seinem Fell. »Ist ja gut.« Nichts war gut. Der Tod war nie gut. »Wir sind doch zusammen. Wir machen unsere Arbeit. Wir müssen nur noch die nächsten paar Tage überstehen, dann kehren wir zurück zur Ranch.« Sie begann, seinen Kopf zu streicheln. »Das wird dir gefallen, nicht wahr?«

Traurig.

Er litt, aber nicht so schlimm wie gewöhnlich. Einzelfälle waren oft schlimmer für ihn. Nicht dass er gegen die Massen von Todesopfern bei großen Katastrophen abgestumpft wäre, aber sie waren so ununterbrochen im Einsatz, dass die Reaktion hinausgezögert wurde. In ein paar Stunden würde er wieder einsatzbereit sein.

Und sie selbst?

Sie würde es schaffen. Genau wie sie es Boyd angekündigt hatte. Die letzten Tage waren immer die schlimmsten. Die Hoffnung dämmerte dahin, die Verzweiflung wuchs und Traurigkeit beschwerte Herz und Sinne, bis man glaubte, sie nicht mehr ertragen zu können.

Aber sie ertrug es jedes Mal. Man musste es ertragen, weil es immer noch die Chance gab, dass da noch jemand auf Hilfe hoffte. Und dieser Jemand würde verloren sein, wenn sie und Monty ihn nicht fänden.

Monty drehte sich auf die Seite.

Schlaf.

»Ja, wir sollten schlafen.« Schlaf, mein Freund, und auch ich werde schlafen. Vergessen wir die Rosenkränze und die ungeborenen Kinder. Vergessen wir den Tod. Lassen wir die Hoffnung zurückkehren. »Nur ein kleines Nickerchen…«

Santo Camaro, Kolumbien
12. Juni

»Wie viele Tote?«, fragte Logan.

»Vier.« Castleton presste die Lippen zusammen. »Und zwei Männer liegen schwer verletzt im örtlichen Krankenhaus. Können wir jetzt abhauen? Bei dem Gestank hier wird mir übel. Außerdem habe ich Schuldgefühle. Ich habe Bassett für diesen Job angeworben. Ich mochte ihn.«

»Noch einen Augenblick.« Logans Blick wanderte durch die geschwärzten Ruinen, die noch vor kurzem eine Forschungseinrichtung auf dem neusten Stand der Technik gewesen waren. Das Feuer hatte erst vor drei Tagen gewütet, aber schon meldete der Dschungel seinen Herrschaftsanspruch wieder an. Zwischen den zu Boden gestürzten Deckenbalken wuchs Gras, Schlingpflanzen wanden sich von den nächststehenden Bäumen in makaberer Umarmung um die Mauerreste.

»Haben Sie Bassetts Arbeit retten können?«

»Nein.«

Logan sah auf den dunkelroten Skarabäus in seiner Hand. »Und den hat mir Rudzak heute morgen geschickt?«

»Ich nehme an, es war Rudzak. Das Ding lag auf meiner Türschwelle, mit ihrem Namen drauf.«

»Es war Rudzak.«

Castletons Blick wanderte von dem Skarabäus zu Logans Gesicht. »Bassett hat Frau und Kind. Was werden Sie denen erzählen?«

»Gar nichts.«

»Was soll das heißen, gar nichts? Sie werden denen doch sagen müssen, was Bassett zugestoßen ist.«

»Und was soll ich ihnen sagen? Wir wissen nicht, was

Bassett zugestoßen ist. Noch nicht.« Er wandte sich ab und ging zum Jeep zurück.

»Rudzak wird ihn töten«, sagte Castleton, der Logan folgte.

»Vielleicht.«

»Sie wissen das genau.«

»Ich glaube, zunächst wird er versuchen, ein Geschäft zu machen.«

»Lösegeld?«

»Möglich. Jedenfalls will er etwas, sonst hätte er sich die Mühe gespart, Bassett zu entführen.«

»Und Sie werden mit diesem Schwein verhandeln? Nach dem, was er Ihren Leuten angetan hat?«

»Ich würde sogar mit dem Teufel verhandeln, wenn ich damit kriegen kann, was ich will.«

Es war die Antwort, die Castleton erwartet hatte. John Logan war nicht zu einem der wirtschaftlich mächtigsten Männer der Welt geworden, weil er schwierigen Situationen aus dem Weg gegangen war. Er hatte mit seiner Computerfirma und anderen Unternehmen schon vor seinem vierzigsten Geburtstag Milliarden verdient.

Und um die gigantischen Gewinne einzustreichen, die das hiesige Projekt abzuwerfen versprach, hatte er das Leben mehrerer Wissenschaftler aufs Spiel gesetzt. Viele Leute waren der Meinung, dass ein Mann mit Gewissen dieses Projekt im Wissen um die Konsequenzen nie fortgeführt hätte.

»Sagen Sie es.« Logan starrte ihn an. »Nur raus mit der Sprache.«

»Sie hätten es nicht tun sollen.«

»Diese Leute waren aus freien Stücken hier. Ich habe über das, was sie hier erwartet, nie gelogen. Sie waren der Ansicht, dass das Risiko sich lohnte.«

»Ich frage mich, wie ihnen zumute war, als die Kugeln sie trafen. Meinen Sie, dass sie da noch immer glaubten, es habe sich gelohnt?«

Logan zuckte nicht mit der Wimper. »Wer zum Teufel weiß, wofür es sich zu sterben lohnt? Wollen Sie aussteigen, Castleton?«

Ja, er wollte aussteigen. Die Sache wurde allmählich zu gefährlich und zu unübersichtlich. Er verstand sich nicht auf solche Situationen und er verfluchte den Tag, an dem er sich auf dieses Projekt eingelassen hatte. »Feuern Sie mich?«

»Aber nicht doch. Ich brauche Sie. Sie wissen, wie hier unten Geschäfte gemacht werden. Deshalb habe ich Sie eingestellt. Aber ich habe Verständnis, wenn Sie aussteigen wollen. Ich werde Sie auszahlen und ziehen lassen.«

»Lassen?«

»Ich könnte einen Weg finden, Sie auf Ihrem Posten zu halten«, sagte Logan müde. »Es gibt immer Methoden, das zu erreichen, was man erreichen möchte. Die Frage ist nur, wie weit man zu gehen bereit ist. Aber Sie haben anständige Arbeit geleistet und ich will Sie nicht zum Bleiben zwingen. Ich werde versuchen, einen anderen zu finden für Ihren Job.«

»Niemand kann mich zwingen, etwas zu tun, was ich nicht will.«

»Wie Sie meinen«, sagte Logan und stieg in seinen Jeep. »Bringen Sie mich zum Flughafen zurück. Es gibt viel zu erledigen. Glauben Sie, dass ich Ärger mit der örtlichen Polizei zu erwarten habe?«

»Das müssten Sie doch besser wissen: Diese Hügel liegen mitten in dem Gebiet, das die Drogenbarone kontrollieren. Fragen stellen ist hier gefährlich. Die Polizei drückt beide Augen zu.« Er lächelte bitter, als er den Jeep anließ. »Das ist doch der Grund, weshalb Sie die Einrichtung gerade hier gebaut haben?«

»Richtig.«

»Aber die Polizei wird Ihnen auch nicht helfen, Bassett aus Rudzaks Gewalt zu befreien. Er ist ein toter Mann.«

»Wenn er nicht schon tot ist, hole ich ihn zurück.«

»Wie das? Mit Geld?«

»Was immer nötig ist.«

»Unmöglich. Selbst wenn Sie ein Lösegeld zahlen, wird Rudzak ihn trotzdem umbringen. Sie können nicht damit rechnen ...«

»Ich kriege ihn zurück.« Logans Stimme hatte plötzlich einen scharfen Klang. »Hören Sie mir gut zu, Castleton. Sie halten mich vielleicht für einen Schweinehund, aber ich drücke mich nicht um meine Verantwortung. Die Menschen, die hier getötet wurden, waren meine Angestellten, und ich will die Leute, die dafür verantwortlich sind, zur Rechenschaft ziehen. Und wenn Sie glauben, ich würde zulassen, dass sie Bassett umbringen oder ihn benutzen, mir eins auszuwischen, haben Sie sich gewaltig geirrt. Ich werde ihn finden.«

»Mitten im Dschungel?«

»Mitten in der Hölle.« Logan sprach mit unerbittlichem Tonfall. »Sie erzählen mir, wie Leid Ihnen alles tut und wie schuldig ich mich fühlen sollte. Aber für Schuld habe ich keine Zeit. Habe ich schon immer für kontraproduktiv gehalten. Tun Sie, was Sie für richtig halten; nur erzählen Sie mir nicht, dass irgendwas unmöglich ist, ehe Sie es nicht mindestens einmal versucht haben und gescheitert sind und es noch mal versucht haben. Kaufe ich Ihnen nicht ab.«

»Sie brauchen mir nichts abzukaufen. Ich will Ihnen gar nichts ...«

Aufmerksam blickte er Logan ins Gesicht. »Sie versuchen, mich zu manipulieren!«

»Ach ja? Versuche ich das?«

»Das wissen Sie verdammt genau.«

»Kluger Mann. Aber Sie hätten darauf gefasst sein sollen. Ich bin genauso skrupellos, wie Sie glauben, und dass ich Sie brauche, habe ich Ihnen ja schon gesagt...«

Castleton schwieg einen Augenblick, dann sagte er: »Glauben Sie wirklich, dass es eine Chance gibt, Bassett zu befreien?«

»Wenn er noch lebt, hole ich ihn zurück. Werden Sie mir helfen?«

»Was soll ich tun?«

»Was Sie schon die ganze Zeit tun. Beamte schmieren und für meine Leute sorgen. Übrigens möchte ich, dass alle so bald wie möglich aus dem Krankenhaus kommen und sich auf den Heimweg machen. Hier sind sie zu vielen Gefahren ausgesetzt.«

»Das hatte ich ohnehin vor.«

»Und halten Sie die Ohren offen und machen Sie den Mund nicht auf. Wenn ich nicht in der Gegend bin, wird Rudzak wahrscheinlich mit Ihnen Kontakt aufnehmen.« Er lächelte schief. »Keine Angst, ich verlange nicht, dass Sie den Hals unters Messer legen. Sie sind viel zu wertvoll für mich.«

»Ich bin kein Feigling, Logan.«

»Nein, aber diese Sache liegt nicht auf Ihrem Terrain. In der Regel suche ich für jeden Job jemanden, der optimal qualifiziert ist – nach Möglichkeit. Ich kann Ihnen aber versichern, dass ich nicht zögern würde, notfalls auch Sie in die Sache zu verwickeln.«

Castleton glaubte ihm. So wie heute hatte er Logan noch nie erlebt. Normalerweise lag seine rücksichtslose

Härte unter dem Charme einer unwiderstehlichen, charismatischen Persönlichkeit verborgen. Plötzlich fielen ihm die vielen Geschichten von Logans dunklen Geschäften während seiner frühen Jahre in Asien wieder ein. Wenn er Logan jetzt ansah, konnte er glauben, dass an diesen Geschichten von Schmuggel und gewalttätigen Machtkämpfen mit einheimischen Banden, die von ihm Schutzgelder kassieren wollten, vielleicht doch mehr Wahres war, als er bisher für möglich gehalten hatte.

»Na?«

»Okay.« Castleton befeuchtete sich die Lippen. »Ich bleibe.«

»Gut.«

»Aber nicht, weil Sie mich überzeugt haben. Ich habe ein schlechtes Gewissen, weil ich in der Stadt war und nicht hier an Ort und Stelle, als es passierte. Vielleicht hätte ich etwas tun können, vielleicht hätte ich verhindern können, dass ...«

»Seien Sie kein Idiot. In dem Fall wären auch Sie jetzt nicht mehr am Leben. Aber fällt Ihnen irgendein Kontaktmann von Rudzak ein, den wir anzapfen könnten?«

»Es heißt, dass ein gewisser Ricardo Sanchez in Bogotá zwischen dem Mendez-Kartell und Rudzak vermittelt.«

»Treiben Sie den auf. Tun Sie alles, was zu tun ist. Ich will wissen, wo Rudzak sein Lager aufgeschlagen hat.«

»Ich bin kein Schläger, Logan.«

»Und würde es Ihr ethisches Zartgefühl verletzen, einen Schläger anzuheuern?«

»Ihren Sarkasmus können Sie sich sparen.«

»Sie haben Recht«, sagte er müde. »Wenn ich die Zeit hätte, würde ich selbst nach Bogotá gehen, um Druck auf Sanchez zu machen. Aber keine Sorge, ich habe jemanden, der rauskriegen kann, was ich wissen muss.«

»Ich hoffe, Sie haben Erfolg.«

»Ich auch. Aber selbst wenn Sanchez nichts weiß, werde ich Bassett finden.«

Castleton schüttelte den Kopf. »Niemand hier wird Ihnen sagen, wo er steckt, oder in den Urwald auf die Suche nach ihm gehen.«

»Dann werde ich ihn auf eigene Faust finden.«

»Wie?«

»Ich kenne da jemanden, der mir vielleicht helfen kann.«

»Eine Fachkraft für derartige Aufgaben?«

»Genau.«

»Dann möge Gott ihm beistehen!«

»Es ist kein Mann.« Logan blickte über die Schulter zurück auf die Ruinen. »Es ist eine Frau.«

Logan rief Margaret Wilson, seine Privatsekretärin, an, sobald sein Jet in Santo Camaro gestartet war. »Suchen Sie mir doch bitte die Akte über Sarah Patrick raus.«

»Patrick?« Logan sah Margaret vor sich, wie sie im Kopf die Akten durchging. »Ach, richtig. Die Frau mit dem Hund. Die Recherche über sie habe ich doch vor ungefähr sechs Monaten gemacht, stimmt's? Ich dachte, Sie hätten von ihr gekriegt, was Sie brauchten.«

»Habe ich auch. Aber jetzt liegt etwas anderes an.«

»Und Sie können nicht noch einmal den gleichen Hebel ansetzen?«

»Doch, vielleicht. Aber diesmal ist die Lage komplizierter. Ich will die Akte noch einmal durchgehen, wahrscheinlich werde ich alles brauchen, was wir über sie wissen. Es genügt nicht, dass sie springt, wenn ich pfeife.«

»Ich glaube nicht, dass Sarah Patrick springt, wenn irgendwer pfeift«, sagte Margaret kühl. »Und ich wäre gern dabei, wenn Sie die Lippen spitzen, John. Irgendwie habe ich den Eindruck, dass Sie das letzte Mal einfach Glück hatten. Geschähe Ihnen recht, wenn …«

»Bitte keinen Spott jetzt«, sagte er seufzend. »Ich bin nicht in der Stimmung.«

»Aber warum denn nicht?« Sie hielt inne. »Ist Bassett tot?«

»Nein. Ich glaube nicht. Jedenfalls war er am Leben, als er entführt wurde.«

»Scheiße.«

»Ich brauche diese Akte, Margaret.«

»Geben Sie mir fünf Minuten. Soll ich sie Ihnen faxen oder die Informationen telefonisch durchgeben?«

»Rufen Sie mich wieder an.« Logan legte auf, lehnte sich in seinem Sessel zurück und schloss die Augen.

Sarah Patrick.

Er sah sie vor sich. Kurzes, schwarzes Haar mit blonden, von der Sonne gebleichten Strähnen, hohe Wangenknochen, gebräunte Haut und ein schlanker, athletischer Körper. Das Gesicht eher interessant als hübsch, der Verstand so scharf wie ihre Zunge.

Diese Schärfe hatte er während der Zeit in Phoenix unzählige Male zu spüren gekriegt. Sarah war nicht der Typ, der beide Augen zudrückte, vergab und vergaß. Mit Eve Duncan und Joe Quinn hatte sie sich angefreundet, nachdem Logan sie dazu gedrängt hatte, mit Eve zusammenzuarbeiten. Die drei waren noch immer gute Freunde. Erst im vergangenen Monat hatte Eve ihn angerufen und ihm erzählt, dass Sarah sie in Atlanta besucht hatte und …

Sein Telefon klingelte.

»Sarah Elizabeth Patrick«, sagte Margaret. »Achtundzwanzig Jahre alt. Halb Apache-Indianerin, halb Irin. In Chicago aufgewachsen, hat einige Sommer mit ihrem

Vater im Reservat verbracht. Beide Eltern sind tot. Der Vater starb, als sie noch ein Kind war, die Mutter vor fünf Jahren. Hoher IQ. Studium der Veterinärmedizin an der Arizona State University, später hat sie von ihrem Großvater eine kleine Ranch am Rande des Gebirges südlich von Phoenix geerbt, ungefähr zu der Zeit, als ihre Mutter starb. Dort wohnt sie immer noch. Aber das wissen Sie ja, Sie sind ja dort gewesen. Sie ist eine Einzelgängerin, hatte aber immer gute Kontakte zu ihren Kommilitonen und Professoren. Nach dem Staatsexamen hat sie angefangen, für eine Hundestaffel-Ausbildungseinheit der Behörde für Alkohol, Tabak und Feuerwaffen, ATF, zu arbeiten. Sie kann ungewöhnlich gut mit Tieren umgehen. Sie ist Mitglied eines freiwilligen Such- und Rettungsteams in Tuscon, und die ATF hat sie für Einsätze bei Katastrophen aller Art freigestellt. Außerdem sind sie und ihr Hund Monty schon von verschiedenen Polizeibehörden zur Suche nach Leichen und Sprengstoff eingesetzt worden. Monty gilt als wahrer Wunder-Hund.«

»Ich weiß.«

»Richtig, er hat diese Leiche in Phoenix gefunden.« Sie zögerte. »Ich glaube, ich mag sie, John. Diese Rettungsleute sind einfach wunderbar. Als ich im Fernsehen die Bilder von Oklahoma City gesehen habe, wollte ich jedem einzelnen einen Orden verleihen oder ihm mein erstgeborenes Kind schenken.«

»Sie haben keine Kinder.«

»Egal, Sie verstehen, was ich meine.« Sie schwieg. »Jedenfalls hat sie's nicht verdient, in diese Sache mit Bassett hineingezogen zu werden.«

»Auch Bassett hat nicht verdient, was ihm passiert ist.«

»Er hat seine Aufgabe freiwillig übernommen.«

»Sie kann ebenfalls nein sagen.«

»Das werden Sie nicht zulassen. Die Sache ist Ihnen zu wichtig.«

»Warum versuchen Sie dann, mich umzustimmen?«

»Ich weiß nicht. Oder doch, ich weiß. Habe ich erwähnt, dass Sarah Patrick beim Rettungseinsatz in Oklahoma City dabei war? Dies ist also wohl mein Versuch, ihr mein erstgeborenes Kind zu widmen.«

»Sie hat daran keinen Bedarf. Sie hat ihren Hund.«

»Und Sie werden ohnehin nicht auf mich hören.«

»Nein, nein, ich bin ganz Ohr. Etwas anderes würde ich gar nicht wagen.«

»Quatsch. Ich verlange ja nicht, dass Sie ihr einen Orden verleihen. Aber geben Sie ihr die Möglichkeit, nein zu sagen.«

»Wo ist sie jetzt?«

»Auf der Heimreise aus Barat. Sie war dort fünf Tage im Einsatz. Erdbeben.«

»Ich lebe nicht so weit hinterm Mond, wie Sie glauben, Margaret. Ich habe von dem Erdbeben gehört, bevor ich Monterey verlassen habe.«

»Aber es hat Sie nicht so erschüttert wie die Nachricht von Bassett. Was soll ich nun machen? Soll ich sie anrufen? Ein Treffen arrangieren?

»Sie würde Sie nur zum Teufel schicken. Und da ich ein Mensch von vornehmer Lebensart bin und Ihnen diese Demütigung ersparen möchte, werde ich mich selbst darum kümmern.«

»Sie haben bloß Angst, dass ich gemeinsame Sache mit ihr mache und Sie dann plötzlich mit uns beiden fertig werden müssen, stimmt's?«

»Sie sagen es.«

»Okay, wo kann ich Sie dann erreichen? Fliegen Sie direkt nach Phoenix?«

»Nein, erst nach Atlanta.«

Schweigen. »Eve?«

»Wer sonst?«

»Oh.«

»Mein Gott, Sie sind sprachlos, welche Leistung. Aber ich werde mich Ihrer erbarmen: Nein, ich jage nicht einer verlorenen Liebe hinterher. Eve und ich sind gute Freunde.«

»Der Himmel sei davor, dass irgendjemand Sie je für emotional halten könnte. Außerdem sind Sie mir keine Rechenschaft ...«

»Nein, aber es besteht immerhin die Gefahr, dass Sie vor Neugier platzen, und dann müsste ich eine neue Privatsekretärin suchen, und davor graut es mir.«

»Ich bin gar nicht übermäßig neugierig. Nur im Rahmen des normal Menschlichen«, sagte sie spitz. »Sie haben schließlich ein ganzes Jahr mit ihr verbracht. Da dachte ich, Sie könnten ...«

»Sie können mich in Atlanta im Ritz Carlton in Buckhead erreichen.«

»Wenn Sie sich nicht gleich mit Sarah Patrick treffen wollen, kann ich sie inzwischen beobachten lassen.«

»Das wird nicht nötig sein. Ich werde mich in Atlanta mit ihr treffen.«

»Nein, sie hat eine Reservierung bis Phoenix.«

»Dann wird sie ihre Pläne eben ändern müssen. Übrigens werde ich gleich nach diesem Gespräch Sean Galen anrufen. Wenn er Mittel braucht, geben Sie ihm ...«

»*Carte blanche*«, beendete Margaret den Satz für ihn. »Wie gewöhnlich. Ich habe mir schon gedacht, dass Sie den für Ihre Rettungsaktion mobilisieren würden. Soll er geradewegs nach Santo Camaro fliegen?«

»Nein, zuerst soll er in Bogotá einige Recherchen anstellen.«

Margaret schnalzte skeptisch mit der Zunge. »Klingt hübsch. Wen soll er verprügeln?«

»Vielleicht niemanden. Er soll nur jemanden aufstöbern und besagtem Herren ein paar Fragen stellen.«

»Tja, natürlich.«

»Wenn Castleton anruft, soll er sich bei mir melden. Er hat meine Handynummer, aber er ist zu vorsichtig für meinen Geschmack. Er würde mich nur im äußersten Notfall mobil anrufen. Dabei ist aus meiner Sicht der äußerste Notfall im Moment ständig gegeben.«

»Alles klar. Niente Problema.«

»Falsch, Probleme *en masse*. Ich melde mich wieder.« Er legte auf.

Er hätte sich denken können, dass Margaret Sarah Patricks Partei ergreifen würde. Margaret war eine feurige Feministin, die selbstbewusste, kluge Frauen bewunderte, die das eigene Leben und die eigene Karriere selbst in die Hand nahmen. Aus dem gleichen Grunde hatte Margaret auch Eve Duncan bewundert. Eve war eine bekannte Koryphäe auf dem Gebiet der forensischen Gesichtsrekonstruktion, die sich gegen enorme Widerstände sowohl in ihrem Privatleben als auch beruflich durchgesetzt hatte. Eine außergewöhnliche Frau …

Es waren fast sechs Monate vergangen, seit er sie das letzte Mal gesehen hatte. Hatte er den Übergang vom Liebhaber zum Freund, den er Margaret als vollendete Tatsache hingestellt hatte, wirklich geschafft? Er wusste es nicht. Was er für Eve empfunden hatte, hatte er noch für keine andere Frau gefühlt, und während der letzten Monate hatte er sich oft bemüht, diese Gefühle zu analysieren. Respekt, Mitleid, Leidenschaft … Ach, verdammt, vermutlich waren alle diese Gefühle zugleich wirksam gewesen. Jedenfalls hatte sie sich voll und ganz seiner

Phantasie bemächtigt, seit er sie zum ersten Mal gesehen hatte.

Nein, er war nicht ehrlich. Er hatte Eve geliebt, denn was war Liebe anderes als eine Mischung aus Respekt, Mitleid, Leidenschaft und hundert anderen Emotionen? Joe Quinn hatte gesagt, Logan habe sie nicht genug geliebt und sie deshalb nicht verdient. Fest stand, dass er sie verloren hatte, vielleicht hatte der Kerl also Recht. Vielleicht war er nicht imstande, sich ganz und gar auf eine Frau einzulassen. Vielleicht konnte man das nur, wenn man noch jung und mutig war.

Jesus, das klang wie aus einer Seifenoper.

Okay, schieben wir die persönlichen Probleme beiseite. Eve würde Joe Quinn heiraten, mit dieser Tatsache hatte er sich schon vor Wochen abgefunden. Jetzt ging es um Bassett und er musste alle Anstrengungen darauf konzentrieren, ihn zu befreien.

Und dafür brauchte er Sarah Patrick.

Er konnte sie zwingen, ihm zu helfen, wie er es beim letzten Mal getan hatte, aber er würde es vorziehen, keinen Zwang auszuüben. Gab es irgendetwas in ihrer Vergangenheit, dessen er sich bedienen konnte, um sie zu manipulieren?

Er hatte Zeit, darüber nachzudenken. Mindestens einen Tag, um sich zu überlegen, was er ihr sagen wollte.

Und die Zeit würde er brauchen, dachte er. Sarah konnte eisenhart sein und Margaret hatte wahrscheinlich Recht. Dieses Mal konnte er sich keineswegs darauf verlassen, dass sie sprang, wenn er pfiff.

Doch worauf konnte er sich überhaupt verlassen? Auch ohne Sarah war die Situation explosiv genug. Seit er Santo Camaro verlassen hatte, war er in Unruhe. Sein Instinkt sagte ihm, dass irgendetwas nicht so war, wie es sein sollte, und er vertraute seinen Instinkten. Aber was war es, das ihn beunruhigte?

Er war voller Zorn und Trauer und unverkennbar tat auch der Adrenalinstoß seine Wirkung, die Lust, sich in den Kampf zu stürzen. Es empfahl sich also, diesen Gefühlen nicht nachzugeben. Er musste mit klarem Kopf Rudzaks Eröffnungszug analysieren. Warum hatte Rudzak Bassett entführt? Um Lösegeld zu erpressen oder um sich zu rächen, das wären die nahe liegendsten Antworten. Nur waren Rudzaks Motive selten leicht zu durchschauen.

Er zog den Skarabäus aus der Tasche, den Rudzak ihm über Castleton geschickt hatte. Mit dem Daumen rieb er die skulptierte Oberfläche. Der Skarabäus stammte aus einer so fern entlegenen Zeit, einer Zeit des Schmerzes und der Qual und des Bedauerns... Rudzak hatte ihm damit eine Botschaft zukommen lassen wollen, aber was hatte diese Botschaft mit Bassett zu tun?

Er lehnte sich in seinem Sessel zurück. Denk nach, spiel alle Möglichkeiten durch. Füge die Teile des Puzzles zusammen, bevor du Galen anrufst.

Das Heulen hallte durch die Nacht.

Sarah hielt auf dem Gipfel des Hügels inne, nach dem schnellen Lauf bergauf atmete sie schwer.

Noch ein Heulen, kläglicher als das erste.

Ein Wolf, dachte Sarah. Wahrscheinlich einer der mexikanischen grauen Wölfe, die vor kurzem im westlichen Arizona ausgesetzt worden waren. Angeblich waren einige bis hierher gewandert, sehr zum Ärger der hiesigen Viehzüchter. Dieses Geheul jedenfalls schien aus der Nähe zu kommen. Sie musterte die Felsen, die aus dem Bergrücken hinter ihr in die Höhe ragten.

Nichts. Die Nacht war klar und still und der Wolf wahrscheinlich weiter weg, als es sich anhörte.

Schön. Monty betrachtete den Berg.

»Du würdest deine Ansicht sofort ändern, wenn dir einer dieser Wölfe über den Weg liefe, Monty. Die haben keine Manieren, brauchst bloß mal bei den Ranchern der Gegend nachzufragen.«

Noch einmal tönte das Geheul weit durch die Nacht. Monty hob den Kopf. *Schön. Frei.*

Zwar stammten Hunde angeblich von den Wölfen ab, aber Sarah hatte nie wölfische Eigenschaften bei Monty bemerkt. Kein Tier konnte sanfter und liebevoller sein als Monty. Aber regte sich nicht doch ein verborgener Instinkt in ihm, als er so dem Heulen des Wolfes lauschte? Der Gedanke beunruhigte sie und sie schob ihn sofort beiseite. »Es wird Zeit, in die Hütte zurückzukehren. Sonst wirst du mir noch mondsüchtig.«

Sie begann den Pfad, der zu der Hütte unten im Tal führte, hinabzulaufen.

Sauberer Wind.

Saubere Luft.

Fester Boden.

Stille, die nichts mit Tod und Trauer zu tun hatte.

Gott, es tat gut, wieder daheim zu sein!

Gut.

»Recht hast du. Los, wer zuerst bei der Hütte ist!«

Natürlich war sie nicht die Erste. Als sie die Tür der Hütte aufzog, war Monty längst durch die Hundeklappe gesprungen und schlabberte Wasser aus seinem Napf. »Ich denke, du bist erschöpft von dem Einsatz in Barat. Da könntest du mich doch mal gewinnen lassen.«

Monty warf ihr einen verächtlichen Blick zu und wanderte gemächlich zu seinem Teppich, der vor dem Kaminfeuer lag.

»Dann halt nicht. Aber vergiss nicht, wer hier die Lebensmittel zahlt.«

Monty gähnte und streckte sich aus.

Das Feuer war einladend und ihr Sessel winkte. Sie hatte große Lust, sich auszustrecken.

Widerwillig warf sie dem blinkenden roten Lämpchen ihres Anrufbeantworters einen Blick zu. Sie hatte es ignoriert, als sie vor zwei Stunden in die Hütte zurückgekehrt war, und war geneigt, dies auch weiterhin zu tun.

Sollte sie sich anhören, was das Ding zu melden hatte, oder unter die Dusche springen und es sich vor dem Kaminfeuer gemütlich machen? Sie wusste, was sie am liebsten tun würde. Die Welt ausschließen und mit Monty das einfache Leben führen, das ihnen zwischen den Einsätzen neue Kräfte gab. Unter diesen Umständen war selbst ein Anruf eine lästige Unterbrechung. Was sie brauchte, waren Ruhe, Sport und vielleicht ein gutes Buch zur geistigen Auslastung.

Aber das rote Lämpchen hörte einfach nicht auf zu blinken. Am besten, sie brachte es hinter sich.

Sie ging durchs Zimmer. Zwei Nachrichten.

Sie drückte den Knopf.

»Todd Madden. Willkommen daheim, Sarah.«

Scheiße. Der hatte ihr gerade noch gefehlt.

Sie ballte unwillkürlich die Fäuste, als sie Maddens sanften, leicht spöttischen Tonfall hörte. »Wie ich höre, hast du wieder ausgezeichnete Arbeit geleistet. Das Team ist von der türkischen Regierung gelobt worden, ganz zu schweigen von der tollen Berichterstattung auf CNN. Ich glaube, wir müssen dich und Monty für ein paar Interviews nach Washington holen.«

»Das könnte dir so passen, du Arschloch«, murmelte sie.

»Ich sehe deinen Gesichtsausdruck förmlich vor mir, es ist ja immer das Gleiche. Unglücklicherweise steht in Boyds Bericht, dass du bei einer Gelegenheit den Gehorsam verweigert hast. Er hat natürlich versucht, es runterzuspielen, aber natürlich konnte er es nicht unter den Tisch fallen lassen. Wirst du etwa unberechenbar? Du weißt doch, liebe Sarah, dass wir so etwas bei der ATF nicht gebrauchen können. Und du weißt doch auch, was die Konsequenzen wären, wenn die ATF dich entlassen müsste?« Er legte eine Pause ein. »Aber sicherlich kannst du mich davon überzeugen, dass es sich nur um einen isolierten Vorfall handelte. Also komm rauf nach Washington und gib diese Interviews, dann können wir uns über alles unterhalten.«

Elender Bastard!

»Ruf an, um mir mitzuteilen, wann du kommst. In zwei Tagen, spätestens. Wir wollen ja keine ollen Kamellen von dir hören.« Er legte auf.

Sie schloss die Augen und spürte, wie die Wogen des Zorns über ihr zusammenschlugen. Verdammtes Aas! Elender Bastard!

Sie atmete tief durch und versuchte, sich zu beruhigen. Madden wäre überglücklich, wenn er sehen könnte, wie sie sich seinetwegen ärgerte. Er verlangte unterwürfigen Gehorsam und es gefiel ihm ganz und gar nicht, wenn sie ihm den verweigerte. Er saß am längeren Hebel, aber sie hatte ihm schon des Öfteren unmissverständlich zu verstehen gegeben, was sie von ihm hielt.

Scheiß auf ihn. Wohl oder übel würde sie in Washington antanzen müssen, aber sie würde ihn vorher nicht anrufen und sich wenigstens drei Tage Erholung auf der Ranch gönnen.

Sie drückte auf den Knopf, um die zweite Nachricht zu hören.

»Hier ist Eve, Sarah. Wir haben es endlich. Die Bestätigung ist eingetroffen. Wir warten auf dich. Bitte komm sofort.« Sie legte auf.

Das war's dann mit unserem Landaufenthalt, dachte Sarah resigniert. Auf keinen Fall würde sie Eve warten lassen. Eve hatte schon zu lange gewartet. »Sieht aus, als müssten wir morgen schon wieder in die Luft, Monty. Wir werden Eve in Atlanta besuchen.«

2

»ICH BIN HIER«, SAGTE Logan, als Eve sich meldete. »Ich bin im Ritz Carlton in Buckhead.«

»Danke, dass du gekommen bist, Logan. Ich war mir nicht sicher.«

»Ich habe dir immer gesagt, dass du auf mich zählen kannst.« Er zögerte, ehe er die Frage stellte: »Was ist mit Quinn?«

»Alles wunderbar. Er ist sehr gut zu mir.«

»Na, das ist ja keine große Leistung. Wer könnte dich schlecht behandeln? Wir sehen uns morgen früh.«

»Du könntest schon heute Abend zur Hütte kommen.«

»Nein. Ich bin hier, um dich zu unterstützen, nicht um Quinn auf die Nerven zu gehen. Pass auf dich auf.« Er legte auf.

Ihre Stimme war ruhig gewesen, und was sie über Joe Quinn gesagt hatte, klang aufrichtig. Auf diesem Sektor schien also alles in Ordnung zu sein. War er enttäuscht? Es überraschte ihn, ein leises Bedauern zu verspüren, aber keinen Schmerz. Nun ja, die Zeit heilte alle Wunden und er hatte nie wirklich das Gefühl gehabt, dass Eve zu ihm gehörte; nicht einmal, als sie zusammenlebten. Ihre Beziehung war zerbrechlich gewesen und so war es Quinn nicht schwer gefallen, sich …

Das Telefon klingelte.

»Margaret?«

»Hallo, Logan. Lange nichts von dir gehört.«

Logans Hand krallte sich um den Hörer. »Hallo, Rudzak.«

»Du bist nicht überrascht, von mir zu hören.«

»Weshalb sollte ich überrascht sein? Es war doch nur eine Frage der Zeit.«

»Du hast keine Ahnung, was Zeit ist. Hatte ich auch nicht, ehe ich in dieser Hölle leben musste, in die du mich geworfen hast. Jede Minute wie ein Jahrzehnt. Wusstest du, dass mein Haar im Gefängnis weiß geworden ist? Ich bin jünger als du, aber ich sehe zwanzig Jahre älter aus.«

»Woher weißt du, wie ich aussehe?«

»Oh, ich behalte dich im Auge. Einmal habe ich dich auf der Straße gesehen und in den letzten zwei Jahren mehrmals im Fernsehen. Du hast es zu was gebracht. Du bist ein mächtiger Mann.«

»Wo ist Bassett?«

»Ich will nicht über Bassett reden, ich will über dich reden… und über mich. Auf diesen Augenblick habe ich lange gewartet und ich kann dir sagen, ich genieße ihn in vollen Zügen.«

»Ich nicht. Erzähl mir von Bassett oder ich lege auf.«

»Nein, das wirst du nicht tun. Du wirst am Apparat bleiben, solange ich Lust habe, zu reden, weil du Angst hast, was mit Bassett passieren könnte, wenn du mich ärgerst. Du hast dich nicht verändert. Dieser weiche Kern ist noch immer da. Gott sei Dank, das macht es mir leichter.«

»Ist Bassett noch am Leben?«

»Im Augenblick noch. Glaubst du mir?«

»Nein. Ich will seine Stimme hören.«

»Jetzt nicht. Bassett ist so unwichtig. Weißt du, was ich nach der Entlassung aus dem Gefängnis als Erstes getan habe? Ich habe Chen Lis Grab besucht.«

»Hier geht es nicht um Chen Li. Es geht um Bassett.«

»Es geht um Chen Li. Es geht immer um Chen Li. Du hast zugelassen, dass sie in diesem ekelhaft einfachen Grab verscharrt wurde, eine unter Tausenden auf diesem Friedhof. Wie konntest du das tun?«

»Sie wurde mit stiller Würde begraben. So wie sie gelebt hat.«

»So wie du sie gezwungen hast zu leben. Sie war eine Königin und du hast sie in den Pöbel hinuntergezogen.«

»Hör auf, von ihr zu reden.«

»Warum? Was kannst du mir noch antun, das du mir nicht schon angetan hast? Hast du Schuldgefühle? Zu Recht. Du bist schuldig.«

»Und du bist verrückt.«

»Ich war nicht verrückt, als ich in dieses Gefängnis gesteckt wurde. Wenn ich jetzt verrückt bin, ist das dein Verdienst. Du wusstest, dass ich das Richtige getan hatte, und trotzdem hast du mich in diesem Loch verfaulen lassen. Aber ich bin nicht wahnsinnig, und wenn das hier vorbei ist, werde ich wieder leben können. Weißt du, warum ich diese Forschungseinrichtung in die Luft gejagt habe?«

»Weil sie mir wichtig war.«

»Nein, das ist nicht der Grund. Denk drüber nach. Es wird dir schon noch einfallen. Hast du den Skarabäus bekommen?«

»Habe ich.«

»Gut. Ich dachte, als Signatur für Santo Camaro würde er sich gut machen. Er war das erste ägyptische Stück, das ich Chen Li geschenkt habe. Er war nicht besonders teuer oder wertvoll, aber das war ihr egal. Später konnte ich ihr viel schönere Geschenke machen.«

»Ja, die du mit Mord und Totschlag an dich gebracht hast. Glaubst du, Chen Li hätte diese Geschenke angenommen, wenn sie gewusst hätte, wie viele Menschen du dafür ermordet hast?«

»Sie hat es nicht gewusst und auf diese Menschen kam es schließlich nicht an. Sie allein war diejenige, auf die es ankam. Sie verdient das Beste. Ich gebe ihr immer das Beste.«

»Du redest von ihr, als lebte sie noch.«

»Für mich wird sie immer lebendig sein. An jedem endlosen Tag in diesem Gefängnis war sie bei mir. Dank ihr habe ich nicht den Verstand verloren. Ich habe mit ihr geredet und ihr erzählt, wie ich dich hasse und wie ich dir wehtun würde.«

»Du kannst mir nicht wehtun, Rudzak.«

»O doch, das kann ich.« Er senkte seine Stimme zu einem sanften Flüstern. »Mag sein, dass ich grau geworden bin, aber Chen Li würde mich noch immer anziehend finden. Ich erinnere mich, wie sie mir das Gesicht streichelte und mir sagte, wie schön ich sei, wie freundlich und …«

»Halt den Mund.«

Rudzak kicherte. »Wie du siehst, ist es leicht, dir wehzutun. Ich rufe wieder an. Diese Unterhaltung war sehr genussreich für mich.« Er legte auf.

Das Schwein.

Ruhe bewahren. Der Zorn, der ihn durchströmte, schwächte ihn. Rudzak würde sich freuen, wenn er wüsste, dass sein Lanzenstoß seinen Panzer durchbohrt hatte. Nein, er wusste es bereits. Logan war auf den Angriff nicht gefasst gewesen und er hatte Rudzak seine Wut und seinen Schmerz sehen lassen.

Du bist schuldig.

Chen Li.

Denk nicht an sie. Denk an Bassett und an Rudzak.

Denk nicht an Chen Li.

Rudzak beendete mit einem Druck auf den Knopf die Verbindung und betrachtete die kleine, runde Schachtel, die er in der anderen Hand hielt. Er wischte die Regentropfen vom Deckel. Es war ein wunderschönes Stück, mit Elfenbein und Lapislazuli eingelegt. Er hatte sich sagen lassen, dass es einst einer ägyptischen Prinzessin gehört hatte, aber er hatte die Geschichte noch etwas ausgeschmückt, als er Chen Li die Schachtel geschenkt hatte.

»Diese Schachtel gehörte Meretaten, der Tochter von Nefertari. Sie war angeblich noch schöner und klüger als ihre Mutter.«

»Ich habe nie von ihr gehört.« Chen Li hielt die Schachtel ans Fenster und ließ die blauen Steine in der Sonne glänzen. »Sie ist wunderschön, Martin. Wo hast du sie her?«

»Von einem Sammler in Kairo.

»Sie muss einen Haufen Geld gekostet haben.«

»Es geht. Ich habe ihn runtergehandelt.«

Sie lachte. »Das sagst du immer.«

Er lächelte. »Ich habe ihm gesagt, sie sei für die Sammlung einer Frau, die als Königin zur Zeit der Pharaonen hätte geboren werden sollen. Damals gab es keine Regeln außer denen, die sie selbst sich gaben.«

Ein Schatten ging über ihr Gesicht. Es war so gut gelaufen, dass er zu weit gegangen war. Er gab vor, die Ursache ihrer Verstimmung misszuverstehen. »Wolltest du nur höflich sein? Magst du das Kästchen nicht wirklich?«

Sie schmiegte sich in seine Arme. »Ich liebe es. Wie alles, was du mir schenkst.«

Sie lehnte sich zurück und sah ihm ins Gesicht. Ihre Augen waren dunkel wie die Nacht und er sah sich in ihnen gespiegelt. Sein Spiegelbild sah immer besser aus, fast gottähnlich, wenn er es in ihren Augen sah.

Sie blickte ihn unsicher an. »Martin?«

Mach ihr jetzt keine Angst. Sie war ihm näher denn je und bald würde der Augenblick kommen, an dem sie ihm gehören würde. Nur verängstigen durfte er sie nicht. Er hob ihre Hand an die Lippen: »Happy Birthday, Chen Li.«

Einer ihrer letzten Geburtstage.

Er spürte, wie sich auf seinen Wangen warme Tränen in die kalten Regentropfen mischten.

»Rudzak.« Er drehte sich um und sah, dass Carl Duggan auf ihn zukam. »Ich habe den Zeitzünder gestellt. Wir müssen hier verschwinden, ehe jemand darüber stolpert.«

»Gleich, ich muss nur noch ein Geschenk für Logan deponieren.« Vorsichtig stellte er die Schachtel hinter einen Felsbrocken, der sie vor der Explosion schützen würde. Er flüsterte: »Happy Birthday, Chen Li.«

»Ruhe in Frieden, Bonnie Duncan.«

Die Worte des Geistlichen gingen Sarah durch den Kopf, als der Sarg ins Grab hinabgelassen wurde. Es war nicht Bonnie allein, die jetzt in Frieden ruhen konnte, dachte sie und sah zu Eve Duncan hinüber, die zwischen Joe Quinn und ihrer Adoptivtochter Jane MacGuire stand. Nach all den Jahren der Suche nach ihrem Kind, das vor mehr als zehn Jahren ermordet worden war, hatte Eve Bonnie endlich heimgeholt. Die DNA-Analyse war vor wenigen Tagen eingetroffen und hatte bestätigt, dass es sich bei den Knochen um die sterblichen Überreste von Eves Tochter handelte.

Eves Mutter liefen Tränen übers Gesicht, Eve hingegen weinte nicht. Ihr Gesicht drückte Frieden, Traurigkeit und Erfüllung aus. Ihre Tränen um Bonnie hatte sie schon vor langer Zeit geweint. Jetzt war ihre Tochter daheim.

Doch Sarah fühlte die Tränen in ihren Augen brennen, als sie die Rose auf den Sarg in der Grube hinabwarf.

Adieu, Bonnie Duncan.

»Ich denke, wir sollten die Familie zum Abschiednehmen allein lassen«, sagte John Logan mit leiser Stimme. »Gehen wir zur Hütte zurück und warten dort auf sie.«

Sarah hatte nicht bemerkt, dass er sich neben sie gestellt hatte. Instinktiv rückte sie von ihm ab.

Logan schüttelte den Kopf. »Ich weiß, was Sie von mir halten, aber unter diesen Umständen sollten wir Eve nicht mit unseren Zwistigkeiten belasten. Wir müssen ihr gemeinsam helfen, die Sache durchzustehen.«

Er hatte Recht. Als er einige Stunden vor der Trauerfeier in der Hütte aufgekreuzt war, war sie nicht gerade begeistert gewesen, aber an seinem Betragen Eve und Joe gegenüber war nichts auszusetzen. Er war mitfühlend und rücksichtsvoll. Und es war richtig, die Familie jetzt zum Abschiednehmen allein zu lassen. Sie wandte sich vom Grab ab und machte sich auf den kurzen Weg um den See herum zu der Hütte, die Eve mit Joe bewohnte. Es war schön hier, dachte sie. Eve hatte sich einen wunderschönen Platz auf einem kleinen Hügel, der den See überblickte, ausgesucht, um ihre Tochter zu beerdigen.

»Wo ist Monty?«, fragte Logan, als er sie einholte.

»Ich habe ihn in der Hütte gelassen. Die Beerdigung hätte ihn zu sehr mitgenommen.«

»Ach richtig, ich hatte vergessen, was für eine empfindsame Hundeseele Ihr Monty ist.«

»Empfindsamer als manche Menschen.«

»Autsch.« Er zog eine Grimasse. »Ich hatte nicht die Absicht, Ihren Hund zu beleidigen. Im Gegenteil habe ich versucht, freundlich zu sein.«

»Tatsächlich?«

»Ist mir offenbar nicht gelungen.«

»Richtig.«

»Dann also ein neuer Anlauf. Eve hat mir erzählt, dass Sie und Monty Bonnie gefunden haben. Sie sagte, Sie beide hätten jeden Fußbreit dieses Nationalparks abgesucht, bis Sie die Stelle gefunden haben, wo der Mörder sie begraben hatte.«

»So war es. Fast hätte ich die Suche aufgegeben.«

»Haben Sie aber nicht.«

»Eve ist meine Freundin.«

»Glauben Sie nicht, Sie könnten mir in Anbetracht dessen meine etwas skrupellose Methode, Sie beide zusammenzubringen, verzeihen?«

»Nein«, sagte sie kalt. »Ich werde nicht gern zu irgendetwas genötigt. Sie sind genauso schlimm wie Madden. Sie wollen jeden Menschen und jede Situation manipulieren.«

»Ganz so schwarz, wie Sie mich malen, bin ich nun auch nicht. Ich habe auch einige Tugenden.«

Sie schwieg.

»Ich bin geduldig. Ich bin verantwortungsbewusst. Ich kann ein treuer Freund sein. Fragen Sie Eve.«

»Interessiert mich nicht. Warum machen Sie sich überhaupt die vergebliche Mühe, mich davon zu überzeugen, dass Sie ein anständiger Mensch sind?« Sie kniff die Augen zusammen. »Sie führen etwas im Schilde.«

»Warum sollte ich?« Er zuckte die Achseln. »Na gut. Ich führe tatsächlich etwas im Schilde, abgesehen von meinen fruchtlosen Bemühungen, Sie davon zu überzeugen, dass ich alles andere als ein charakterloser Schurke bin. Pech. Es hätte uns beiden einiges erleichtern können.«

»Warum zum Teufel sind Sie hier?«

»Aus demselben Grunde wie Sie, ich wollte bei Eve sein, wenn sie die Unterstützung ihrer Freunde braucht.«

»Sie waren nie ihr Freund. Sie waren ihr Liebhaber, und wenn Sie jetzt hier aufkreuzen, um sie und Joe auseinander zu bringen, werden Sie enttäuscht werden. Eve liebt Joe und Sie gehören der Vergangenheit an, Logan.«

»Ich weiß, aber danke, dass Sie mich daran erinnern. Wie ich sehe, ist in Ihrer Lebensgemeinschaft der Hund fürs Emotionale zuständig. Aber ich bin nicht hier, um in alten Wunden zu stochern. Ist es wirklich so schwer zu glauben, dass ich nur das Beste will für Eve?«

»Es spielt keine Rolle, ob ich Ihnen glaube oder nicht.« Ihr Schritt wurde schneller. »Wie ich schon sagte, mir ist's egal. Von mir aus können Sie ...«

»Sarah!«

Sie drehte sich um und sah Jane MacGuire den Hügel hinab hinter ihnen herlaufen, ihr rotes Haar schimmerte in der Sonne des späten Nachmittags. Das Gesicht der Zehnjährigen war blass und angespannt, als sie neben Sarah stehen blieb. »Hey, kann ich mit euch zurückgehen?«

»Na klar. Aber ich dachte, du würdest auf Eve warten wollen.«

Sie schüttelte den Kopf. »Sie braucht mich nicht. Sie hat Joe.« Sie starrte stur geradeaus. »Sie wollen mich nicht dahaben im Moment.«

Sarah verstand, was die Kleine bedrückte. »Du gehörst zur Familie. Eve will dich immer dahaben.«

»Jetzt nicht. Hier gehöre ich nicht hin. Jetzt ist Zeit für Bonnie.« Sie sah Logan an. »Du weißt das doch auch. Deshalb hast du Sarah mit fortgenommen vom Friedhof.«

Logan nickte. »Endlich weiß jemand meine Empfindsamkeit zu schätzen. Aber Sarah hat Recht. Du gehörst zur Familie.«

Jane verzog den Mund. »Du willst mich nur trösten. Ich brauche dein Mitleid nicht. Ich weiß, Joe und Eve lieben mich, aber ich bin nicht Bonnie. Ich werde niemals Bonnie für sie sein. Also erzähl mir nicht, dass sie mich dabeihaben wollen, wenn sie Abschied von ihr nehmen. Versteht ihr nicht, wie schwer es für sie sein muss, mich gerade jetzt dabeizuhaben? Sie wollen nur an Bonnie denken, aber gleichzeitig wollen sie dafür sorgen, dass ich mich behaglich und geliebt fühle, weil sie mir nicht wehtun wollen.«

»Sprich mit ihnen«, sagte Sarah sanft.

»Nein.« Jane wandte den Blick ab und wiederholte: »Jetzt ist Bonnies Zeit.« Sie wechselte das Thema. »Kann ich vorauslaufen und einen Spaziergang mit Monty machen?«

»Gute Idee.«

Sarah runzelte besorgt die Stirn, während sie Jane nachsah, die auf dem Weg zur Hütte hinunter vorausrannte.

»Wird Monty mit ihr gehen?«, fragte Logan.

Sie nickte. »Er betet sie an, sie sind Freunde geworden in Phoenix.«

»Sie haben Jane ebenfalls ins Herz geschlossen. Mit dem Kind wird man nicht leicht vertraut.«

»Sie sieht vielleicht aus wie ein Kind, aber sie ist reifer als die meisten Erwachsenen. Das passiert, wenn man bei Pflegeeltern und auf der Straße aufwächst.« Sie biss sich auf die Unterlippe. »Sie hat Recht, nicht wahr? Ihre Anwesenheit ist eine Belastung für Eve und Joe.«

»Wahrscheinlich. Jane scheint eine gute Menschenkenntnis zu haben.« Er studierte ihr Gesicht. »Was denken Sie?«

»Geht Sie nichts an.« Sie hatten die Veranda der Hütte erreicht. »Gehen Sie jetzt?«

»Noch nicht. Ich werde nach dem Mittagessen zum Flugplatz fahren. Ihr Flug geht um drei, stimmt's?«

»Woher wissen Sie das?«

»Eve hat es mir am Telefon erzählt. Sie sagte, sie hat Sie vom Flugplatz abgeholt. Kann ich Sie vielleicht mitnehmen?«

»Joe fährt mich.«

»Aber sollte er nicht besser bei Eve bleiben? Was riskieren Sie schon, wenn Sie mit mir fahren? Die Fahrt dauert höchstens eine Stunde.«

Sie riskierte zwar wirklich nichts, aber sie wollte dem Mann keine Gefälligkeit schuldig sein.

Es war, als könnte er ihre Gedanken lesen. »Das ist keine Gefälligkeit meinerseits, Sarah. In Anbetracht Ihrer Meinung von mir sollten Sie das besser wissen.«

Dass Logan Eve einen Gefallen tat, konnte Sarah sich vorstellen, aber ihr? Warum sollte er? Sie fragte sich, warum er versucht hatte, den Abgrund, der zwischen ihnen gähnte, zu überbrücken. Schuldgefühle über das, was er getan hatte, konnten es jedenfalls nicht sein. Logan blickte niemals zurück, wenn er eine Entscheidung getroffen hatte.

»Eve braucht Joe jetzt«, sagte Logan. »Das wissen wir beide.«

»Und, tut es weh, Logan?«

»Würden Sie mich bemitleiden, wenn es so wäre?«

»Natürlich nicht.«

»Hätte mich auch gewundert. Fahren Sie also mit zum Flughafen?«

Sie zuckte die Achseln. »Na, meinetwegen. Ich muss so gegen eins losfahren.«

Er nickte. »Ich werde bereit sein. Aber sollten wir nicht früher fahren, um Monty für den Frachtraum einzuchecken?«

»Monty fliegt immer mit mir in der Kabine.«

»Ich dachte, in der Kabine wären nur kleine Tiere und Blindenhunde zugelassen.«

»Er hat eine Sondergenehmigung der ATF.«

Er lächelte. »Und wenn er die nicht hätte, würden Sie dafür sorgen, dass Sie ihm im Frachtraum Gesellschaft leisten können.«

»Sie haben's erfasst.« Sarah öffnete die Haustür. »Ich mache schon mal Sandwiches und Kaffee. Dahinten kommt Reverend Watson den Weg herunter. Machen Sie sich nützlich, lassen Sie Ihren Charme spielen und komplementieren Sie ihn hinaus.«

»Ich bin überrascht, dass Sie mir Charme zutrauen.«

Oh, an ihr hatte er es zwar noch nie ausprobiert, aber sie hatte beobachtet, wie er sein Charisma entfaltete. Womöglich war das seine größte Stärke.

»Bilden Sie sich bloß nichts drauf ein.«

»Ich danke dir, dass du gekommen bist, Sarah.« Eve setzte sich in den Schaukelstuhl auf der Veranda und blickte auf den See hinaus. »Ich weiß, dass du müde bist. Aber es war wichtig für mich, dich hier zu haben.«

»Sei nicht albern. Ich wollte kommen.«

»Ich glaube, Bonnie hätte auch gewollt, dass du dabei bist. Schließlich hast du sie gefunden.«

»Wir haben Glück gehabt.«

»Blödsinn. Ich weiß, wie ihr gearbeitet habt.«

»Und trotzdem finden Monty und ich nicht immer das, wonach wir suchen.« Sie sah Eve fragend an. »Und du? Ist alles okay?«

»Bald, schätze ich. Im Augenblick fühle ich mich noch ziemlich seltsam.« Ihr Blick wanderte zu dem Hügel jenseits des Sees. »Jetzt ist sie daheim. Das ist die Hauptsache. Obwohl sie mich im Grunde nie verlassen hat.«

Sarah nickte. »Erinnerungen können sehr kostbar sein.«

»Ja.« Sie lächelte schwach. »Aber das ist eigentlich nicht, was ich meinte.« Sie wechselte das Thema. »Ich mache mir Sorgen um Jane.«

»Ich habe das vermutet.«

»Meistens ist sie glücklich mit uns. Sie weiß, dass wir sie lieben.« Sie seufzte. »Aber Jane ist nicht einfach.«

»Die Situation ist nicht einfach.« Sarah schwieg. »Was würdest du davon halten, wenn Jane ein paar Wochen bei mir in der Hütte verbringt?«

Eve antwortete nicht sofort. »Warum?«

»Die Abwechslung würde ihr gut tun. Sie liebt Monty und sie hat mich gern. Ich würde mich gut um sie kümmern.«

»Das weiß ich.« Sie runzelte leicht die Stirn. »Hat sie mit dir über Bonnie gesprochen?«

»Die wichtige Frage ist, ob sie mit dir über Bonnie gesprochen hat.«

»Nicht, seitdem du Bonnie gefunden hast. Ich habe es ein paar Mal versucht, aber sie geht nicht darauf ein. Ich hatte gehofft, mit der Zeit ... Ich weiß es nicht. Im Augenblick fällt es mir schwer zu denken.«

»Es ist eine Zeit der Umstellung für euch alle. Jahrelang warst du von der Vorstellung besessen, Bonnie heimzuholen. Ich weiß, dass du glücklich bist, sie nun hier zu haben, aber es wird ...«

»Jane glaubt, sie sei eine Art Ersatz«, fiel Eve ihr ins Wort. »Ich habe versucht, ihr klarzumachen, wie verschieden … Sie nimmt es nicht an. Sie grollt uns nicht, das nicht, aber sie lässt sich von dieser fixen Idee nicht abbringen.«

»Bei der lausigen Kindheit, die sie hinter sich hat, sollte es mich nicht wundern, wenn du sie niemals vom Gegenteil überzeugen kannst. Aber das muss nicht heißen, dass ihr nicht ein gutes Leben miteinander führen könnt.«

»Erzähl mir nicht so was. Ich will, dass sie weiß, dass sie etwas Besonderes ist. Jeder Mensch sollte das wissen.«

»Jane ist wirklich etwas Besonderes. Sie ist zäh und unabhängig und klug. So klug, dass sie weiß, wie verwirrt und traurig du bist, und dass sie dir nicht helfen kann. Und das tut ihr weh. Also schick sie für eine Weile zu mir, Eve.«

»Ich werde es mir überlegen.« Eve versuchte zu lächeln. »Ich hätte nie gedacht, dass ich solche Probleme haben würde, mich darauf einzustellen, dass Bonnie gefunden wurde. Nicht, dass ich nicht erleichtert wäre, es ist nur …«

»Du hast dein Leben auf eine bestimmte Weise gelebt, weil Bonnie vermisst war. Nun hast du sie gefunden.«

Eve nickte. »Es wird ein Weilchen dauern, aber, Gott, ich kann von Glück sagen, dass ich Joe habe. Am Ende wird alles in Ordnung kommen, solange Joe bei mir ist.« Sie streckte den Arm aus und ergriff Sarahs Hand. »Und solange ich Freunde habe wie dich und Logan.«

»Apropos Logan, ich muss mich allmählich auf den Weg zum Flugplatz machen. Wo ist er?«

»Er ist runter zum See gegangen.«

»Allein?«

Eve nickte. »Er und Joe sind noch immer nicht die besten Freunde.«

Sarah grinste. »Weil du so eine *femme fatale* bist.«

»Na, sicher.« Sie rückte ihre Brille gerade und stand

auf. »Gehen wir Jane und Monty suchen. Wir werden ihr den Hund entreißen müssen.«

»Es wird weniger schlimm werden, wenn du ihr sagst, dass sie ihn bald wiedersehen wird.«

»Ich sagte doch, ich denke darüber nach.« Sie zog eine Grimasse. »Du bist verdammt hartnäckig, Sarah. Woher willst du so genau wissen, was unter diesen Umständen das Beste für Jane ist? Wenn du zu einem Einsatz gerufen wirst, werdet ihr beide, Monty und du, für wer weiß wie lange in irgendein fernes Land entschwinden. Was würdest du dann mit Jane machen?«

Sarah zuckte die Achseln. »Das würde sich schon finden.«

Eve schüttelte den Kopf. »Und da wir gerade dabei sind: Was würdest du machen, wenn du ein eigenes Kind hättest? Wo wir gerade von Umstellungen sprechen.«

»Damit würde ich mich befassen, wenn es soweit ist.«

»Kinder sind anspruchsvoller als Hunde.«

»Deshalb halte ich mich an Hunde. Mir gefällt mein Leben, wie es ist. Kannst du dir mich vorstellen, mit einem Mann und einem Haufen Kinder?«

»Nein, eigentlich nicht. Aber es muss ein einsames Leben sein.«

»Wieso? Ich habe Monty und meine Freunde in der Einheit …«

»Die du niemals siehst außer im Dienst, bei irgendeiner Rettungsoperation.«

»Das reicht mir.«

»Warum reicht dir das? Warum willst du niemandem näher kommen?«

Sie lächelte. »Eve, hör auf, eine vom Unheil verfolgte Schmierentheaterkönigin aus mir zu machen. Ich bin nicht wie du. Ich habe keine düstere Vergangenheit. Ich bin eine ganz normale Frau, die nur zufällig ein bisschen egoistischer ist als die meisten Leute. Mein Leben gefällt mir so, wie es ist.«

»Und ich soll mich um meine eigenen Angelegenheiten kümmern?«

»Mach, was du willst. Aber du überraschst mich. Vor kurzem warst du noch eine der zurückgezogensten Frauen auf der ganzen weiten Welt und nun hältst du meinen Mangel an sozialen Kontakten für ein Problem.«

»Touché.« Eve lächelte. »Wahrscheinlich will ich nur, dass alle Menschen so glücklich sind, wie ich es neuerdings bin.«

»Ich bin glücklich wie die Maden im Speck.« Sie lachte in sich hinein. »Keine schöne Vorstellung, oder? Also: Ich bin so glücklich wie Monty, wenn man ihm den Bauch krault. Was Besseres gibt's nicht.«

Viertel vor eins. Zeit, sich auf den Weg zu machen.

Logan ging zur Hütte zurück. Er sah die Schattenrisse von Sarah und Monty vor den erleuchteten Fenstern. Sie wirkten wie Fantasie-Figuren auf einem Buchumschlag.

Aber mit so etwas hatte Sarah Patrick nicht viel am Hut. Sie war ein unerhört kühler Kopf. Und stur. Sie vergaß und vergab nichts und band ihm damit die Hände. Ihm blieb nur noch eine Stunde, sie zur freiwilligen Mitarbeit zu bewegen. Wenn er es dann nicht geschafft hatte …

Sein Handy klingelte.

»Rudzak hat sich gemeldet«, sagte Castleton. »Er will ins Geschäft kommen.«

Logans Griff um das Handy wurde fester. »Haben Sie mit Bassett gesprochen?«

»Noch nicht. Er sagt, für fünfzigtausend Dollar würde

er Sie mit Bassett reden lassen. Das Geld soll ich an einer bestimmten Stelle in der Nähe der Forschungseinrichtung deponieren.«

»Und was fordert er für Bassetts Freilassung?«

»Das will er mit Ihnen persönlich aushandeln.«

Damit war zu rechnen gewesen. »Haben Sie etwas über Rudzaks Aufenthaltsort in Erfahrung bringen können?«

»Ich habe Ihnen doch gesagt, dass Sie sich darum kümmern müssen. Einen Hinweis habe ich Ihnen ja gegeben. Hat Ihr Mann diesen Sanchez noch nicht gefunden?«

»Er ist ihm auf der Spur. Aber es kann nicht schaden, ihm unter die Arme zu greifen.«

»Verdammt, ich tue, was ich kann. Wann kommen Sie?«

»Ich fliege heute Abend ab.«

»Und was mache ich wegen des Geldes?«

»Geben Sie's ihm. Ich habe Margaret angewiesen, Ihnen zu geben, was Sie brauchen.«

»Es könnte ein Bluff sein. Vielleicht ist Bassett schon tot.«

»Darüber werden wir uns den Kopf zerbrechen, wenn es soweit ist.«

Nach einer Pause sagte Castleton: »Ich habe ihm Ihre Nummer gegeben, er wollte sie haben. Ich hoffe, Sie haben nichts dagegen.«

»Nein, Sie haben das Richtige getan. Wenn er mit mir reden will, soll er's leicht haben. Ich will mit ihm im Gespräch bleiben. Je länger wir miteinander reden, desto besser steht die Chance, etwas zu erfahren.«

»Ich glaube, er hat ihn umgebracht, Logan. Was, wenn er tot ist?«

»Dann wird auch Rudzak sterben.«

Er beendete das Gespräch und steckte das Handy in die

Tasche. Er musste schleunigst nach Santo Camaro. Er hatte schon vor langer Zeit gelernt, dass jedes Spiel eigene Regeln hatte, und wie es aussah, wurde dieses Mal mit harten Bandagen gekämpft.

Sein Blick wanderte zurück zu Sarah und Monty, die auf der Veranda warteten. Pech. Er hatte keine Zeit mehr. Er zog das Handy wieder aus der Tasche und tippte schnell eine Nummer ein.

»Pass auf dich auf.« Logan hauchte Eve einen Kuss auf die Stirn, ehe er in den Wagen stieg. »Wenn du mich brauchst, ruf einfach an.«

»Ich habe alles, was ich brauche.« Sie blickte zu Sarah, die auf dem Beifahrersitz Platz genommen hatte. »Ich sage dir noch Bescheid wegen Jane.«

»Ich werde von hier direkt nach Washington fliegen, aber das wird nur ein paar Tage in Anspruch nehmen. Danach bin ich in meiner Hütte zu erreichen.«

Eve winkte und trat zurück, als Logan losfuhr.

Sarah wandte den Kopf und sah, wie Eve dem Auto nachblickte, das den Kiesweg zur Straße hinabfuhr. Für einen Augenblick sah sie sehr einsam aus, aber dann kam Joe aus der Hütte und stellte sich hinter sie, die Hände auf ihren Schultern. Nein, Eve war nicht einsam. Sie hatte Joe und ihre Mutter und Jane. Sie brauchte nie wieder einsam zu sein, wenn sie es nicht wollte. Aber galt das nicht für jeden? Jeder traf seine Entscheidungen und Einsamkeit war eine von vielen Möglichkeiten.

Aber was dachte sie da? Sie war nicht allein. Wie sie zu Eve gesagt hatte, sie hatte Monty und einen Beruf, der sie ausfüllte. Darüber hinaus brauchte sie niemanden.

»Was wollte sie Ihnen wegen Jane Bescheid sagen?«, fragte Logan.

»Ich habe Jane für ein paar Wochen zu mir eingeladen.«

»Wann?«

»So bald wie möglich.«

»Nein.«

Sie starrte ihn an. »Was?«

»Nicht jetzt.«

»Was zum Teufel reden Sie da? Eve braucht Hilfe. Je eher … Aber was rede ich überhaupt mit Ihnen darüber? Soll Ihnen doch egal sein.«

»Es ist mir aber nicht egal. Ich brauche Ihre Hilfe. Und ich brauche sie jetzt.«

Dieses arrogante Schwein. »Sie können mich mal, Logan.«

»Ich zahle Ihnen, was Sie wollen. Nennen Sie Ihren Preis.«

»So viel Geld haben Sie nicht.«

Er biss die Zähne zusammen, ehe er erwiderte: »Ich habe befürchtet, dass Sie das sagen würden. Es tut mir Leid, aber ich kann mir nicht leisten, dass Sie den Job ablehnen. Die Sache ist zu wichtig, Sarah.«

»Für Sie. Aber es ist mir scheißegal, was Ihnen wichtig ist.«

»Ich weiß. Deshalb habe ich Todd Madden angerufen und ihn gebeten, dafür zu sorgen, dass die ATF Sie mir für diesen Einsatz überstellt.«

Sie starrte ihn sprachlos an. »Was?«, fragte sie schließlich.

»Sie haben mich gehört.«

»Mein Gott, Sie tun es also noch mal.«

»Ich hätte es lieber vermieden.« Er zuckte die Achseln. »Aber Sie wollten ja nicht mit mir reden. Sie sind immer noch wütend auf mich.«

»Wären Sie das nicht? Ich kann mir nicht vorstellen, dass Sie es vergessen würden, wenn man Sie so in die Ecke treibt.«

»Ich sage ja nicht, dass ich Ihre Reaktion unverständlich finde. Ich will Ihnen nur erklären, weshalb ich mich an Madden wenden musste. Er hat mir gesagt, dass sich die Pressekonferenz auf unbestimmte Zeit verschieben lässt. Sie und Monty sind abgestellt, solange ich sie brauche.«

Ihre Überraschung wich der Wut. »Das könnte Ihnen so passen.«

»Madden hat mir versichert, Sie würden tun, was ich von Ihnen verlange.«

»Und was haben Sie ihm dafür versprochen?«

»Meine Dankbarkeit und dass ich meine Beziehungen für ihn spielen lassen werde. Ihr Senator Madden ist sehr ehrgeizig, nicht wahr? Hat er es auf einen Ministerposten abgesehen?«

»Ich kann nicht glauben, dass er diese Pressekonferenz abgesagt hat. Wo er sein Gesicht so gern in den Zeitungen sieht.«

»Ich musste meine ganze Überredungskunst aufbieten.«

»Sie Schwein.«

»Ich hatte Angst, dass Sie den Auftrag trotz Maddens Weisung ablehnen würden, aber er hat mir versichert, dass Sie sich ihm nicht widersetzen.« Er sah sie fragend an. »Was gibt ihm diese Gewissheit? Wie hat er Sie in der Hand?«

»Das kann Ihnen doch egal sein. Letztes Mal hat es Sie doch auch nicht interessiert. Ihnen geht es nur um das Resultat.« Sie zitterte vor Wut. »Sind Sie deshalb hergekommen?«

»Ich bin gekommen, weil Eve es wünschte. Aus dem gleichen Grund wie Sie.«

»Aber Sie wussten, dass ich auch da sein würde. Zwei Fliegen mit einer Klappe.

»Ja, ich wusste, dass Sie da sein würden.«

»Und was soll ich diesmal für Sie tun? Wieder eine Leiche suchen?«

»Ich glaube nicht, dass er tot ist.« Er setzte ein schiefes Lächeln auf. »Ich weiß, wie ungern Sie Monty zur Leichensuche einsetzen. Sie können also froh sein, dass ich Sie und Monty diesmal brauche, einen lebenden Menschen zu finden.«

»Froh?«

»Na ja, ich versuche, eine schlimme Lage in ein einigermaßen annehmbares Licht zu setzen.«

»Die Sache ist nicht annehmbar.«

»Sie werden sie aber annehmen müssen.«

»Von wegen.« Sie zog ihr Handy aus der Tasche und tippte Maddens Nummer ein. »Was zum Teufel tust du mir da an?«, fragte sie, als Madden sich meldete.

»Es ist sicherlich das Beste.«

»Das Beste für wen?«

»Logan sagte mir, dass der Job sehr wichtig sei und nicht allzu lange dauern würde.«

»Hast du daran gedacht, dass Monty und ich gerade von einem anstrengenden Einsatz zurückgekommen sind? Wir brauchen dringend Erholung.«

»Was du brauchst, bestimme ich. Logan wird gut für dich sorgen. Lass mich wissen, wenn du wieder zur Verfügung stehst.« Er legte auf.

Sie umklammerte das Handy so fest, dass ihre Knöchel weiß wurden. Schweine. Dreckschweine, alle beide.

»Zufrieden?«, fragte Logan.

»Ich würde ihm am liebsten die Eier abschneiden.« Sie funkelte ihn an. »Und Ihnen auch.«

Er zuckte mit den Achseln. »Ich nehme an, er hat bestätigt, was ich Ihnen gesagt habe. Soll ich Ihnen nun erzählen, was ich von Ihnen erwarte?«

Sie versuchte, sich zu beherrschen. Sie hatte sich schon vor langer Zeit mit der Tatsache abgefunden, dass sie Madden nicht schlagen konnte, er hielt die höchste Karte. Aber es machte sie rasend, Logan gehorchen zu müssen. Sie wollte jemanden schlagen. Nein, nicht irgendjemanden, sondern Logan.

Monty wimmerte auf dem Rücksitz und sie drehte sich um, um ihn zu streicheln. »Ist schon okay, Junge, ist ja gut.«

»Gut ist es nicht, aber Sie werden es machen«, sagte Logan. »Habe ich Recht?«

»Zum Teufel mit Ihnen.«

Monty wimmerte abermals.

»Schsch ...«

»Er spürt, dass Sie aufgewühlt und verärgert sind.« Logan lächelte. »Ich weiß, wie nahe Sie einander stehen. Er ist ein guter Hund.«

»Ich sollte ihm den Befehl geben, Ihnen an die Gurgel zu gehen. Wissen Sie, wie müde er ist?«

»Monty kommt mir nicht vor wie ein beißwütiger Wachhund.«

»Er kann sich aber sehr wohl benehmen wie einer, wenn er glaubt, dass mir Gefahr droht.«

»Noch droht Ihnen keine Gefahr.«

Sie sah ihm ins Gesicht. »Noch nicht?«

Sein Lächeln schwand. »Bei diesem Job gibt es einige Schwierigkeiten, aber ich werde versuchen, Sie beide angemessen zu beschützen.«

»Was genau soll ich für Sie tun?«

»Sie und Monty sollen einen meiner Angestellten aufspüren, der im Urwald entführt worden ist. Eins meiner Forschungsinstitute in Kolumbien ist überfallen worden, vier meiner Angestellten wurden getötet und Bassett wurde als Geisel genommen.«

»Wissen Sie, wer ihn entführt hat?«

»Ein Typ namens Martin Rudzak. Ein ziemlich unangenehmer Kerl.«

»Wie unangenehm?«

»Sehr unangenehm. Er mischt überall mit, vom Drogenhandel bis zum Terrorismus.«

»Terrorismus? Warum hat er es auf Sie abgesehen?«

»Wir sind uns vor Jahren in Japan mal in die Quere gekommen. Er mag mich nicht besonders.«

»Warum hat er dann nicht Sie entführt?«

»Ich bin sicher, dass Ihnen das lieber wäre, aber er hatte seine Gründe, mit Bassett vorlieb zu nehmen.«

»Sie wollen mir aber nicht verraten, welche?«

»Im Moment noch nicht.«

»Ich spüre keine Verbrecher auf, Logan.«

»Sie arbeiten für die ATF.«

»Ich werde nur für Rettungsaktionen eingesetzt.«

»Sie würden Bassett retten.«

»Zahlen Sie das Lösegeld. Geld haben Sie doch genug.«

»Es ist sehr wahrscheinlich, dass sie Bassett trotzdem umbringen werden. Ich muss ihn finden und befreien.«

»Und wie soll ich ihn finden? Können Sie mir wenigstens sagen, wo ich suchen soll?«

»Nicht genau. Irgendwo im Dschungel in der Nähe von Santo Camaro in Kolumbien.«

Sie riss die Augen auf. »Südamerika?«

»Wenn ich mich recht entsinne, ja.«

»Sie wollen mich nach Südamerika schicken? Sie wollen mich durch den Urwald jagen, bis ich ...«

»Ich habe schon jemanden beauftragt, den Ort, von dem aus Rudzak operiert, etwas näher einzugrenzen. Wenn wir nach Kolumbien kommen, hoffe ich, Ihnen also schon genauere Informationen geben zu können.«

»Und wann soll das sein?«

»Meine Maschine steht startbereit auf dem Flugplatz in Atlanta.«

»Und Sie glauben, ich steige da ohne weiteres ein und fliege brav mit Ihnen nach Kolumbien?«

»Nein, brav natürlich niemals.«

Sie holte tief Luft. »Sie riskieren nicht nur meinen Hals, sondern auch Montys. Wenn diese Kerle merken, dass Monty ihre Spur aufnimmt, werden sie versuchen, ihn abzuschießen.«

»Ich werde auf Sie beide gut Acht geben. Ich werde tun, was in meiner Macht steht, damit Ihnen nichts passiert.«

»Und Sie erwarten, dass ich Ihnen vertraue?«

Er schüttelte den Kopf. »Nein, aber wahr ist es trotzdem.«

»Ich werde Ihnen niemals trauen. Sie sind rücksichtslos, genau wie Madden. Ich werde für Montys Sicherheit sorgen. Ihnen ist doch Nichts und Niemand ...« Sie unterbrach sich. Weshalb widersprach sie? Sie wusste, dass sie keine Wahl hatte. Logan und Madden hatten sie in die Ecke gedrängt. »Wie lange?«

»Ich weiß es nicht.«

Sie schloss die Augen, während ohnmächtiger Zorn sie durchflutete. »Ich nehme den Job. Ich werden Ihren Mann finden.« Und mit drohendem Ton fügte sie hinzu: »Aber dann werde ich einen Weg finden, Sie dranzukriegen. Und wenn meinem Hund etwas zustößt, werden Sie wünschen, nie geboren worden zu sein.«

»Ich glaube Ihnen.« Er bog von der Autobahn in die Ausfahrt zum Flughafen ein. »Wissen Sie, obwohl ich Madden als Hebel benutzen konnte, war ich keineswegs sicher, dass Sie sich darauf einlassen würden. Ich weiß nicht, womit Madden Sie in der Gewalt hat, aber es muss etwas sehr Wichtiges sein. Sie wollen mir nicht verraten, was es ist?«

»Gehen Sie zum Teufel, Logan.«

3

»WIR SIND VOR EINER Stunde gestartet«, sagte Logan. »Es wäre doch nett, wenn Sie ein oder zwei Worte sagen. Vielleicht sogar drei.«

»Wir haben alles Nötige gesagt und mir ist nicht danach zumute, Konversation zu betreiben.«

»Möchten Sie etwas essen?«, fragte Logan.

»Nein.«

»Und was ist mit Monty? Hat der vielleicht Hunger?«

»Monty kriegt nur zwei Mahlzeiten am Tag. Ich werde ihn füttern, wenn wir da sind.« Sarah rollte sich in dem breiten Ledersessel zusammen und sah aus dem Fenster. »Und Sie brauchen sich um Monty keine Sorgen zu machen. Ich kümmere mich um ihn.«

»Das ist offensichtlich. Ich wollte nur den aufmerksamen Gastgeber spielen. Wie es sich gehört.«

»Eine Henkersmahlzeit, bevor Sie unser Leben aufs Spiel setzen?«

»Ich habe Ihnen doch versprochen, dass ich für Ihre Sicherheit Sorge tragen werde.«

»Sorge tragen reicht nicht.« Sie beugte sich zu Monty hinab und streichelte ihm den Kopf. Dann sagte sie mit gepresster Stimme: »Wissen Sie, wie mir dabei zumute ist? Sie können gar nicht die Verantwortung für Monty übernehmen. Er ist mein Hund. Am Ende bin immer ich verantwortlich. Mir gehorcht er. Wenn ich also eine falsche Entscheidung treffe, trifft mich die Schuld.«

»Auch wenn die Entscheidung von Ihnen erpresst worden ist?«

»Die Schuld an der Erpressung tragen Sie, aber die Verantwortung für den Schaden, den Monty dabei womöglich erleidet, ist meine.«

Er schwieg einen Augenblick. »Finden Sie das Lager, damit ist Ihr Auftrag erledigt. Ich werde Sie von der Frontlinie fern halten. Ihnen und Monty wird nichts geschehen.«

»Ich weiß«, sagte sie sarkastisch, »Sie werden für unsere Sicherheit Sorge tragen.«

»Ihnen wird nichts geschehen. Das verspreche ich.«

Sie drehte sich um und sah ihn an.

»Glauben Sie mir nicht?«

»Sollte ich das?«

»Vermutlich nicht. Manchmal nimmt das Schicksal die Sache in die Hand und kein Mensch kann den Gang der Dinge beeinflussen. Aber wenn ich lebend aus diesem Dschungel herauskomme, werden auch Sie und Monty noch am Leben sein.«

Er schnitt eine Grimasse. »Ich versichere Ihnen, dass dieses Versprechen mir nicht leicht über die Lippen geht. Ich habe einen starken Selbsterhaltungstrieb.« Er stand auf. »Ich gehe ins Cockpit, ich muss mit dem Piloten sprechen. Sie könnten schon mal eine Liste aller Sachen zusammenstellen, die Sie für Ihre Operation brauchen. Meine Assistentin wird dafür sorgen, dass die Sachen zur Stelle sind, wenn wir in Santo Camaro landen. Papier und Bleistift finden Sie in der Schublade des Tisches da neben Ihnen. Ich werde nicht länger als fünfzehn oder zwanzig Minuten weg sein. Aber nun ja, ich werde Ihnen gewiss nicht fehlen.«

»Nein, gewiss nicht.« Sie sah ihm nach, wie er den

Gang zum Cockpit entlangging, ehe sie nach Schreibblock und Bleistift griff und anfing, eine Liste der benötigten Dinge aufzusetzen. Warum hatte er sich solche Mühe gegeben, sie davon zu überzeugen, dass er sie und Monty beschützen würde? Sie konnten ihm doch im Grunde egal sein. Sie war nur ein Werkzeug für ihn, dessen er sich bediente, um zu kriegen, was er wollte. Und doch hatte sie ihm einen Augenblick lang geglaubt. Bei Katastropheneinsätzen in aller Herren Länder hatte sie sich mit Machthabern und korrupten Bürokraten auseinander setzen müssen, so dass sie gelernt hatte, echte Aufrichtigkeit zu erkennen. Oder doch nicht? Logan hatte in Hunderten von Vorstandszimmern gelernt, Menschen zu manipulieren. Vielleicht war er ihr einfach überlegen. Verdammt. Sie musste ihrem Urteilsvermögen trauen. War er durch und durch skrupellos oder gab es doch irgendwo einen Funken Anstand, den sie sich zunutze machen konnte?

Sie beendete ihre Liste und schloss die Augen. Sie hatte nicht die mindeste Lust, sich irgendetwas oder irgendjemanden zunutze zu machen. Sie wollte nur nach Hause gehen und Logan, Madden und alles, was mit den beiden zusammenhing, vergessen.

»Kaffee?«

Sie öffnete die Augen. Logan reichte ihr eine Tasse. Er lächelte schwach. »Nur Kaffee. Das ist nicht, wie am Tisch des Feindes dessen Brot zu essen. Übrigens sollten Sie im Grunde alles mitnehmen, was Sie kriegen können: Essen, Trinken, Geld.« Er sah zu Monty herunter. »Habe ich nicht Recht, Junge?«

Monty schlug mit dem Schwanz auf den Boden und rollte sich auf den Rücken.

Logan kraulte ihm den Bauch. Monty ließ ein leises Knurren aus tiefster Kehle hören.

Gut.

»Verräter«, murmelte Sarah.

Nett.

»Schön wär's!«

Logan hob die Brauen. »Mir scheint da irgendwas zu entgehen.«

»Sie werden mir nicht weismachen können, dass Sie ein toller Typ sind, nur weil Sie meinem Hund den Bauch kraulen.«

»Aber er mag mich.«

»Bilden Sie sich darauf nichts ein. Er mag jeden. Er ist ein Golden Retriever, die sind von Natur aus freundlich und anhänglich, selbst Leuten gegenüber, die es nicht verdienen.«

Nett.

Sie blickte verächtlich auf Monty hinab. Keine Menschenkenntnis.

»Warum habe ich das Gefühl, hier außen vor zu sein? Die Berichte, die ich über Sie habe erstellen lassen, besagen alle, dass Sie praktisch die Gedanken Ihres Hundes lesen können. Jetzt kriege ich langsam das Gefühl, dass er auch Ihre lesen kann. Trinken Sie Ihren Kaffee, während ich für Ihren Liebling eine Schale Wasser hole.«

Ehe sie Einwände erheben konnte, war er schon auf dem Weg.

Monty drehte sich wieder auf den Bauch.

Nett.

Sie ignorierte ihn und trank einen Schluck Kaffee. Sie war versucht gewesen, ihn abzulehnen, aber sie war so müde, dass sie kaum denken konnte, und was er sagte, leuchtete ihr ein. Warum sollte sie ihn nicht genauso ausnutzen, wie er sie ausnutzte? Plötzlich ging ihr ein Gedanke durch den Kopf. Mein Gott, warum nicht? Weshalb sollte sie dasitzen und sich bemitleiden, wenn sie die Chance hatte …

»Gut. Ich hatte schon Angst, Sie würden den Kaffee auf den Boden kippen.« Logan setzte eine Schale aus chinesischem Porzellan vor Monty auf den Boden. »Ich bin froh, dass Sie vernünftig sind.«

»Vernünftig ist, wer tut, was Sie wollen, stimmt's?« Sie nahm noch einen Schluck Kaffee. »Ich wollte einen Kaffee, also trinke ich ihn. Sinnlose große Gesten sind nicht mein Ding.«

»Warum trinkt Monty nicht?«

»Er nimmt Essen und Trinken nur von mir an.« Sie bückte sich, berührte den Rand der Schale und Monty begann, durstig das Wasser zu schlabbern. »Schönes Porzellan. Monty könnte es zerbrechen. Er hat die Angewohnheit, die Schüssel herumzuschubsen, wenn sie leer ist.«

»Ich hatte keine andere und er verdient das Beste.«

»Ja, das tut er. Zum Teufel also mit Ihrem Porzellan.« Sie betrachtete die luxuriöse Inneneinrichtung des Privatjets.

»Hübsch haben Sie's hier. In so einem Flugzeug bin ich noch nie geflogen.

»Ich habe es gern bequem. Ich muss viel reisen und es gibt nichts Schlimmeres, als müde und gereizt aus dem Flugzeug zu steigen. Der kleinste Fehler im Auftreten oder bei der Kalkulation kann den Nutzen der ganzen Reise torpedieren.« Er setzte sich neben sie. »Firmen-Jets an sich sind Ihnen aber doch nichts Neues, möchte ich meinen.«

»Nicht direkt. Die Regierung kommt selten für den Transport der Rettungsmannschaften auf und die jetzige Verwaltung hat uns Nullkommanichts an Mitteln bewilligt.« Sie zog eine Grimasse. »Aber unsere Einsätze sind mit einer Menge Publicity verbunden, da finden sich viele private Firmen, die uns zum Einsatzort und zurück transportieren.«

»Das überrascht mich. Bei den Milliarden, die für Entwicklungshilfe ausgegeben werden, ist für solche Katastropheneinsätze kein Pfennig übrig?«

»Wir kommen über die Runden.« Sie zuckte die Achseln. »Wahrscheinlich ist es besser, dass die Regierung sich in unsere Tätigkeit nicht einmischt. Sonst müssten wir vermutlich Antragsformulare in dreifacher Ausfertigung ausfüllen und dauernd aufpassen, uns nicht in den Fäden der Bürokratie zu verheddern.«

Er schwieg einen Augenblick. »Fäden wie die, an denen Madden Sie tanzen lässt?«

Sie versteifte sich. »Sie haben doch auch sehr gern die Fäden in der Hand. Sie sind nicht anders als Madden.«

Er wechselte schnell das Thema. »Sie arbeiten doch für die ATF. Bezahlen die nicht für Ihren und Montys Transport zum Einsatzort?«

»Nur wenn der Einsatz irgendwie mit Sprengstoff in Verbindung steht. Die ATF führt selbst keine Rettungsoperationen durch.«

»Warum haben Sie die Stelle dann genommen?«

»Ich musste mein Brot verdienen.« Sie sah aus dem Fenster.

»Und nach dem ersten Jahr war ich nur noch selten bei der ATF direkt. Monty und ich dürfen uns freiwilligen Rettungstrupps anschließen, wenn wir nicht zur Aufklärung schwieriger Fälle an eine Polizeibehörde überstellt werden.«

»Leichensuche?«

»Ja.«

»Warum machen Sie das? Ich weiß, dass Sie diese

Suchen hassen. Ich musste Sie erpressen, damit Sie mit Eve zusammenarbeiteten.«

»Ich habe getan, was ich tun musste.«

Er studierte ihr abweisendes Gesicht. »Und warum mussten Sie es tun? Warum haben Sie nicht einfach gekündigt?«

»Wie ich schon sagte, ich muss meinen Lebensunterhalt verdienen.«

»Ich glaube nicht, dass das der Grund war.« Nachdenklich fügte er hinzu: »Sie führen ein einfaches Leben und das scheint Ihnen zu gefallen. Ich habe Ihnen angeboten, Ihren Preis für diesen Job selbst zu bestimmen. Sie wissen, wie Sie reagiert haben. Um Geld geht es Ihnen also nicht. Werden Sie erpresst? Welches Verbrechen könnten Sie begangen haben, dass Madden Sie nun so vollkommen in der Hand hat?«

Sie blickte ihm gerade in die Augen. »Ich habe einen Mann ermordet, der in meinen Angelegenheiten rumgeschnüffelt hat.«

Er lachte in sich hinein. »Entschuldigung, ich bin nun mal mit unbändiger Wissbegier geschlagen. Sie sind mir ein Rätsel, Sarah. Und die Versuchung, Sie zu enträtseln, ist fast unwiderstehlich.«

»Damit Sie mich noch fester in der Hand haben?«

Sein Lächeln erlosch. »Nein.«

»Machen Sie mir nichts vor. Sie stellen dauernd Ihre Berechnungen an, wägen Vor- und Nachteile ab, guter Schachzug, schlechter Schachzug. Dies ist ein schlechter Zug, Logan.«

»Es war der Einzige, der mir offen stand.«

»Es gibt immer Alternativen. Sie haben sich für Monty und mich entschieden. Möglicherweise war das die schlechteste Wahl, die Sie je getroffen haben. Denn wenn

Monty etwas zustößt, werde ich Sie kriegen und in Stücke reißen.« Sie leerte die Tasse mit einem Schluck. »Ich habe nachgedacht. Aus irgendeinem Grunde wollen Sie meine freiwillige Mitarbeit bei der Suche nach diesem Bassett. Ich habe keine Ahnung, warum. Vielleicht sind Sie einfach schlau genug einzusehen, dass die Chancen, Bassett zu finden, bei harmonischer Zusammenarbeit entschieden besser stehen.«

»Kommen Sie bloß nicht auf die Idee, dass es mir widerstreben könnte, Gewalt anzuwenden.«

»Wäre mir niemals eingefallen. Sie benutzen die Menschen, genau wie Madden. Wenn Gewalt nötig wird, zücken Sie das Hackebeil.« Sie presste die Lippen zusammen. »Ich habe es satt, benutzt zu werden. Und ich verspreche Ihnen, ich werde weder Ihnen noch Madden je wieder Gelegenheit dazu bieten.«

»Ach?«

»Sie wollen meine Hilfe. Also gut, Sie sollen sie haben. Ich werde Ihren Mann da rausholen, aber das hat seinen Preis.«

»Ich sagte doch bereits, ich zahle Ihnen, was Sie wollen.«

»Ich will, dass Madden aus meinem Leben verschwindet.«

Er schwieg einen Augenblick lang. »Ich bin sicher, dass er kein angenehmer Zeitgenosse ist, aber ich will doch hoffen, Sie erwarten nicht von mir, dass ich einen Killer auf ihn ansetze. Das könnte mich dann doch in Verlegenheit bringen.«

»Und wenn ich genau das verlangen würde?«, fragte sie neugierig.

»Müsste ich drüber nachdenken.«

Sie riss erschreckt die Augen auf, als ihr klar wurde,

dass er tatsächlich willens war, diese Möglichkeit zu erwägen.

»Reden Sie keinen Unsinn. Ich will nur, dass er aus meinem Leben verschwindet und mich nicht mehr in der Hand hat.«

»Das ist eine große Erleichterung. Würden Sie mir anvertrauen, womit Madden Sie in der Hand hat?«

Sie antwortete nicht.

»Ich hab's auch nicht erwartet. Sie trauen mir nicht. Sie haben Angst, dass ich Madden einfach die Zügel aus der Hand nehmen würde. Haben Sie daran gedacht, dass diese Gefahr besteht?«

»Habe ich. Aber unser Geschäft gilt nur, wenn ich von Ihnen beiden loskomme.«

»Sie vertrauen mir also mehr als Madden.«

»Eve traut Ihnen. Ich halte es für möglich, dass Sie Ihr Wort halten. Und wenn dieser Job erledigt ist, haben Sie keine Verwendung mehr für mich. Sie können es sich leisten, mich laufen zu lassen.«

»Richtig. Aber ich kann Ihnen kaum behilflich sein, wenn ich nichts weiß.«

»Ich werde Ihnen sagen, was Sie wissen müssen, wenn es soweit ist.«

»Und warum glauben Sie, dass ich Ihnen helfen kann?«

»Ich selber habe nicht die Macht, ihn zu zwingen, mich freizugeben. Sonst hätte ich es schon vor Jahren getan. Sind wir also im Geschäft?«

Logan nickte langsam. »Wenn Sie bei dieser Suche Ihr Bestes geben, verschwindet Madden aus Ihrem Leben, egal, ob es uns gelingt, meinen Mann da rauszuholen, oder nicht. Darauf gebe ich Ihnen mein Wort.«

Er sah die Verwunderung in ihren Augen.

»Ich bin nicht der Schweinehund, für den Sie mich halten«, sagte Logan. »Fragen Sie Eve. Wie Sie selbst sagten, Eve vertraut mir.«

»Sie ist nicht objektiv. Schließlich waren Sie ein Liebespaar. Wahrscheinlich haben Sie sie anders behandelt, als Sie andere Menschen behandeln.«

»Ja, ich habe mich höllisch angestrengt, mich einigermaßen menschlich zu geben. Ist mir nicht leicht gefallen.« Er stand auf. »Ich muss ein paar Telefonate führen. Vielleicht sollten Sie sich hinlegen und versuchen, ein wenig zu schlafen. In Santo Camaro gibt es viel zu tun.« Er nahm die Liste vom Tisch. »Ist das alles, was Sie brauchen?«

»Ja.«

»Ich sorge dafür, dass Sie es kriegen«, sagte er und ging den Gang hinunter. Sie hatte ihn beleidigt und er hatte unerwartet verletzt reagiert. Vielleicht war er doch nicht so eiskalt, wie sie gedacht hatte. Aber es spielte keine Rolle, ob er verletzlich war oder nicht, wenn es ihm nur gelang, sie von Madden zu befreien.

Ein Leben frei von jeder Bedrohung durch Madden ...

Eine Woge der Erleichterung durchflutete sie. Jahrelang hatte sie jede Hoffnung aufgegeben und plötzlich schien die Freiheit zum Greifen nahe. Ob sie Erfolg hatte oder nicht, sie würde Madden los sein, wenn sie nur ihre Arbeit machte. Logan hatte ihr sein Wort gegeben.

Monty jaulte leise und legte ihr den Kopf aufs Knie, als spürte er ihre Freude.

»Wir haben eine Chance, Junge«, flüsterte sie. »Wenn er nicht lügt, können wir aus dieser Suche einen echten Gewinn ziehen.«

Nett.

»Er ist nicht nett, aber das ist egal, solange er sein Wort hält.«

Nett.

Dickköpfiger Köter. Sie erhob sich und ging zu der Couch hinüber.

»Komm her, wir müssen schlafen. Ich will, dass wir beide in Hochform an die Arbeit gehen, umso schneller sind wir fertig und können nach Hause fahren.«

Monty legte sich vor der Couch auf den Boden, aber sein Blick wanderte zu der Tür, durch die Logan verschwunden war.

Nett...

»Sie haben sie also überzeugen können?«, fragte Margaret, nachdem Logan ihr Sarahs Wunschzettel vorgelesen hatte. »Ich hatte gehofft, Sie würden auf Granit beißen.«

»Ich weiß, Sie haben ja kein Geheimnis daraus gemacht«, sagte Logan. »Und bitte finden Sie alles heraus, was es über Todd Madden zu wissen gibt. Ich will einen vollständigen Bericht.«

»Wie vollständig?«

»Ich will den Namen jedes Kindes, das er im Kindergarten verprügelt hat.«

»Ach, die Sorte Bericht. Wir spielen also nicht mehr in derselben Mannschaft wie er?«

»Er sitzt im Finanzausschuss des ATF, aber ich glaube nicht, dass er Sarah Patrick damit in der Hand hat. Es muss etwas anderes sein.«

»Sie haben sie gekriegt, alles andere kann Ihnen doch egal sein.«

»Ist es aber nicht. Sind irgendwelche Anrufe gekommen?«

»Galen hat aus Bogotá angerufen. Dringend sei es nicht, aber er möchte, dass Sie zurückrufen.«

»Mache ich sofort. Gibt es Probleme?«

»Nein, ich soll Ihnen sagen, Ihre Mannschaft ist aufgestellt.« Sie machte eine Pause und fügte dann fast widerwillig hinzu: »Wissen Sie, ich kann den Kerl wirklich gut leiden.«

»Und das überrascht Sie? Ach ja, natürlich. Männer wie Galen zu mögen ist eigentlich nicht Ihre Art. Geht gegen Ihre Prinzipien.«

»Ja, das stimmt, aber Galen ist … anders.«

»Ohne Zweifel. Irgendwas von Castleton?«

»Nein. Und es kann eine Weile dauern, bis wir Maddens schmutzige Wäsche aufspüren. Der Mann ist schließlich Politiker und Politiker …«

»Sie schaffen das schon.«

»Wie geht es dem Hund?«

»Er ist umgänglicher als Sarah.«

»Man kann ihr kaum verübeln, dass sie …«

»Ich melde mich, wenn wir in Santo Camaro sind.« Er beendete das Gespräch und wählte Galens Nummer.

»Was gibt's Neues?«

»Keine Begrüßung? Kein Smalltalk?«, fragte Galen. »Und ich dachte, in all den Jahren in Tokio hätte man dir Manieren beigebracht.«

»Weißt du, wo Rudzak steckt?«

»Habe ich dich je enttäuscht? Ich weiß, in welcher Gegend er sich aufhält, aber Sanchez sagt, dass er alle paar Tage umzieht. Und dass er ein falsches Lager aufschlagen wird, als Köder.«

»Wir müssen das Hauptlager finden, sofort. Wir dürfen keine Zeit verlieren. Wir müssen schnell handeln, sonst haben wir am Ende eine tote Geisel. Bist du sicher, dass Sanchez die Wahrheit sagt?«

»Nun bin ich wirklich beleidigt. Erst keine Manieren und nun zweifelst du auch noch an meinen Worten.

Sanchez war natürlich stur, aber am Ende hat doch die Vernunft gesiegt.«

»Geld?«

»Nein. Davon hat Sanchez mehr als genug. Im Drogengeschäft kommen die Millionen nur so angeschwommen. Nein, ich konnte ihn davon überzeugen, dass es weniger gefährlich ist, vor Rudzak davonlaufen zu müssen, als mich gegen sich aufzubringen. Kannst du glauben, dass der Kerl mich zuerst nicht ernst nehmen wollte?«

»Du konntest ihn sicherlich schnell eines Besseren belehren.«

»Hat fast dreißig Minuten gedauert.«

»Du lässt nach.«

»Beleidigungen auch noch?« Er schnalzte tadelnd mit der Zunge. »Jedenfalls habe ich nebenher den kleinen Forschungsauftrag erledigt, den du mir aufgebürdet hast.«

»Und?«

»Bestätigt.«

Logans Hand umklammerte den Telefonhörer. »Dieses Aas.«

»Soll ich mich darum kümmern?«

»Nein, mache ich selbst.« Verdammt, er hatte es gewusst.

»Aber wir müssen dafür sorgen, dass Sanchez nicht mit Rudzak spricht.«

»Schon erledigt. Ich habe ihn mit einem Koffer voll Rudzaks Geld, das er gewaschen hat, außer Landes geschickt. Er wird uns nicht gefährlich werden.«

»Gut«, sagte Logan. »In ein paar Stunden landen wir in Santo Camaro.«

»Ich bin schon unterwegs dorthin, in schätzungsweise einer Stunde bin ich da. Ich werde Castleton anweisen, dich vom Flughafen abzuholen.«

Logan legte auf. Alles war in Bewegung. Wie gewöhnlich hatte Galen Erfolg gehabt und ihm die benötigten Informationen beschafft. Logan hatte Sarah und Monty bei sich und er hatte einen Weg gefunden, Sarah zur freiwilligen Mitarbeit zu motivieren.

Nun ja, genau genommen hatte Sarah die Sache in die Hand genommen. Sie hatte eine Situation, in die sie gegen ihren Willen geraten war, umgemünzt und hielt nun die Fäden in der Hand. Wie oft hatte sie das schon tun müssen, wie oft hatte ihr Leben auf dem Spiel gestanden? Christus, woher kamen diese Gedanken? Er hatte die Entscheidung getroffen und für Gewissensbisse war keine Zeit. Er steckte das Telefon in die Tasche, verließ sein Büro und folgte dem Mittelgang zur Kabine.

Sarah schlief auf der Couch und rührte sich nicht, als er neben ihr stehen blieb. Monty öffnete ein Auge und klopfte mit dem Schwanz auf den Boden.

»Schschsch.«

Aber Sarah wachte nicht auf, dabei war sie selbst im Schlaf sichtlich in Verteidigungsstellung, alle Muskeln wirkten angespannt und hart.

Katastrophenschutz. Weshalb hatte sie sich für diesen Beruf entschieden, der sie nicht nur immer wieder in Lebensgefahr brachte, sondern sie auch ständiger Verzweiflung aussetzte? Alle Aktensammlungen und Berichte über eine Person verrieten letztlich nichts über deren wahre Beweggründe. Logan wusste, dass Sarah stark, klug und mit allen Wassern gewaschen war, dass sie jede Menge Humor besaß, auch wenn sie ihn davon nichts spüren ließ. Er begann zu ahnen, dass sich hinter Sarahs gepanzerter Fassade Ungeahntes verbarg. Was für eine Frau war Sarah?

Er hatte wenig Chancen, das herauszufinden. Sie war misstrauisch und er hatte sich alle Mühe gegeben, von ihr als Gegner betrachtet zu werden. Ach, zum Teufel. Es spielte keine Rolle. Er brauchte sie nicht zu kennen. Vielleicht war es sogar besser so. Er hatte schon vor langer Zeit gelernt, dass es gefährlich war, in Gefahr einem anderen Menschen nahe zu kommen. Es tat zu weh, wenn man ihn verlor.

Chen Li.

Er schob den Gedanken an sie zurück in die Finsternis, in die er gehörte. Damals war er jünger und weniger erfahren gewesen. Diesmal musste die Sache nicht so ausgehen wie damals. Sarah Patrick war nicht Chen Li.

Sarah würde am Leben bleiben.

Santo Camaro

»Das ist Sarah Patrick«, sagte Logan zu Castleton, der am Flughafen auf sie wartete. »Ron Castleton arbeitet für mich.«

»Tun wir das nicht alle?«, murmelte Sarah. Sie gab Monty ein Zeichen und er sprang in Castletons Wagen. »Wie geht es Ihnen, Mr. Castleton? Das ist Monty. Ich habe keine Gesundheitspapiere für ihn. Werden die Behörden uns Schwierigkeiten machen?«

Castleton starrte den Hund mit großen Augen an. »Was geht hier vor? Wenn mir jemand Bescheid gesagt hätte, hätte ich ...«

»Wir brauchen keine Papiere«, sagte Logan. »Wir sind wieder weg, bevor jemand merkt, dass wir da waren.«

»Und wenn nicht?«

»Lassen Sie das meine Sorge sein.« Logan setzte sich auf den Beifahrersitz. »Haben Sie von Galen gehört?«

»Er ist bei der Forschungsanlage. Er meint, dass Sie wahrscheinlich sofort anfangen wollen.«

»Richtig.« Er sah zum Himmel auf, der sich in der Dämmerung verdunkelte. »Aber wir müssen wohl bis morgen warten. Hat Rudzak sich bei Ihnen gemeldet?«

»Nicht, seit ich das Geld an der Stelle hinterlegt habe, die er ausgewählt hatte.« Er sah Logan von der Seite an. »Aber seine Informanten sind überall. Wahrscheinlich hat auch in diesem Augenblick einer seiner Leute uns im Auge.«

»Worauf warten Sie dann noch?«

Castleton ließ den Wagen an. »Der Hund deckt unser Spiel natürlich auf. Jetzt weiß er, dass wir versuchen werden, Bassett aufzuspüren. Er hat Kontakte, die ...«

»Deshalb müssen wir unverzüglich handeln.«

»Haben Sie die Sachen auf meiner Liste besorgt?«, fragte Sarah.

Castleton runzelte die Stirn. »Was für Sachen? Mir hat niemand eine Liste gegeben.«

»Galen hat Ihre Sachen besorgt, Sarah«, sagte Logan. »Margaret hat ihn angerufen und ihm Ihre Liste übermittelt.«

»Es gefällt mir nicht, eine Frau in diese Sache zu verwickeln«, sagte Castleton und blickte über die Schulter auf Sarah. »Hat Logan Ihnen wenigstens erklärt, wie gefährlich die Sache ist, auf die Sie sich da einlassen?«

Im Gegenteil, genau genommen wusste sie gar nichts. »Ich danke Ihnen für Ihre Besorgnis, aber wir werden schon heil wieder rauskommen.« Castletons Worte trugen nicht gerade zu ihrem Wohlbefinden bei. Und diese Hitze ... die Hitze würde die Suche umso schwerer machen. Man konnte kaum atmen, Monty hechelte. Sie streichelte ihm den Kopf. »Es ist Zeit für einen Haarschnitt, mein Junge ...«

»Wir haben keine Zeit«, sagte Logan.

»Ich wollte ihn auch nicht zum Coiffeur bringen. Ich schneide ihm die Haare selbst.« Sie presste die Lippen zusammen. »Ich werde nicht mit ihm in den Dschungel gehen, ehe ich nicht das Möglichste für seine Bequemlichkeit getan habe. Er ist ein langhaariger Hund und wir wissen nicht, wie viel Zeit die Suche in Anspruch nehmen wird.«

»Wenn sie so lange dauert, dass dem Hund die Hitze zur Last fällt, haben wir ein Problem«, sagte Logan.

»Die Hitze fällt ihm jetzt schon zur Last. Ich schneide ihm die Haare«, sagte Sarah.

Logan öffnete den Mund zum Widerspruch, überlegte es sich aber anders. »Na gut, wir kriegen das schon hin.«

Sie blickte aus dem Fenster. Sie waren auf eine holprige, ungepflasterte Straße eingebogen, die zu beiden Seiten von dem Blattwerk des Urwalds begrenzt wurde. Nicht nur die Temperatur war bedrückend. »Wer ist dieser Galen? Auch ein Angestellter?«

Logan nickte. »Eine Art freier Mitarbeiter«

»Eine Art?«

»Wir sind da.« Castleton bog um eine Kurve und kam mit quietschenden Bremsen vor einem Mann zum Stehen, der seelenruhig mitten auf der Fahrbahn stand. »Zum Teufel noch mal, sind Sie wahnsinnig, Galen?«

»Darüber lässt sich streiten.« Er grinste Logan an. »Was soll ich bloß mit dir machen? Du kommst immer zu spät. Das Essen steht auf dem Tisch.«

»Ich wäre fast von der Straße abgekommen.« Castleton zog den Zündschlüssel ab. »Ich konnte schließlich nicht damit rechnen, dass Sie ...«

»Ich glaube, da bestand keine echte Gefahr. Schließlich ist das hier Privateigentum und Sie sind ein vorsichtiger Mensch, Castleton. Ich wusste, dass Sie im Schneckentempo angerollt kommen würden.« Er öffnete die Hintertür des Wagens und pfiff leise, als er Monty auf dem Boden liegen sah. »Ah, der Empfänger der Hundekuchen in meinem Rucksack. Ich gebe zu, ich bin enttäuscht. Ich dachte, die wären für dich, Logan. Ich hatte gehofft, du hättest einen etwas kühneren Geschmack entwickelt. Weißt du noch, wie du dich geweigert hast, die delikaten Maden zu essen, die uns damals von den Maori …«

»Das ist Sean Galen«, unterbrach ihn Logan. »Sarah Patrick und ihr Hund, Monty.«

»Angenehm.« Galen half ihr lächelnd aus dem Wagen. Er war Ende Dreißig, etwas über mittelgroß und hatte einen schlanken, athletischen Körper. Das dunkle Haar war kurz geschnitten, lockte sich aber nichtsdestoweniger, und die Augen wirkten so dunkel und eigensinnig wie das Haar. Er sprühte vor Energie. »Mögen Sie einen Schinken-Makkaroni-Topf?«

Ein Brite? Er hatte einen leichten Cockney-Akzent. »Gern.«

»Na prima. Das gibt es nämlich zum Abendessen.« Er sah auf Monty hinab. »Du kriegst auch was ab. Dieses Hundefutter und die Vitamintabletten, die ich mitbringen sollte, kommen mir nicht sehr berauschend vor.«

»Na, wenn deine Abenteuerlust am Esstisch nicht weiter geht als Makkaroni mit Schinken«, murmelte Logan.

»Ich wusste ja nicht, dass wir eine Dame zu Gast haben würden, und Castleton sieht mir doch sehr nach Fleisch und Kartoffeln aus.« Er trat an den Straßenrand. »Hier lang. Ich habe das Lager ein Stück weit von den Ruinen aufgeschlagen. Die deprimieren mich.«

Zum ersten Mal blickte Sarah zu der ausgebrannten Forschungseinrichtung hinüber, die nur wenige hundert Meter entfernt lag. Sie war so mit ihrem Zorn, ihrem Groll und ihren Sorgen beschäftigt gewesen, dass sie sich über die Menschen, die hier gelebt und gearbeitet hatten, keine Gedanken gemacht hatte. Viel versprechende Lebenswege, denen die Kugeln der Mörder ein Ende gesetzt hatten ...

»Seht ihr? Die Dame ist auch deprimiert«, sagte Galen. »Kommen Sie, Castleton. Sie können mir beim Servieren helfen.«

»Ich muss in die Stadt zurück.«

»Nach dem Essen. Sie wollen mich doch nicht beleidigen?«

»Ich muss ...« Castleton zuckte die Achseln und folgte Galen in den Busch.

Sarah blickte ihnen nach. Sie hatte das Gefühl, überrollt zu werden, und war sich keineswegs sicher, dass sie dieses Gefühl mochte.

»Keine Angst«, sagte Logan neben ihr. »Er wird Sie nicht vergiften. Galen ist ein Gourmet-Koch.«

»Mitten im Dschungel?«

»Mitten in einem Wirbelsturm, wenn nötig. Er ist sehr anpassungsfähig.«

»Ich hatte keine Angst, vergiftet zu werden. Er hat mich nur überrascht.«

»Kann ich verstehen.« Er drängte sie sanft vorwärts. »Mich hat er auch schon des Öfteren überrascht.«

Offensichtlich waren die beiden gute Freunde. »Was war mit den Maden?«

»Er hat Ihnen verschwiegen, dass ich die verfluchten Dinger letztendlich doch gegessen habe. Er hat mich so in die Enge getrieben, dass ich keine andere Wahl hatte, als das Zeug runterzuschlingen oder unsere Gastgeber zu beleidigen.«

Sie lächelte. »Ich glaube, ich fange an, Ihren Mr. Galen zu mögen.«

»Das überrascht mich nicht. Irgendwie habe ich geahnt, dass er mit dieser Geschichte Ihr Herz gewinnen würde.« Er schwieg einen Augenblick. »Sie können ihm vertrauen, Sarah. Wenn mir irgendetwas zustößt, tun Sie, was er sagt, und er wird Sie raushauen.«

Sie spürte, wie es ihr kalt den Rücken herunterlief, und beschloss, das Gefühl zu ignorieren. »Ich bin es nicht gewöhnt, meine Sicherheit jemand anderem anzuvertrauen. Was macht Galen eigentlich für Sie?«

»Man könnte ihn als professionellen Problemlöser bezeichnen.«

»Probleme wie das, was uns gegenwärtig beschäftigt?«

»So was ist seine Spezialität. Lassen Sie ihn also gewähren, wenn er die Führung übernimmt, sollte irgendetwas schief gehen.«

»Würden auch Sie sich ihm unterordnen?«

»Auf jeden Fall.«

Sie sah ihn skeptisch an. »Ich kann mir nicht vorstellen, dass Sie sich auf andere verlassen statt auf sich selbst.«

»Ich habe schon vor langer Zeit gelernt zu delegieren.« Er lächelte. »Wie sonst wäre ich dazu gekommen, Sie anzuheuern?«

»Ich kann mir nicht vorstellen, dass Sie beiseite treten und mich meine Arbeit machen lassen.«

»Trotz Ihrer schlechten Meinung von mir gelingt es mir nicht, mich meiner Verantwortung zu entziehen.«

»Seit wann kennen Sie Galen?«

»Seit etwa fünfzehn Jahren. Ich habe ihn in Japan kennen gelernt. Er war damals gerade aus dem Militär entlassen worden und arbeitete für einen Geschäftsmann dort.«

»Und Sie haben ihn abgeworben?«

»Das konnte ich mir zu jener Zeit noch nicht leisten. Ich

versuchte mit Mühe und Not, ein Geschäft aufzubauen. Aber in den nächsten Jahren haben wir bei verschiedenen Projekten zusammengearbeitet. Und als ich dann persönliche Probleme hatte, hat er mir beigestanden.«

Was für persönliche Probleme?, dachte sie. Sie würde sich hüten, ihn danach zu fragen. An seinem Privatleben war sie nicht interessiert. Sie wollte nur ihre Arbeit machen und nach Hause gehen. »Und seitdem arbeitet er für Sie?«

»Nur gelegentlich«, sagte Logan. Sie hatten die Lichtung erreicht, auf der Galen das Lager aufgeschlagen hatte. Zu ihrer Überraschung stand neben dem Feuer ein Tisch, der mit einem Damasttuch und kostbar wirkendem Porzellan gedeckt war.

»Mannomann!«

Galen sah auf und grinste. »Meine Mama hat mich gelehrt, dass ein Picknick kein Vorwand sein darf, die feine Lebensart hintanzustellen.«

»Und Sie halten die Sache hier für ein Picknick?«

»Kommt ganz darauf an, wie man die Sache angeht.«

»Wie gedenken Sie all dies Zeug zu transportieren?«

»Gar nicht. Es kommt weg. Ist nicht alles zum Wegwerfen?«

»Nein.«

Er hob die Augenbrauen. »Gut. Ist doch erfrischend, jemandem zu begegnen, der kein Zyniker ist.« Geschickt servierte er die Makkaroni.

»Sag mal, Logan, erinnert diese bibbernde Pasta nicht ein bisschen an Maden?«

Die Makkaroni waren köstlich und der Kaffee, den Galen danach servierte, war noch besser. »Leider kann ich nicht mit Nachtisch dienen. Beim nächsten Mal vielleicht.« Er hob die Augenbrauen. »Waschen Sie ab, Castleton? Das wäre doch nur gerecht.«

Castleton sprang auf die Füße. »Ich muss in die Stadt zurück. Ich muss noch einiges in die Wege leiten, um unsere Leute aus dem Krankenhaus zu holen. Danke für das Essen. Es war wirklich ausgezeichnet.«

Galen zog eine Grimasse. »Von Ihren Lobeshymnen werden die Teller auch nicht sauber.«

Logan stand auf. »Ich begleite Sie zum Wagen, Castleton. Ich habe noch eine Aufgabe für Sie.«

»Na klar.« Castleton wandte sich an Sarah. »Passen Sie auf sich auf. Viel Glück.«

»Danke.«

Sie sah Castleton und Logan nach, wie sie über die Lichtung gingen und im Wald verschwanden, dann begann sie, die Teller zu stapeln.

»Setzen Sie sich und trinken Sie noch eine Tasse Kaffee. Ich habe nur Spaß gemacht.«

»Ich meine es aber ernst. Gerecht ist gerecht.«

»Richtig. Und Sie müssen noch den Hund scheren.« Er nickte zu Monty. »Da werden Sie eine ganze Weile beschäftigt sein, bei all dem goldenen Haar. Und Sie sollten auch noch ein wenig Schlaf kriegen heute Nacht.«

»So lang wird es nicht dauern. Monty ist brav.«

»Scheren Sie den Hund«, sagte er mit fester Stimme und nahm ihr das Geschirr aus der Hand. »Sonst zerdeppern Sie mir noch mein gutes Porzellan.«

»Es ist aus Plastik.«

»Das haben Sie gemerkt? Im Katalog wurde versprochen, dass es niemand merken würde.«

Sie lächelte. »Da sind Sie aufs Kreuz gelegt worden, Galen.«

»Das ist die Geschichte meines Lebens. Soll ich Ihnen

die Schere holen? Sie ist in meinem Rucksack, genau wie alle Ihre Bestellungen.«

Sie musste einsehen, dass sie sich gegen ihn nicht durchsetzen würde. Trotz seiner zwanglosen Munterkeit war Galen offensichtlich ein Mann mit einem unbeugsamen Willen. »Ich werde sie holen.«

»Es war eine lange Liste, die Sie Logan gegeben haben.«

Sie kniete vor dem Rucksack nieder und wühlte darin herum. »Ich musste ohne meine Ausrüstung los. Haben Sie genug Mineralwasser gekriegt? Wir dürfen nicht riskieren, dass Monty krank wird.«

»Das ganze Wasser ist für Monty?«

»Der größte Teil. Ich brauche nicht so viel wie er.« Sie setzte sich neben Monty. »Na los Junge, schaffen wir dir dieses Zeug vom Leibe.« Er seufzte und rollte sich auf den Bauch.

Galen lachte leise. »Sie haben Recht, er ist brav. Ein netter Hund.«

»Haben Sie ein Haustier?«

Er schüttelte den Kopf. »Nein, ich bin zu viel unterwegs. Eine Zeit lang habe ich einen Papagei gehabt, aber der wurde beleidigend und da habe ich ihn abgegeben. Das kann Ihnen mit Monty nicht passieren.«

»Da würde ich mich nicht drauf verlassen.«

»Na gut, jedenfalls nicht mit Kraftausdrücken. Das Bein zu heben, wo er's höflicherweise nicht tun sollte, traue ich ihm durchaus zu.«

Sie nickte. »Er bringt es immer zum Ausdruck, wenn ihm etwas nicht passt.«

»Aber Sie sind offensichtlich gute Freunde. Seit wann haben Sie ihn schon?«

»Seit vier Jahren. Er war ein Jahr alt, als er mir in der

Ausbildungsstaffel der ATF auffiel.« Sie lächelte, als sie sich daran erinnerte. »Er hatte die Schule für Blindenhunde nicht bestanden und die ATF hatte ihn übernommen.«

»Durchgefallen?«

»Nicht, weil es ihm an Grips fehlte«, sagte sie, ihren Hund in Schutz nehmend. »Aber er ließ sich leicht ablenken und das hätte gefährlich werden können.«

»Konzentrationsstörungen?«

»Es liegt an seiner Nase. Er war damals noch ein Welpe und sein Geruchssinn ist wahrscheinlich der schärfste, der der ATF jemals untergekommen ist. Wenn er dauernd mit Gerüchen bombardiert wird, ist es doch klar, dass er sich irgendwann ablenken lässt.«

Er hob die Hände. »Ich wollte Ihren Hund nicht beleidigen. Ich habe große Hochachtung vor Hunden. Ich habe sie unter Gefechtsbedingungen im Einsatz gesehen und als Partner wäre mir ein Hund lieber als jeder Zweibeiner.«

»Entschuldigung. Ich habe wohl überreagiert. Leg dich auf den Rücken, Monty.« Sie begann, ihm das Bauchhaar zu schneiden. »Ist das ein englischer Akzent, den Sie haben?«

»Ich bin in Liverpool geboren und aufgewachsen.«

»Logan hat erzählt, Sie hätten sich vor Jahren in Japan kennen gelernt.«

Er nickte. »Als wir beide noch jung und grün waren. Na ja, jünger und grüner als heute. Natürlich war ich schon damals eisenhart und Logan war auch kein Schmusekätzchen, schon als Chen Li noch lebte.«

»Chen was?«

»Seine Frau. Sie starb an Leukämie, einige Jahre nachdem ich Logan kennen gelernt hatte. Kein leichter Tod und auch für ihn war es nicht leicht. Er hat sie sehr geliebt.«

Persönliche Probleme. Ja, das konnte man wohl als persönliches Problem bezeichnen. Sie wünschte, sie hätte nicht nach seiner Vergangenheit gefragt. Auch er hatte also schon eine Tragödie erlebt. Wie die meisten Menschen. Sie hatte jedenfalls nicht vor, ihn zu bemitleiden. »Ich bin sicher, er konnte damit umgehen.«

»Ja, er hat es überwunden.« Galen wusch den letzten Teller ab. »Zuerst hat er sich benommen wie ein Verrückter, aber mit der Zeit sind die Wunden vernarbt. Wir haben uns ein Jahr lang in der Südsee herumgetrieben, dann ist er nach Tokio zurückgekehrt.«

»War das die Zeit, in der Sie ihm die Maden serviert haben?«

Er lächelte. »Nein, das war später. Als er die Sache einigermaßen überwunden hatte. Im ersten Jahr nach Chen Lis Tod hätte er mir für einen solchen Scherz den Kopf abgerissen.« Er betrachtete Monty. »So nackt sieht er aus wie ein großer, gelber Bär.«

»Na, jedenfalls ist ihm jetzt ein bisschen kühler.«

Sie hockte sich nieder und begann, das abgeschnittene Haar vom Boden aufzusammeln. »Ich frage mich, wo Logan bleibt. Hätte er nicht längst zurück sein sollen?«

»Vielleicht ist er zu den Ruinen gegangen.« Er runzelte die Stirn. »Schrecklich. Die haben nichts Böses geahnt, als sie von Rudzak überrascht wurden.«

Ihr lief ein Schauder über den Rücken. »Warum sollte er dort hingehen?«

»Ist er vielleicht nicht. Aber ich würde doch drauf wetten. Es macht ihm schwer zu schaffen, was dort passiert ist. Vielleicht versucht er noch immer, es zu begreifen.«

»Ich kann mir nicht vorstellen, dass Logan so sensibel ist.«

»Nun ja, vielleicht wollen Sie ihn nicht so sehen.« Er trocknete sich die Hände ab. »Na egal. Mir geht dieses ganze bedeutsame Geschwätz auf den Geist. Meine seichte Seele ist auf so viel Tiefgang nicht eingestellt. Ich brauche ein wenig geistlose Zerstreuung, ehe ich in die Falle gehe. Spielen Sie Poker?«

»Warum wollten Sie das noch mal sehen?« Castleton schluckte, während er sich in den verkohlten Ruinen umsah. »Gott, mir fällt das wahrhaftig nicht leicht. Wir werden nichts finden. Wie ich Ihnen gesagt habe, ich habe jedes Beweisstück gerettet, das nicht zerstört wurde. Ich habe nicht geschludert, Logan.«

»Ich glaube Ihnen. Ich weiß, wie sorgfältig Sie sind.« Ohne zu Castleton aufzublicken, griff er nach einem angekohlten Holzkasten, der am Boden zwischen den Trümmern lag. »Was, glauben Sie, war da drin?«

»Weiß nicht. Disketten vielleicht.«

Logan schwieg einen Augenblick. »Vier Tote. Carl Jenkins. Betty Krenski, Dorothy Desmond, Bob Simms. Wussten Sie, dass Betty Krenski versucht hat, ein HIV-infiziertes Baby aus einem südafrikanischen Waisenhaus zu adoptieren?«

»Ja, aber ich wusste nicht, dass Sie es wissen.«

»Sie bat mich um Hilfe. Sie meinte, irgendwer müsse sich doch um diese Kinder kümmern. Ich versuchte es ihr auszureden. Ein Kind mit HIV anzunehmen muss einem doch früher oder später das Herz brechen.«

»Trotzdem haben Sie eingewilligt, ihr zu helfen?«

»Jeder muss seine eigenen Entscheidungen treffen. Wir können die anderen beeinflussen, aber die Entscheidung können wir ihnen nicht abnehmen. Ich habe ihr versprochen, wenn sie dieses Kind Ende des Jahres noch immer adoptieren wollte, würde ich ihr helfen.«

»Warum hat sie sich nicht an mich gewandt? Es gehörte zu meinen Aufgaben, mich um die persönlichen Probleme der Mitarbeiter zu kümmern.«

»Haben Sie geglaubt, ich hätte Sie eingestellt, um die Verantwortung für die Leute, die ich hierher geschickt habe, an Sie abgeben zu können?«

»Sie haben viel zu tun.«

»Nicht so viel. Dieses Projekt lag mir sehr am Herzen. Ich kenne die Akten jedes Mitarbeiters, den Sie eingestellt haben, und kann Stellen aus Ihren monatlichen Berichten zitieren. Ich bin diesen Leuten zwar nie begegnet, aber ich hatte das Gefühl, sie zu kennen.«

»Sie waren gute Menschen. Das weiß niemand besser als ich.« Castleton hielt inne. »Halten Sie mich nicht für gefühllos, aber ich muss gehen. Für die Leute, die getötet wurden, kann ich nichts mehr tun. Aber ich kann dafür sorgen, dass die Verwundeten in ein Krankenhaus in den Staaten geschafft werden.«

»Ja, ich weiß. Sie haben es eilig.« Er stand auf. »Und es ist Ihnen unangenehm, hier zu sein.«

»Warum sind wir hier?«, wiederholte Castleton.

»Ich fand es passend. Galen sagt, ich hätte keinen Sinn für Form und Zeremoniell, doch das stimmt nicht. Jedenfalls nicht in diesem Fall.«

»Wovon reden Sie? Was erwarten Sie von mir, Logan?«

»Nur sterben sollen Sie.« Er drehte sich um und schlug Castleton mit dem Handballen unter die Nase, der Knochen zerbarst und bohrte sich ihm ins Gehirn.

4

»Erledigt?« Galen stand mitten auf dem Weg, als Logan zum Lagerplatz zurückkehrte.

Logan nickte.

»Und die Beseitigung?«

»Niemand wird ihn finden.«

Galen sah Logan prüfend an. »Ist schon lange her, dass du eine solche Aufgabe persönlich erledigt hast. War es schwer?«

»Nein.«

»Nicht mal ein wenig? Du bist nun schon lange ein achtbarer Geschäftsmann, da könnte es dir schwer fallen, zu den alten Methoden zurückzukehren.«

Logan zog eine Grimasse. »Ich hab's genossen.«

»Ich mag Verräter auch nicht. Ich hätte dir die Arbeit gern abgenommen.«

»Ich weiß. Aber das war meine Sache. Ich hatte ihn ausgewählt. Wenn ich ihn sorgfältiger beobachtet hätte, hätte ich vielleicht gemerkt, dass er zum Verräter geworden ist.« Seine Miene verdunkelte sich, als er über die Schulter in Richtung der Ruinen blickte. »All diese Leben ...«

»Vermutlich war es ein Gelegenheitsverbrechen. Castleton wäre wahrscheinlich ein unbescholtener Bürger geblieben, hätte Rudzak ihn nicht in Versuchung geführt.«

»Was wissen wir darüber?«

»Sanchez sagt, er hat eine Million für die Unterstützung beim Angriff auf die Einrichtung gekriegt und zwei Millionen, wenn er dich in die Falle gelockt hätte. Wie bist du darauf gekommen, dass Castleton von Rudzak bestochen wurde?«

»Ich wusste es nicht, ich habe nur jede Möglichkeit in Betracht gezogen. Zur Zeit des Angriffs war Castleton bequemerweise gerade in der Stadt. Das hat mich stutzig gemacht. Vielleicht war es Zufall, aber darauf wollte ich mich in dieser Situation nicht verlassen. Ich musste sichergehen. Wenn er schuldig war, musste ich damit rechnen, dass sein Tipp mit Sanchez falsch war. Sanchez hätte mir falsche Informationen über Rudzaks Aufenthaltsort gegeben und ich wäre geradewegs in die Falle marschiert. Deshalb habe ich dich zu Sanchez geschickt.«

»Weil du wusstest, dass du dich auf mich verlassen kannst.«

»Weil ich nicht noch mehr Tote zu verantworten haben wollte. Ich dachte, hier wäre das Forschungszentrum sicher. Ein Irrtum. Rudzak hat Wind davon gekriegt.«

»Hör auf, dich deswegen zu quälen. Du konntest nicht ahnen, dass Rudzak wieder auftauchen würde. Du wusstest nicht, dass er nicht mehr in Bangkok im Gefängnis saß.«

»Das stimmt nicht. Ich habe immer gewusst, dass er eines Tages wieder auftauchen würde.«

»Dann hättest du ihn im Gefängnis umbringen lassen sollen. Ich habe dir angeboten, das für dich zu organisieren.« Galen sah Logan von der Seite an. »Warum hast du mein Angebot nicht angenommen?«

Logan antwortete nicht.

»Ich habe nie verstanden, was zwischen Rudzak und dir lief. Eine Zeit lang habe ich ihn für deinen besten Freund gehalten.«

»Ich auch. Dann fing er an, mich zu hassen. Aber er hat

es sich nie anmerken lassen – bis zuletzt.« Er zuckte die Achseln. »Und jetzt hasst er mich umso mehr. Vielleicht war es ihm bestimmt, auf mich anzulegen.«

»Schicksal?« Galen schüttelte den Kopf. »Wir bestimmen unser Schicksal selbst.«

Logan war einverstanden. Er hatte lange genug im fernen Osten gelebt, um einen tiefen Respekt vor den Mustern, die das Leben webt, zu entwickeln. Aber er glaubte nur bis zu einem gewissen Grad daran. »Vielleicht. Jedenfalls wusste ich genau, dass ich auf Rudzaks Abschussliste an erster Stelle stand, als ich vor zwei Jahren hörte, dass er es endlich geschafft hatte, sich aus diesem Gefängnis in Bangkok freizukaufen.«

»Zwei Jahre sind eine lange Zeit. Ich hatte gehofft, er hätte dich vergessen.«

»Doch nicht im Ernst. Nach allem, was ich ihm angetan habe? Ich habe mit ihm gerechnet. Ich wusste, dass er erst seine Kontakte würde auffrischen müssen, ehe er mich ins Visier nehmen konnte. Aber ich hatte gehofft, dass er nicht auf die Forschungseinrichtung stoßen würde.«

»Wie lange war die in Betrieb?«

»Drei Jahre.«

»Fortschritte?«

»Wir stehen noch am Anfang, aber die Aussichten waren viel versprechend, sehr viel versprechend. Bassett war brillant.«

»War?«

»Gott, ein Versprecher. Vielleicht ist er noch am Leben. Aber da es Rudzak nicht in erster Linie um Geld geht, ist leider alles möglich.«

»So sehe ich das auch. Gehen wir trotzdem rein?«

Logan nickte. »Ich werde nicht zulassen, dass Rudzak

meine Leute umbringt und wie eine Unheil bringende Wolke über mir schwebt. Wir müssen ihn aus dem Weg schaffen.«

»Wenn wir ihn finden. Wie gut sind Sarah und ihr Hund?«

»Glaubst du, ich würde jemanden einsetzen, auf den ich mich nicht hundertprozentig verlassen kann? Aber pass auf die beiden auf. Wenn mir etwas zustößt, sorg dafür, dass die beiden mit heiler Haut davonkommen.«

»Ich werde tun, was ich kann.« Er schwieg einen Augenblick. »Wenn Rudzak mit dem Leben davonkommt, wird er auch sie auf seine Abschussliste setzen, das weißt du.«

»Ich bin kein Idiot. Das ist einer der Gründe, warum ich Castleton nicht von ihr und Monty erzählt hatte. Von jetzt an werde ich dafür sorgen, dass keiner von Rudzaks Leuten sie zu Gesicht kriegt, und das Beste hoffen.«

»Und wenn das Beste nicht eintrifft?«

»Darüber werde ich mir dann den Kopf zerbrechen. Ich brauche sie.« Er wechselte das Thema. »Etwas macht mir Sorgen. Rudzak treibt vielleicht ein Spielchen mit ...« Er schüttelte den Kopf. »Ich weiß nicht, es ist nur so ein Gefühl. Als er angerufen hat, machte er Andeutungen, als wollte er mir ein Rätsel zu lösen geben.«

»Das falsche Lager?«

»Vielleicht.« Er dachte einen Augenblick nach. »Er hat mir einen Skarabäus geschickt, kurz bevor er die Einrichtung in die Luft gejagt hat. Den Skarabäus, der Chen Li gehört hat.«

»Davon hast du mir nichts gesagt.«

»Ich war nicht sicher, ob es etwas zu bedeuten hatte. Ich bin es immer noch nicht.«

»Wie ist er daran gekommen?«

»Er hat die ganze Sammlung aus ihrem Schlafzimmer

gestohlen, ehe er Tokio verließ. Die Polizei in Bangkok hat danach gesucht, aber nichts gefunden. Ich nahm an, dass er die Sachen verkauft hatte. Von dem Erlös hätte er sich aus zehn Gefängnissen freikaufen können.«

»Offensichtlich hat er sie nicht zu Geld gemacht, sonst hätte er sich viel früher freikaufen können. Die Sachen müssen ihm viel bedeutet haben.«

»Das haben sie allerdings. Er hat Chen Li jahrelang vom Land der Pharaonen erzählt, er war besessen davon. Er hat ihr Bücher geschenkt und sie ins Museum geführt. Diesen Skarabäus hat er ihr geschenkt, als sie gerade erst fünfzehn war.«

»Weshalb sollte er sich die ganze Mühe machen...?« Galen stieß einen leisen Pfiff aus. »Dieses hinterlistige Schwein.«

»Und dann tauchte ich auf«, fuhr Logan fort. »Wenn Chen Li nicht krank geworden wäre, hätte ich wohl einen bedauerlichen Unfall gehabt. Und wahrscheinlich wäre er damit davongekommen. Wie du schon sagtest, ich hielt ihn für meinen besten Freund.«

»Dann war der Skarabäus wohl als Herausforderung gemeint.«

»Vielleicht. Aber ich habe so ein Gefühl, ... ich weiß es nicht. Ich habe ein ungutes Gefühl. Hat Sarah sich hingelegt?«

Galen zog eine Grimasse. »Nachdem sie mich drei Mal beim Poker geschlagen hat. Sie könnte ihr Brot in Las Vegas verdienen. Ein kluges Köpfchen.«

»Ich weiß. Mich hat sie einmal bis aufs Hemd ausgezogen. Sie hat mir erzählt, dass sie eine Menge Übung hat, weil die Rettungsmannschaften sich bei Katastrophen die Zeit bis zum Einsatz mit Poker vertreiben.«

»Na, wollen wir hoffen, dass diese Sache sich nicht zur

Katastrophe entwickelt.« Sie hatten den Lagerplatz erreicht und er senkte die Stimme, um Sarah nicht zu wecken, die neben Monty am Feuer lag und schlief. »Wie stehen unsere Chancen?«

»Heute Abend habe ich Zeit gekauft. Ich schätze, wir haben zwei Tage, ehe Rudzak Verdacht schöpft. Wenn wir schnell handeln und die Überraschung auf unserer Seite haben ... sieben zu zehn.«

Galen ließ sich auf seinen Schlafsack fallen. »Hoffen wir das Beste. Ich habe noch viel vor im Leben. Da draußen gibt's Millionen von Menschen, die meine Intelligenz und meinen Charme noch nie zu spüren bekommen haben.«

»Ich werd dran denken.« Logan streckte sich auf seinem Schlafsack aus und schloss die Augen.

Tod.

Galen hatte Recht. Es war lange her, aber Logan hatte keinen Augenblick gezögert. Auge um Auge, Zahn um Zahn. Primitiv, aber gerecht.

Rudzak folgte der gleichen Philosophie. Er hatte fast fünfzehn Jahre auf die Gelegenheit gewartet, sich an Logan zu rächen, und nun lauerte er da draußen und die Vorfreude ließ ihm das Wasser im Munde zusammenlaufen.

Logan war die möglichen Ziele eines nächsten Anschlags immer und immer wieder im Kopf durchgegangen. Was würde Rudzak als Nächstes auswählen?

Verdammt. Es hatte keinen Zweck, sich über zukünftige Ziele den Kopf zu zerbrechen, ehe nicht Bassett auf freiem Fuß war und Sarah, Monty und Galen in Sicherheit.

Und eine Quote von sieben zu zehn war so übel nicht.

Sieben zu zehn.

Sarah starrte in die Dunkelheit, während sie lauschte, wie Logan sich ihr gegenüber hinlegte. Die Chancen standen also gut, besser als bei vielen früheren Situationen in ihrem Leben. Und für sie und Monty standen sie sogar noch besser, da ihre Aufgabe beendet war, sobald sie Rudzaks Lager ausfindig gemacht hatten. Sie würde an dem Angriff nicht teilnehmen, und selbst wenn Logan und Galen gefangen genommen oder getötet werden sollten – sie und Monty hatten die Ausbildung und die Erfahrung, allein im Dschungel zu überleben.

Himmel, was für herzlose Überlegungen.

Aber wieso? Es war ihr gutes Recht, für ihr eigenes und Montys Überleben zu sorgen, ohne Schuldgefühle. Sie mochte Galen, aber der hatte für den Job angeheuert und wurde vermutlich gut bezahlt. Und Logan war doch selbst derjenige, der sie alle in seinem Spinnennetz gefangen hielt. Und auch wenn sein Wunsch, seinem Mitarbeiter das Leben zu retten, ehrenhaft war, seine Methoden waren es nicht. Nein, sie war allein auf sich gestellt und würde dementsprechend handeln.

Monty wimmerte und legte ihr den Kopf auf den Arm. Er spürte ihre Anspannung. Sie streckte die Hand aus, um ihn zu streicheln und zu beruhigen. Nein, sie war nicht allein. Nicht, solange sie Monty hatte. »Schlaf jetzt, mein Junge.«

Angst?

Sie hatte Angst. Sie hatte Angst, seit sie die niedergebrannte Forschungseinrichtung gesehen hatte.

Vorahnung?

Zum Teufel, nein. Blühende Phantasie.

Aber Monty glaubte ihr nicht, er spürte die Anspannung ihrer Muskeln.

Sanft kraulte sie ihm die Kehle: »Ein bisschen, aber es ist schon okay.«

Er entspannte sich. Monty kannte die Angst. Er wusste,

dass man manchmal einfach weitermachen musste, auch wenn man Angst hatte. Einmal war er in den Trümmern eines eingestürzten Parkhauses in einen Tunnel gekrochen, weil er einen Verschütteten gewittert hatte. Sie war ihm gefolgt und der Tunnel war hinter ihnen eingestürzt. Es gab keinen Weg zurück und vor ihnen lagen nur Dunkelheit und Angst. Sie hatte Montys Zittern neben sich gespürt und hatte seine und ihre eigene Angst gerochen. Er hätte vor Angst erstarren können, aber er war auf dem Bauch durch die finstere, enge Höhle gekrochen und hatte sie schließlich ans Licht geführt.

Wenn sie diesen Albtraum überlebt hatten, konnten sie alles überleben.

Und eine Quote von sieben zu zehn war wirklich nicht so übel.

»Aufstehen. Wir müssen los.«

Sarah riss die Augen auf und sah Logan ins Gesicht.

»Okay.« Sie setzte sich auf und schlug die Decke zurück. »Monty.«

Monty streckte sich und trottete ins nächste Gebüsch, um sein morgendliches Geschäft zu verrichten.

»Hier ist Ihr Rucksack.« Logan setzte ihn neben sie auf den Boden. »Ich habe ein paar Flaschen in meinen umgeladen. Sehr viel Platz hatte ich allerdings nicht.«

»Ich brauche Ihre Hilfe nicht, ich wäre schon allein zurechtgekommen.«

»Ich habe nicht den Kavalier spielen wollen.« Logan lächelte, aber sein Tonfall war überraschend scharf. »Ich will nur vermeiden, dass Sie das Tempo nicht halten können.«

Sie schulterte den Rucksack. »Machen Sie sich deswegen keine Sorgen. Eher werden Sie Mühe haben, mit mir

Schritt zu halten. Dieser Spaziergang durch den Dschungel könnte etwas anstrengender werden als ein Tennisspiel in einem schicken Club.« Sie sah sich um und bemerkte, dass sie mit Logan allein auf der Lichtung war. »Wo ist Galen?«

»Er ist schon vorgegangen.«

»Warum?«

»Er hat ein paar Dinge zu erledigen. Wir haben erfahren, dass Rudzak ungefähr zehn Meilen westlich von hier ein Scheinlager aufgeschlagen hat. Galen wird später zu uns stoßen.«

»Und in welche Richtung gehen wir?«

»Nach Osten.« Logan löschte das Feuer. »Wir werden das Suchgebiet um die Mittagszeit erreichen. Dann sind Sie und Monty gefordert.«

»Okay. Haben Sie irgendetwas, das Bassett gehörte?«

»Margaret hat mir eine alte Baseball-Kappe geschickt, die in seinem Schließfach in der Fabrik in Silicon Valley liegen geblieben war. Allerdings ist er seit sechs Monaten nicht mehr dort gewesen. Glauben Sie, dass der Geruch noch stark genug ist?«

»Wahrscheinlich. Aber hätte Castleton nicht etwas besorgen können, das er hier unten gebraucht hat?«

»Nein.« Logan wandte sich ab. »Das kam nicht in Frage.«

»Wieso kam das nicht ...«

»Kriegt Monty so früh schon was zu fressen?«

Sie schüttelte den Kopf. »Er kriegt was, wenn wir ein Stück des Wegs zurückgelegt haben.«

»Gehen wir also.«

Ob sie frühstücken wollte, war ihm keine Frage wert gewesen. Er war so kalt und präzise wie das Skalpell eines Chirurgen und es ärgerte sie, dass er ihr von dem Scheinlager nicht früher erzählt hatte. »Meinen Sie, ich könnte mir vorher noch die Zähne putzen und auf die Toilette gehen?«

Ihr Sarkasmus ließ ihn ungerührt. »Wenn Sie sich beeilen.«

Sie erstarrte, als sie ihn die Bäume am Rande der Lichtung mustern sah. »Was suchen Sie? Glauben Sie, dass uns jemand beobachtet?«

»Nein, Galen hat die Gegend ausgespäht, ehe er das Lager aufgeschlagen hat, und er hat es nicht für nötig gehalten, Wachen aufzustellen.«

Es war ihr neu, dass über Wachen überhaupt nachgedacht worden war. Sie hatte geglaubt, wenigstens in dieser Nacht sicher zu sein. »Weshalb benehmen Sie sich dann, als würden wir beobachtet?«

»Es kann nicht schaden, Vorsicht walten zu lassen. Rudzak hat meistens eine Überraschung parat.« Er ging auf die Bäume zu. »Genau wie wir.«

Um zehn machten sie eine Frühstückspause und es war zwölf Uhr fünfundvierzig, als sie das Suchgebiet erreichten. Sarah klebte das Hemd am Leibe, aber Monty wirkte noch munter. Sie gab ihm die dritte Schale Wasser und setzte sich neben ihn auf den Boden, während er trank.

»Wir haben keine Zeit.« Logan war zurückgekommen und stand vor ihnen.

»Fünfzehn Minuten. Monty braucht eine Pause.« Sie nahm den Rucksack ab und trank einen Schluck Wasser. »Von jetzt an gehen wir in Führung. Geben Sie mir Bassetts Mütze.«

Er griff in seinen Rucksack und zog eine verblichene Baseball-Kappe mit dem Emblem der *Giants* hervor, die er ihr zuwarf.

Sie legte sie zur Seite und suchte in ihrem Rucksack nach dem mit Taschen und Haken besetzten Segeltuchgürtel. Er war ein wenig zu weit, also zog sie ihr Messer hervor und bohrte zusätzliche Löcher. Dann nahm sie Montys Leine und warf sie auf den Gürtel.

»Wozu brauchen Sie den Gürtel?«, fragte Logan.

»Wahrscheinlich werde ich ihn gar nicht brauchen, aber ich trage ihn bei jeder Suchoperation. Wenn ich ihn anlege, weiß Monty, dass es an die Arbeit geht.« Sie lehnte sich an einen Baum. »Sie sollten sich ausruhen. Wenn Monty einmal die Spur aufnimmt, halten wir nur noch an, wenn er trinken muss.«

Er setzte sich ihr gegenüber auf den Boden und nahm den Hut ab. »Okay, eine kleine Pause kann ich auch gebrauchen.«

Er sah nicht müde aus. Sein Hemd war schweißnass wie das ihre, aber sie spürte die Anspannung und Energie, die er ausstrahlte. War Angst die Ursache dieser Anspannung? Vielleicht. Doch wenn er Angst hatte, ließ er sich davon nicht einschüchtern. Er hatte sie mit schnellem Schritt, ohne zu zögern, durch den Dschungel geführt.

Sie streichelte Monty den Kopf. »Sie haben ein ziemliches Tempo vorgelegt.«

»Ich sagte doch, wir haben es eilig.« Er lächelte spöttisch. »Bedaure, Sie enttäuscht zu haben. Ich weiß, Ihnen wäre es lieber gewesen, wenn ich schlappgemacht hätte.«

»Sie haben eine gute Kondition«, sagte sie mit widerstrebender Anerkennung.

»Kommt vom Tennis im Club.«

»Vielleicht.« In diesem Augenblick konnte sie sich ihn nicht in der Umgebung eines exklusiven Country Clubs vorstellen. Er sah eher wie ein Waffenschmuggler aus als wie ein Wirtschaftsboss. Nach kurzem Schweigen fragte sie: »Was hat Galen vor?«

»Was?«

»Sie haben gesagt, Galen hätte ein paar Dinge zu erledigen. Worum geht es? Oder soll ich davon nichts wissen?«

»Wollen Sie Einzelheiten? Ich dachte, die Geschichte interessierte Sie nur insoweit, als sie Monty und Sie betrifft.«

»Es betrifft uns. Wenn Sie es schaffen, sich umbringen zu lassen, will ich eine anständige Chance haben, lebend hier rauszukommen. Was macht Galen?«

»Er greift das Scheinlager an.«

Sie riss die Augen auf. »Allein?«

»Nein. Galen ist gut, aber nicht *Superman*. Wenn er soweit ist, wird er über Funk seine Mannschaft anfordern, die dann mit dem Hubschrauber einfliegen wird.«

»Wie viel Mann?«

»Zwölf.«

»Gegen wie viele auf Rudzaks Seite?«

»Unser Informant Sanchez sagt, dass in dem Scheinlager wenigstens zwanzig liegen. Demnach wären in dem echten Lager, in dem Bassett gefangen gehalten wird, nur noch acht.«

»Und wie lautet der Plan?«

»Galens Einheit greift das Scheinlager an und Rudzak wird glauben, dass wir in die Falle gegangen sind. Galen wird dann mit uns beim Hauptlager zusammentreffen. Wir befreien Bassett, hüpfen in den Helikopter und machen uns auf den Heimweg.«

Sie setzte ein schiefes Lächeln auf. »Klingt einfach.«

»So einfach auch wieder nicht. Wenn Galen seine Rolle nicht überzeugend genug spielt, wird Rudzak sofort in sein Basislager zurückkehren, und wir sind am Arsch.«

»Weshalb soll das Scheinlager überhaupt angegriffen werden?«

»Rudzak wird misstrauisch sein, wenn er länger nichts von Sanchez und seinem Mann in Santo Camaro gehört hat. Wenn wir bis heute Abend nicht angreifen, wird er ahnen, dass wir sein Spiel durchschaut haben, und auf uns vorbereitet sein.« Er warf einen Blick auf Monty. »Deshalb muss Monty das Basislager bis heute Abend finden.«

»Das kann ich nicht versprechen. Was machen wir, wenn wir es nicht finden? Oder wenn Rudzak auf Galens Manöver nicht hereinfällt?«

»Dann versuchen wir, aus dem Dschungel herauszukommen, bevor Rudzak uns aufspürt.«

So vieles konnte schief gehen. Ihr gefiel das gar nicht.

»Mir gefällt es auch nicht.« Er hatte ihren Gesichtsausdruck richtig gedeutet. »Aber wir haben keine Wahl.« Er stand auf. »Monty hat seine fünfzehn Minuten gehabt. Gehen wir weiter.«

Sie erhob sich langsam und sah nach der Sonne. Sieben, vielleicht acht Stunden bis zum Einbruch der Dunkelheit.

»Fertig?«

»Ja.« Sie sah Logan nicht an, als sie den Segeltuchgürtel vom Boden aufhob und umlegte.

Monty erstarrte, den Blick auf den Gürtel gerichtet. Dann sprang er auf die Füße.

»Zeit, an die Arbeit zu gehen.« Sie nahm Bassetts Kappe und ließ Monty daran schnuppern. *»Such.«*

Er drehte sich um und rannte los.

»Werden wir ihn aus den Augen verlieren?«, fragte Logan.

»Nein, er kommt immer wieder zurück. Und wenn er

eine Spur aufgenommen hat, lege ich ihn an die Leine und renne mit ihm.«

»Haben Sie Angst, er könnte sonst vor lauter Aufregung nicht zurückkommen?«

»Nein.« Sie lief Monty nach. »Ich habe Angst, dass irgendein Trottel auf ihn schießt, und ich will zur Stelle sein, ihn zu beschützen.«

Zwei Stunden später hatte Monty noch immer keine Spur aufgenommen.

»Ich glaube, wir laufen im Kreise«, sagte Logan stirnrunzelnd.

»Schon möglich.« Sarah drängte sich durch ein Palmendickicht. »Aber Monty weiß, was er tut.«

»Wirklich? Er schnüffelt nicht mal am Boden.«

Sie warf ihm über die Schulter einen ungeduldigen Blick zu. »Er riecht die Luft. Dazu muss er die Nase nicht am Boden haben. Oft führt das zu viel besseren Resultaten. Er hebt die Nase in die Höhe und bewegt sie vor und zurück, bis er die Basis des Kegels erwischt.«

»Welcher Kegel?«

»Bassetts Geruch wird in Windrichtung kegelförmig verbreitet. Die Spitze des Kegels liegt bei seinem Körper, mit zunehmender Entfernung verbreitert sich der Geruchskegel. Wenn Monty ihn findet, wird er dem Geruch bis zu seiner Quelle folgen. Sind Sie übrigens sicher, dass die Leute, die wir suchen, wirklich irgendwo lagern, oder könnten sie unterwegs sein?«

»Meine Quelle hat Galen mitgeteilt, dass sie lagern. Aber weshalb ist das wichtig?

»Deshalb«, sagte sie bissig. »Selbst wenn Monty den Geruch findet, könnte er ihn wieder verlieren, und man müsste von neuem anfangen zu suchen.«

»Entschuldigung. War ja nur 'ne Frage. Mir ist all das ja neu.«

Es war den meisten Leuten neu und sie hätte nicht so bissig geantwortet, wenn sie nicht so gereizt gewesen wäre. Dass eine Suche so lange dauerte, war nicht ungewöhnlich, aber diesmal hatte sie ängstlich hinter jeden Baum gespäht, immer besorgt, Monty aus den Augen zu verlieren. Himmel, wie sehr sie das Ende dieser Sucherei herbeisehnte.

»Werden Sie mir wieder ins Gesicht springen, wenn ich frage, wie lange diese Suche noch dauern könnte?«

»Monty kann sich nicht nach Ihrem Terminplan richten. Es wird so lange dauern, wie es dauert. Er tut sein Bestes, verflucht noch mal.«

»Ich weiß«, sagte er leise. »Gibt es irgendetwas, das ich tun könnte?«

Sie holte tief Atem. »Nein. Keiner von uns beiden kann irgendwas tun. Es kommt ganz auf Monty an, ob wir Erfolg haben oder nicht. Wir können noch von Glück sagen, dass es so heiß ist. Basset wird einen stärkeren Körpergeruch ausscheiden.«

Er zog eine Grimasse. »An sich beglückt mich diese verdammte Hitze nicht gerade.«

Sie beglückte auch Sarah nicht. Sie konnte kaum atmen und war wahnsinnig gereizt.

Finde ihn, Monty, und dann lass uns nach Hause gehen.

Eine Stunde später hörte sie Monty bellen.

Erleichterung durchflutete sie. »Gott sei Dank.«

»Hat er was gefunden?«, fragte Logan.

»Ich glaube, ja. Ich habe ihn gelehrt, nicht zu bellen, ehe er den Geruch aufgenommen hat. Wenn er jetzt zurückkommt, um mich zu holen, wissen wir, dass er ...«

Monty sprang ihr entgegen, bellend und schwanzwedelnd.

»Er hat ihn.« Sie nahm die Leine aus ihrem Rucksack und befestigte sie am Halsband des Hundes. »Komm mit.«

»Können Sie dafür sorgen, dass er nicht bellt? Ich will nach Möglichkeit vermeiden …«

»Er bellt nur, um mir zu signalisieren, dass er eine Spur gefunden hat. Wenn ich bei ihm bin, hat er keinen Grund zu bellen.« Sie lief neben Monty her. »Halten Sie sich ran, Logan«, rief sie ihm zu. »Wir können nicht auf Sie warten.«

›*Mein Gott, die Frau ist zäh*‹, dachte Logan.

Sarah rannte vor ihm her und kämpfte sich durch das Dickicht. Sie hielt nur gelegentlich inne, wenn Monty in die Luft schnupperte. Sie musste genauso erschöpft sein wie er, doch sie hielt nun schon seit einer Stunde das Tempo. In den letzten zehn Minuten war sie noch schneller geworden, Montys Eifer hatte zugenommen.

Logan atmete keuchend und er sah, wie sich Sarahs Schultern hoben und senkten, während sie sich mühte, die heiße, feuchte Luft in die Lungen zu saugen. Sie musterte den Boden mit der gleichen Geschwindigkeit und Konzentration wie der Hund.

Plötzlich blieb sie stehen.

Auch Logan hielt auf ein Zeichen von ihr in der Bewegung inne. Monty gab keinen Laut von sich, zog aber rasend vor Aufregung an der Leine. Sarah legte ihm die Hand auf den Kopf und er beruhigte sich sofort. Sarah wandte sich um und ging zu Logan zurück. »Da vorn ist irgendwas. Ich glaube, er hat die Geruchsquelle gefunden.«

»Woher wissen Sie das?«

»Ich weiß es einfach.« Sie funkelte ihn an. »Und ich werde nicht mit Monty weiter gehen und riskieren, dass ein Wachposten ihn umlegt.«

»Das verlangt auch niemand.« Er nahm seinen Rucksack ab und setzte ihn auf den Boden. »Ich werde vorgehen und mich vergewissern, ehe ich Galen über Funk verständige.«

»Wenn Sie sich umlegen lassen wollen«, sagte sie sarkastisch. »Sie brauchen sich nicht weiter zu vergewissern, dass das Lager da vorn liegt. Sie können sich darauf verlassen, Monty weiß es.«

»Und Sie wissen, dass Monty es weiß.« Er öffnete seinen Rucksack. »Ich glaube Ihnen. Ich habe den größten Respekt vor Instinkten. Warten Sie hier auf mich.«

»Natürlich. Warum sollte ich …« Sie hielt inne, als er das Sturmgewehr aus seinem Rucksack zog. »Scheiße. Kein Wunder, dass Sie nicht mehr Wasser für Monty tragen konnten.« Sie befeuchtete ihre Lippen. »Können Sie damit umgehen?«

Er lächelte. »O ja, das kann ich. Ich hab's im Country Club gelernt.«

Dreißig Minuten vergingen.

Weitere fünfzehn Minuten.

Warum zum Teufel kam er nicht zurück? Vermutlich war er gefangen oder getötet worden. Dass sie nichts gehört hatte, musste nichts heißen. Nicht alle Waffen waren so laut wie das Sturmgewehr, das Logan mit so verdächtiger Vertrautheit gehandhabt hatte. Offensichtlich hatte er die Zeit mit Galen nicht allein damit verbracht, um seine verstorbene Frau zu trauern.

Monty winselte, die Augen auf das dichte Unterholz

gerichtet, in dem Logan verschwunden war. Er wollte ihm folgen. Seine Suche war abgebrochen worden und er verstand nicht, warum.

Finden?

»Nein, ist schon gut. Wir brauchen nicht hinterher. Logan macht das schon.«

Aber wo steckte er?

Warum machte sie sich solche Sorgen? Sie und Monty würden den Weg zurück auch alleine finden. Logan konnte ihr egal sein. Der Mann hatte ihr bisher nichts als Ärger eingebracht.

Aber er verdiente nicht zu sterben bei dem Versuch, einem anderen das Leben zu retten. Er mochte rücksichtslos sein, aber er war kein Mörder wie die Männer in diesem Lager.

Kein Geräusch außer den schrillen Pfiffen eines Vogels.

Dann begann Monty, mit dem Schwanz zu wedeln, und sprang auf.

Sie spürte eine Welle der Erleichterung. Er kam. Sie hörte ihn nicht, aber Monty hatte offensichtlich Wind von ihm.

Fünf Minuten später sah sie ihn.

»Das Lager ist da.« Er ging zu seinem Rucksack. Monty rannte zu ihm und begrüßte ihn vor Freude. »Ungefähr eine Meile voraus.«

»Wie ich Ihnen sagte. Wozu haben Sie so lange gebraucht?«

Er kniete nieder und gab Monty einen freundschaftlichen Klaps, dann zog er sein Sendegerät aus dem Rucksack.

»Ich werde mir nicht mit der Vorstellung schmeicheln, dass Sie sich meinetwegen Sorgen gemacht haben.«

»Nein«, sagte sie kühl. »Monty hat sich Sorgen gemacht. Ich war nur neugierig. Haben Sie feststellen können, ob Bassett dort ist?«

Er umarmte Monty und schob ihn dann weg. »Es gibt ein Zelt, vor dem ein Wachposten steht. Ich nehme an, dass Bassett da drin ist. Das Lager ist klein. Sechs Zelte, die Zahlenangaben von Sanchez scheinen zuzutreffen.«

»Ist Ihnen ein Wachposten über den Weg gelaufen?«

»Ein Mann. Es gelang mir, eine Begegnung zu vermeiden.«

»Natürlich, sonst wären Sie jetzt nicht hier.«

»So natürlich ist es auch wieder nicht. Ich musste mich zurückhalten, aber wenn ich den Kerl umgebrachte hätte, hätte ich das ganze Lager alarmiert.«

»Und jetzt rufen Sie Galen an, damit er herkommt? Wird man im Lager nicht den Hubschrauber hören?«

»Der Pilot soll Galen und seine Leute auf der Lichtung absetzen, die wir ungefähr eine Meile nördlich von hier passiert haben. Wir werden uns dort mit ihnen treffen. Dann kann der Pilot uns aus Rudzaks Lager holen, wenn alles erledigt ist.«

»Sie meinen, wenn alle tot sind.«

»Ich meine, wenn wir Bassett haben.« Er sah ihr in die Augen. »Koste es, was es wolle.« Er beugte sich über das Funkgerät. »Sie können mich später noch belehren, wir haben Zeit genug. Es wird mindestens eine Stunde dauern, bis Galen hier eintrifft. Aber zuvor werde ich ihm den Befehl geben, das Scheinlager anzugreifen.«

»Sechs Tote, ein Verwundeter«, meldete Carl Duggan seinem Chef. »Aber wir konnten den Angriff zurückschlagen und den Hubschrauber retten. Und ich glaube, wir haben einen von ihnen. Sollen wir auch die anderen verfolgen?«

Rudzak sah sich im Lager um. Zwei Zelte standen in Flammen und Duggan irrte sich. Rudzak zählte sieben Tote. Es war ein vernichtender Angriff gewesen, glänzend durchgeführt. »Ich habe Logan nicht gesehen. Sie etwa?«

Duggan schüttelte den Kopf. »Aber Galen war dabei und der arbeitet für Logan.«

Rudzak warf ihm einen wütenden Blick zu. »Das weiß ich.«

»Sollen wir sie verfolgen?«, wiederholte Duggan seine Frage. »Geben Sie mir eine Chance und ich werde sie kriegen.«

»Halten Sie den Mund, ich denke nach.« Galen, aber nicht Logan. Der Angriff war brutal gewesen, aber hatte sich Galen nicht ein wenig zu bereitwillig zurückschlagen lassen? Sieben Tote, und er machte kehrt, statt das Lager zu stürmen?

»Die Leute warten schon«, sagte Duggan. »Wir wollen ihre Spur nicht verlieren.«

Duggan hatte nicht begriffen, dass die Angreifer vermutlich längst außer Reichweite waren. Sie hatten keinen Hubschrauber gehört, aber ohne Zweifel hatte Galen einen, um seine Leute lebendig aus dem Einsatzgebiet herauszubringen.

Und sie schnell an einen anderen Einsatzort zu fliegen.

Ach, Logan, glaubst du, du könntest mich an der Nase herumführen?

»Wir werden sie nicht verlieren.« Rudzak wandte sich ab. »Ich weiß, wohin sie wollen.«

Es war schon fast dunkel, als Galen und seine Leute auf der Lichtung abgesetzt wurden, wo Logan und Sarah auf sie warteten. Sie strömten aus dem Hubschrauber wie ein

Einsatzkommando der Delta Force. Galens Gesichtsausdruck war grimmig, als er dem Piloten das Zeichen zum Start gab, ehe er sich Logan zuwandte. »Gehen wir.«

Logan wandte sich an Sarah: »Bleiben Sie hier, bis der Hubschrauber zurückkommt. Dann kommen Sie zum Lager. Wir werden dem Piloten erst das Signal geben, wenn wir wissen, dass er hier sicher landen kann.«

»Wie lange wird es dauern?«, fragte Sarah.

»Wenigstens fünfundvierzig Minuten.« Er zuckte die Achseln. »Vielleicht länger. Kommen Sie auf gar keinen Fall, bevor Sie den Hubschrauber hören.«

»Keine Angst, das würde mir nicht im Traum einfallen«, sagte Sarah. »Meine Rolle in diesem Drama ist gespielt. Für uns ist die Sache gelaufen.«

»Kommen Sie, Logan.« Galen, dicht gefolgt von seinen Leuten, war schon unterwegs zum Waldrand. »Ich habe bereits einen Mann verloren. Bringen wir dieses Scheißspiel schnell zu Ende.« Seine Worte waren knapp und seine Haltung hatte sich seit ihrer ersten Begegnung merklich verändert. Jetzt hatte sie Galen, den Söldner, vor sich, und es war ein beängstigender Wandel. Die ganze Situation war beängstigend, dachte Sarah, als sie den im Wald verschwindenden Männern nachsah. Was machte sie hier mitten im Dschungel mit einem Haufen Söldnern und diesem Logan, der ein Sturmgewehr so beiläufig im Arm trug wie andere Wirtschaftsführer ihre Aktentaschen?

Monty drängte sich näher an sie heran, den Blick auf den Pfad gerichtet.

»Nein, wir warten hier, Monty.« So viele konnten sterben, um einen Menschen zu retten, der vielleicht schon tot war. Galen hatte gesagt, einer seiner Leute sei bereits getötet worden.

Logan konnte getötet werden.

Nicht daran denken. Einfach hier sitzen und auf den Motorenlärm des Hubschraubers lauschen.

Zehn Minuten.

Zwanzig.

Dreißig.

Fünfunddreißig Minuten vergingen, ehe sie in der Ferne den Hubschrauber hörte.

Weit weg.

Aber er kam von Sekunde zu Sekunde näher.

Sie legte Monty an die Leine. »Auf geht's, Junge.«

Eifrig sprang er voran und lotste sie durch dichtes Unterholz. Er wusste genau, wohin es ging.

Gewehrschüsse.

Explosionen.

Das Lager kam in Sicht, es sah aus wie ein Schlachtfeld. Beißender Rauch. Leichen. Blut. Sie blieb auf dem Pfad stehen und starrte mit offenem Mund auf die Szene vor ihr. Was war geschehen? Bei der Rückkehr des Hubschraubers hätte die Schlacht vorbei sein sollen. Sie war aber nicht vorbei.

»Was zum Teufel machen Sie denn hier?« Logan stand plötzlich neben ihr. »Egal. Aber kommen Sie bloß nicht näher.« Über die Schulter sagte er: »Bassett, bleiben Sie bei ihr.«

Der große, schlaksige Mann hinter ihm nickte. »Ich rühre keinen Muskel, bis sie mich hier abholen. Das verspreche ich Ihnen.«

Logan drehte sich um und rannte auf das Lager zu.

5

»ES IST VIELLEICHT NICHT der richtige Zeitpunkt, sich vorzustellen, aber ich bin Tom Bassett«, sagte der Mann neben Sarah. »Und Sie?«

»Sarah Patrick.« Ihr Ton war geistesabwesend, ihr Blick auf Logan gerichtet.

Was zum Teufel machen Sie denn hier?, hatte Logan gefragt.

»Ich habe keine Ahnung, warum Sie hier sind, aber ich bin froh, Sie zu sehen. Verdammt, ich freue mich über jedes menschliche Gesicht, das nicht einem Handlanger dieses Rudzak gehört.« Bassett schüttelte den Kopf. »Ich habe wirklich gedacht, mein letztes Stündlein hätte geschlagen. Als ich Logan in mein Zelt stürmen sah, hätte ich ihn abküssen mögen.«

»Ich glaube, damit hätten Sie ihn aus der Fassung gebracht.«

Wenn Logan sie nicht erwartet hatte, hatten sie den Hubschrauber dann nicht angefordert?

Aber er war hierher unterwegs. Sie hatte ihn gehört.

Lieber Gott.

»Bleiben Sie hier.« Sie rannte auf das Lager los. Sie sah Logan, der sich durch den Rauch einen Weg zu Galen bahnte. Sie rannte über den Lagerplatz zu den beiden Männern. Monty folgte ihr.

Logan war nicht begeistert, sie zu sehen. »Ich habe Ihnen doch gesagt ...«

»Halten Sie die Luft an. Glauben Sie, ich bin gekommen, um zuzusehen, wie Sie ein paar Mitmenschen töten und verstümmeln? Haben Sie den Hubschrauber angefordert?«

»Noch nicht.«

»Ich habe einen Hubschrauber gehört, verdammt. Und wenn es nicht Galens Pilot ist, wer ist es Ihres Erachtens dann?«

Er versteifte sich. »Scheiße. Rudzak. Sind Sie ganz sicher?«

»Ich bin in so vielen Hubschraubern geflogen, ich erkenne das Geräusch im Schlaf. Ihr Ablenkungsmanöver hat nicht gewirkt.«

»Wie nahe?«

»Vorhin waren sie noch weit weg, aber inzwischen müssten sie schon fast hier sein.«

Galen wandte sich ab. »Ich rufe unseren Piloten, damit er uns hier rausholt.« Er winkte mit dem Arm und rief seinen Leuten zu: »Wir hauen ab!«

»Sag dem Piloten, er soll auf der Lichtung landen«, rief Logan. »Wir müssen uns beeilen, dahin zu kommen.«

»Nehmt Bassett und haut ab. Wir kommen sofort nach. Es ist nicht ...«

Rotoren. Laut. Nahe bei.

Sarahs Herz machte einen Satz. Sie konnte den Hubschrauber durch die Baumkronen nicht sehen, aber er war offenbar nicht mehr weit, und er kam näher.

Logan nahm ihren Arm. »Rennen Sie los. Ich bringe Bassett.«

Sarah ließ sich das nicht zweimal sagen. »Monty!«

Die Zweige schlugen ihr ins Gesicht, während sie und Monty durch das Gebüsch rannten.

Der Hubschrauber flog über sie hinweg, war nun fast genau über dem Lager.

Kugeln.

Der Hubschrauber nahm das Lager aus Maschinengewehren unter Feuer.

Logan und Bassett waren neben ihr.

Der Kugelhagel aus dem Hubschrauber dauerte an. Galen und seine Leute waren hinter ihnen und überholten sie auf dem Weg zur Lichtung.

Es war nur eine Meile, doch der Weg schien endlos weit.

Ihre Lungen schmerzten bei jedem Atemzug. Gott, sie hatte Angst. Schluss damit. Angst war der größte Feind. Sie hatte schon bei früheren Gelegenheiten Angst gehabt und überlebt. Sie würde auch jetzt überleben.

Die Lichtung war nicht mehr weit. Würde der Hubschrauber dort sein?

Er landete in dem Augenblick, als sie auf die Lichtung stürmten. Galens Leute warteten nicht einmal, bis er den Boden berührte, sie rissen die Tür auf und kletterten hinein. Galen wartete neben der geöffneten Tür und sprang als letzter hinein.

Basset erreichte den Hubschrauber und Galen zog auch ihn an Bord. »Logan«, schrie er »beeil dich, zum Teufel. Sie haben uns entdeckt. Ich höre sie kommen.«

»Ich auch.« Logan sah zum Himmel auf. »Nimm Sarah und den Hund an Bord.«

Sie blickte über die Schulter und sah Rudzaks Hubschrauber niedrig und schnell auf sie zufliegen.

»Los, schnell.« Galen griff nach Sarahs Hand.

»Monty«, rief sie, und der Retriever sprang in den Hubschrauber.

Kugeln. Aus Rudzaks Hubschrauber fegte ein Hagelsturm von Geschossen über die Lichtung.

Logan rannte weg von dem Hubschrauber, hob die

Waffe und feuerte eine Garbe auf den sich nähernden feindlichen Hubschrauber.

Noch eine Garbe.

»Logan!«, schrie Galen.

Logan lag am Boden, aus seinem Schenkel strömte Blut.

»Macht, dass ihr wegkommt, Galen.«

»Könnte dir so passen.« Galen sprang aus dem Hubschrauber, aber Monty war ihm zuvorgekommen und rannte bereits auf den Verwundeten zu.

»Monty!«, schrie Sarah.

Monty zerrte an Logans Hemd und versuchte, ihn mit sich zu schleppen

Sarah sprang aus dem Hubschrauber.

Es wurde weiter geschossen.

Monty. Bewegungslos. Blutend.

»Nein!« Sie sank auf die Knie neben Monty. Er atmete noch. Gott sei Dank.

»Gehen Sie zum Hubschrauber zurück.« Galen hockte neben ihr. »Ich kümmere mich um Logan.«

»Sie wird Monty niemals verlassen. Bring den Hund zum Hubschrauber, Galen«, sagte Logan. »Verdammt, lad den Hund ein.«

»Er ist mein Hund. Ich …« Sarah stockte, als Galen Monty hochhob.

»Gehen Sie und kümmern sich um Ihren Hund«, sagte Logan zu ihr. »Galen wird …«

»Halten Sie den Mund.« Sie packte Logan mit dem Feuerwehrgriff und kam mühsam auf die Füße. Himmel, war der schwer! Drei Schritte und sie hatte ihn im Hubschrauber.

»Los!«

Schüsse.

Was, wenn der Treibstofftank getroffen wurde?

»Deckungsfeuer«, sagte Galen.

Sarah saß mit Monty im Arm da, und dass Galens Männer weiter schossen, war ihr kaum bewusst. Er öffnete die Augen und leckte ihren Arm. Der Hubschrauber erhob sich aus der Lichtung und flog nach Norden, so niedrig, dass er fast die Baumkronen streifte.

O Gott, Rudzaks Hubschrauber war genau hinter ihnen.

Dann, plötzlich, war er verschwunden.

»Den haben wir erwischt.« Galens Blick folgte Rudzaks Hubschrauber, der in langsamen Windungen in die Tiefe taumelte. »Wir haben irgendwas Wichtiges getroffen. Er versucht, auf der Lichtung zu landen. Ich hoffe, er rammt sich eine Palme in den Arsch. Schade, dass wir unsere letzten Raketen schon im Lager verschossen haben.« Er wandte sich an Logan. »Mit dir hat man doch immer Ärger. Wenn mir jemand den Erste-Hilfe-Koffer gibt, kann ich versuchen, die Wunde zu verbinden.«

»Wie geht's dem … Hund?«, flüsterte Logan.

»Ich kümmere mich um ihn.« Sarah drückte eine Kompresse auf Montys Wunde. »Ich glaube, er hat Glück gehabt. Nur ein Streifschuss an der Schulter, die Wunde blutet nicht sehr.« Sie sah Galen an. »Brauchen Sie Hilfe? Ich bin für so was ausgebildet.«

Logan versuchte zu lächeln. »Ja, sie hat Veterinärmedizin studiert, könnte sich also bei der Gelegenheit gleich um meine Flöhe kümmern.«

Sarah ignorierte die Bemerkung und sagte zu Galen: »Ich habe eine Ausbildung zur Sanitäterin gemacht.«

»Galen kommt schon zurecht«, sagte Logan. »Kümmern Sie sich um den Hund. Ich weiß schließlich, dass Sie mich auf Ihre Abschussliste setzen, wenn ihm was zustößt.«

»Allerdings!« Sie war zornig, ängstlich und – ja – sie hatte Schuldgefühle, weil Monty verletzt worden war. Sie hatte ihn in Gefahr gebracht. Zwar gab es keinen Zweifel, dass letztlich Logan verantwortlich war, aber er hatte Galen angewiesen, zuerst Monty zu retten, obgleich er selbst in Lebensgefahr gewesen war. »Ich kümmere mich schon um Monty. Sorgen Sie sich um sich selbst.«

Er schloss die Augen. »Zu viel Ärger. Galen... tu was.«

Er wurde ohnmächtig.

Logan kam erst wieder zu Bewusstsein, als sie ihn in Santo Camaro in den Jet umluden.

»Wurde auch langsam Zeit«, sagte Galen. »Du hast mich in Angst und Schrecken versetzt und mir den ganzen Hubschrauber eingesaut. Und der Hund genauso.

»Lebt er?«

»Ihm geht es besser als dir. Sarah hat ihn verbunden und versucht, ihn ruhig zu halten.«

»Wo ist sie?«

»Im Flugzeug mit Monty und Bassett.« Galen hielt inne. »Du hast die Kugel noch im Oberschenkel. Ich dachte, es könnte die Sache nicht schlimmer machen, wenn wir dich erst in die Staaten zurückbringen und sie da rausschneiden lassen. Sarah war der gleichen Meinung. Also haben wir dich einstweilen nur verbunden und sie wird dir nach dem Start eine Morphiumspritze geben. Wo willst du übrigens hin? Monterey?«

Er versuchte nachzudenken. Er konnte kaum einen klaren Gedanken fassen, ihm war zumute, als hätte er die Morphiumspritze schon intus. »Das hängt ganz davon ab, ob Rudzak noch lebt. Geh zurück, finde es raus und sag mir telefonisch Bescheid. Schön wär's ja, wenn das Schwein abgestürzt und verbrannt wäre, aber soviel Glück haben wir wahrscheinlich nicht gehabt.«

Galen nickte. »Hatte ich ohnehin vor. Ich dachte mir schon, dass du wissen willst, woran du bist.«

»Und sag Sarah, sie soll mir kein Morphium spritzen – sag ihr, dir ist gerade noch eingefallen, dass ich gegen das Zeug allergisch bin, oder so was. Ich muss sobald wie möglich erfahren, was aus Rudzak geworden ist.«

»Warum sagen wir ihr nicht einfach die Wahrheit?«

»Weil sie dann Verdacht schöpft, dass wir bei dieser Geschichte erst am Anfang stehen. Ich habe ihr mein Wort gegeben, dass die Sache für sie und Monty erledigt ist, sobald wir Bassett gefunden haben, aber jetzt stehen wir vor einer total veränderten Situation, und ich habe keine Ahnung, was für sie daraus folgt. Und ich bin nicht in der Lage, mich mit ihr auseinander zu setzen. Ich brauche Zeit.«

»Und was sage ich dem Piloten?«

»Er soll Kurs auf die Staaten nehmen, und sobald ich von dir höre, kriegt er genauere Anweisungen.«

»Okay, aber es ist ein langer Flug, und das Bein wird höllisch wehtun.«

»Es tut jetzt schon höllisch weh, aber Rudzak muss sie und Monty gesehen haben. Wenn er noch lebt, wird er sie ins Visier nehmen. Sie ist verhältnismäßig leichte Beute und er will mich leiden sehen, bevor er mich umbringt.«

»Wirst du ihr das sagen?«

»Nicht, wenn es sich vermeiden lässt. Sie ist ohnedies schon reichlich sauer auf mich. Ich muss einfach in ihrer Nähe bleiben, um sie vor Rudzak zu schützen.«

»Du bist nicht gerade in bester Verfassung, um irgendjemanden zu schützen. Gib ihr einen Leibwächter, du musst das doch nicht selbst übernehmen.«

»Ich habe ihr ein Versprechen gegeben.« Er setzte ein schiefes Lächeln auf. »Außerdem bin ich ihr mittlerweile mehr schuldig als Bassetts Leben.«

»Weil sie dich aufgehoben und in den Hubschrauber geschmissen hat? Schon möglich. In der Situation zählte jede Sekunde.« Galen grinste. »Überhaupt ein interessanter Rollentausch. Glaubst du, sie hat das Blut der Amazonen in den Adern?«

»Ich weiß nur, dass ich gern darauf verzichtet hätte, in ihrer Schuld zu stehen.« Er schloss die Augen. »Bring mich in dieses Flugzeug und dann flieg zurück, um Rudzak zu finden. Ich muss so schnell wie möglich Bescheid wissen.«

Logan hatte die Augen geschlossen, aber Sarah wusste, dass er nicht schlief. Er presste die Lippen zusammen, in den Mundwinkeln zeigten sich tiefe Falten.

Sie setzte sich neben ihn auf die Bettkante. »Nehmen Sie das.«

Logan öffnete die Augen und betrachtete das Glas, das sie in der Hand hielt. »Was ist das?«

»Tylenol.« Sie legte ihm zwei Tabletten auf die Zunge. »Dagegen sind Sie doch hoffentlich nicht auch allergisch?«

Er schüttelte den Kopf und schluckte das Wasser. »Danke.«

»Wirklich Pech, diese Morphium-Allergie. Aber das Tylenol wird auch ein wenig helfen. Ich habe Monty auch was davon gegeben.«

»Dann kann ich ja sicher sein, dass es ein gutes Medikament ist. Meine Gesundheit würden Sie vielleicht aufs Spiel setzen, aber nicht Montys. Wie geht es ihm?«

»Besser als Ihnen.«

»Das muss Ihnen doch eine gewisse Befriedigung verschaffen. Schließlich bin ich schuld daran, dass er verwundet wurde.«

»Es verschafft mir überhaupt keine Befriedigung. Ich hasse Gewalt. Niemals habe ich gewünscht, dass Sie von einer Kugel getroffen werden.« Sie wandte den Blick ab. »Und Sie haben Galen gesagt, er soll sich erst um Monty kümmern. Das hätten nicht viele Männer für einen Hund getan.«

»Halten Sie mich bloß nicht für einen Helden. Ich bin alles andere als selbstlos. Ich wollte nichts dringender als Galen sagen, er solle mich auf schnellstem Wege in diesen Hubschrauber verfrachten.«

»Haben Sie aber nicht.« Sie sah ihn noch immer nicht an. »Ich war immer der Meinung, dass es letztlich nicht darauf ankommt, was einer denkt, sondern auf das, was er tut. Angst ist immer da.«

»Ist sie das?«

»Wenn man nicht dumm ist, ja.« Sie stand auf. »Ich muss zu Monty zurück. Sie haben wahrscheinlich zu große Schmerzen, um schlafen zu können, aber versuchen sollten Sie's trotzdem.«

»Ich erwarte einen Anruf von Galen. Wenn ich einschlafe, würden Sie dafür sorgen, dass ich geweckt werde, wenn er kommt?«

»Ist es so wichtig? Sie brauchen den Schlaf.«

»Werden Sie mich wecken?«

Sie hob die Schultern. »Klar. Warum nicht? Wenn Sie sich unbedingt schaden wollen.«

»Wie geht's Bassett?«

»Soweit ganz gut. Er ist von Mücken zerstochen und ziemlich runter mit den Nerven. Er will seine Frau anrufen.«

Logan schüttelte den Kopf. »Noch nicht. Sagen Sie ihm,

er soll sich keine Sorgen machen. Sie weiß nicht, dass er überhaupt vermisst war.«

»Und warum soll er sie dann nicht anrufen?«

»Es könnte Probleme verursachen. Er kann vielleicht noch nicht nach Hause zurückkehren.«

»Wieso nicht? Kann er das nicht selbst entscheiden? Er hat eine harte Zeit hinter sich.« Sie rieb sich die Schläfe. »Wir haben alle eine harte Zeit hinter uns. Ich würde Ihnen den Kopf abreißen, wenn Sie versuchen, mich von der Rückkehr auf meine Ranch abzuhalten.«

»Würden Sie das?«

»Darauf können Sie Gift nehmen. Warum kann er nicht nach Hause gehen?«

Er antwortete nicht.

Langsam sagte sie: »Sie machen sich Sorgen wegen Rudzak.«

»Vielleicht ist er noch am Leben und bekanntlich hält er Bassett für wertvoll genug, ihn als Geisel zu nehmen. Wir werden ihn also vermutlich eine Zeit lang an einem sicheren Ort unterbringen müssen.«

»Und wenn er nicht einwilligt? Er ist jetzt schon mit den Nerven am Ende und es wird ihm vorkommen, als ob man ihn noch mal ins Gefängnis steckt.«

»Vielleicht wird es nicht notwendig. Ich hoffe es.«

»Die Entscheidung sollte Bassett selbst treffen. Nicht Sie.«

»Die Entscheidung wurde mir aufgenötigt, als Rudzak diese Forschungseinrichtung zerstörte. Alles, was Rudzak tut, ist direkt gegen mich gerichtet, deshalb bin ich der Einzige, der ihn stoppen kann.«

»Sie reden, als ginge es um eine Art Wettstreit.«

»Es ist kein Wettstreit. Es ist ein Krieg und Rudzak ist so hartnäckig wie eine Bulldogge.«

»Es ist eine Beleidigung für jeden Hund, mit diesem Mörder verglichen zu werden. Er hat versucht, Monty zu töten.«

Er lächelte. »Ich frage mich, was es braucht, dass Sie ein menschliches Wesen genauso lieben wie diesen Hund.«

»Unbeirrbare Treue, Mut, Humor, Kameradschaft, Intelligenz und die Bereitschaft, das Leben für mich hinzugeben.«

Er stieß einen leisen Pfiff aus. »Sie machen's einem nicht leicht.«

»Sie haben mich gefragt. Völlige Hingabe zwischen Individuen ist fast unmöglich. Deshalb mag ich Hunde lieber als die meisten Menschen.« Sie stand auf. »Da ist man auf der sicheren Seite.«

»Haben Sie die Erfahrung gemacht?«

»Sie etwa nicht?« Sie fühlte seinen Blick im Rücken, als sie den Gang entlangging. Er war verwundet und litt Schmerzen, trotzdem versuchte er noch, an Bassetts Fäden zu ziehen – was für eine Überraschung. Wahrscheinlich würde er erst im Sarg die Kontrolle aus der Hand geben.

Nein, sie war unfair. Schließlich versuchte er, Bassett zu helfen.

Na, sie war einfach zu müde, um fair zu sein, dachte sie, als sie sich neben Monty auf die Couch fallen ließ. Ihre Nerven lagen bloß und vor lauter Müdigkeit war sie wie betäubt. Sie wollte nur noch nach Hause und sich ausruhen.

Sie sah zu Bassett hinüber, der in dem Sessel jenseits des Mittelgangs schlief. Es war ihm zu gönnen, dass er zu Frau und Kind zurückkehren konnte. Er passte nicht zu einem so gefährlichen Mann wie Logan. Aber was dachte sie da? Sie selbst hielt Logan erst seit wenigen Tagen für gefährlich. Auf den ersten Blick war Logan ein mächtiger und höchst respektabler Geschäftsmann. Bassett hatte sich wahrscheinlich glücklich geschätzt, in das Gefolge eines so charismatischen Führers aufgenommen zu werden. Nicht so Sarah. Sie hatte ihre Aufgabe erledigt und war ein für alle Mal fertig mit Logan.

Monty gab einen tiefen Kehllaut von sich und sie beugte sich vor, um seine Seite zu streicheln. »Ich weiß, es tut weh. Bald ist es vorbei. Wir fahren nach Hause.«

»Ich schätze, Sie haben sich das Schlüsselbein ausgerenkt«, sagte Duggan. »Es muss höllisch wehtun. Sie sollten nicht weitergehen.«

»Seien Sie kein Idiot. Ich muss weiter. Geben Sie mir eine Minute, dann geht's wieder.« Rudzak lehnte mit geschlossenen Augen an einem Baum und ließ die Wellen des Schmerzes über sich hinwegspülen. Er hatte im Gefängnis gelernt, dass es besser war, Schmerzen hinzunehmen, als gegen sie anzukämpfen. »Haben Sie Mendez per Funk angewiesen, uns einen anderen Hubschrauber zu schicken?«

»Ja, er wird bei den Klippen auf uns warten.«

Die Klippen. Fünf Meilen entfernt. In seinem Zustand entsprach das ungefähr fünfzig Meilen. Scheiße, warum hatte der verdammte Hubschrauber auch abstürzen müssen? In einem Augenblick waren alle seine Pläne in die Luft geflogen. »Haben Sie ihm gesagt, dass ich verletzt bin?«

Duggan wich seinem Blick aus. »Er sagte, die Sache beträfe nicht die Geschäfte der Firma und er werde seine Leute nicht in einer Konfrontation mit Galen aufs Spiel setzen. Sobald Sie sich in einem verhältnismäßig sicheren Gebiet befinden, werde er aber gern behilflich sein.«

Er hätte es wissen müssen. Die Geschäfte der Firma

waren die einzige Leidenschaft dieses Mendez, und solange Rudzak für Profit sorgte, überwies der Drogenbaron großzügig bemessene Honorare auf sein Konto. Doch sollte Rudzak irgendetwas tun, was das Geschäft zu schädigen drohte, würde Mendez ihn fallen lassen wie eine heiße Kartoffel. Doch es bestand kein Grund zur Sorge, Rudzak hatte nicht vor, dem Geschäft in irgendeiner Weise zu schaden. In dieser Welt war das Geld ein Gott und er brauchte es, um seine Blitze gegen Logan schleudern zu können.

»Ich könnte ihn noch mal anrufen«, sagte Duggan. Vielleicht hat er nicht begriffen …«

»Er weiß genau, was er mir zumutet …« Er musste diese Klippen erreichen, ehe Galen und seine Leute zurückkamen.

»Helfen Sie mir auf.«

Duggan half ihm auf die Beine und ein glühender Schmerz schoss durch seinen Oberkörper. »Das wird sich schon geben«, redete er sich ein. »Akzeptiere den Schmerz, mach ihn dir zunutze. Verwandle ihn in Hass.«

Mit Hass kannte er sich aus. Fünfzehn Jahre …

»Wollen Sie sich auf mich stützen?«, fragte Duggan.

»Nein.« Er humpelte den Pfad entlang. Immer weiter. Ignoriere den Schmerz. Denk an Logan. Plane den nächsten Schachzug. »Sobald wir in Bogotá sind, kümmern Sie sich um einen Flug in die USA.«

»Erst müssen wir Sie zum Arzt bringen.«

»Das wird nicht allzu lang dauern. Wenn das Schlüsselbein ausgerenkt ist, kann man es wieder einrenken. Ich will spätestens morgen in die Staaten unterwegs sein. Ich will nicht, dass Logan sich in Sicherheit wiegt.«

»Fahren wir nach Silicon Valley?«

Duggan war ganz auf das Ziel fixiert. Aber das machte

nichts, so konnte er ihn bei der Stange halten. Doch Rudzaks Rache hatte unendlich viel mehr Aspekte, als er zu sehen in der Lage war. »Ja, aber vorher muss ich rausfinden, ob…« Er stockte und schnappte nach Luft, als eine neue Welle des Schmerzes durch seinen Körper lief. Ignoriere ihn. Kläre deinen Geist. »Ich habe eine Frau und einen Hund gesehen… sie half Logan in den Hubschrauber. Finden Sie raus, wer das ist.«

»Sobald ich kann.«

»Sofort. Ich kenne Logan. Er kann sehr emotional sein, wenn er jemandem zu Dank verpflichtet ist. Ich habe diese Schwäche selbst gelegentlich ausgenutzt.« Der Schmerz drohte ihn zu überwältigen. Aber er durfte sich nicht entmutigen lassen, nur weil diese eine Sache schief gegangen war.

Ich komme, Logan. Spürst du meinen Hass? Bald wirst du ihn fühlen. Er wird dich und alle, die in deiner Nähe sind, zu Asche verbrennen.

»Er lebt«, sagte Galen am Telefon. »Wir haben den Hubschrauber gefunden, aber er hat es offenbar geschafft, ihn zu landen. Von ihm oder seinen Leuten keine Spur.«

Logan fluchte. »Such weiter.«

»Mache ich, aber ich wette, er sitzt sicher in einem Drogenparadies irgendwo in den Bergen.«

»Nicht lange. Er wird sich so bald wie möglich wieder in Bewegung setzen.«

»Aber vielleicht haben wir eine Weile Ruhe. Wie lautet unser Plan?«

»Ich arbeite daran. Aber fürs Erste müssen wir abwarten, dass er sich rührt. Sagen Sie Margaret, sie soll sich mit dem FBI und der ATF in Verbindung setzen und melden, dass wir eine anonyme Drohung bekommen haben; sie sollen meine Anlagen und Forschungseinrichtungen verstärkt bewachen.«

»Auch Dodsworth?«

Logan antwortete nicht sofort. »Nein, nicht Dodsworth. Dodsworth soll sie nicht erwähnen. Ich habe die Sicherheitskräfte dort verdreifacht, das sollte reichen.«

»Unterschätz Rudzak nicht.«

»Das brauchst du mir nicht zu sagen.«

»Immer mit der Ruhe.«

»Ich bin nicht ruhig.« Verdammt, Logan hatte gehofft, Rudzak ausgeschaltet zu haben. »Versuch, ihn zu finden. Wenn es dir nicht gelingt, treib jemanden auf, der uns den Weg weisen kann. Wir müssen wissen, was er vorhat.« Der pochende Schmerz war so stark, dass er kaum denken konnte. »Oh, und sag Margaret, der Pilot soll nach Phoenix fliegen, da soll ein Chirurg in meinem Haus auf mich warten, um mir diese verdammte Kugel rauszuschneiden.«

»Phoenix?«

»Das Haus hat Wachleute. Ich werde sie verdoppeln und Bassett dort einquartieren.«

»Was ist mit Sarah Patrick?«

»Sie wird sich kaum überreden lassen, sich ebenfalls dort einzuquartieren. Sorg dafür, dass ihr Haus bewacht wird, aber möglichst unauffällig, sie soll nichts davon merken.«

»Wird gemacht. Aber was ist mit dir? Du bist derjenige, den Rudzak schlachten und zum Ausbluten an die Luft hängen will.«

»Für den Moment bin ich in Sicherheit.«

»Ach ja? Deshalb hast du auch diese Kugel im Bein, richtig?«

»Rudzak wäre stinksauer gewesen, wenn diese Kugel

mich getötet hätte. Er will mich quälen, bevor er mich umbringt. Hat er mir selbst gesagt.«

»Hoffen wir nur, dass er es sich nicht anders überlegt.«

Galen beendete das Gespräch.

Rudzak würde es sich nicht anders überlegen, dachte Logan müde. Er plante seine Rache schon zu lang.

»Monty wollte Sie besuchen.« Sarah stand mit Monty auf dem Arm neben ihm und setzte den Hund nun vorsichtig vor Logans Couch auf den Boden. »Er hat eine Wunde an der Schulter und trotzdem ließ er sich nicht davon abhalten, zu Ihnen zu kriechen. Er weiß, dass Sie verwundet sind, und will Sie trösten. Werden Sie jetzt schlafen, nachdem Ihr Anruf gekommen ist? Ich möchte, dass Monty endlich zur Ruhe kommt.«

»Okay, okay.« Er langte nach unten und streichelte dem Retriever den Kopf. »Ich will auch nicht, dass Monty gestört wird.«

Sie nahm ihm das Telefon aus der Hand und legte es auf den Tisch. »Und was ist mit Rudzak?«

»Er lebt.«

»Was werden Sie tun?«

»Warten. Beobachten. Ihn suchen.« Er schwieg. »Aber Bassett wird zu seiner eigenen Sicherheit in meinem Haus in Phoenix bleiben.«

»Warum dort?«

»Warum nicht? Ist doch ganz behaglich. Sie haben selbst eine Weile dort gewohnt, damals, mit Eve. Ich nehme an, ich kann Sie nicht dazu überreden, ebenfalls dort zu bleiben, bis Monty wieder gesund ist?«

»Auf keinen Fall, ich will nach Hause.«

»Das habe ich befürchtet. Ich hoffe, Sie haben nichts dagegen, wenn wir zuerst zu meinem Haus in Phoenix fahren, bevor ich Sie nach Hause bringen lasse. Ich muss mir diese Kugel rausschneiden lassen.«

»Warum gehen Sie nicht in ein Krankenhaus?«

»In Krankenhäusern werden Fragen gestellt.«

»Alle Ärzte sind von Gesetzes wegen verpflichtet, Schussverletzungen zu melden.«

»Aber bisweilen kann man sie überreden, die Meldung zu verzögern oder ganz zu vergessen.«

»Mit Geld?«

»Oder mit Einfluss. Oder einer Zuwendung für wohltätige Zwecke. Ein Arzt sieht so viel Leid, da wägt mancher einen Verstoß gegen die Vorschriften gegen die Chance ab, das Leiden von Tausenden zu lindern.«

»Und riskiert seine Zulassung?«

»Es zwingt ihn niemand, Sarah.« Er schloss die Augen. »Gehen Sie jetzt und lassen Sie Monty und mich schlafen. Ich bin es müde, mich dauernd verteidigen zu müssen.«

»Gleich.« Er hörte Wasser laufen, und als er die Augen öffnete, setzte Sarah eben die Karaffe ab. Sie reichte ihm zwei Tylenol-Tabletten.

»Nehmen Sie die. Ich möchte nicht, dass Sie unruhig schlafen und ...«

»... Monty wecken«, beendete er den Satz. Er schluckte die Tabletten. »Ich werde versuchen, nicht um mich zu schlagen und Ihren Hund zu belästigen.«

»Monty würde Ihnen das nicht übel nehmen. Er will nur, dass es allen anderen gut geht.« Sie strich seine Bettdecke mit einer Sanftheit glatt, die den scharfen Ton ihrer Worte Lügen strafte. »Aber ich würde es Ihnen übel nehmen. Gute Nacht.«

Er schlief schon fast, als er hörte, wie sie den Raum verließ. Nicht nur Monty schien das Wohlergehen anderer am Herzen zu liegen. Trotz ihres Grolls war es Sarah unmöglich, sich nicht um seine Schmerzen zu kümmern. Und genauso war es ihr unmöglich, sich und ihm ihre Besorgnis einzugestehen.

Eine wahrhaft bemerkenswerte Frau ...

»Bringen Sie ihn ins Wohnzimmer. Wir haben es zum Operationssaal umfunktioniert.« Eine rundliche Frau um die Vierzig im Nadelstreifenkostüm stand wartend vor dem Haus, als die Türen des Krankenwagens sich öffneten und Logans Bahre auf den Boden gestellt wurde. »Wie geht es, John?«

»Gut.«

»Gut sehen Sie nicht aus. Sie sind blass wie ein Grabstein. Das war unglaublich töricht von Ihnen.« Sie ging neben der Bahre her. »Und Sie haben mir einen Haufen Arbeit gemacht. Haben Sie eine Ahnung, wie schwierig es ist, eine solche Sache mit der nötigen Vertraulichkeit und Diskretion zu arrangieren?«

»Tut mir Leid.« Er blickte über die Schulter zurück zu Sarah. »Das ist meine Assistentin, Margaret Wilson. Wenn Sie irgendwas brauchen, wenden Sie sich an sie.«

»Machen Sie sich meinetwegen keine Sorgen.«

Zu ihrer Überraschung streckte er die Hand nach ihr aus. Sie trat einen Schritt näher an die Tragbahre heran und nahm seine Hand in die ihre.

Sein Griff wurde fester und er blickte zu ihr auf. »Bleiben Sie«, flüsterte er. »Bleiben Sie, Sarah.«

»Einstweilen gehe ich nirgendwohin.«

»Ich nehme das als Versprechen.« Er blickte zu seiner Assistentin. »Kümmern Sie sich um sie, Margaret. Sie braucht ...«

»Halten Sie den Schnabel«, sagte Margaret. »Ich kümmere mich um alles. Und Sie lassen jetzt Dr. Dowden ans

Werk, wir wollen ja schließlich nicht, dass Sie das Bein verlieren.«

Er ließ Sarahs Hand los. »Jawohl, gnädige Frau, zu Befehl.«

Logan wurde ins Wohnzimmer gebracht und Margaret wandte sich wieder an Sarah. »Sie werden sofort operieren. Wie schlimm ist es?«

»Die Kugel hat den Knochen nicht getroffen, aber den Muskel zerrissen. Das Schlimmste wäre eine Infektion. In einem Krankenhaus wäre er besser aufgehoben.«

Margaret schüttelte den Kopf. »Er hätte unter keinen Umständen eingewilligt. Wo ist Ihr Hund? Wie ich höre, ist er ebenfalls verletzt.«

»Er ist noch im Krankenwagen. Er hat nur eine Schramme abgekriegt. Aber seit Logan verwundet wurde, weicht er ihm nicht von der Seite, deshalb sind wir mit ihm im Krankenwagen gefahren. Bassett kommt mit dem Piloten und den Leibwächtern her, die Sie zum Flughafen geschickt haben.« Sie drehte sich um, hob Monty aus dem Krankenwagen und trug ihn ins Haus. »Wir bleiben, bis die Operation vorbei ist.«

Margaret hob die Augenbrauen. »Weil Monty sich Sorgen macht?«

»Ich bin nicht so hartherzig, dass ich unfähig wäre, Mitleid zu empfinden für jemanden, der Schmerzen leidet. Selbst für Logan.« Sie trug Monty in die Küche. »Würden Sie mir eine Schüssel geben? Monty braucht Wasser.«

»Setzen Sie sich. Ich mach das schon.« Margaret nahm eine Schüssel aus dem Geschirrschrank und füllte sie mit Wasser.

Sarah nahm die Schüssel und schob sie Monty hin. Als er zu trinken begann, richtete sie sich auf und fragte: »Ist dieser Dowden ein guter Arzt?«

Margaret nickte. »Sie kennen mich nicht, sonst wäre ich beleidigt, dass Sie es für möglich halten, dass ich John einem Kurpfuscher ans Messer liefere.« Sie betrachtete Monty. »Wie steht's mit ihm, braucht er einen Tierarzt?«

Sarah schüttelte den Kopf. »Ich behandele ihn selbst, außer in sehr ernsten Fällen. Er könnte sogar schon wieder laufen, aber die Schulter tut ihm weh. Deshalb soll er sich schonen. In ein oder zwei Tagen ist er wieder auf dem Damm.«

»Und bis dahin tragen Sie ihn herum wie ein Baby.« Margaret lächelte. »Siebzig Pfund, schätzungsweise, ein ganz schöner Brocken für ein Baby.«

»Macht nichts. Ich bin stark. In meinem Beruf muss ich das sein.«

»Ich weiß. Ich habe den Bericht über Sie recherchiert.« Sie setzte sich Sarah gegenüber. »Sie haben jedes Recht, stinksauer auf mich zu sein, trotzdem will ich Ihnen sagen, dass ich bewundere, was Monty und Sie geleistet haben.«

»Wieso sollte ich auf Sie wütend sein? Logan ist derjenige, der die Strippen zieht.«

»Das ist sehr fair.« Margarets Blick erforschte ihren Gesichtsausdruck. »Aber Sie sind nicht so wütend auf Logan, wie ich erwartet hatte. Warum nicht?«

Weil er sein Wort gehalten hatte. Weil sie zwar seine Methoden missbilligte, an seinen Motiven aber nichts auszusetzen fand. Weil sie in diesem Dschungel Bekanntschaft mit ihm gemacht hatte, mit seiner Stärke, seiner Entschlossenheit, sogar mit einem Teil seiner Vergangenheit. Es war schwierig, jemanden zu hassen, wenn man ihn näher kennen gelernt hatte.

»Das ist vorbei.« Sie stand auf. »Wut ist reine Energieverschwendung. Können Sie einen Moment auf Monty aufpassen? Ich will an der Tür sein, wenn Bassett kommt.

Es ist verdammt schwierig für ihn, er dachte, er sei auf dem Weg nach Hause.«

»Na klar.« Margaret beugte sich zu Monty herunter und klopfte ihm das Fell. »Ich liebe Hunde und er ist ein Schatz.«

Fünf Minuten später stand Bassett vor der Haustür.

Er lächelte erleichtert, als er Sarah erblickte. »Ich bin froh, hier einem freundlichen Gesicht zu begegnen. Als ich durch dieses elektrische Tor fuhr, hatte ich das Gefühl, nach Alcatraz zu kommen.«

»Ich weiß, bei meinem ersten Besuch hier ging es mir genauso. Und damals gab es hier nur zwei Wachposten, nicht vier.«

»Sie waren schon mal hier?«

»Vor mehreren Monaten.«

Er nickte. »Ich dachte mir, dass Logan und Sie alte Freunde sind. Die Vertrautheit ist offensichtlich.«

Vertrautheit? Das Wort erschreckte sie. »Warum sagen Sie das?«

»Wie ich sagte, es ist offensichtlich, wenn man Sie beide zusammen sieht. Sie haben ihm das Leben gerettet und ihn während des ganzen Flugs nicht aus den Augen gelassen, obwohl Sie sich alle Mühe gegeben haben, kein Aufhebens darum zu machen. Ich nehme an, Logan gehört nicht zu den Männern, die sich gerne umsorgen lassen, stimmt's?«

»Keine Ahnung. Ich habe ihn nicht umsorgt.«

Er hob die Hände. »Entschuldigung. Habe ich mich geirrt?«

»Ja. Logan und ich sind keine alten Freunde. Ich habe ihm nicht das Leben gerettet. Ich habe ihm nur beim Einsteigen geholfen, damit wir endlich losfliegen konnten. Ich habe einmal für eine Freundin gearbeitet und jetzt für ihn. Und weiter geht unsere Vertrautheit nicht.« Sie wandte sich um und ging auf die Treppe zu. »Sie sind sicherlich müde. Ich führe Sie in Ihr Zimmer.«

»Sie sind verärgert. Ich wollte nicht …«

»Ich bin nicht verärgert.« Das stimmte. Sie war nicht wütend auf Bassett. Es war nicht seine Schuld, dass er die Situation missverstanden hatte. Dass sie sich um Logan gekümmert hatte, war vollkommen normal. Für jeden, der verletzt und hilflos war, würde sie das Gleiche tun. Ihrer natürlichen Anlage und ihrer Ausbildung nach war sie ein Mensch, der Hilfe zu leisten versuchte.

Aber wenn es so normal war, warum rechtfertigte sie sich dann?

Weil sie erschöpft und verletzlich war. Das war der einzige Grund. Es war höchste Zeit, dass sie sich ausruhte.

»Das hier ist ein schönes Zimmer. Blick auf den Garten.« Sie öffnete die Tür am Kopf der Treppe. »Das Telefon steht auf dem Nachttisch. Ich nehme an, Logan hat Ihnen gestattet, Ihre Frau anzurufen.«

»Natürlich. Aber er hat mich gebeten, ihr nicht zu sagen, dass wir Santo Camaro verlassen haben.«

»Gebeten?«

»Sagen wir, er hat es dringend angeraten.« Er sah Sarah an. »Dass wir uns nicht missverstehen. Ich bin freiwillig hier. Logan hat mir angeboten, hier ein Labor für mich einzurichten, so dass ich meine Arbeit fortsetzen kann.«

Bassett war vielleicht der Meinung, freiwillig mit nach Phoenix gekommen zu sein, aber die Tatsache blieb bestehen, dass Logan seinen Willen gewöhnlich durchsetzte und auch in diesem Fall durchgesetzt hatte. »Ich dachte, Sie wollten nach Hause.«

»Logan hat mir erklärt, dass ich meine Familie in Gefahr bringen könnte. Er lässt sie bewachen, aber meine

Anwesenheit könnte ihre Sicherheit gefährden.« Er ging durch den Raum und sah sich um.

»Eigenes Bad. Nett. Viel besser als die Unterbringung in Santo Camaro. Castleton hat getan, was er konnte, aber die Laboreinrichtung war natürlich wichtiger als unsere kleine Behaglichkeit. Allein der verdammte Boiler musste während meiner Zeit dort viermal ausgewechselt werden.«

»Warum sind Sie geblieben?«

»Es war mein Traum«, sagte er einfach. »Man gibt nicht seinen Traum auf, nur weil man hin und wieder kalt duschen muss.«

»Was für ein Traum war das?«

Er schnitt eine Grimasse. »Ich wollte Sie nicht neugierig machen, tut mir Leid. Sie waren sehr freundlich zu mir, aber ich darf nicht über meine Arbeit reden. Das steht in meinem Vertrag.«

»Steht in Ihrem Vertrag auch, dass Sie Gefahr laufen, umgebracht zu werden?«

»Nein, das nicht, aber wir wussten alle, dass es Schwierigkeiten geben könnte. Unter den Umständen.«

»Was …« Warum fragte sie weiter, nachdem er ihr gesagt hatte, dass er nicht darüber reden konnte? Es war höchste Zeit, dass sie sich von Logan und seinen Leuten zurückzog. »Margaret Wilson ist unten in der Küche und ich wette, der Kühlschrank ist voll. Kennen Sie Margaret?«

»Nicht persönlich. Ich habe nur mit Castleton zu tun gehabt, aber ich kenne sie natürlich vom Hörensagen. Durch nichts aus der Fassung zu bringen, kompetent und durchsetzungsfähig.« Er grinste. »Sie ist eine legendäre Gestalt im Logan-Imperium. Aber ist ja nicht weiter verwunderlich. Auch er ist legendär.«

»Nun, unserem legendären Helden wird unten im Wohnzimmer gerade eine Kugel aus dem Bein geschnitten. Wenn der Arzt fertig ist, sollten Sie sich untersuchen lassen.«

»Mir geht es prima. Ich will nur mit meiner Frau und meinem Sohn sprechen.«

»Dann will ich Sie nicht länger aufhalten.«

»Danke.« Als sie die Tür hinter sich schloss, ergriff er bereits den Hörer.

Sie kehrte in die Küche zurück, wo Margaret ihr von Logan berichtete. »Gerade war der Arzt hier. Die Operation ist gelungen, Logan hat alles gut überstanden. Er ist noch unter Narkose, aber in ein paar Stunden wird er aufwachen.«

Sie empfand große Erleichterung. Sie hatte gewusst, dass Logans Verletzung nicht lebensgefährlich war, aber bei einer Operation konnte immer etwas schief gehen.

»Gut.« Sie sank auf einen Stuhl nieder. »Keine Anzeichen für eine Infektion?«

»Doch, eine kleine. Sie pumpen ihn jetzt mit Antibiotika voll. Der Arzt war nicht begeistert, dass die Kugel so lange in seinem Körper war.«

»Es war sicherer, ihn in die Staaten zurückzubringen.«

»Ich sage nicht, dass es nicht die richtige Entscheidung war. Es gibt immer Vor- und Nachteile.« Margaret stand auf. »Wie wäre es mit einem kleinen Lunch? Ich habe jede Menge Dosen eingekauft. Suppe? Stew?«

Sarah schüttelte den Kopf. »Für Monty und mich ist es Zeit, nach Hause zu fahren. Würden Sie irgendjemanden bitten, uns zur Ranch zu bringen?«

»Jetzt?« Margaret runzelte die Stirn. »Weshalb die plötzliche Eile?«

»Ich will nach Hause.«

»Sie haben ihm versprochen, zu bleiben.«

Bleiben Sie, Sarah.

Sie hatte eingewilligt, weil Logan auf einmal so verletzlich und schutzbedürftig gewirkt hatte. Aber er war weder verletzlich noch schutzbedürftig. Er war umgeben von Leuten, die ihn pflegen und beschützen würden. Er brauchte sie nicht. »Ich bin doch geblieben. Jetzt ist er außer Gefahr.«

»John wird das nicht gefallen. Er hat mich gebeten, mich um Sie zu kümmern. Wie soll ich mich um Sie kümmern, wenn Sie Meilen weit weg sind?«

»Machen Sie sich um mich keine Sorgen. Ich kann mich um mich selbst kümmern.« Sie beugte sich nieder und streichelte Monty den Kopf. »Er ist verletzt und er braucht seine vertraute Umgebung.«

»John wird das nicht gefallen«, wiederholte Margaret.

»Besorgen Sie mir einen Wagen oder soll ich es selbst tun?«

»Ich mache es schon«, seufzte Margaret. »Aber Sie machen mir meine Arbeit nicht leichter.«

»Sie kommen schon zurecht. Ich habe nicht das Gefühl, dass Sie sich von Logan einschüchtern lassen.«

»Ich arbeite schon lange für ihn, da verliert man die Angst. Was nicht heißt, dass ich nicht einen gehörigen Respekt vor ihm habe.«

Sarah sah sie prüfend an. »Und Sie mögen ihn.«

»Natürlich. Er kann eiskalt sein, aber zu mir war er immer fair. Und zumindest wird es nie langweilig.« Sie ging zum Telefon.

»Ich sage einem der Wachleute Bescheid, damit er einen Wagen vorfährt. Sie sind sicher, dass Sie nicht vorher eine Kleinigkeit essen wollen?«

»Ganz sicher.« Sie hörte, wie Margaret mit dem Sicherheitsmann sprach. In wenigen Minuten würde sie auf dem Rückweg in das Leben sein, das sie am meisten liebte – Stille, Einfachheit, Gelassenheit. Mochte Logan seine komplizierten Netze um jemand anderen spinnen. Sie war auf dem Weg nach Hause.

6

Das Geheul tönte unheimlich durch die stille Nacht.

Monty hob den Kopf. *Schön!*

»Hört sich an, als wäre unser Wolf noch in der Gegend.«

Sarah kniete nieder und schüttete Vitamintabletten in Montys Napf. »Ich hatte gehofft, er würde weg sein, wenn wir wiederkommen.«

Hungrig?

»Vielleicht. Diese mexikanischen Wölfe haben kein leichtes Leben mehr, seit sie hier ausgesetzt worden sind. Friss.«

Monty stieß den Napf von sich. *Hungrig.*

»Du musst fressen. Wenn du nicht frisst, heilt deine Wunde nicht, und wenn du fastest, wird der hungrige Wolf davon auch nicht satt.«

Monty streckte sich neben dem unberührten Futternapf aus.

Hungrig.

Wieder heulte der Wolf.

»Sei doch still«, murmelte Sarah. »Willst du unbedingt die Rancher auf dich hetzen? Ich kann Dir nur raten, hier kein Aufsehen zu erregen ...«

Hungrig.

»Dieser Wolf ist hundertmal besser als du imstande, sich in der Wildnis zu ernähren.«

Traurig. Einsam.

In der Tat war der Wolf viel zu weit östlich gewandert.

Gut möglich, dass er allein war, von seinem Rudel getrennt. »Wir können ihm nicht helfen. Sie wurden ausgesetzt, um in freier Wildbahn zu leben, ihren eigenen Weg zu gehen, verstehst du?« Sie setzte sich an den Tisch und begann, die Suppe zu essen, die sie sich warm gemacht hatte. »Siehst du, ich mache mir keine Sorgen. Also friss jetzt.« Sie blickte über die Schulter und sah, dass er die Tür anstarrte. »Nein, wir werden nicht rausgehen und versuchen ...«

Es klopfte.

Sie erstarrte, als die Tür geöffnet wurde.

»Verzeihung.« Logan lehnte im Türrahmen, er war blass, zu seinen Füßen stand ein kleiner Koffer. »Darf ich reinkommen? Ich glaube, ich muss mich setzen.«

»Was zum Teufel machen Sie denn hier?« Sarah sprang auf die Füße und rannte zur Tür. Sie legte ihm einen Arm um die Schultern und führte ihn zu dem Sessel vor dem Kaminfeuer. »Sie Idiot. Sie sind erst heute Nachmittag operiert worden. Wollen Sie, dass die Nähte aufplatzen?«

»Sie haben versprochen zu bleiben. Und als ich aufwachte, waren Sie weg.« Er lehnte sich im Sessel zurück und schloss die Augen. »Deshalb bin ich hergekommen.«

Sie holte ein Kissen und legte es unter sein verletztes Bein. »Wer hat Sie hergebracht?«

»Margaret. Ich habe sie gebeten, mich abzusetzen und gleich zuruckzufahren.«

»Ich wette, sie war begeistert.«

Er lächelte schwach. »Sie haben Margaret schon ganz gut kennen gelernt. Tatsächlich war es gar nicht nach ihrem Geschmack.«

»Nach meinem ist es auch nicht. Was wollen Sie hier?«

»Ich fand, dass ich ein wenig Ruhe und Abgeschiedenheit brauchte. Und von beidem gibt es hier ja mehr als genug.«

Sie starrte ihn an. »Was?«

»Sie haben eine Couch.« Seine Stimme wurde schwächer. »Da kann ich doch schlafen.«

»Das ist völliger Blödsinn.«

»Wirklich? Ich bin grade ein bisschen schwindelig. Wahrscheinlich von den Medikamenten, die mir der Arzt gegeben hat. Ich wollte Sie bitten, entweder mit mir zurückzukommen oder mir zu gestatten, hier bei Ihnen zu bleiben.«

»Ich komme nicht mit zurück und Sie können nicht hier bleiben. In Ihrem Haus in Phoenix haben Sie Ruhe genug.«

»Es ist nicht nur ... Ich habe versprochen, Ihnen Madden vom Hals zu schaffen.«

»Allerdings, und ich erwarte, dass Sie Ihr Versprechen halten. Aber deshalb müssen Sie nicht gleich aus dem Krankenbett aufstehen und schon gar nicht hierher kommen. Madden ist nicht mehr hier gewesen, seit ich ihn rausgeschmissen habe.«

»Wie Sie mich rausschmeißen wollen.«

»Richtig.«

»Sicherer. Ich trage die Verantwortung.«

»Was faseln Sie da? Ich verstehe kein Wort.«

»Ich fasele nicht.« Logan öffnete die Augen, als Monty den Kopf gegen seine Hand presste. »Hallo, alter Knabe! Ich bin froh, dass mich doch noch jemand willkommen heißt.«

»Bilden Sie sich bloß nichts darauf ein. Vor fünf Minuten wollte er noch einen Wolf ins Haus bitten.«

»Einen Wolf? Ich habe ihn vorhin im Wagen gehört. Schön.«

»Ach, Sie auch?« Sie wandte sich ab und griff nach dem Telefon. »Wie ist Margarets Handy-Nummer? Ich werde sie bitten, kehrtzumachen und Sie wieder abzuholen.«

Er schüttelte den Kopf. »Ich habe ihr gesagt, sie soll sich von Ihnen nichts sagen lassen. Sie werden wohl … mit mir …«

»Das könnte Ihnen so passen. Ich werde einen Krankenwagen rufen und … Verdammt, hören Sie mir überhaupt zu?«

»Tschuldigung.« Ihm fielen die Augen zu.

»Müde …«

Er schlief.

»Logan!«

Keine Antwort. Wahrscheinlich stand er bis an den Hals unter Drogen, es war ein Wunder, dass er es überhaupt bis hierher geschafft hatte. Nein, kein Wunder. Sie wusste ja, wie hartnäckig er sein konnte.

Aber weshalb hatte er sich in den Kopf gesetzt, hierher zu kommen?

Nun, es hatte wohl keinen Zweck, sich über seine Gründe den Kopf zu zerbrechen. Es würde ihm ganz recht geschehen, wenn sie ihn in einem Krankenwagen nach Phoenix zurückverfrachten ließe.

Monty sah sie traurig an.

»Okay, meinetwegen, soll er bleiben, bis er aufwacht. Vielleicht vergisst du dann wenigstens diesen verdammten Wolf.«

Monty legte sich neben den Sessel auf den Boden. Sie seufzte und holte Logans Koffer ins Zimmer, dann legte sie sich auf die Couch. Sie hatte gedacht, sie wäre ihn los, doch da lag er nun, nur wenige Stunden später, und sie schlief auf dieser ausgeleierten Couch statt in ihrem bequemen Bett, nur um darauf zu achten, dass der Idiot nicht aufstand und sich erneut verletzte.

»Wachen Sie auf.«

Logan hatte das vage Gefühl, dass Sarah ihn schüttelte.

»Wachen Sie auf, verdammt.«

Er kämpfte sich durch den Nebel und öffnete die Augen. Sarahs Blockhaus. Sie wollte, dass er ging ... »Ich bleibe.«

»Und ich gehe. Rufen Sie Margaret an, damit sie Sie abholt.«

»Was?« Er setzte sich auf, als er sah, dass sie ihre Jacke überzog. »Wo gehen Sie hin?«

»Taiwan. Es gab dort in den letzten vierzehn Tagen sintflutartige Regenfälle. Ein Erdrutsch hat ein ganzes Dorf unter sich begraben. Die Zahl der Todesopfer wird auf fünfhundert geschätzt.« Sie trat an ihre Küchenzeile und goss dampfenden Kaffee in eine Thermosflasche. »Mein Gott, ich hasse diese Erdrutsche. Die Chancen, da jemanden lebendig rauszuholen, sind praktisch gleich null. Da sucht man nur Tote, keine Überlebenden.«

»Warum fahren Sie dann hin?«

»Dieser Erdrutsch hat Hunderte von Menschen unter sich begraben. Vielleicht können Monty und ich wenigstens einen oder zwei retten.«

»Wie haben Sie von dem Erdrutsch erfahren?«

»Helen Peabody, die Einsatzleiterin unseres Rettungsteams, hat vor zehn Minuten angerufen. Sie waren so weg, dass Sie nicht mal das Telefon gehört haben.«

»Sie sind selbst todmüde. Sie sollten hier bleiben.«

»Die Pflicht ruft. Und es ist ein langer Flug, da kann ich im Flugzeug schlafen.«

»In welchem Flugzeug?«

»Helen telefoniert gerade in der Gegend rum, um ein Flugzeug samt Piloten zu organisieren.«

Sie steckte die Thermoskanne in ihre Reisetasche.

»Nun nehmen Sie schon das Telefon und rufen Margaret an.«

»Was ist mit Monty? Er ist verletzt. Sie waren so besorgt um ihn und jetzt wollen Sie ihn auf eine solche Rettungsaktion mitschleppen.«

»Es ist auch seine Pflicht. Er ist angeschlagen, aber er wird es schaffen. Wenn ich merke, dass ihm die Wunde zu wehtut, werde ich ihn tragen.«

»Ich hätte nie gedacht, dass Sie imstande sind, Monty so hart ranzunehmen. Sie sind doch ganz vernarrt in diesen Hund.«

»Wenn es eine Chance gibt, Leben zu retten, haben weder Monty noch ich das Recht, unsere Pflicht zu versäumen. Wir haben auch bei früheren Gelegenheiten schon Verletzungen erlitten und haben es trotzdem geschafft.«

Sie holte Montys Vitamine aus dem Kühlschrank und warf sie in die Reisetasche. »Wir werden nur ein paar Tage dort sein. Danach überlassen wir den anderen Teams die Suche. Nach dem Einsatz in Barat hat Monty für eine Weile genug Tote gesehen.«

»Und Sie? War es für Sie nicht genug?«

»O doch.« Sie wandte sich ab und ließ müde die Schultern hängen. »Mehr als genug. Aber es hört nicht auf.«

»Haben Sie je daran gedacht, nein zu sagen?«

»Wie kann ich nein sagen, wenn jemand auf Hilfe wartet?«

»Nun, das können Sie wohl nicht.« Er sollte versuchen, sie davon abzubringen, aber das Denken fiel ihm schwer. Er schüttelte den Kopf, um klarer zu werden. »Taiwan. Wo in Taiwan?«

»In einem Ort namens Kai Chi. Wollen Sie Kaffee?«

»Nein, danke.«

»Bestimmt nicht? Sie sehen aus, als könnten Sie einen brauchen.«

»Fünfhundert Tote?«

»Schätzungsweise.«

»Dann werden Sie Hilfe brauchen.« Er griff nach seinem Mobiltelefon. »Obwohl Sie mir das Leben schwer machen. Wie viele Leute gehören zu Ihrem Team?«

»Sechs.«

»Und sechs Hunde?«

Sie nickte.

»Rufen Sie diese Helen Peabody an und sagen Sie ihr, dass Sie ein Flugzeug und einen Piloten haben.« Er rümpfte die Nase. »Meine Polster und Teppiche werden wahrscheinlich bis ans Ende aller Tage nach Hund riechen.«

Sie riss die Augen auf. »Sie leihen uns Ihr Flugzeug?«

»Wann kann Ihr Team auf dem Flugplatz in Phoenix sein?«

»Die meisten leben in Tuscon. Höchstens fünf Stunden.«

»Das ist zu lang, wenn die Lage in Taiwan so ernst ist, wie Sie sagen. Wir fliegen nach Tuscon, laden Ihre Leute ein und fliegen von dort direkt nach Taiwan.«

»Wir?«

»Ich komme mit.«

»Sind Sie verrückt? Nach Taiwan? Warum?«

»Ich habe was gutzumachen, nachdem Monty in Santo Camaro verwundet wurde.«

»Dann geben Sie uns das Flugzeug und den Piloten.«

Er schüttelte den Kopf. »Es ist mein Flugzeug. Und meine Bedingungen.« Er wählte Margarets Nummer. »Margaret, ich fliege nach Taiwan. Sorgen Sie dafür, dass das Flugzeug und die Papiere binnen einer Stunde parat sind!« Er schnitt ihr das Wort ab, als sie Einwände erheben wollte. »Jetzt nicht. Machen Sie einfach, was ich sage.« Er beendete die Verbindung.

Sarah schüttelte den Kopf. »Sie können nicht mitkommen.«

»Warum nicht?«

»Das ist ein Rettungseinsatz. Wir müssen arbeiten. Sie würden uns nur im Wege stehen.«

»Würde ich nicht. Ich spreche die Sprache. Ich habe eine kleine Fertigungsanlage an der Küste und damit Beziehungen zu den dortigen Behörden, und ich habe das Flugzeug. Was wollen Sie mehr?«

»Dass Sie hier bleiben und uns das Flugzeug und den Piloten überlassen.«

»Nichts zu machen.«

»Sie sind gerade erst operiert worden. Sie haben keine Ahnung, mit welchen Bedingungen wir es da drüben zu tun haben werden. Was, wenn Sie eine Infektion kriegen?«

»Dann würden Sie sich neben Monty auch um mich kümmern müssen.«

»Das hatte ich befürchtet.«

»Kein Grund zur Sorge. Es wird nicht dazu kommen. Ich werde Ihnen nicht zur Last fallen.« Er erhob sich mühevoll aus dem Sessel und musste ein Stöhnen unterdrücken, als der Schmerz durch das verletzte Bein schoss. »Und wenn doch, verspreche ich, Ihnen aus dem Weg zu gehen. Und nun rufen Sie an, während ich ins Badezimmer gehe und mir das Gesicht wasche.«

Unschlüssig stand sie da.

»Los, rufen Sie Helen Peabody an.« Er humpelte zum Badezimmer. »Ein besseres Angebot werden Sie nicht bekommen.«

»Sie können nicht einmal laufen, ohne dass es weh tut.«

»Na und, was kümmert Sie das? Geschieht mir doch recht.«

»Ich will nicht, dass Sie Ihr Bein verlieren.«

»Ich passe auf mich selbst auf und Monty und Sie sorgen für die leidenden Millionen dieser Welt. Ich finde an dieser Arbeitsteilung nichts zu bemängeln.« Er sah sie über die Schulter an. »Sie etwa?«

Sie schüttelte den Kopf. »Sie haben Recht. Ich bin nicht für Sie verantwortlich.« Sie wandte sich ab und ergriff das Telefon. »Tun Sie, was Sie nicht lassen können. Aber geben Sie nicht mir die Schuld, wenn die Tour anstrengender wird als erwartet.«

»Keine Angst.« Er schloss die Tür und lehnte sich dagegen, vergeblich versuchte er, die heftigen Schmerzen zu unterdrücken. Eigentlich müsste er Schmerztabletten nehmen, aber er brauchte einen klaren Kopf. Sobald sie aus Tuscon abgeflogen waren, konnte er sich eine Weile Ruhe gönnen. Trotz ihrer barschen Art war Sarah besorgt um ihn und sie würde einen Weg finden, ihn von der Reise abzuhalten, wenn sie merkte, dass er fürchterliche Schmerzen hatte und sich elend fühlte. Hundeelend. Als der Schmerz nachließ und zu einem dumpfen Pochen wurde, zog er sein Handy hervor und rief Galen an. »Ich bin in Sarahs Blockhaus, aber wir fliegen in Kürze nach Taiwan. Gibt es was Neues?«

»Noch nicht. Ich habe Sanchez noch immer nicht gefunden. Taiwan?«

»Anscheinend hat es in Taiwan einen Erdrutsch gegeben und man hat ein Rettungsteam aus den Vereinigten Staaten angefordert. Ich begleite sie.«

»Jesus Christus. Und wie geht es dir?«

»Mir ist gerade eine Kugel rausgeschnitten worden. Alles in allem, nicht berühmt.«

»Kann ich mir denken.«

»Du musst Rudzak finden. Selbst wenn er verletzt ist, möchte ich wetten, dass er in irgendeinem Winkel sitzt und seinen nächsten Zug plant.«

Er beendete die Verbindung, schloss die Augen und sammelte seine Kräfte. Er hatte das Telefonat durchgestanden. Er würde auch den Flug durchstehen. Er musste den Schmerz ignorieren, auf Autopilot umschalten und auf keinen Fall nachdenken. Er beugte sich über das Waschbecken und warf sich kaltes Wasser ins Gesicht.

»Netter Kerl.« Susie Phillips saß in einem Ledersessel, den Blick auf Logan gerichtet, der weiter vorn stand, und sprach mit Boyd Medford. »Man würde ihn nie für einen Wirtschaftsmagnaten halten, oder?«

»Sieh dich um«, sagte Sarah trocken. »Angesichts dieses Flugzeugs kann man schon auf diese Idee kommen.«

»Du weißt, was ich meine. Er ist so normal. Kennst du ihn schon lange?«

»Nicht lange.«

»Umso bemerkenswerter, dass er uns sein Flugzeug anbietet. Zumal er gerade einen Unfall hatte.«

»Hat er dir erzählt, er hätte einen Unfall gehabt?«

»Nein, davon war ich ausgegangen.«

Sarah wechselte das Thema. »Wie geht es Dinah?«

»Prima. Aber sie vermisst die Suchaktionen. Sie blickt immer ganz traurig drein, wenn ich mit Donegan im Pickup wegfahre.« Sie streichelte ihrem deutschen Schäferhund den Kopf. »Sie begreift nicht, dass der Ruhestand nach so vielen Dienstjahren eine Belohnung ist, keine Strafe.« Sie sah zu Monty hinüber. »Monty hat noch viel Zeit bis zu seiner Pensionierung, aber auch ihm wird es nicht leicht fallen, in Rente zu gehen. Mehr als allen anderen Hunden in der Gruppe. Du solltest darüber nachdenken. Es braucht Zeit, einen neuen Hund zu trainieren.«

Sarah wollte nicht daran denken. Nach all den Jahren mit Monty konnte sie sich nicht vorstellen, mit einem anderen Hund zu arbeiten, und der Gedanke, dass Monty alt wurde, versetzte ihr einen Stich. »Logan sieht müde aus. Ich werde mal fragen, ob er irgendwas braucht.«

Susie nickte. »Gute Idee.« Sie zog ein Taschenbuch hervor. »Ich werde versuchen, mich in den Schlaf zu lesen. Wir haben einen langen Flug vor uns und ich würde ihn gern bewusstlos verbringen.«

»Ich auch.« Sarah spürte jeden Muskel, als sie nun durch den Mittelgang auf Logan zuging und dabei über Hunde und Gepäck steigen musste. Sie konnte es kaum erwarten, sich zusammenzurollen und zu schlafen, wie es die anderen Mitglieder des Teams bereits taten. Was hielt sie eigentlich davon ab? Logan brauchte sie nicht. Er konnte für sich selbst sorgen.

Wenn er vernünftig war. Aber wenn er vernünftig wäre, hätte er sich nach dem Start vor einer Stunde auf einem der Ruhebetten ausgestreckt. Stattdessen unterhielt er sich weiter mit Boyd und hörte höflich zu, während er von Minute zu Minute blasser und elender aussah.

Männer.

Boyd lächelte zu ihr auf. »Hallo, Sarah. Klasse Unterbringung, findest du nicht? Erinnerst du dich noch an den Frachtflieger, der uns nach Barat gebracht hat?«

»Wie könnte ich den vergessen?« Sarah sah Logan in die Augen. »Sie sehen aus wie ein Toter auf Urlaub. Legen Sie sich hin.«

»Gleich. Boyd hat mir gerade von der Rettungsoperation in Nicaragua erzählt.«

»Er kann weitererzählen, wenn Sie wieder aufwachen.« Sie wandte sich zu Boyd. »Ich schmeiße dich jetzt raus. Er muss sein Bein hochlegen. Er hat es dir wahrscheinlich nicht erzählt, aber ist erst gestern operiert worden.«

»Zum Teufel, nein.« Boyd stand auf. »Bis nachher, Logan.« Logan nickte und sah Boyd nach, der nach hinten ging und neben Susie Platz nahm.

»Kennen Sie ihn gut?«

»Seit vielen Jahren.«

»Habe ich's mir doch gedacht. So unhöflich kann man nur zu alten Freunden sein.«

»Sie hätten im eigenen Interesse ein bisschen unhöflicher zu ihm sein sollen. Er ist ein großartiger Mensch, aber wenn er nichts Besseres zu tun hat, hört er sich gern reden.«

»Ich habe ihm gern zugehört.« Er lächelte. »Und ich bin durchaus in der Lage, genauso unhöflich zu sein wie Sie, Sarah. Er hat mich interessiert. Er hat mir einen Einblick in Ihre Arbeit gegeben.«

»Und?«

»Es war wie ein Blick in die Hölle. Eine Gegend, von der man gern erzählen hört, wo man aber nicht leben mochte.«

»Sie brauchen nicht dort zu leben. Wer damit klarkommen muss, bin ich.«

»Nur, wenn Sie nicht …«

»Halten Sie den Mund. Ich bin todmüde und hätte weiß Gott was Besseres zu tun, als Sie und meine Freunde auseinander zu bringen, nur weil Sie zu stolz sind zuzugeben, dass Sie Schmerzen haben. Werden Sie sich jetzt hinlegen, so dass ich mich endlich ausruhen kann?«

»Kein Problem.« Er kam mühevoll auf die Füße und stand mit einer Hand auf die Sessellehne gestützt schwankend da. »Einen Moment, ich glaube, mein Bein ist eingeschlafen.«

Wahrscheinlich wollte er nur nicht zugeben, dass ihn der lange Weg den Gang hinunter schreckte. »Soll ich Ihnen helfen?«

Er zog eine Grimasse. »Sie lassen mir nichts durchgehen, was?«

»Stolz ist eine Dummheit, wenn man Schmerzen hat.«

»Zumindest kann man Ihnen nicht vorwerfen, dass Sie keine deutliche Sprache sprechen. Zwei Minuten. Wenn ich dann nicht laufen kann, können Sie mich mit Ihrem Feuerwehrgriff packen und zum Bett tragen. Inzwischen erzählen Sie mir, warum Sie Erdrutsche so schlimm finden.«

»Wie ich schon sagte, weil man kaum Überlebende findet. Bei einem Erdbeben stehen die Chancen viel besser, dass in Hohlräumen und Lufttaschen unter den Trümmern noch Verschüttete leben. Wer unter Schlamm begraben wird, erstickt.«

»Wie bei einer Schneelawine?«

Sie schüttelte den Kopf. »Im Schnee ist es leichter, er ist porös und somit geruchsdurchlässig. Schlamm dagegen versiegelt jeden Geruch. Die Hunde finden kaum eine Witterung. Außerdem glauben sie, sie könnten auf dem Schlamm laufen, was oft katastrophale Folgen hat: Sie können im Schlamm versinken oder von einem neuen Erdrutsch davongetragen oder verschüttet werden, ohne dass man ihnen helfen kann. Man muss höllisch auf seinen Hund aufpassen.

Und man kann nicht allein losgehen, man braucht einen Beobachtungsposten, der Alarm schlägt, wenn ein Sucher in Gefahr gerät. Das kommt gar nicht selten vor. Es genügt, dass einem der Stiefel voll Schlamm läuft, das allein kann schon ein Todesurteil sein. Man muss ganz sichergehen, dass die Gummistiefel wirklich passen, und sie mit Klebeband versiegeln. Zudem regnet es in Taiwan noch immer, und solange es nicht aufhört, können wir mit der Suche nicht anfangen, weil ständig mit neuen Erdbewegungen zu rechnen ist. Das heißt, man sitzt untätig herum, während einen die Verwandten der Opfer feindselig anstarren und verfluchen. Reicht das fürs Erste?«

»Scheiße.«

»Genau. Sind Sie sicher, dass Sie nicht an Bord des Flugzeugs bleiben wollen, statt mit ins Dorf zu kommen?«

»Sicher.« Sein Blick wanderte über die Passagiere seines Firmenjets. »Nette Menschen, aber sie müssen verrückt sein, sich so was zuzumuten. Ich fürchte, ich war ein bisschen neben der Rolle, als Sie uns bekannt gemacht haben. Erzählen Sie mir von Ihren Freunden.«

Ihr Blick folgte seinem. »Der Mann da in den Fünfzigern mit dem schwarzen Labrador ist Hans Kniper, er ist Tierarzt und Hundetrainer. Der kleine jüngere, der da am Fenster schläft, ist George Leonard. Er arbeitet in Tuscon in einem Supermarkt und trainiert an den Wochenenden Hunde. Mit unserem Teamführer Boyd Medford haben Sie sich ja schon unterhalten. Ihn kenne ich am besten. Er war bei der Hundestaffel der ATF, bevor er ausstieg und sich eine Ranch kaufte. Theo Randall ist der blonde Mann mit dem schwarz-beige gefleckten deutschen Schäferhund. Er ist Buchhalter in einem Luxushotel. Susie ist Hausfrau, sie hat zwei Kinder und vier Schäferhunde.«

»Sie scheinen alle nicht viel gemeinsam zu haben.«

»Alle lieben Hunde und sind gewillt, sie zu Katastrophenhelfern auszubilden. Das ist Gemeinsamkeit genug.«

»Monty ist der einzige Golden Retriever. Drei Schäferhunde, zwei Labradors und Monty. Sind gewisse Rassen für diese Arbeit besser geeignet als andere?«

»Dazu würde wahrscheinlich jeder im Team eine andere Meinung vertreten. Im Grunde kommt es nur darauf an, dass der Hund intelligent ist, einen guten Suchinstinkt hat und eine gute Nase. Können Sie jetzt gehen?«

»Langsam.« Vorsichtig ging er den Gang hinunter. »Sehr langsam. Gute Nacht, Sarah.«

Sie sah ihm nach, wie er zögernd einen Fuß vor den anderen setzte und Susies Hund Donegan auswich. Susie sah von ihrem Buch auf und er wechselte ein paar Worte mit ihr.

Leg dich hin, du Idiot. Du brauchst nicht jedem in diesem verdammten Flieger den Kopf zu verdrehen.

Mittlerweile hatte er sich auf das Ruhebett gesetzt. Er zog ein Pillenröhrchen aus der Tasche, dem er einige Tabletten entnahm, die er mit Wasser herunterspülte. Schmerzmittel? Warum hatte er die nicht schon viel früher genommen? In diesem Augenblick, in dem er sich unbeobachtet glaubte, war sein Ausdruck elend ... und gequält. Sie konnte verstehen, dass er elend aussah, aber was quälte ihn? Welche Dämonen bedrängten Logan?

Monty kam auf die Beine, lief steifbeinig zu Logans Ruhebett hinüber und legte sich daneben. Er spürte, wenn andere krank waren und Schmerzen hatten, und bewies mit seinem Verhalten, dass Logan auf dieser Reise nichts zu suchen hatte.

Auch Sarah würde bei dieser Mission nichts zu suchen haben, wenn sie nicht endlich aufhörte, sich um einen Mann Sorgen zu machen, der zu dickköpfig war, sich um sich selbst zu sorgen. Sie brauchte dringend Ruhe. Sie ließ sich in dem Sessel nieder, den Logan verlassen hatte, und stellte die Lehne bis fast in die Waagerechte.

Schlafen. Nicht an Logan denken.

Nicht an erstickenden Schlamm denken.

Nach Taiwan würde sie schon früh genug kommen.

Gott, hoffentlich hörte es bald auf zu regnen.

Die Sonne schien hell und an dem blauen Himmel stand keine einzige Wolke. In Dodsworth war alles in Butter, dachte Rudzak belustigt.

»Was wollen Sie hier?«, fragte Duggan. »Ich habe Ihnen doch gesagt, dass die Anlage für einen Angriff zu gut gesichert ist.«

»Ich wollte nur die Örtlichkeiten in Augenschein nehmen.« Er betrachtete das kleine Backsteingebäude auf dem mit efeubewachsenen Feldsteinmauern umfriedeten Grundstück. »Was glauben die Leute im Ort, was hier vorgeht?«

»Landwirtschaftliche Forschung.«

Rudzak lachte in sich hinein. »Logan weiß, was der gute amerikanische Bürger hören will.« Er wandte sich ab. »Ich nehme an, er hat die Sicherheitsmaßnahmen verstärkt?«

»Von innen und von außen. Patrouillen, Überwachungskameras, Sensoren, alles, was gut und teuer ist.«

»Ist es Ihnen gelungen, einen Plan des Gebäudes zu beschaffen?«

»Noch nicht. Aber ich brauche auch keinen.«

»*Ich* brauche einen. Ich will mit allen Stärken und Schwächen dieses Gebäudes vertraut sein. Setzen Sie es ganz oben auf die Liste.«

»Die Anlage wird zu gut bewacht. Sie täten besser

daran, sich eine andere von Logans Firmen vorzunehmen.«

»Ich werde es mir überlegen. Aber Dodsworth ist eine interessante Herausforderung und offensichtlich Logans bestes Stück. Und alle Sicherheitsvorkehrungen haben Lücken, man muss sie nur gründlich genug studieren.« Er legte eine Pause ein. »Und genau das werden wir tun. Die Situation studieren und sehen, was sie hergibt.«

Ein neuer Aspekt war am Horizont erschienen. Sarah Patrick. Er hatte in den letzten Tagen eine Menge über sie erfahren, unter anderem, dass Logan ihre bei Phoenix gelegene Ranch bewachen ließ. Welchen Platz nahm sie in seinem Leben ein? Lohnte es sich, sie zu eliminieren? Und was war mit Eve Duncan, die in Logans jüngster Vergangenheit eine Hauptrolle gespielt hatte?

So viele Möglichkeiten. So viele Wege, die erforscht werden wollten. Und er hatte die Zeit und die Muße, sich dieser Aufgabe zu widmen. Er war derjenige, der das Tempo vorgab. Logan blieb nichts anderes übrig, als zu reagieren. Er konnte es kaum erwarten, den nächsten Schritt zu tun, aber es brauchte Zeit, interessante Szenarien aufzubauen. *Bald ist es soweit, Chen Li. Nur Geduld.*

»Ich habe gesehen, was ich sehen wollte.« Er ging zum Wagen. »Fahren wir. Ich will heute Abend in Phoenix sein.«

7

»SCHNELL. IN DEN BUS.« Logan stand auf der Straße, der Regen trommelte ihm ins Gesicht. Sein Mann in Taiwan, Sun Chang, stand neben ihm. »Das Dorf ist nicht weit von hier, aber Chang sagt, die Straße kann jeden Augenblick weggespült werden. Wenn das nicht schon geschehen ist. Wenn die Straße nicht mehr passierbar ist, werden die Soldaten niemanden mehr in das Gebiet lassen.«

»Klasse.« Sarah kletterte in den Bus. »Das hat uns gerade noch gefehlt. Wie steht es mit Luftunterstützung?«

»Keine Landefläche. Das Gelände ist zu uneben. Man kann bestenfalls Verpflegung abwerfen. Das Dorf lag an einem Berghang.«

»Ist es gelungen, medizinisches Gerät ins Dorf zu bringen?«

»Ja. Und sie haben auch schon Zelte aufgebaut.«

»Sind schon andere Rettungsteams vor Ort?«

»Eins, aus Tokio. Sie sind schon gestern Abend gekommen.«

»Überlebende?«

Logan presste die Lippen zusammen. »Ausgegraben haben sie sechs ... bis jetzt.«

Sarah lehnte den Kopf gegen die Fensterscheibe und starrte blind in den strömenden Regen hinaus. Sechs von fünfhundert. Lieber Gott.

Logan ließ sich in den Sitz neben ihr fallen. »Ich nehme nicht an, dass Sie sich entschließen könnten, hier zu bleiben, statt in dieses Dorf zu fahren?«

»Nein. Aber Sie sollten hier bleiben. Sie können uns nicht helfen, wenn die Suche beginnt. Sie können ja kaum laufen.«

»Sie würden staunen, wie hilfreich ein Mann wie ich trotz allem sein kann. Bisher habe ich Sie nicht enttäuscht, oder?«

»Nein.« Sofort nach der Landung des Flugzeugs hatte Logan eine überwältigende Energie entfaltet, hatte sich vergewissert, dass die Angehörigen des Teams alles hatten, was sie brauchten, und hatte mit Chang konferiert, der die Maschine am Flugplatz erwartet und den Bus organisiert hatte. »Aber von jetzt an gibt es für Sie nichts mehr zu tun, es sei denn, Sie wären Arzt oder ausgebildeter Katastrophenhelfer oder …« Der Bus schaukelte und rutschte über die Straße, Schlamm spritzte gegen die Fensterscheiben. »Und Sie werden hier nicht mehr rauskommen, wenn Ihr Bein plötzlich Probleme macht, die die hiesigen Ärzte nicht lösen können.«

»Sie würden staunen, was ich mit einem Handy alles ausrichten kann.«

»Sehr komisch. Aber mir ist es ernst.«

»Ich habe gar nicht versucht, komisch zu sein.« Er streckte das verletzte Bein aus. »Ich will Ihnen nur zu verstehen geben, dass Sie sich meinetwegen keine Sorgen machen sollen, dass ich kein … Scheiße.«

Sie waren um eine Kurve gebogen und vor ihnen türmte sich ein gewaltiger Hang aus Schlamm. Das Dorf war verschwunden. Keine Spur mehr von Straßen und Häusern … oder Leben. Im strömenden Regen sah Sarah ein paar Leute mit Hunden den unteren Rand des Abhangs absuchen und auf Brettern, die von Mauerrest zu Mauerrest gelegt waren, balancierten Männer und gruben hastig im Schlamm. Im Umkreis waren Zelte aufgeschlagen,

Sarah erkannte die Sanitätsstation mit dem großen roten Kreuz.

»Gott im Himmel«, murmelte Logan. »Wo zum Teufel sollen wir anfangen?«

»Wo wir immer anfangen.« Sie griff hinab, prüfte Montys Verband und legte ihm das orange Halfter an, das auf beiden Seiten mit einem roten Kreuz gekennzeichnet war. »Bei den Hunden.«

Logan war sehr blass geworden. »Mein Gott.«

»Ich habe Ihnen ja gesagt, Erdrutsche sind das Schlimmste.«

»Ja, das haben Sie.« Er holte tief Luft und riss den Blick von der Szene der Katastrophe los, um Monty anzusehen. »In Santo Camaro hat er dieses Halsband nicht getragen.«

»Da hätte es auch niemandem genutzt. Hier identifiziert ihn dieses Halfter als Angehörigen des Rettungsteams und unterscheidet ihn von den wilden Hunden, die oft in den Ruinen nach Nahrung suchen. Ich habe schon gesehen, wie hungrige Familien solche Hunde geschlachtet haben, um sie zu essen.« Sie setzte die Kapuze ihres Regenponchos auf und band sie unter dem Kinn fest, als der Bus schlitternd vor dem Sanitätszelt zum Stehen kam. »So was wird Monty nicht passieren.«

Logan sah Sarah und ihren Teamkameraden nach, als sie in das Zelt gingen, um sich vom Militär für ihren Einsatz instruieren zu lassen. Es wurde dunkel und der Erdrutsch sah aus wie eine monströse, geheimnisvolle schwarze Masse.

Keine Schreie …

Kein Schluchzen …

Kein Kindergesang …

Stille.

Totenstille.

Grabesruhe.

»Sie werden nass, Mr. Logan.« Chang stand neben ihm.

»Im Verpflegungszelt ist es trocken und es gibt warmes Essen.«

»Jetzt nicht.« Er sah den Hang hinauf. »Wo hat der Erdrutsch angefangen?«

»Genau weiß das niemand. Es geschah mitten in der Nacht.« Chang wies auf eine Stelle kurz unter dem Gipfel des Berges. »Ungefähr dort, nimmt man an.«

»Da will ich hin.«

»Das Militär lässt niemanden da rauf. Der Boden ist nicht sicher und der Regen ...«

»Dann führen Sie mich um die Posten herum.« Er humpelte auf den Berg zu. »Ich will da hinauf.«

Je weiter sie in die Höhe kamen, desto schlüpfriger wurde der Fels.

Tod.

Ein Monument des Todes.

Kein Zufall. Es konnte kein Zufall sein.

»Was suchen Sie?«, fragte Chang.

»Ich weiß es nicht.«

Es würde noch dort sein. Er wollte, dass Logan es fand. Der Lichtschein der Taschenlampe wanderte über das Gestein.

Nichts.

»Wir sollten wieder hinabsteigen«, sagte Chang. »Die Armee wird nicht begeistert sein, wenn ...«

»Steigen Sie ruhig wieder ab.« Logan kletterte über die Felsen, der Lichtkegel irrte in den Rissen und Höhlungen umher. Der Skarabäus war klein gewesen ...

Klein war auch die blauweiße Schachtel, die plötzlich im Lichtkegel der Taschenlampe auftauchte.

Chen Lis Schachtel. Er hatte sie wohl hundert Mal damit umgehen sehen, hatte ihre Finger die Lapislazuli-Blume auf dem Deckel nachzeichnen sehen.

Er fiel auf die Knie.

Er wollte schreien. Er wollte mit den Fäusten auf die Felsen einhämmern.

Doch er konnte die kostbare, mit Edelsteinen eingelegte Schachtel, die da im Schein seiner Taschenlampe leuchtete, nur ungläubig anstarren.

Fünfhundert Menschen.

Lebendig begraben.

Sechs Stunden später rief Rudzak an. »Regnet es immer noch in Kai Chi?«

»Ja.«

»Ich entnehme den Nachrichten, dass du dich an einer humanitären Hilfsaktion beteiligst. Der Regen hat dich hoffentlich nicht daran gehindert, Chen Lis Schachtel zu finden?«

»Nein.«

»Weil du wusstest, dass sie dort sein würde. Du bist ein kluger Mann, Logan. Du hast also begriffen, wie ich Chen Lis Schätze verwende?«

»Als Grabbeigaben.«

»Du klingst ein wenig verschlafen. Habe ich dich geweckt?«

»Nein.«

»Hatte ich auch nicht angenommen. Wahrscheinlich hast du wach gelegen und in die Dunkelheit gestarrt. Das ist doch so, wenn man von Schuldgefühlen geplagt wird, habe ich Recht?«

»Das solltest du doch am besten wissen. Du hast diese Katastrophe angerichtet.«

»Schuldgefühle sind mir fremd. So was liegt nicht in meiner Natur. Aber du hattest Zeit zum Nachdenken und ich wette, du weißt, warum ich Santo Camaro und Kai Chi zerstört habe.«

»Ihr Grab.«

»Ich war sehr zornig, als ich ihr Grab sah. Chen Li war eine Königin und du hast Sie verscharrt wie eine Bettlerin. Das Hinscheiden einer Königin sollte von Fanfarenstößen und Schellenklang begleitet werden.«

»Deshalb hast du ihr Santo Camaro und Kai Chi dargebracht?«

»Ich hätte mich ohnehin an dir gerächt, aber als ich an ihrem Grabe stand, wusste ich plötzlich, auf welche Weise es geschehen sollte. Auf einmal stand es mir in herrlicher Klarheit vor Augen. Santo Camaro war ein guter Anfang, aber Kai Chi ist etwas Besonderes. Chen Li wurde dort geboren und wir haben jeden Sommer an diesen Hängen gespielt.«

»Nachdem sie gestorben war und ich ein bisschen Geld verdient hatte, habe ich in ihrem Namen ein Waisenhaus hier gestiftet. Wusstest du von diesem Waisenhaus?«

»Natürlich. Hast du gedacht, das würde was ändern?«

»Vermutlich nicht.«

»Außerdem war mir eingefallen, dass du und Chen Li eure Flitterwochen in diesem Dorf verbracht habt. Ein weiterer Grund, es mit Chen Li in den Tod zu schicken.«

»Hast du jetzt genug? Fünfhundert Menschenleben sollten selbst dir reichen.«

»Natürlich nicht. Sie war eine Königin und eine Königin verlangt ihren Tribut.«

»Sie würde dich dafür hassen.«

»Niemals würde sie mich hassen. Du hast versucht, sie gegen mich aufzuhetzen, doch als du ihr begegnet bist, war sie längst mein.«

»Ich habe nie versucht, sie gegen dich aufzuhetzen. Ich habe dich gemocht, bis ich feststellen musste, was für ein Schwein du bist.«

»Du hast sie von mir fern gehalten.«

»Sie lag im Sterben. Ich wollte nicht, dass ihr jemand wehtut. Und sie war einverstanden. Zu dem Zeitpunkt wusste sie bereits, was du von ihr wolltest. Sie wollte dich nicht sehen.«

»Du lügst, du warst es ...« Er holte tief Luft, und als er weitersprach, war der Zorn aus seiner Stimme verschwunden. »Du kannst mich nicht verletzen, Logan. Ich werde dieses Spiel gewinnen. Ich habe dich kalt erwischt, stimmt's? Mit Kai Chi hast du nicht gerechnet. Du dachtest, ich wäre in Kolumbien, als ich dich anrief. Dabei habe ich gleich nach unserem Gespräch den Zeitzünder gestellt.«

»Du hast Recht. Selbst dir habe ich eine solche Ungeheuerlichkeit nicht zugetraut. Aber du wirst mich nicht noch einmal überraschen.«

»Sei dir da nicht so sicher. Ich fand es interessant, dass du Sarah Patrick mit nach Kai Chi genommen hast.«

»Sie hat mich mitgenommen. Sie ist hier im Einsatz.«

»Umso interessanter. Ihr zwei scheint den gleichen Weg zu haben, was? Übrigens, wusstest du, dass ich noch acht Kunstgegenstände von Chen Li habe?«

Er legte auf.

Am liebsten hätte Logan sich wieder hingelegt und alles um sich herum vergessen, aber er musste Galen anrufen. Galen musste Bescheid wissen, um Schutzmaßnahmen ergreifen zu können.

Aber welche? Für wen? Wo würde Rudzak als Nächstes zuschlagen?

»Ich habe schon auf deinen Anruf gewartet.« Galens Stimme war ungewöhnlich farblos und nüchtern. »Du hast mir gar nicht gesagt, dass du nach Kai Chi gefahren bist.«

»Ich habe es nicht wahrhaben wollen. Ich habe an höhere Gewalt glauben wollen. Dabei habe ich Rudzak von Anfang an in Verdacht gehabt.«

»Und war er es?«

»Ja. Ich war auf dem Berg und fand einen von Chen Lis Kunstgegenständen und ein paar Sprengkapseln an der Stelle, wo der Erdrutsch begann. Jesus, und ich hatte gehofft, nichts zu finden. Doch als ich die Schlammlawine sah, wusste ich es. Es konnte kein Zufall sein. Alles passte zusammen. Grabbeigaben.«

»Grabbeigaben?«

»Den Pharaonen wurden die Schätze mit ins Grab gegeben, die ihnen im Leben teuer waren. Chen Li liebte ihre Sammlung. Weil sie sie nicht mit ins Grab nehmen konnte, will er damit die Totenfeiern zu ihren Ehren schmücken.

»Sind das Mutmaßungen?«

»Rudzak hat soeben bestätigt, was ich bisher nur vermutet hatte. Er hat diese abartige Vorstellung, dass all diese Menschen ein Tribut an Chen Li sind.«

»Deshalb hat er in Santo Camaro vier Menschen umgebracht und dort über fünfhundert?«

»In vielen alten Kulturen war es üblich, Bedienstete und Ehefrauen mit dem Herrscher zu begraben. Rudzak folgt nur ihrem Beispiel. Er sieht da keinen Unterschied und wenn, wäre es ihm egal.«

»Scheiße.«

»Mit Kai Chi habe ich nicht gerechnet. Ich habe nicht

daran gedacht, dass er hier zuschlagen könnte. So einen Fehler möchte ich nicht noch mal machen.«

»Red keinen Blödsinn. Woher hättest du das wissen sollen?«

»Von jetzt an muss ich auf alles gefasst sein. Er hat mir erzählt, dass er noch acht Kunstgegenstände von Chen Li hat.«

»Deine Firmen?«

»Gut möglich.« Er dachte nach. »Und er hat Sarah erwähnt.«

»Wirst du ihr erzählen, wie es zu dem Erdrutsch gekommen ist?«

»Damit sie mich noch mehr verabscheut als jetzt schon?«

»Du bist nicht schuld daran.«

»Sag das noch mal. Ich brauche das, dass mir das jemand sagt. Ruf mich sofort an, wenn dir etwas auch nur halbwegs Verdächtiges auffällt.« Er beendete das Gespräch.

Er legte sich wieder auf sein Feldbett. Er musste sich ausruhen, aber er bezweifelte, dass ihm das gelingen würde.

Wahrscheinlich hast du wach gelegen und in die Dunkelheit gestarrt. Das ist doch so, wenn man von Schuldgefühlen geplagt wird, habe ich Recht?

Genau das hatte er getan. Er hatte wach gelegen und über den nur wenige Schritte von seinem Zelt entfernten Sarkophag aus Schlamm nachgedacht. Hatte er Schuldgefühle? Verflucht noch mal, ja. Wenn er Rudzak im Gefängnis hätte umbringen lassen, wäre es nie zu diesem Massenmord gekommen. Mithin trug er einen Teil der Schuld und er fühlte sich, als läge der ganze Berghang auf seiner Brust.

Wie er auf dem Waisenhaus lag.

Er hatte dieses Waisenhaus im Laufe der Jahre häufig besucht und jedes Mal hatten die Nonnen die Kinder für ihn singen lassen.

Er schloss die Augen.

Er konnte sie fast wieder singen hören …

Schlamm.

Strömender Regen.

Tod.

Wie lange schon?

Zwei Tage? Drei?

Egal.

Sie musste weitermachen.

Monty hatte eine Witterung aufgenommen. Vielleicht war es ein Überlebender.

Unwahrscheinlich. Sie und Monty hatten nur sechs Überlebende gefunden. Alle anderen waren schon tot gewesen.

Das musste nicht heißen, dass dieser hier schon tot sein würde. Man durfte die Hoffnung nie aufgeben. Sonst würden diejenigen, die noch auf Hilfe warteten, vielleicht nie gefunden werden.

Sie stolperte auf der improvisierten Brücke über den Schlamm ihrem Hund hinterher.

Der Mann war nicht mehr am Leben. Der strömende Regen hatte ihn aus seinem Sarg aus Schlamm befreit, aber nicht rechtzeitig. Sein Mund war zu einem stummen Schrei aufgerissen.

Monty wimmerte. Zu viel. Bring ihn nach unten. Weg von all diesen Toten.

»Komm, Junge.« Sie pflanzte neben der Leiche einen Stab in den Schlamm und kennzeichnete ihn mit orangefarbenem Band, dann machte sie sich auf den Weg bergab.

Unten sah sie Logan, der mit einer Schaufel in der Hand zu ihr hinaufsah. Er war mit Schlamm bedeckt, wie alle Rettungsarbeiter, die versuchten, die Trümmer des Dorfes aus dem Schlamm zu bergen. Er sollte nicht dort sein. In den letzten Tagen hatte sie ihn nur ab und zu gesehen, wie er sich im Sanitätszelt nützlich machte, den Hundeführern half und stundenlang mit den anderen Helfern Schlamm schaufelte, um Ruinen freizulegen. Er war wie besessen. Doch ihr war nicht entgangen, dass er von Tag zu Tag erschöpfter aussah, sein Gesicht hagerer, das Hinken immer stärker wurde.

Er hatte den Blick wieder abgewandt, stand vorn übergebeugt da und schaufelte Schlamm. Als Monty und sie an ihm vorübergingen, blickte er auf. »Boyd sagt, wir ziehen heute Abend hier ab«, sagte er. »Das Team hat in den letzten zwölf Stunden nicht einen einzigen Überlebenden gefunden.«

»Ist die Straße frei?«

»Das Militär hat eine Notbrücke gebaut. Während Sie da oben auf der Suche waren, ist hier eine Ladung Verpflegung und Decken eingetroffen. In ein paar Stunden erwarten wir einen Lastwagen mit Freiwilligen. Nicht, dass das viel nutzen wird.« Seine Schaufel biss sich wütend in den Schlamm. »Es ist alles sinnlos. Ich kann mich noch so sehr bemühen, es ist sinnlos. Ich hasse diese Hoffnungslosigkeit. Warum finden wir niemanden mehr? Jesus, ich bin froh, wenn wir hier rauskommen.«

Sie ebenfalls. Diese Suche war noch schlimmer gewesen als die anderen. Es hörte immer nur kurz auf zu regnen, ein endloser Kreislauf, so dass sie die Hunde nur selten einsetzen konnten. Es hatte bereits zwei weitere Erdrutsche gegeben. »Ich muss noch mal hoch, ein letzter Versuch. Vielleicht ist doch noch jemand am Leben.«

»Ich will mich nicht mit Ihnen streiten.« Er sah sie nicht an. »Aber ruhen Sie sich aus, wenigstens ein bisschen. Ich weiß, dass ich Sie nicht überreden kann, sich selbst zu schonen, aber Monty sieht so aus, als bräuchte er eine Rast. Wie steht's mit der Wunde?«

»Fast vollständig ausgeheilt. Glauben Sie, ich würde ihn arbeiten lassen, wenn es ihm nicht gut ginge?« Ohne eine Antwort abzuwarten, ging sie zu dem Zelt, das sie mit ihrem Rettungsteam teilte. Logan stand es nicht zu, ihr solche Ratschläge zu geben, während er selbst auf seinem kaputten Bein durch die Gegend humpelte.

Nur Hans Kniper lag schlafend auf seinem Feldbett, seinen Labrador neben sich, als sie das Zelt betrat. Sie gab Monty Wasser und fütterte ihn, ohne sich Mühe zu geben, leise zu sein. Es war nicht zu befürchten, dass Kniper aufwachen würde. Sie arbeiteten so lange durch, dass sie in einen totenähnlichen Schlaf fielen, sobald sie sich hinlegten.

Sie wusch Monty den gröbsten Schlamm aus dem Fell, dann erst wusch sie sich das Gesicht. Alles andere war sinnlos, in wenigen Stunden würden Monty und sie abermals im Schlamm stehen. Sie legte sich neben Monty. Es regnete wieder. Sie hörte das Wasser auf das Zeltdach trommeln. Guter Gott, wenn es nur endlich aufhören würde!

»Sarah.«

Logan. Sie war sofort wach.

Logan kniete neben ihr. Er nickte der asiatischen Frau zu, die im Eingang des Zeltes stand. »Das ist Ming Na. Sie wollte, dass ich einen von Ihnen bitte, ihr Baby zu finden.«

Sarah wurde übel, als sie den verzweifelten Gesichtsausdruck der jungen Frau sah. »Haben Sie ihr klar gemacht, wie angestrengt wir suchen?«

»Sie sagt, wir suchen ihr Kind an der falschen Stelle. Es war zur Zeit des Unglücks nicht im Dorf. Sie gingen eben den Berg hinab, sie kamen von einem Besuch bei Ming Nas Großeltern. Eine Sturzflut hat das Kind von ihrer Seite und bergab in den Bach gerissen, der neben dem Dorf herfließt.«

»Wie alt ist das Kind?«

»Zwei.«

»Seine Chancen, eine Sturzwelle zu überleben, sind praktisch gleich null.«

»Sie sagt, er hat es überlebt. Sie hat gesehen, wie er ans Ufer geworfen wurde und hinaufgekrochen ist. Sie wollte zu ihm laufen, aber dann kam der Erdrutsch und sie ist nicht mehr rübergekommen. Sie hat ihn weinen gehört.«

»Das ist jetzt vier Tage her«, flüsterte Sarah. »Selbst wenn er die Flut überlebt hat, wie soll er vier Tage allein überleben? Sie klammern sich an einen Strohhalm.«

»Ja, zum Teufel, ich will, dass dieses Kind noch lebt.« Er presste die Lippen zusammen. »Ich will ein Wunder! Nach den vergangenen Tagen brauche ich ein Wunder.«

Es war ihm anzusehen. Auch sie brauchte ein Wunder. Man wusste nie, wann man noch einen Überlebenden fand, deshalb suchte man immer weiter. »Ich werde nachsehen.« Sie kniete neben Monty nieder und legte ihm das Halfter an. »Sagen Sie ihr, sie soll mich zu dem Ort bringen, wo sie das Kind weinen hörte.«

Logan wandte sich der Frau zu und sagte etwas auf Chinesisch. Sie nickte und antwortete. Er wandte sich wieder an Sarah. »Sie wird uns hinbringen.«

»Uns?«

»Ich komme mit«, sagte er mit fester Stimme. »Ich habe ihr versprochen, ihr Kind zurückzubringen.«

Sarah schüttelte den Kopf.

»Ich will nicht nur Leichen aus diesem gottverdammten Schlamm ziehen. Ich will dieses Kind finden … lebendig.«

Sie öffnete den Mund zum Widerspruch, schloss ihn dann aber wieder. Sie verstand seine Verzweiflung und Erschöpfung, wie oft hatte sie das Gleiche empfunden. Wie oft hatte sie Monty vorzutäuschen versucht, dass es in einem Meer des Todes noch Leben gab? »Kommen Sie mit, wenn Sie wollen. Aber wenn Sie nicht mithalten können – ich werde nicht auf Sie warten.«

»Ich werde mithalten.«

»Da drüben.« Logan wies über den Schlamm hinweg auf die Felsen auf der anderen Seite.

»Dort wurde das Kind ans Ufer geworfen?«, fragte Sarah.

Logan nickte und ging zu den Brettern, die über den Schlamm gelegt worden waren. »Holen wir es.«

»Lassen Sie Monty und mich vorgehen.« Vorsichtig balancierte sie hinter Monty über die schmalen Bretter. Auf den Felsen am anderen Ufer angelangt, nahm sie Monty die Leine ab und ließ ihn den Berg hinablaufen.

Sie hatte vor, nicht zurückzublicken, doch nachdem sie Monty losgelassen hatte, konnte sie der Versuchung nicht widerstehen. Erleichtert sah sie, dass Logan ihr folgte. Obwohl es fast ein Wunder war, wie er sich mit dem verletzten Bein auf den nassen Brettern hielt. »Lassen Sie sich Zeit«, rief sie. »Monty kommt vielleicht noch ein Dutzend Mal zu mir zurück, bevor er die Witterung aufnimmt.« Sie lief dem Hund nach. »Wenn er sie aufnimmt.«

Monty drehte große Kreise, er suchte die Witterung. In

den letzten Minuten war der Regen heftiger geworden, so dass sie ihn kaum noch sehen konnte.

»Er findet nichts«, sagte sie zu Logan, als er zu ihr aufgeholt hatte. Sie beobachtete Monty, wie er das Ufer hinablief.

Logan humpelte hinter Monty her. »Gehen wir.«

Sie sah seinen Ausdruck und erschrak. Er war aufs Äußerste angespannt, besessen, verzweifelt.

Ich will, dass dieses Kind noch lebt.

O Gott, ich hoffe, du findest es, Logan.

Monty fand keine Spur. Er rannte in Kreisen den Abhang hinunter.

»Was zum Teufel ist mit ihm los?« Logans Ton war schroff. »Können Sie nicht irgendwas machen?«

»Er tut, was er kann.«

Logan holte tief Atem. »Entschuldigung, ich weiß, dass er sein Bestes gibt.«

Fünfzehn Minuten später fing Monty an zu bellen. Außer sich vor Freude kam er auf sie zugesprungen und rannte dann wieder den Berg hinab.

»Er hat ihn gefunden.« Logan und Sarah schlitterten eilig hinter ihm das Ufer hinunter. »Er hat ihn gefunden.«

Sarah, die hinter Logan dreinstolperte, murmelte ein Gebet.

Der Regen fiel so dicht, dass sie nicht nur Monty, sondern auch Logan aus den Augen verloren hatte, doch sie mussten gerade voraus sein. »Logan!«

Keine Antwort.

»Logan, wo …« Dann sah sie ihn.

Und sie sah Monty, der wimmernd auf einem Schlammhaufen am Ufer des Bachs stand.

»O Gott, nein«, flüsterte sie.

»Es ist vielleicht nicht das Kind.« Logan fiel auf die

Knie und grub verzweifelt mit den Händen im Schlamm. »Vielleicht ist es nicht ...« Er hielt inne und starrte auf den zarten Kinderarm, den er freigelegt hatte. »Scheiße.«

Er grub verzweifelt weiter, bis er den reglosen kleinen Körper ganz freigelegt hatte. »Scheiße. Scheiße. Scheiße.«

Er saß mit hängenden Schultern da und starrte stumpf auf den kleinen Leichnam hinab. »Es ist nicht fair. Er ist doch noch ein kleines Kind.«

»Anscheinend hat ihn einer der späteren Erdrutsche unter sich begraben.« Sarah kniete sich neben Logan. Armes Kind. Arme Ming Na.

Einige Minuten lang war sie unfähig, sich zu rühren, dann erhob sie sich langsam und holte ihr Markierband hervor. »Kommen Sie, Logan. Wir müssen zurück zu Ming Na.«

»Was machen Sie mit dem Band?«

»Das wissen Sie doch. Sie haben es doch schon gesehen. Ich markiere den Fundort.«

»Nicht bei ihm.« Logan hob den kleinen Leichnam auf die Arme und stand auf. »Ich habe Ming Na versprochen, dass ich ihr Kind zurückbringe. Ich werde ihn nicht hier im Schlamm liegen lassen.«

»Sie können ihn nicht diesen Berg hinauftragen. Sie waren kaum ...« Sie verstummte, als sie ihm ins Gesicht sah. Die Sehnen an seinem Hals traten in äußerster Anspannung hervor und Tränen liefen ihm über die Wangen. »Kann ich helfen?«

»Nein, ich schaffe es schon.« Er begann, bergauf zu steigen. »Ich habe es ihr versprochen.«

Sie stand mit Monty da und sah zu, wie er den schlüpfrigen Hang erklomm. Warum war es so herzzerreißend, einen starken Mann wie Logan mit einem toten Kind im Arm zu sehen? Sie wollte hinter ihm herlaufen, ihm helfen, ihn trösten. Sie wusste, wie schrecklich der Augenblick sein würde, wenn er seine Bürde in die Hände der Mutter legte. Sie hatte solche Augenblicke im Laufe der Jahre an Hunderten von Orten schon so oft miterlebt.

Aber er würde sich von ihr nicht helfen lassen.

»Komm schon, Monty.« Langsam folgte sie Logan den Berg hinauf.

Am Flughafen wusch das Team die Hunde, duschte und wechselte die Kleider. Logans Maschine startete um kurz nach acht an jenem Abend.

Logan war still. Zu still. Seit er das tote Kind in die Arme seiner Mutter gelegt hatte und allein weggegangen war, hatte er nur wenige Worte gesprochen. Doch auch Sarah war nicht gerade gesprächig. Das ganze Team wirkte niedergeschlagen. Diese Suchoperation war ein Albtraum gewesen. Sie schickte sich an, es sich für die Nacht so bequem wie möglich zu machen.

Ach, zum Teufel. Sie ging hinüber zu dem Sessel, in dem er saß. »Sind Sie okay?«

Er lächelte schwach. »Sie haben länger ausgehalten, als ich erwartet hatte.«

»Sie hätten nicht mitkommen sollen. Ich habe Ihnen doch gleich gesagt, dass Sie bei der Suche fehl am Platz sind.«

»Ich musste mitkommen.«

»Wie Sie auch das Kind suchen mussten.«

Er nickte.

»So was kommt vor. Man findet nicht immer, was man sucht. Man muss sich an die erfolgreichen Operationen erinnern, die es genauso gibt.«

»Da dies meine erste war, fehlt mir der Vergleich. Und ich glaube nicht, dass ich es noch mal versuchen will.« Er sah aus dem Fenster. »Wie zum Teufel halten Sie das aus?«

»Hoffnung. Und das Wissen, dass fast immer jemand auf uns wartet. Vielleicht nur einer oder zwei, aber diese Menschenleben sind kostbar.« Sie rieb sich den Nacken. »Aber diesmal war es besonders schlimm.«

»Ja.« Er erwiderte ihren Blick. »Also hören Sie auf, mich aufmuntern zu wollen, legen Sie sich hin und schlafen Sie. Mir geht es gut. Es ist ja nicht so, als hätte ich noch nie mit dem Tode zu tun gehabt. Nur kleine Kinder sind... anders.«

»Ja, das sind sie.«

»Ich wollte, dass dieses Kind lebt.«

»Ich weiß.«

»Aber er war tot und ich muss mich damit abfinden. Aber keine Sorge, ich komme schon wieder auf die Beine. Komme ich immer.« Er schloss die Augen. »Also gehen Sie jetzt, kümmern Sie sich um Ihren Hund und lassen mich schlafen.«

Sie blieb stehen und sah ihn zweifelnd an.

»Sarah.« Er öffnete die Augen nicht. »Zieh Leine.«

Auf der Fahrt zur Ranch hörten sie den Wolf heulen. Monty saß aufrecht auf dem Rücksitz und betrachtete eifrig die Berge.

»Ich hatte den Wolf vergessen.« Sarahs Blick folgte dem ihres Hundes. »Wenigstens lebt er noch.«

Schön...

»Aber gefährlich, Monty. Und nach dem, was du durchgemacht hast, brauchst du keine neue Herausforderung.«

Der Wolf heulte abermals.

»Der Ruf der Wildnis«, murmelte Logan. »Unglaublich.«

»Und die *National Wildlife Federation* will, dass er wild bleibt. Ich auch. Ich wünschte, er würde sich seine Raubzüge auf den Ranches im Tal verkneifen.« Sie parkte vor dem Haus und sprang aus dem Jeep. »Kommen Sie. Ich mache uns einen Kaffee und dann können Sie Margaret oder wen auch immer anrufen, damit man Sie abholt. Ich weiß wirklich nicht, warum ich Sie nicht bei Ihrem Haus in Phoenix absetzen sollte.«

»Ich muss Sie nach Hause bringen, nicht umgekehrt. Das gehört sich so, würde Galen sagen. Den Kaffee nehme ich dankend an.« Er stieg aus dem Wagen und humpelte ins Haus. »Ich kann einen gebrauchen.«

Sie knipste das Licht an und trat an den Küchenschrank. »Sie sehen nicht sehr gut aus. Sie brauchen mehr als eine Tasse Kaffee. Ich habe nicht gesehen, dass Sie im Flugzeug Ihre Schmerztabletten genommen haben.«

»Die sind mir gestern ausgegangen. Der Arzt dachte wohl, ich würde sie nicht so lange nehmen.«

»Der konnte nicht ahnen, welchen Raubbau Sie mit Ihren Kräften treiben würden.«

Sie setzte den Kaffee auf. »Ich bin sicher, dass er mit Ihrer Graberei, ganz zu schweigen von der Rutschpartie den Berghang hinunter, nicht einverstanden gewesen wäre.

»Es war nötig.« Er machte es sich in dem Sessel bequem und legte sein verletztes Bein auf einen Fußhocker. »Das sollten Sie doch verstehen. Ich bin selten jemandem begegnet, der diese Philosophie so leidenschaftlich befürwortet wie Sie.«

Abermals heulte der Wolf.

Sie starrte aus dem Fenster in die Dunkelheit. »Ich wünschte, er würde aufhören. Er macht Monty ganz nervös.«

»Das wollen wir natürlich vermeiden. Ich glaube, ich

habe eine beruhigende Wirkung auf ihn. Vielleicht sollte ich ein Weilchen hier bleiben?«

Einen derartigen Vorschlag hatte sie halb erwartet. Sie hätte ihrem Instinkt gehorchen und ihn vor seinem Haus in Phoenix absetzen sollen. Wenn sie nicht so müde wäre, hätte sie ihn niemals wieder einen Fuß durch ihre Tür setzen lassen. »Seit Sie zum ersten Mal hier waren, hat sich nichts geändert.« Sie brachte ihm seinen Kaffee. »Ich will hier keine Hausgäste.«

»Es hat sich eine ganze Menge geändert. Wir haben viel zusammen durchgemacht. Ich glaube, dass Sie mich nicht mehr als Feind betrachten.«

»Das heißt noch lange nicht, dass ich Sie im Hause haben will. Warum zum Teufel sind Sie überhaupt hergekommen? Als Sie das letzte Mal hier aufkreuzten, habe ich gedacht, Sie hätten den Verstand verloren. Wenn Sie irgendetwas gegen Madden unternehmen wollen, muss das nicht von hier geschehen, das wissen wir beide. Irgendwas ist komisch.

»Können wir nicht morgen früh weiterstreiten? Ich bin müde.«

»Dann trinken Sie Ihren Kaffee und rufen Sie Margaret an.«

»Ich bin zu müde.« Er stellte die Tasse auf dem Tisch neben sich ab und lächelte schwach. »Sie wollen doch einen verwundeten Mann nicht aus dem Haus jagen.«

»Vielleicht doch.« Sie gab einen resignierten Seufzer von sich. Er appellierte an ihre Gefühle, aber er sah wirklich entsetzlich blass aus und sie wusste, was er in Taiwan durchgemacht hatte. »Okay. Morgen. Aber dieser Sessel ist nicht so bequem wie die kuscheligen Liegesitze in Ihrem Flugzeug. Morgen früh werden Sie wahrscheinlich von selbst gehen wollen.«

Er schloss die Augen. »Man kann nie wissen…« Er schlief.

Sie legte sich auf die Couch und betrachtete ihn nachdenklich. *Déjà vu.* Weshalb konnte sie ihn nicht loswerden? Sie wollte ihn nicht im Haus haben. Es beunruhigte sie, dass er in den letzten Tagen Teil ihres Lebens geworden war. Sie hatte ihn erschöpft, entmutigt und unter Schmerzen gesehen. Sie hatte seine Tränen gesehen. Es verunsicherte sie und in ihrem Leben gab es bereits genügend Probleme. Dies war ihr Heim, ihre Zuflucht, und sie wollte hier keine Fremden. Doch genau das war die Crux. Er war nicht länger ein Fremder. Sie wusste zwar nicht genau, welchen Platz Logan in ihrem Leben einnahm, aber es war klar, dass er nie wieder ein Fremder sein würde.

Der Wolf heulte.

Monty hob den Kopf und winselte. Sie konnte ihn verstehen. Das Geheul des Wolfes war schauerlich melancholisch und herzzerreißend sehnsüchtig.

Und es kam näher.

»Bleib in den Bergen«, betete sie. »Die Rancher werden dich erschießen. Hier ist es gefährlich für dich. Hier halten sie dich für eine Bedrohung, und dass du wild und frei und schön bist, ist ihnen egal.«

Monty legte den Kopf auf die Pfoten. *Schön*…

8

»STEHEN SIE AUF, SARAH.«

Sie öffnete die Augen und sah Logan an ihrem Lager stehen. Sie hatte tief geschlafen und für einen Augenblick glaubte sie, noch in Taiwan zu sein.

»Kommen Sie. Er ist weg. Ich kann nicht allein hinter ihm her.« Halb gehend, halb hüpfend erreichte er die Tür. »Mann, in diesem Zustand könnte ich keine Schildkröte überholen.«

Sie richtete sich auf und rieb sich die Augen. »Was ist denn?«

»Monty. Er ist wie ein geölter Blitz aus dieser Hundeklappe gesaust. Er hat irgendwas gehört.«

Sie setzte die Füße auf den Boden. »Was?«

»Weiß ich nicht. Ich habe nichts gehört. Ich habe nur gesehen, wie Monty aufstand. Er lauschte eine Minute lang, dann haute er ab.« Er öffnete die Tür. »Geht er oft raus nachts?«

»Nein, aber ganz außergewöhnlich ist es nicht.«

»Ich sage Ihnen, er hat etwas gehört. Wir sollten ihm besser folgen.«

Logan war sichtlich beunruhigt und seine Besorgnis war ansteckend. Monty war vermutlich nur vor die Tür gegangen, um sich zu erleichtern, aber sie wollte sichergehen. Sie ergriff die Taschenlampe und folgte Logan. »Monty?«

Sie wartete.

»Monty!«

Zum ersten Mal durchfuhr sie eisige Furcht. Monty antwortete ihr immer.

Konnte er nicht antworten?

Sie hörte etwas in der Ferne. Kein Bellen. Ein Stöhnen?

»Ich höre was.« Sie rannte auf das Geräusch zu. »Gehen Sie ins Haus zurück.«

»Könnte Ihnen so passen! Wo sind die Schlüssel zu Ihrem Jeep?«

»Ich lasse sie immer stecken.«

»Na, da sind sie wenigstens in Sicherheit.«

Ohne zu antworten, rannte sie nach Westen, in die Richtung, aus der der Laut gekommen war.

Dunkelheit.

Stille.

»Monty!«

Kein Laut.

»Antworte mir!«

Ein leiser Klagelaut in der Ferne.

Monty. Sie wusste, es war Monty. Sie rannte über den fest gebackenen Sand, der Kegel ihrer Taschenlampe wanderte über den Weg zu ihren Füßen.

Dann sah sie ihn.

Blut.

Monty lag in einer Blutlache.

»O Gott!« Sie flog auf ihn zu, Tränen strömten ihr übers Gesicht. »Monty!«

Sie war fast bei ihm, als sie sah, was sein großer Körper bisher ihrem Blick verborgen hatte.

Graues Fell, grüne Augen, die wild ins Licht starrten, gefletschte leuchtend weiße Zähne.

Und eine Vorderpfote im eisernen Gebiss einer Wolfsfalle. Das Blut war nicht Montys, es war Wolfsblut.

Monty schmiegte sich näher an den Wolf.

Schmerz.

»Geh weg von ihm Monty. Er wird dir wehtun.«

Monty rührte sich nicht.

Sie kniete neben ihm nieder.

»Ich werde die Falle öffnen. Geh da weg.«

Er rührte sich nicht.

»Okay, sei dumm.« Er war nicht der Einzige, der es an Klugheit fehlen ließ. Den Wolf aus der Falle zu befreien, ohne ihn vorher zu betäuben, war ein äußerst riskantes Unterfangen. Sie zog das Hemd aus und wickelte es um den Arm, der dem Wolf zugewandt war. »Ich werde dich befreien«, sagte sie leise. »Gib mir eine Chance, ja, würdest du das tun?«

Der Wolf schnappte nach ihr, Sarah konnte den Arm gerade noch rechtzeitig zurückziehen.

»Okay, dann eben nicht.« Sie griff nach den eisernen Zähnen der Falle. Schnell. Sie musste schnell sein.

Der Wolf schnappte wieder nach ihr. Dieses Mal verletzte er sie.

Sie setzte sich auf. »Willst du hier etwa verbluten? Lass mich dir helfen.«

Der Wolf schnappte nach ihr und brach dann mit einem Schmerzenslaut zusammen.

Monty kroch näher an ihn heran.

»Nein!«

Monty gehorchte nicht und legte den Kopf über die Kehle des Wolfs.

Sie hielt den Atem an. »Was machst du da, Junge?«

Sie erwartete, den Wolf plötzlich aufspringen und Monty bei der Kehle packen zu sehen.

Aber der Wolf lag still.

Bewusstlos?

Nein, sie sah das Funkeln seiner Augen. Worauf wartete

sie? Es spielte im Moment keine Rolle, was sich zwischen Monty und dem Wolf abspielte. Sie musste die Gelegenheit ergreifen. Sie machte sich an der Falle zu schaffen und rechnete jeden Moment mit einem neuerlichen Angriff des Wolfs.

Plötzlich durchschnitten Autoscheinwerfer die Finsternis. Der Jeep.

»Halt, Logan.« Sie erstarrte, die Augen auf den Wolf gerichtet.

Keine Bewegung. Als hätte Monty ihn mit der Berührung seiner Kehle paralysiert.

»Kann ich helfen?«, rief Logan vom Jeep aus.

»Bringen Sie mir den Erste-Hilfe-Koffer, der unter dem Vordersitz steht, und dann helfen Sie mir mit dieser Falle. Ich bin nicht stark genug, das Ding allein zu öffnen.«

Einen Augenblick später kniete Logan neben ihr, den Blick auf Monty und den Wolf gerichtet. »Was ist hier los?«

»Keine Ahnung. Vielleicht hat Monty ihn hypnotisiert oder so was.« Sie öffnete den Koffer und entnahm eine Spritze und ein Sedativ. »Halten Sie sich bereit, die Falle aufzuklappen, wenn ich ihm die Spritze gegeben habe.«

»Warum soll ich sie nicht gleich aufmachen?«

»Er würde wegrennen. Ich muss sein Bein verarzten, bevor er sich davonmacht.« Sie behielt den Wolf im Auge, während sie ihm das Beruhigungsmittel injizierte. Er rührte sich nicht. Wahrscheinlich überdeckte der Schmerz in seinem Bein den Einstich der Nadel.

Nur Monty ließ ein mitleidiges Stöhnen hören.

»Halte ihn noch eine Minute ruhig und dann haben wir ihn draußen, Monty«, murmelte sie. »Ich weiß nicht, wie du das machst, aber mach weiter.«

Zu Logan sagte sie: »Öffnen Sie die Falle, wenn ich

Ihnen Bescheid gebe.« Sie legte ihre Hände neben Logans an das Eisen. »Bei drei. Eins, zwei …« Sie blickte auf den Wolf. Er war in sich zusammengesunken. »Drei.«

Sie und Logan zerrten mit äußerster Kraft. Langsam öffneten sich die stählernen Zahnreihen. »Können Sie das Ding allein offen halten, während ich seinen Fuß rausziehe?«

»Machen Sie«, grunzte er.

Vorsichtig befreite sie das Bein des Wolfs. »Sie können loslassen.«

Mit tödlichem Laut schnappte die Falle zu.

Wie sie diese Fallen hasste. Sie wickelte das Hemd von ihrem Arm und machte daraus einen Druckverband, mit dem sie das Bein des Wolfs verarztete.

»Spring in den Jeep, Monty.«

Monty zögerte, dann stand er auf und rannte zum Jeep.

»Was jetzt?«, fragte Logan.

»Wir schaffen ihn in die Hütte, wo ich ihn kurieren kann.«

»Ein wildes Tier?«

»Ein verletztes Tier.«

Sie hob den Wolf auf und trug ihn zum Jeep. »Kommen Sie, ich brauche Ihre Hilfe. Sie müssen fahren, während ich mich um ihn kümmere.«

»Okay.« Während sie den Wolf auf den Rücksitz legte, rappelte er sich langsam und mühevoll auf die Füße. »Sie haben Blut am Arm.«

»Nur eine Schramme. Er hat mich nicht richtig erwischt.«

Sie sprang auf den Beifahrersitz. »Beeilen Sie sich. Ich weiß nicht, wie lange die Narkose anhält, und ich will ihm nicht noch eine Spritze geben müssen.«

»Gut.«

Keine fünf Minuten später hielt Logan vor der Hütte und Sarah sprang aus dem Wagen. »Gehen Sie vor und öffnen Sie die Tür neben dem Kamin. Sie führt auf eine kleine, vergitterte Veranda an der Rückseite des Hauses.«

Er humpelte in die Hütte. »Sonst noch was?«

Sie folgte ihm. »Nehmen Sie diesen Überwurf von der Couch und legen ihn auf den Boden der Veranda.«

Er tat, wie ihm geheißen. »Und nun?«

Sie legte den Wolf vorsichtig auf die Decke. »Bringen Sie mir die Sanitätstasche aus dem Küchenschrank.« Sie kniete nieder und streichelte dem Wolf sanft das Maul. »Was für ein schönes Tier du bist. Keine Sorge, wir werden uns gut um dich kümmern.«

Monty legte sich neben den Wolf.

»Du musst mir aus dem Weg gehen«, sagte Sarah. »Ich werde den Schnitt nähen und das Bein schienen. Es ist gebrochen.«

Monty legte den Kopf auf die Pfoten, den Blick auf den Wolf gerichtet.

»Hier ist die Sanitätstasche. Sagen Sie mir, was ich tun kann.« Logan kniete neben dem Wolf nieder.

Sie sah ihn über den Körper des Wolfs hinweg an. Er hatte ihre Befehle ausgeführt, ohne Fragen zu stellen, und sie konnte weiß Gott Hilfe gebrauchen.

»Zuerst müssen wir die Wunde reinigen.«

»Wollen Sie Monty hier drin bei dem Wolf lassen?«, fragte Logan, als er Sarah eine Stunde später in die Küche folgte.

»Ich werde ihn nicht dazu bewegen können, sich vom Fleck zu rühren.« Sarah setzte die Sanitätstasche auf die Arbeitsplatte und wusch sich in der Spüle das Blut von den Händen. »Nicht, ehe er sich davon überzeugt hat, dass es dem Wolf gut geht. Wollen Sie Kaffee?«

»Wie lange wird er schlafen?«, fragte er, als er sich behutsam auf den Sessel sinken ließ und das verletzte Bein auf den Hocker hievte.

»Vielleicht noch eine Stunde, hoffentlich. Aber es ist eine sie, kein er. Ich dachte auch erst, es sei ein Männchen, bis ich sie verarztet habe. Es überrascht mich, dass Sie es nicht gemerkt haben.«

»Ich war mit den Gedanken woanders.« Sein Blick wanderte zum Feuer. »Ist Ihnen nicht ein bisschen kalt?«

»Nein.«

»Mir auch nicht. Werden Sie sich trotzdem was überziehen?«

Sie sah ihn überrascht an. »Ich trage einen BH. Kein Unterschied zu einem Bikini.«

»Glauben Sie mir, da ist ein Unterschied.«

Sie sog die Luft ein, als sie ihm in die Augen sah. Hastig wandte sie den Blick ab. »Mein Gott! Ich hätte wohl darauf gefasst sein sollen, selbst in einer Situation wie dieser. Männer! Ich habe mal gelesen, dass Männer alle acht Minuten an Sex denken.«

»Dann muss ich ein kalter Fisch sein. Ich könnte schwören, dass ich nur alle zehn Minuten dran denke.«

Sein Ton war spöttisch und die beunruhigende Spannung war verflogen, wie sie erleichtert feststellte.

Sie ging ins Schlafzimmer und zog ein weißes T-Shirt über.

»Zufrieden?«

»Nein.« Er wechselte das Thema. »Was werden Sie mit dem Wolf machen?«

»Wenn sie wieder auf dem Damm ist, werde ich sie der *Wildlife Federation* übergeben, die setzen sie wieder aus.«

Sie zog ein Gesicht. »Wenn es mir gelingt, meine Nachbarn davon abzuhalten, das Haus zu stürmen und sie zu lynchen.«

»Vielleicht kann ich da helfen.«

»Was wollen Sie machen? Ihnen Geld geben?« Sie schüttelte den Kopf. »Diese Rancher sind verdammt eigensinnig, die lassen sich nicht kaufen. Sie haben Vieh verloren und sind verdammt wütend auf die Wölfe.«

»Ich werde mir was einfallen lassen.« Er atmete tief durch. »Ich weiß nicht, ob ich Sie bitten darf, diese Erste-Hilfe-Tasche noch mal rauszuholen, ich denke, ich könnte etwas medizinische Hilfe gebrauchen. Ich glaube, es war keine gute Idee, neben dem Wolf auf den Knien zu liegen.«

Ihr Blick flog zu dem Bein, das auf dem Hocker ruhte. An der Innenseite des Schenkels breitete sich ein großer, dunkler Fleck aus. »Verflucht, Sie haben sich die Naht aufgerissen.« Sie ergriff die Tasche und trat neben ihn. »Warum haben Sie mir nichts gesagt?«

»Sie waren beschäftigt. Wir waren beide beschäftigt. Sie scheinen in einem ununterbrochenen Ausnahmezustand zu leben. In Ihrer Gegenwart habe ich fast Angst, die Augen zu … Was machen Sie da?«

»Ich ziehe Ihnen die Jeans aus.«

»Ein ausgeprägtes Schamgefühl haben Sie ja nicht gerade.«

»Ich wüsste nicht, was es da zu schämen gibt.« Sie zog ihm die Hosen über die Hüften und von den Beinen. »Ich kann die Naht erneuern – es sei denn, Sie wollen, dass ich Ihnen einen Krankenwagen rufe.«

»Nein, machen Sie nur.« Er schloss die Augen und lächelte schwach. »Nur halten Sie Ihre Freude im Zaum, wenn Sie mich pieksen dürfen.«

»Es macht mir keine Freude, jemandem Schmerz zuzufügen.« Sie beugte sich über den Schenkel. »Die Naht ist nicht überall gerissen. Es wird nicht lange dauern.«

»Das ist gut. Ich konnte noch nie gut …« Er atmete scharf ein, als sie ihm die Nadel in die Haut stach. »Ich hätte Sie um eine Betäubung bitten sollen, wie sie unsere Freundin, die Wölfin, gekriegt hat.«

»Ich hätte Ihnen eine Spritze gegeben, aber ich habe nur Morphium, und dagegen sind Sie ja leider allergisch.«

»O Scheiße, ich wusste, dass ich das noch bereuen würde.«

»Nur noch ein paar Stiche.«

Es waren noch drei Stiche erforderlich, ehe sie die Wunde wieder verbinden konnte.

»War gar nicht so schlimm, oder?«, fragte sie, als sie ihm die Jeans wieder überzog und zuknöpfte.

»Schön war's auch nicht.« Er öffnete die Augen. »Aber ich habe es mir ja selbst eingebrockt, da kann ich mich wohl kaum beklagen. Könnte ich jetzt einen Kaffee haben? Ich kann einen brauchen.«

»Na klar.« Sie trat an die Anrichte. »Ich könnte selbst gut eine Tasse vertragen.«

»Kann ich mir vorstellen. Sie haben eine anstrengende Nacht hinter sich.«

Sie goss den Kaffee ein, reichte ihm eine Tasse, nahm ihre eigene und setzte sich auf den Hocker. »Sie nicht weniger. Und dass die Naht aufgeplatzt ist, ist nicht Ihre Schuld. Sie wollten Monty helfen und dann dem Wolf. Wenn hier irgendjemand schuld ist, bin ich es.«

Er schüttelte den Kopf. »Nein, ich trage die Verantwortung.«

»Das haben Sie schon mal gesagt. Verantwortung tragen ist Ihre Spezialität, was?«

»Das gehört zu meinen wenigen Prinzipien. Was ich auch tue, ich übernehme die Verantwortung für meine Taten.«

Sie trank einen Schluck Kaffee und schwieg einen Augenblick.

»Warum sind Sie hierher gekommen, Logan?«

»Was glauben Sie, warum ich gekommen bin?«

»Ich weiß es nicht. Im ersten Moment dachte ich, es liegt an den Medikamenten, als Sie hier ins Haus getaumelt sind. Andererseits kann ich mir nicht vorstellen, dass Sie so die Kontrolle verlieren, selbst unter Drogen. Es muss also einen anderen Grund geben.«

»Fahren Sie fort.«

»Sagen Sie es mir.«

»Ich sehe lieber zu, wie Sie es selbst rauskriegen. Habe ich Ihnen schon gesagt, wie sehr ich Ihren scharfen Verstand bewundere?«

»Schmeicheln Sie mir nicht, Logan.«

»Das würde ich mir nie einfallen lassen. Wir hatten unsere Differenzen, aber unterschätzt habe ich Sie nie.«

»Nur benutzt haben Sie mich.«

Sein Lächeln schwand. »Das war einmal. Ich werde Sie nie wieder benutzen, Sarah.«

Sie studierte seinen Gesichtsausdruck.

»Glauben Sie mir.«

Sie glaubte ihm. »Wenn das wahr ist, schränkt das die möglichen Gründe für Ihr Auftauchen hier ein. Sie haben mir in Bezug auf Madden ein Versprechen gegeben, aber Sie hätten es vermutlich nicht für nötig befunden, sich hierher zu schleppen, um dieses Versprechen zu halten.«

»Ich hätte es für nötig befunden, wenn Sie verlangt hätten, dass ich mein Versprechen sofort einlöse.«

»Aber das habe ich nicht.« Sie legte den Kopf auf die

Seite und dachte nach. »Und Sie hatten mehr Angst als ich, als Monty in die Nacht hinausrannte. Sie hatten Angst, es könnte ihm etwas zustoßen.«

Er saß still und abwartend da.

»Verantwortung.« Sie sah ihm in die Augen. »Sie hatten Angst, dass irgendjemand Monty etwas antun könnte.«

»Oder Ihnen. Ich hatte fast einen Herzanfall, als Sie plötzlich hinter Monty herrannten. Ich wusste, dass ich Sie mit diesem Humpelbein niemals einholen konnte.«

Sie riss die Augen auf. »Rudzak? Warum?«

»Er muss Sie gesehen haben, als Sie hinter Monty aus dem Hubschrauber gesprungen sind.«

»Und das reicht ihm, mich aufs Korn zu nehmen?«

»Leider ja. Sie haben mir geholfen und niemand nimmt Rache ernster als Rudzak. Er empfindet diese Niederlage als Demütigung und Sie sind nicht nur Zeugin geworden, Sie haben bei dieser Demütigung sogar mitgewirkt.«

Sie ballte die Fäuste. »Und ich dachte, ich hätte die Geschichte hinter mir.«

»Kommen Sie mit mir nach Phoenix zurück?«

»Nein, ich glaube, dass Sie falsch liegen mit Ihrer Befürchtung, aber wenn ich wirklich bedroht werde, werde ich damit allein fertig.«

»Diese Antwort habe ich von Ihnen erwartet. Ich habe Galen beauftragt, Ihr Anwesen bewachen zu lassen, aber es wäre leichter, wenn Sie mit nach Phoenix kämen.«

»Ich will mein Leben zurück. Ist mir egal, was für Sie leichter ist.«

»Wenn Sie hier bleiben wollen, lassen Sie auch mich bleiben. Ich kann als Chefkoch und Spülkraft fungieren. Sie haben mit dem Wolf und Monty alle Hände voll zu tun.«

»Ich sagte Ihnen doch, ich will Sie nicht hier haben.«

»Stellen Sie sich vor, wie ich demütig und gehorsam auf Ihre Befehle warte. Hat dieses Bild gar keinen Reiz für Sie?«

»Ein Traum würde wahr. Aber Sie reißen sich nur wieder die Naht auf und ich muss wieder die Krankenschwester spielen.«

»Ich traue Ihrer Naht.« Er zog eine Grimasse. »Sie tut so weh, ich bin sicher, sie sitzt bombenfest.«

»Außerdem bringen Sie mich doch erst recht in Gefahr, wenn Sie hier sind. Rudzak könnte mein Haus in die Luft sprengen, nur um Sie zu erwischen.«

»Nein, im Gegenteil würde meine Anwesenheit Ihre Sicherheit erhöhen. Rudzak will mich nicht einfach umbringen. Er will mich leiden sehen.«

»Was zum Teufel haben Sie ihm getan?«

»Ich habe ihm fünfzehn Jahre seines Lebens genommen. Ich hätte ihn umbringen sollen, aber es ist anders gekommen.« Die Worte waren kalt und ohne Gefühl. Dann lächelte er. »Aber lassen wir die Vergangenheit ruhen. Wir haben uns um die Zukunft zu sorgen. Lassen Sie mich wenigstens bleiben, bis der Wolf wieder auf den Beinen ist. Vielleicht haben wir Rudzak bis dahin aufgespürt. Und ich habe Beziehungen, ich kann dafür sorgen, dass die Rancher den Wolf in Zukunft in Ruhe lassen.«

»Beziehungen?« Sie stand auf. »Ich muss nach ihr sehen.«

»Wir sollten ihr einen Namen geben. Vielleicht was Ungewöhnliches, Ivana oder Dest...«

»Ich hasse diese Schickimicki-Namen. Sie heißt Maggie.«

»Margaret wird sich geschmeichelt fühlen.«

»Es ist nicht wegen ihr, ich mag den Namen einfach.«

»Sarah.«

Sie blickte über die Schulter zurück.

»Ich meine es ernst«, sagte er nüchtern. »Santo Camaro ist weit weg und vielleicht kommt es Ihnen schon unwirklich vor, aber das ist es nicht, glauben Sie mir, Sarah.«

Er hatte Recht, die angebliche Bedrohung durch Rudzak kam ihr vollkommen irreal vor. »Sie könnten sich irren.«

»Ich irre mich nicht. Lassen Sie mich bleiben, lassen Sie mich helfen. Ich verspreche, dass ich Sie nicht stören werde.« Er zog eine Grimasse. »Und denken Sie nur daran, wie Sie es genießen werden, mich herumzukommandieren.«

»Vielleicht ist es die Sache wert.«

»Dann denken Sie noch einmal darüber nach.«

Sie schwieg einen Augenblick. »Werde ich.«

Er sah ihr nach, als sie auf die Terrasse ging. Hatte er sie überzeugt? Er hatte ihr die Tatsachen mit vollkommener Ehrlichkeit vorgelegt, alles andere wäre ein Fehler gewesen. Sie würde es niemals hinnehmen, wenn man ihr etwas vormachte. Sie hatte eine Direktheit, die er nur bei sehr wenigen Frauen gesehen hatte, und eine leidenschaftliche Fürsorge für die Hilflosen, wie er sie nie zuvor erlebt hatte. Sie hatte diesen Wolf behandelt wie ein Kind, hatte ihn gestreichelt, getröstet, ihm gut zugeredet, obwohl er sie gar nicht hatte hören können. In jenen Momenten hatte sie eine ganz besondere Schönheit ausgestrahlt. Feingliedrige Hände, die so sanft wie geschickt waren, das zerzauste Haar, das er ihr auf ihre Bitte aus der Stirn gestrichen hatte, damit sie besser sehen konnte. Starke Schultern, die Brüste, die sich vor Anspannung hoben und senkten. O Scheiße, diese fleischlichen Regungen konnte er im Augenblick nicht brauchen. Schon gar nicht im Hinblick auf Sarah Patrick.

Also vergessen, ausradieren.

Leichter gesagt, als getan. Immer wenn er sie ansah, würde er sich daran erinnern, wie er sich in jenem Augenblick gefühlt hatte.

Nichts war leicht. Mach schon. Vergiss, wie sie ausgesehen hat in diesem schlichten weißen Büstenhalter.

Denk darüber nach, wie du ihr Leben schützen kannst.

Monty lag neben der schlafenden Wölfin, fast Nase an Nase. Er hob nicht den Kopf, als sie den Raum betrat. Gut. Sie war froh, einen Augenblick für sich zu haben. Zuviel war passiert in dieser Nacht und sie war verwirrt, aus dem Gleichgewicht gebracht. Logan hatte sie mit unangenehmen Neuigkeiten konfrontiert, mit denen sie nun fertig werden musste.

Dieses Blockhaus war ihre Zuflucht. Sie wollte niemanden dort haben. Schon gar nicht eine Person von so dominierender Präsenz wie Logan. Er versprach, sie nicht zu stören, aber eine so starke Persönlichkeit wie die seine würde sich unweigerlich störend auswirken.

Und doch hatte er diese Stärke nicht geltend gemacht, als er ihr bei der Wölfin geholfen hatte. Vielmehr hatte er sich zurückgehalten, war hilfsbereit gewesen, ohne sich einzumischen – genau wie in Taiwan.

Aber ob sie es mit ihm unter einem Dach aushielt, war ja nicht die eigentliche Frage. War es sicherer für Monty und sie, ihn dort zu haben, oder nicht? Traute sie seinem Urteil und seinen Beweggründen? Er war ein komplizierter Mann, aber sie hatte ihn ein wenig kennen gelernt, und sie hatte ihm geglaubt, als er gesagt hatte, dass er sie nie wieder benutzen würde.

Sie betrachtete Monty und die Wölfin.

»Wir haben ein Problem, Junge.«

Monty hob den Kopf und sah sie fragend an. *Okay?*

»Ich oder die Wölfin? Mach dir keine Sorgen um uns. Aber du hättest nicht zu ihr laufen sollen. Du bist noch immer angeschlagen und es hätte wer weiß was passieren können. Sie ist kein sanftes Seelchen.«

Monty legte den Kopf wieder hin. *Schön.*

»Ja, das ist sie, und sie war unbestreitbar in Not. Aber sie könnte dich in Stücke reißen. Dir fehlt der Killerinstinkt, verstehst du?«

Verletzt.

»Ja, aber in ein paar Wochen ist sie wieder gesund. Und bitte tu mir den Gefallen und leg nicht wieder das Köpfchen so zutraulich auf ihren Hals. Es könnte ihr leicht mal einfallen zuzuschnappen, und du …«

Die Wölfin öffnete die Augen und blickte Monty tief in die seinen.

Schön.

»O Scheiße.« Sarah sank das Herz in die Hose, als sie die beiden betrachtete. »Nein, Junge. Sie ist echt aus dem falschen Viertel. Nein, aus der falschen Stadt. Glaub mir, ihr habt nichts gemeinsam.«

Schön.

»Beim ersten Ehestreit wird sie Hackfleisch aus dir machen.«

Schön.

»Und was für Kinder würdet ihr haben?«

Schön.

Nun ja, unmöglich wäre es nicht. Golden Retriever und diese hinreißende Wölfin … »Aber es wäre nicht mehr als ein One-Night-Stand, die *Wild Life Federation* hat andere Pläne mit Maggie.«

Behutsam leckte Monty der Wölfin das Fell unter den Augen.

Maggie fletschte knurrend die Zähne.

Sarah spannte sich, bereit, Monty zu Hilfe zu eilen.

»Hör auf.«

Monty hörte nicht auf.

Und allmählich verstummte Maggies Knurren. Sie schloss die Augen.

»Verdammt noch mal.« Sarah schüttelte den Kopf. »Vielleicht ist es ja tatsächlich gegenseitige Liebe.« Sie kniete bei der Wölfin nieder. »Ich muss ihr noch eine Spritze geben, Junge. Versuch, sie abzulenken.«

Maggie öffnete die Augen und knurrte Sarah an, als sie den Einstich spürte, aber sie schnappte nicht nach ihr. Kurz darauf schlief sie wieder.

Abermals streckte sich Monty neben ihr aus. »Warum hörst du nicht auf mich?«, sagte Sarah. »Das wird eine richtige Romeo-und-Julia-Geschichte. Ihre Leute werden dich niemals akzeptieren.«

Monty seufzte, er wandte den Blick nicht von der Wölfin.

Schön.

Logan schlief in seinem Sessel, als sie von der Veranda zurückkehrte.

Sie durchquerte das Zimmer und rüttelte ihn wach. »Sie können bleiben. Aber sehen Sie zu, dass Sie bald gesund werden. Ich habe vor, Sie richtig arbeiten zu lassen, und ich werde jede Minute genießen.«

Er gähnte. »Schön, dass Sie mir das so schonend beigebracht haben.«

»Ich bin nicht in der Stimmung, jemanden zu schonen. Ich habe ein Problem.« Sie ging auf ihr Schlafzimmer zu. »Ich muss Maggie wieder auf die Beine bringen, und zwar möglichst schnell. Die Sache hat Nebenwirkungen, bei denen ich vielleicht Ihre Hilfe brauchen werde.«

»Was für Nebenwirkungen?«

»Monty ist verrückt nach ihr.«

Logan lachte in sich hinein. »Na und?«

»Das ist überhaupt nicht komisch. Ich muss sie auseinander bringen, ehe sie auf die Idee kommen, sich zu paaren. Wölfe paaren sich für ihr Leben gern und Monty … ich will nicht, dass er verletzt wird.«

»Ist es für einen Rettungshund nicht ungewöhnlich, dass er nicht kastriert ist?«

»Die ATF wollte es machen lassen, aber ich versprach ihnen, ich würde mich drum kümmern. Ich hatte es vor … aber es ist nie dazu gekommen.« Sie warf ihm einen Blick zu. »Zufrieden?«

»Vielleicht ist es für Monty nur ein Abenteuer.«

»Sind Sie verrückt? Monty ist der liebevollste Hund, den ich kenne.«

»Ich verstehe das Problem.«

Sie studierte seinen Gesichtsausdruck. Er war nicht länger belustigt oder spöttisch. Er hatte verstanden. »Die meisten Menschen würden mich für verrückt halten, aber … mir ist das wichtig.«

»Dann ist es auch mir wichtig. Und ich kann verstehen, dass Sie Ihrem Freund eine unglückliche Beziehung ersparen wollen.« Er schloss die Augen. »Aber könnte ich jetzt schlafen? Wenn Sie mich an die Arbeit kriegen wollen, sollte ich für den Anfang vielleicht wenigstens ausgeschlafen sein.«

Er wartete, bis sich die Schlafzimmertür hinter ihr schloss, dann zog er das Handy aus der Tasche und rief Galen an.

»Ich bin in Sarahs Haus und werde eine Zeit lang hier bleiben. Gibt es was Neues?«

»Noch nicht. Ich bin immer noch hinter Sanchez her. Wie waren die letzten Tage in Kai Chi?«

»Höllisch.«

»Geht es Sarah gut?«

»Den Umständen entsprechend. Sie hat ein paar private Probleme. Monty ist in eine Wölfin verliebt.«

Galen brach in Gelächter aus. »Dieses Flaumbällchen?«

»Glaub mir, Sarah findet das nicht komisch. Ruf Margaret an, sie soll alles recherchieren, was es über die mexikanischen Wölfe, die hier in der Gegend ausgesetzt wurden, zu wissen gibt.«

»Warum rufst du sie nicht selbst an?«

»Sie war sauer, weil ich hierher kommen wollte, und mein Ausflug nach Taiwan wird ihre Laune nicht verbessert haben. Ich habe eine anstrengende Nacht hinter mir und keine Lust, mich mit ihr auseinander zu setzen.«

»Kann ich mir denken. Unter den Umständen würde ich ihr auch aus dem Weg gehen.«

»Hast du dafür gesorgt, dass das Haus bewacht wird?«

»Sechs von meinen besten Leuten sind dort.«

»Ich habe niemanden gesehen.«

»Sie sehen dich. Sie kampieren oben in den Bergen und haben von dort aus die ganze Gegend im Blick. Ich gebe dir Franklins Nummer.«

»Morgen. Ich habe nichts zum Schreiben zur Hand und ich will nicht aufstehen. Ich habe höllische Schmerzen. Bis dann.«

Er brauchte dringend Schlaf. Es wurde schon fast wieder hell und er hatte nicht den mindesten Zweifel, dass Sarah bald wieder auf den Beinen sein würde, um die Wölfin zu pflegen. Wie gewöhnlich würde sie sich mannhaft jeder sanften Regung ihm gegenüber erwehren und sicherlich nicht zögern, ihn zum Arbeiten zu verdonnern.

9

»Was tun Sie da?« Sarah stand auf der Schwelle ihres Schlafzimmers, die Arme über der Brust verschränkt.

»Ich füttere Monty.« Logan gab dem Hund einen Klaps auf den Kopf. »Er war hungrig und ich wollte Sie nicht wecken.«

»Niemand füttert Monty außer mir. Ich habe ihm beigebracht, von niemandem außer mir Nahrung anzunehmen.«

Aber Monty fraß, wie sie mit einer Mischung aus Staunen und Verärgerung feststellen musste. »Verdammt.«

»Er war hungrig«, wiederholte Logan und füllte Montys Wassernapf. »Da habe ich gedacht, ich versuch's mal.«

»Ich kann nicht zulassen, dass Sie Montys Erziehung zugrunde richten.«

»Ich kann ja verstehen, dass er von Fremden nichts annehmen soll, aber ich stelle doch keine Bedrohung dar.«

»Monty hält niemanden für bedrohlich. Er liebt jeden. Deshalb muss ich darauf bestehen, dass er sein Fressen nur von mir annimmt.«

»Vielleicht ist seine Menschenkenntnis besser, als Sie glauben.« Er setzte den Wassernapf ab. »Für dich, Junge.«

»Ich kann es nicht darauf ankommen lassen. Lassen Sie also meinen Hund in Frieden.«

»Okay, ich wollte mich nur nützlich machen. Kann ich sonst irgendwas tun?«

»Sie können sich hinsetzen und das Bein schonen. Sie

haben sich während der letzten drei Tage keine Ruhe gegönnt.«

»Wie Sie meinen.« Er humpelte zu seinem Sessel zurück. »Es wird besser. Ist Ihnen nicht aufgefallen, dass ich gestern schon sehr viel mehr machen konnte als vorher?«

»Ja.« Seit der Nacht, als sie die Wölfin ins Haus geholt hatten, hatte Logan sich ununterbrochen nützlich gemacht, hatte die Hütte ausgefegt und ihr bei der Pflege der verletzten Wölfin geholfen. Wenn sie nicht Seite an Seite arbeiteten, kochte er oder räumte auf oder telefonierte. Er ließ seine Beziehungen spielen, um die Rancher zu größerer Duldsamkeit hinsichtlich der Wölfin zu bewegen.

Sie zog die Stirn in Falten. »Zu viel.«

»Bemerke ich da etwa ein gewisses Mitgefühl?« Er streckte das schmerzende Bein auf dem Hocker aus. »Sie wollten mich doch arbeiten sehen. Sie haben die Anweisungen gegeben, ich habe gehorcht.«

»Ich weiß.«

Er grinste. »Aber es passt Ihnen nicht, dass es mir nichts ausgemacht hat, richtig?«

»Unsinn. Ich habe nicht …« Sie lächelte widerstrebend. »Es hat überhaupt keinen Spaß gemacht. Es verdirbt einem doch die Freude an der Sklaventreiberei, wenn der Sklave so diensteifrig ist wie Sie.«

»Tut mir Leid.«

Sie musterte ihn. »Und Sie haben sehr viel mehr gemacht, als ich Ihnen aufgetragen habe. Das gefällt mir nicht.«

»Ich denke halt mit.«

»Nein, Sie sind gerissen. Sie wussten genau, dass es mir schwer fallen würde, einem verwundeten Mann dabei zuzusehen, wie er sich ständig übernimmt.«

Er blickte sie unschuldig an. »Wusste ich das?«

»Stellen Sie sich nicht dümmer, als Sie sind.«

»Es überrascht mich, dass Sie mich erst jetzt zur Rede stellen.«

»Ich bin nicht so weichherzig, wie Sie denken.« Sie zog eine Grimasse. »Und ich dachte, Sie würden irgendwann von selbst aufhören. Schließlich hatten Sie Schmerzen.«

»Habe nur getan, wie mir befohlen, gnädige Frau.«

»Und es mir dabei auch ein bisschen gezeigt, ja?«

»Ich gebe zu, mit totaler Unterordnung habe ich ein Problem.«

»Mit jeder Unterordnung?«

»Ich bevorzuge partnerschaftliche Verhältnisse. Ich denke, wir haben bewiesen, dass wir sehr gut zusammenarbeiten können, würden Sie das nicht auch sagen?«

Sie schwieg ein Weilchen. »Ja.«

»Warum schließen wir dann nicht einen Waffenstillstand? Sie brauchen mich nicht zum Arbeiten zu nötigen. Ich würde verrückt werden, wenn ich nichts zu tun hätte. Selbst Pisspötte für Ihren Wolf schwenken finde ich befriedigender als Däumchen drehen. Wir leben nun einmal zusammen, gestalten wir es also so schmerzlos wie möglich.«

»Ich habe keine Schmerzen und ich könnte ...« Sie verstummte, als das Telefon klingelte. »Und wir leben nicht zusammen«, sagte sie, als sie das Zimmer durchquerte und den Hörer abnahm. »Ja?«

»Du hast mich nicht angerufen«, sagte Todd Madden. »Wie ist der Job für Logan gelaufen?«

»Was geht dich das an, Madden. Er ist erledigt. Das allein ist von Interesse.«

»Gut. Dann kannst du ja für ein Wochenende nach Washington kommen. Ich habe eine Pressekonferenz über das Erdbeben in Barat vorbereitet. Und was ist mit diesem Erdrutsch in Taiwan? Da haben wir doch noch eine prima Story zu verkaufen.«

»Geh zum Teufel.«

»Sei nicht so unfreundlich, Sarah.« Maddens Stimme war seidenweich. »Du weißt doch, es zahlt sich nicht aus, unfreundlich zu mir zu sein. Soll ich die Flüge buchen oder willst du es selbst tun?«

»Ich komme nicht nach Washington. Ich habe zu tun.«

»Du weißt, wie ungern ich dich unter Druck setze, aber ich kann nicht dulden, dass ...«

»Fick dich ins Knie.« Sie legte auf.

»Sie hätten mich mit ihm reden lassen sollen«, sagte Logan.

»Es hat mir zu großen Spaß gemacht, ihm zu sagen, dass er Leine ziehen soll.«

»Das war nicht ganz der Ausdruck, dessen Sie sich bedienten«, sagte er leichthin.

Das Telefon klingelte von neuem.

Sie ging nicht ran. »Das ist er wieder. Er kann nicht glauben, dass ich nicht mehr durch die Reifen springe.«

»Werden Sie doch noch abnehmen?«

»Nein, ich verbrenne die Brücken in die Vergangenheit. Wenn Sie Ihr Versprechen nicht halten, gehe ich selbst mit in Flammen auf.«

»Aber Sie vertrauen mir. Sonst hätten Sie diese Brücken nicht verbrannt.«

Sie schwieg einen Augenblick, dann sagte sie: »Ja, ich vertraue Ihnen.«

»Wie viel Zeit habe ich?«

»Ein paar Tage, vielleicht eine Woche. Madden wird eine Weile brauchen zu begreifen, dass ich mich nicht mehr erpressen lasse. Dann wird er wütend werden und versuchen, mich zu bestrafen.«

»Und was passiert dann? Was kann er tun?«

»Er wird mir Monty wegnehmen.«

»Was?«

»Monty gehört mir nicht. Er ist Eigentum der ATF. Wenn ich nicht tue, was Madden von mir verlangt, sorgt er dafür, dass Monty mir weggenommen und jemand anderem gegeben wird.«

Logan fluchte leise. »Können Sie ihn der ATF nicht abkaufen?«

»Glauben Sie, ich hätte das nicht versucht? Sie verkaufen ihn nicht. Madden braucht ihn als Handhabe gegen mich.«

»Sind Sie sicher, dass er die Behörde dazu kriegt, Ihnen Monty wegzunehmen?«

»Er hat es schon einmal getan. Vor zwei Jahren hatte ich die Nase voll und habe ihm gesagt, er soll sich zum Teufel scheren. Die ATF hat Monty aus meinem Jeep entführt, während ich im Supermarkt einkaufen war. Sie haben mir eine förmliche Benachrichtigung ins Auto gelegt, dass er einem neuen Hundeführer in Europa geschickt wird, mir würde in Kürze ein anderer Hund zugeteilt werden.«

»Wieso denn nach Europa?«

»Unsere Hundestaffeln trainieren Hunde für Polizeibehörden auf der ganzen Welt.« Mit Bitterkeit in der Stimme fuhr sie fort. »Madden war schlau, er hat mir nicht einmal gesagt, in welches Land Monty gebracht wurde. Ich war außer mir. Ich habe alle bei der ATF, vom Briefboten zum leitenden Beamten, angebettelt, mir zu verraten, wo sie ihn hingeschickt haben. Ich habe über einen Monat gebraucht, um rauszukriegen, dass er in einem Polizeirevier in Mailand war. Ich hatte Angst, es könnte zu spät sein.«

»Zu spät?«

»Es ist nicht nur, dass er nur aus meiner Hand Essen und Trinken annimmt. Monty liebt mich. Wir sind ... einander sehr nah. Er trauert um mich. Ein so liebevoller Hund wie Monty kann vor Traurigkeit sterben.« Sie blinzelte, als ihr die Tränen in die Augen traten. »Und wie er getrauert hat. Er war krank, furchtbar krank, als ich ihn endlich in Mailand gefunden habe.«

»Und was haben Sie gemacht?«

»Was glauben Sie, was ich gemacht habe? Ich habe Madden angerufen und ihm gesagt, ich würde tun, was immer er wollte, wenn er mir meinen Hund wiedergibt.« Sie sah ihm gerade in die Augen. »Ich werde nicht zulassen, dass ihm so etwas noch einmal passiert. Wenn Sie keine Methode finden, mir Madden vom Halse zu schaffen, werden Monty und ich verschwinden, ohne eine Adresse zu hinterlassen.«

»Ich werde eine Methode finden.« Logan presste die Lippen zusammen. »Verlassen Sie sich darauf.«

»Das tue ich. Und Gott stehe Ihnen bei, wenn Sie mich enttäuschen.«

»Ich werde Sie nicht enttäuschen.« Er zog sein Handy aus der Tasche. »Gehen Sie und sehen nach Ihrer Wölfin, während ich mir Madden vornehme.«

Er sah auf, nachdem er die Nummer eingetippt hatte. »Da wir nun zur Niederwerfung des widerwärtigen Madden verbunden sind, könnten Sie nicht von meinen Verfehlungen absehen und mir den erbetenen Waffenstillstand gewähren?«

»Vielleicht.« Sie lächelte. »Wenn Sie mir versprechen, nie wieder meinen Hund zu füttern.«

»Nur, wenn er sehr hungrig ist.« Dann sprach er ins Telefon. »Margaret, wo stehen wir mit Madden?«

Sarah lächelte immer noch, als sie mit Monty auf die hintere Veranda ging. Logans sofortiges und entschlossenes Vorgehen zur Lösung ihres Problems hatte etwas sehr Beruhigendes und Tröstendes.

Monty blickte zu Logan zurück. *Nett.*

»Speisekammerliebe. Du hättest warten sollen, bis ich komme, um dich zu füttern. Das weißt du ganz genau.«

Vertrauen.

»Trotzdem hättest du die Regeln nicht brechen dürfen.« Sie allerdings brach ebenfalls die Regeln und vertraute Logan. Wie war es ihm gelungen, ihre Mauern zu überwinden?

Nett.

Charisma? Nein, er hatte in den letzten Tagen ganz gewiss nicht versucht, sie mit seinem Charme zu überrumpeln. Offen und direkt war er gewesen.

Weshalb machte sie sich überhaupt diese Sorgen? Sie hatte sich lediglich auf eine Waffenruhe eingelassen, mehr nicht.

Schön. Monty trottete auf Maggie zu, die ihn böse ansah. Er plumpste neben ihr nieder. *Liebe.*

Sie fletschte knurrend die Zähne.

Sarah schüttelte den Kopf. »Sie ist nicht in der Stimmung, mein Junge. Diese Wunde macht ihr zu schaffen.« Sie ging auf Maggie zu. »Wollen wir doch mal sehen, ob wir nicht irgendwas für dich tun können. Nicht beißen. Vielleicht können auch wir einen Waffenstillstand schließen.«

Der Hund sprang tobend um diese Patrick herum und wedelte fröhlich mit dem goldenen Schwanz.

Duggan legte das Gewehr auf den Kopf des Hundes an. Sein Finger streichelte langsam den Abzug.

»Was machen Sie da?«

Er blickte auf und sah Rudzak über den Bergkamm auf sich zukommen.

»Diese Patrick und der Hund sind vorm Haus. Ich wollte ihnen eine kleine Überraschung servieren. In Santo Camaro habe ich den Köter ja leider verfehlt. Diesmal werde ich ihm den Kopf wegpusten.«

Rudzak sah zur Ranch hinab. »Dafür sind wir nicht hier. Wir wären fast Galens Leuten in die Arme gelaufen, von denen wimmelt es hier. Man sollte meinen, die bewachen den Goldschatz von Fort Knox. Wir haben nicht viel Zeit, bis die Patrouille zurückkommt. Haben Sie Logan gesehen?«

»Er steht in der Tür …«

»Ach ja«, murmelte Rudzak. »In Beschützerpose, was?«

»Sie haben gesagt, dass wir weder ihm noch der Frau was tun. Aber den Hund kann ich doch umlegen, oder?«

»Glauben Sie, Sie treffen ihn von hier aus? Wir sind ziemlich weit. Die wenigsten Schützen …«

»Ich kann's.«

Der Golden Retriever hob den Kopf und bellte fröhlich.

»Ich konnte kläffende Köter noch nie leiden.« Duggan legte abermals auf Monty an. »Was wetten Sie, dass ich ihn mit einer Kugel umlege?«

»Ich wette nicht.« Rudzak lächelte. »Ich weiß, dass Sie ein ausgezeichneter Schütze sind.«

Ja. Rudzak hatte seine Fähigkeiten immer zu schätzen gewusst, dachte Duggan. Vom ersten Augenblick an, als er vor einem Jahr in seine Dienste trat, war er mit dem gebührenden Respekt behandelt worden. »Dann sehen Sie zu, wie ich dem Köter den Garaus mache.«

»Ich freue mich darauf.« Rudzak kreuzte die Arme

über der Brust. »Im Grunde ist das eine geniale Idee, die Sie da haben. Logan fühlt sich vollkommen sicher in seiner Hütte, bewacht von Galens Leuten, die den Bergkamm patrouillieren. Wie könnte man ihm überzeugender demonstrieren, dass er sich täuscht? Ja, knallen Sie den Hund ab.«

Duggan hatte die Szene bereits lebhaft vor Augen. Blutüberströmt würde der Hund zu Boden stürzen, Sarah Patrick würde ihn anstarren und schreien, dann würden sie und Logan auf ihn zurennen.

»Augenblick mal.«

Er folgte Rudzaks Blick zu der Frau. Sie hatte sich ruckartig umgedreht und blickte zu den Bergen auf.

»Interessant«, sagte Rudzak. »Glauben Sie, dass die Frau was gemerkt hat? Sie ruft den Hund.«

»Gott verdammt.« Der Hund und die Frau liefen schnell auf die Hütte zu. Duggan fürchtete um die Gelegenheit, zu einem kleinen Triumph gebracht zu werden. Er musste schnell handeln. »Keine Angst, den Köter kriege ich trotzdem.«

»Nein.«

Stirnrunzelnd sah er zu Rudzak auf.

»Ich habe gesehen, was ich wissen wollte, und Galens Leute sind nicht blöd. Sie würden sofort wissen, woher der Schuss gekommen ist, und dann haben wir sie am Hals. Das Risiko würde sich lohnen, wenn die Sache wichtig wäre. Ist sie aber nicht.« Er zuckte die Achseln. »Und nach Kai Chi hätte die Eliminierung eines Hundes nichts sonderlich Imponierendes mehr.«

»Aber es könnte nichts schaden …«

»Nein, Duggan«, sagte Rudzak sanft und wandte sich ab. »Glauben Sie mir. Wir werden uns etwas Passenderes einfallen lassen müssen.«

»Was ist los?«, fragte Logan, als Sarah Monty ins Haus scheuchte. »Was haben Sie gesehen?«

»Nichts.«

Sein Blick heftete sich auf ihr Gesicht.

»Nichts«, wiederholte sie. »Ich hatte nur das Gefühl … Irgendwas war nicht in Ordnung. Ich weiß, das klingt verrückt. Aber ich habe gelernt, mich auf meine Instinkte zu verlassen.«

»Es klingt überhaupt nicht verrückt. Ich kann mir gut vorstellen, dass Sie Ihre Instinkte im Laufe der Jahre gut ausgebildet haben.« Er zog sein Handy hervor. »Ich werde den Sicherheitsdienst anrufen und Franklin sagen, er soll die Gegend sorgfältig nach irgendwelchen Zeichen von Rudzak absuchen lassen.«

»Wenn wirklich eine Bedrohung besteht, sind es wahrscheinlich die Rancher, die Wind davon gekriegt haben, dass ich Maggie gesund pflege. Vielleicht haben sie beschlossen, mir eine Lehre zu erteilen.« Sie machte eine wegwerfende Gebärde. »Wie gesagt, wahrscheinlich ist es gar nichts. Trotzdem werde ich mit Monty nur noch nach Einbruch der Dunkelheit aus dem Haus gehen.«

»Gute Idee.« Er sprach ins Telefon. »Franklin, wie läuft's da oben?«

»Komm, Monty.« Sarah ging in die Küche. »Du kriegst frisches Wasser.«

Während sie Montys Napf füllte, steckte Logan das Mobiltelefon zurück in die Tasche. »Sie haben niemanden bemerkt, aber sie sehen noch mal nach.«

»Ich habe Ihnen ja gesagt, ich habe auch nichts gesehen.« Sie ging auf die hintere Veranda zu Maggie. »Aber wenn es ein Rancher war, kann es nicht schaden, wenn sie merken, dass sie nicht ganz allein sind hier draußen.«

»Lassen Sie mich gewinnen?« Sarah lehnte sich in ihrem Sessel zurück und sah Logan misstrauisch an. »Ich bin gut, aber so schlecht können Sie gar nicht sein.«

»Glauben Sie mir, ich bin miserabel. Poker ist nicht mein Spiel. Auf Instantbefriedigung war ich nie scharf. Ich bin mehr ein Schachspieler.«

Sie sah ihn prüfend an und nickte langsam. »Ja, das leuchtet ein. Strategie und Kriegsspiele. Deshalb habe ich an Schach nie Geschmack gefunden. Ich will Sofortbefriedigung, immer und überall.«

»Wer hat Ihnen Poker beigebracht? Jemand aus dem Team?«

»Nein. Mein Großvater. Als ich klein war, haben wir stundenlang vor dem Feuer gesessen und gespielt.«

»Und was war mit Ihrer Mutter?«

»Sie lebte in Chicago. Hier hat es ihr nicht gefallen.«

»Aber Ihnen.«

»Ich war nirgends lieber.« Sie zog eine Grimasse. »Ich mochte die Stadt nicht. So schmutzig und überfüllt und ...« Sie stand auf. »Ich habe Durst. Wollen Sie auch eine Limonade?«

»Bitte.«

»Es ist heute Abend nicht so kühl wie gewöhnlich.« Sie ging zum Kühlschrank. »Vielleicht sollten wir das Feuer löschen.«

Er ging zum Kamin. »Aber Ihrer Mutter hat es in der Stadt gefallen?«

»Sie mochte die Lichter und Kinos und Kneipen und die vielen Menschen. Sie hat sich schnell gelangweilt.« Sie reichte ihm ein frostbeschlagenes Glas. »Sie war viermal verheiratet.«

»Das war sicher hart für Sie.«

»Ich hab's überlebt.« Sie setzte sich hin und streckte die

Beine aus. »Im Grunde war das mein Glück. Ich durfte immer für eine Weile zu meinem Großvater, wenn sie wieder geheiratet hat. Das hat mir natürlich gefallen. Beim dritten Mal durfte ich ganze zwei Jahre lang bei ihm bleiben.«

»Warum hat sie Ihrem Großvater nicht einfach das Sorgerecht übertragen?«

»Manchmal fühlte sie sich einsam. Dann brauchte sie Gesellschaft.«

»Wie nett.«

Sie sah ihn über den Rand des Glases hinweg an. »Ich beklage mich nicht. Die Dinge waren einfach so, weiter nichts. Ich bin nicht misshandelt worden. Manche Leute brauchen eben mehr als andere.«

»Sie nicht.«

»Wer sollte sich um all die Bedürfnisse kümmern, wenn wir alle gleich wären? Am Ende kommt alles ins Gleichgewicht.«

»Hat Ihr Großvater Sie gebraucht?«

Sie antwortete nicht sofort. »Ich glaube, ja. Schwer zu sagen. Ich weiß, dass er mich liebte. Er hat es mir am Ende gesagt.«

»Nicht vorher?«

»Er hat nie viel geredet. Er hat sich abgerackert, um diese paar Morgen Land kaufen zu können. Als er in dieses Blockhaus zog, schwor er, dass er es bis zu seinem Tod nie wieder verlassen würde.«

»Wovon hat er gelebt?«

»Er hat Pferde und Hunde trainiert. Er konnte wunderbar mit Tieren umgehen.«

Er nippte an seiner Limonade. »Genau wie Sie.«

»Tiere sind unkompliziert. Sie stellen keine Ansprüche. Man braucht sie nur zu lieben.«

»Manche Menschen sind auch so.«

»Wirklich? Mir ist das noch nie begegnet.«

»Wieso sagen Sie das? Weil Sie eine selbstsüchtige Mutter hatten, die es offensichtlich nicht verstand, für ihr eigenes Kind zu sorgen? Sie sind weit genug herumgekommen, um zu wissen, dass es ganz großartige Menschen gibt.«

»Ich bin nicht verbittert – und überhaupt, was geht Sie das an?«

»Es war nur eine Beobachtung.«

»Sparen Sie sich Ihre Beobachtungen! Frage ich Sie etwa nach Ihrer Lebensgeschichte aus, um dann über Sie zu urteilen?«

»Nur zu. Drehen Sie den Spieß um, das ist nur gerecht.«

»Ich will gar nichts wissen über …« Sie sah ihn herausfordernd an. »Wozu diente diese Forschungsanlage in Santo Camaro?«

»Das ist nicht meine Lebensgeschichte.«

»Also werden Sie es mir nicht verraten?«

»Das habe ich nicht gesagt.« Er blickte in sein Glas. »Es war ein medizinisches Forschungsinstitut. Uns waren dort schon etliche viel versprechende Durchbrüche gelungen.«

»Medizinische Forschung?«

»Ich engagiere mich schon lange auf diesem Gebiet.«

»Und worum ging es genau?«

»Künstliches Blut.«

Sie riss die Augen auf. »Was?«

»Blutersatz. Haben Sie noch nie davon gehört? Über die Forschungen ist in den Medien berichtet worden.«

»Doch, ich habe davon gehört.« Sie musterte ihn eindringlich. »Es ist wegen Chen Li, richtig? Weil sie an Leukämie gestorben ist.«

»Mit Chen Li hat es angefangen. Es hat mich fast umgebracht, dass ich ihr nicht helfen konnte. Aber ich bin nicht so egoistisch, dass ich nicht sehen würde, dass auch Menschen mit anderen Krankheiten damit geholfen werden kann.«

»Aber warum haben Sie das Institut im Dschungel versteckt? Warum diese Heimlichtuerei?«

»Industriespionage. Wir sind so verdammt nahe dran. Das Unternehmen, das als Erstes damit rauskommt, wird sowohl die Entwicklung als auch den Markt kontrollieren.«

»Geld?«

»Kontrolle«, wiederholte er. »Ich habe nicht all die Jahre darauf verwandt, Antworten zu finden, um jetzt die Kontrolle aus der Hand zu geben.«

»Und daran arbeitet auch Basset?«

»Ja, er versucht, die Ergebnisse aus dem letzten Monat zu rekonstruieren. Das Team hat uns monatlich einen Forschungsbericht geschickt, aber den letzten haben wir nicht erhalten, und anscheinend wurde gerade in den letzten Wochen vor dem Angriff eine Menge erreicht.«

»Aber Rudzak hat mit Industriespionage nichts zu tun, oder?«

»Rudzak ist nur daran interessiert, mich dort zu treffen, wo es am meisten wehtut.«

»Wie hat er von dieser Forschungseinrichtung erfahren? Wusste er von Ihrer Frau und den Umständen ihres Todes?«

»O ja, er wusste von Chen Li.« Er stellte das Glas auf den Tisch. »Sehen Sie, wie ich Ihnen vertraue? Jetzt habe ich Ihnen alle meine Geheimnisse verraten.«

Nicht alle seine Geheimnisse. »Sie müssen Chen Li sehr geliebt haben.«

»Ja, es war Liebe auf den ersten Blick. Sie verkörperte die alte Welt und zugleich die neue Technologie. Sie war ein Computergenie und dabei strahlte sie eine unglaubliche Würde und Gelassenheit aus. Einen Monat nach unserer ersten Begegnung haben wir geheiratet.« Er schwieg. »Drei Jahre später starb sie.«

»Und Sie leiden noch immer darunter«, sagte sie in schroffem Tonfall. »Deshalb ist es sicherer, Hunde zu lieben.«

»Das war vor langer Zeit und ich war ein anderer Mensch. Und ich glaube, auch Sie haben sich nicht so ausschließlich den Vierbeinern verschrieben, wie Sie behaupten, sonst hätten Sie sich einen anderen Beruf ausgesucht.«

»Denken Sie, was Sie wollen. Seit meiner ersten Suche habe ich gewusst, dass ich für diesen Beruf bestimmt war. Ein kleines Mädchen war in den Bergen bei Tuscon von ihrer Familie getrennt worden.« Sie sah in ihr Glas. »Sie war erst fünf Jahre alt und es war Winter, eisige Kälte. Ich war mir keineswegs sicher, dass wir sie lebendig finden würden, aber wir haben nicht aufgegeben. Drei Tage später spürte Monty sie auf und sie war am Leben. Als ich sie aufhob und in eine Decke wickelte, flüsterte sie mir zu, sie habe gewusst, dass jemand kommen würde. Sie hatte gewartet. Und ich wusste genau, dass sie auf mich gewartet hat. Ich war diejenige, die ihr das Leben gerettet hat. Dieses Gefühl ist nichts anderem auf der ganzen Welt vergleichbar.«

»Manchmal können Sie sie nicht retten.«

»Nein, aber dann kann ich sie wenigstens nach Hause bringen.

»Jetzt reden Sie wie Eve.«

Sie schüttelte den Kopf. »Wie ich Ihnen schon einmal sagte, ich bin überhaupt nicht wie Eve. Hören Sie auf, in meiner Psyche herumzuwühlen. Bei mir gibt es keine Geheimnisse. Ich habe keine tragische Vergangenheit wie Eve und ich trage keinen geheimen Groll mit mir herum. Ich akzeptiere die Menschen, so wie sie sind, und versuche mit ihnen klarzukommen. Verstanden?«

»Ich hab's verstanden, aber ich glaube Ihnen nicht. Wenn ich in den vergangenen Wochen irgendetwas über Sie gelernt habe, dann, dass Sie wesentlich komplizierter sind, als Sie selbst wahrhaben wollen.«

Sie schnaubte verächtlich. »Quatsch.«

»Sie sind intelligent, Sie können zupacken und Sie können die Peitsche knallen lassen. Aber hinter diesem stachligen Äußeren verbirgt sich die liebevollste, großartigste Frau, der ich je begegnet bin.«

»Werden Sie bloß nicht schmalzig.«

»Sie mögen das nicht. Warum?«

»Weil ich nur tue, was getan werden muss. Jeder hat einen Zweck im Leben zu erfüllen, einen Job zu machen. Und das ist eben mein Job.«

»Und Sie haben nicht das Gefühl, dass Ihre Arbeit uneigennütziger ist als die meisten?«

»Nicht uneigennütziger als die Arbeit eines Polizisten, eines Feuerwehrmanns oder ...«

»Und es ist Ihnen peinlich, dass ich die Vermutung geäußert habe, dass Sie für Menschen genauso viel übrig haben wie für Ihre vierbeinigen Freunde.«

»Es ist mir nicht peinlich.« Sie stand auf. »Ich muss nach Maggie sehen.«

»Laufen Sie weg?«

»Nein.« Sie blickte ihn fest an. »Sie schlagen mich nicht in die Flucht, Logan. Ich sehe jetzt nach Maggie und dann komme ich wieder und ziehe ich Ihnen beim Poker noch einmal das Fell über die Ohren.«

»Und ich werde es mir gefallen lassen. Und wissen Sie, warum?«

»Weil Sie Masochist sind?«

»Nein.« Er nahm sein Glas und erhob es, als wollte er einen Trinkspruch ausbringen. »Ich bin Ihr Freund.«

Sie starrte ihn an.

»Ergeben Sie sich in Ihr Schicksal. Nach all der Zeit, die wir miteinander verbracht haben, war das unvermeidlich – und jetzt haben wir einander sogar noch Geständnisse gemacht. Damit ist es besiegelt. Ich bin sehr leicht zu beeindrucken. Keine Angst. Ich werde nichts von Ihnen verlangen. Tun Sie einfach so, als wäre ich ein Hund oder ein Wolf.«

Sie wusste nicht, was sie sagen sollte.

»Es ist alles in Ordnung, Sarah«, sagte er sanft. »Wirklich.«

Es war nicht in Ordnung. Ihr war unbehaglich und seltsam zumute und … irgendwie warm. »Machen Sie Witze?«

Er begann, die Karten zu mischen. »Niemals.«

Zwei Tage später kriegte Logan einen Anruf von einem der Sicherheitsleute, die in den Bergen postiert waren.

»Okay. Nein, halten Sie einfach die Augen offen. Ich denke, ich weiß, wer es ist.« Er wandte sich an Sarah. »Wir kriegen Besuch. Er wird in ein paar Minuten hier sein.«

Sie erstarrte. »Rudzak?«

Er ging zur Tür. »Ich glaube, es könnte sich um Ihren Freund Madden handeln.«

»Was?« Sie folgte ihm. »Warum zum Teufel sollte er hierher kommen?«

»Wenn Margaret ihren Auftrag richtig erledigt hat,

wird er stinksauer sein.« Er legte die Hand über die Augen, um den näher kommenden Buick beobachten zu können. »Ich bin allerdings davon ausgegangen, dass er anrufen würde, statt hier persönlich aufzukreuzen.«

»Warum ist er wütend?«

Er grinste. »Es hätte zu lange gedauert, seine schmutzige Wäsche zu finden, also habe ich mich entschlossen, ihn dort zu treffen, wo es wirklich wehtut: im Geldbeutel. Er kandidiert bei der nächsten Wahl und da habe ich neulich Abend zwei der wichtigsten Spendengeber für seinen Wahlkampf angerufen und sie bewogen, ihm ihre Unterstützung zu verweigern. Dann hat Margaret ihn angerufen, um ihm mitzuteilen, dass das nur der Anfang ist, wenn er nicht dafür sorgt, dass die ATF Monty an Sie verkauft.«

Sie staunte mit offenem Mund. »Wenn das nichts ist.«

Ihr Blick wanderte zu dem sich nähernden Wagen. »Kein Wunder, dass er hier aufkreuzt.«

»Ich hatte eher einen Anruf erwartet.«

»Nein, das ist nicht Maddens Art. Er ist sauer, er will mich treffen und zusehen, wie es wehtut.«

»Gehen Sie rein, ich werde mit ihm reden.«

Sie schüttelte den Kopf. »Hören Sie auf, mich beschützen zu wollen. Ich kann mit ihm umgehen.« Als der Wagen mit quietschenden Bremsen vor der Haustür hielt, war sie gewappnet. Sie hoffte, sie würde Recht behalten. Madden konnte grausam und verletzend sein, das hatte er schon vor Jahren bewiesen. Aber sie war kein unerfahrenes junges Mädchen mehr. Sie trat vor, als Madden aus dem Wagen stieg. »Ich habe dir gesagt, dass du dich hier nie wieder sehen lassen sollst, Madden!«

»Du Miststück.« Sein Gesicht war rot vor Zorn. Die zynische Höflichkeit, die er im Umgang mit Sarah gewöhnlich zur Schau trug, war verschwunden.

»Etwas mehr Respekt, bitte«, sagte Logan leise.

Maddens Blick richtete sich auf Logan. »Und was machen Sie hier? Ich habe Ihnen einen Gefallen getan, verdammt noch mal. Sie hätten mir helfen sollen.«

»Die Umstände haben sich geändert. Als Politiker sollten Sie wissen, wie leer Versprechungen sein können. Haben Sie der ATF Bescheid gegeben?«

»Ich lasse mich von Ihnen nicht unter Druck setzen.«

»Wenn Sie Ihren Sitz im Senat behalten wollen, werden Sie tun, was ich von Ihnen verlange. Das Spiel hat gerade erst begonnen. Ich kann Ihnen den Geldhahn komplett zudrehen, und wenn Sie irgendwann einmal bei Rot über die Straße gegangen sind, werden alle Zeitungen im ganzen Land davon berichten.«

»Sie Dreckschwein.«

»Ich habe Ihnen gesagt, was ich will, Madden. Tun Sie, was ich sage, dann lasse ich Sie vielleicht am Leben und Sie können noch mal kandidieren.«

»Vielleicht?«

»Ich weiß nicht, ob ich die Vorstellung ertrage, wie Sie fett und gesund in der Hauptstadt sitzen, aber wenn Sie nicht kooperieren, ist meine Entscheidung schon gefallen.«

»Ich denke nicht daran, Sie Arschloch.«

»O doch, das werden Sie. Sie sind ehrgeizig und ich bin wahrscheinlich das größte Hindernis, dem Sie je begegnet sind. Überlegen Sie sich die Sache gut. Warum wollen Sie für ein bisschen guten Willen und etwas Publicity alles aufs Spiel setzen? Holen Sie sich jemand anderen dafür. Sie haben Sarah und Monty schon genug ausgenutzt.«

»Habe ich das?« Sarah sah, wie er mühsam seine Wut unterdrückte, als er sich nun zu ihr wandte. »Habe ich dich genug ausgenutzt?« Seine Stimme triefte vor Bosheit.

»Sprich für dich selbst. Es ist doch sonst nicht deine Art, sich hinter jemandem zu verstecken.«

»Verschwinde, Madden.«

»Ach, jetzt gibst du mir Befehle?« Er blickte zwischen Sarah und Logan hin und her. »Du glaubst, nur weil du mit dem großen Mann schläfst, sitzt du am längeren Hebel?«

»Ich schlafe nicht mit Logan.«

»Ach, er kampiert in dieser elenden Baracke, weil er sich wohl fühlt? Ich bin doch nicht blöd. Ich sehe doch, wie er dich ansieht. Geld und Sex, darum dreht es sich immer und überall. Geld kannst du ihm nicht geben, aber mit Sex hast du kein Problem, stimmt's?«

»Halten Sie den Mund, Madden«, sagte Logan.

»Wie fürsorglich.« Er warf Logan einen spöttischen Blick zu. »Ihnen kann ich keinen Vorwurf machen, dass Sie sich von ihr haben beschwatzen lassen ...«

»Halten Sie den Mund.«

»Sie vögelt wie ein wildes Tier, stimmt's? Sie ist die einzige Frau, die ich je gefickt habe, die nie nein gesagt hat. Egal, was ich auch verlangte, sie ...«

Sarahs Faust traf seine Nase. Das Blut spritzte und er taumelte gegen den Wagen.

»Verschwinde, Madden«, sagte Sarah. »Jetzt.«

»Flittchen.« Er zog ein Taschentuch hervor und presste es gegen seine Nase. »Du *bist* ein Tier.«

»Gut möglich. Auf jeden Fall bin ich versucht, dir an die Kehle zu gehen.«

»Ziehen Sie Leine.« Logans Ausdruck war grimmig. »Und rufen Sie in Washington an, sobald Sie auf der Autobahn sind. Innerhalb von dreißig Minuten erwarte ich einen Anruf der ATF mit dem Angebot an Sarah, den Hund zu kaufen.«

Madden begann zu fluchen.

»Ich werde mich nicht wiederholen.« Logan trat einen Schritt vor. »Hören Sie mir gut zu. Bisher war ich nur wütend auf Sie, jetzt würde ich Ihnen am liebsten den Hals umdrehen. Tun Sie, was ich Ihnen sage.«

»Ich habe keine Angst vor Ihnen.« Doch Madden wich zurück. Er warf Sarah einen letzten wütenden Blick zu, dann stieg er ins Auto. »Du hältst dich wohl für sehr schlau, was? Na gut, im Moment hast du ihn um den Finger gewickelt, aber eines Tages wird er dich satt haben, und dann komme ich zurück.«

»Daran zweifle ich nicht«, sagte Sarah. »Küchenschaben sind echte Überlebenskünstler.«

»Man darf nur nicht drauftreten«, sagte Logan.

Madden öffnete den Mund und schloss ihn wieder, ohne etwas gesagt zu haben. Einen Augenblick später raste er vom Hof.

»Gott, was für ein himmlisches Gefühl«, sagte Sarah. Ihr war zumute, als wäre ihre eine schwere Last von den Schultern genommen worden. »Glauben Sie, er wird diesen Anruf tätigen?«

»Ich hoffe fast, dass er es nicht tut.« Logan machte auf dem Absatz kehrt und ging ins Haus.

Sie starrte ihm überrascht nach, ehe sie ihm folgte.

»Warum?«

»Weil ich diesen Hurensohn am liebsten aufs Rad flechten würde.«

Sein Tonfall verriet, dass er nicht spaßte.

»Aber Hauptsache, Sie fühlen sich gut, weil Sie diesem Schwein die Nase blutig geschlagen haben.«

»Ja. Warum sind Sie so wütend? Madden hat mich angegriffen und ich habe mich zur Wehr gesetzt.«

»Sind Sie je auf die Idee gekommen, dass vielleicht ich Sie gern verteidigt hätte?«

»Nein.«

»Dachte ich mir.«

»Warum hätten Sie das tun sollen? Schließlich ging es um mich.«

»Ach wirklich?«

»Hören Sie auf, im Zimmer herumzulaufen, und setzen Sie sich. Sie sind heute schon viel zu lange auf den Beinen.«

»Ich setze mich, wenn's mir gefällt.«

Sie hob die Hände. »Wie Sie wünschen. Mir soll es egal sein, wenn Ihnen die ganze Nacht das Bein wehtut. Würde Ihnen recht geschehen.« Nein, würde es nicht. Er hatte ihr gerade einen großen Dienst erwiesen. Sie versuchte, geduldig zu sein. »Es tut mir Leid, dass Sie diese hässliche Szene mit Madden miterlebt haben. Ich stehe in Ihrer Schuld und ich ...«

»Sie schulden mir gar nichts. Wir haben ein Geschäft gemacht und ich habe meinen Beitrag geleistet. Glauben Sie, darum geht es mir?«

»Ich weiß nur, dass Sie sich nicht wie ein vernünftiger Mensch benehmen. Es ist nicht meine Schuld, dass Madden so ein Arschloch ist.«

»Aber es ist Ihre Schuld, dass Sie sich gegen meine Hilfe sperren. Sie sind nicht allein auf dieser Welt. Hätte es Ihnen wehgetan, wenn Sie mir erlaubt hätten, Sie zu beschützen? Nur dieses eine Mal?«

Sie blinzelte. »Ich brauchte Ihre Hilfe nicht.«

»Nein, Sie brauchen niemanden. Sie sind nicht verletzt. Sie tragen keine Narbe am Körper. Alles *Quatsch*.«

Sie versteifte sich. »Seien Sie still, Logan. Tut mir Leid, dass Ihr Ego lädiert wurde, aber lassen Sie Ihren Ärger nicht an mir aus.«

»Sie hätten mir erlauben sollen, Ihnen zu helfen.«

»Sie haben mir geholfen.«

»Ach, und deshalb bluten Ihre Knöchel?«

Sie blickte erstaunt auf ihre Hand hinab. »Ach, das ist nichts. Nur eine Schürfwunde.«

Er trat auf sie zu. »Und Sie sind so zäh, dass Ihnen so was nichts ausmacht, richtig?«

»Ich habe es nicht gemerkt, weil ich zu sehr damit beschäftigt war herauszufinden, warum Sie derart überreagieren wegen eines kleinen ... Lassen Sie mich los, Logan.«

Sein Griff an ihren Schultern wurde fester. »Warum? Werden Sie mir auch ins Gesicht schlagen?«

»Vielleicht. Wenn Sie es verdienen.« Sie sah ihn an. »Was zum Teufel ist los mit Ihnen?«

»Mit mir ist gar nichts los. Nein, das stimmt nicht.« Er schüttelte sie. »Sie machen mich rasend. Sie sind nicht allein auf der Welt, verdammt noch mal. Sie brauchen nicht alles allein zu machen.«

»Lassen Sie mich los!«

Seine Hände öffneten und schlossen sich auf ihren Schultern. »Was ist mit Ihnen los? Haben Sie Angst, dass ich mit Ihnen umspringe wie Ihr Freund Madden?«

»Das traue ich Ihnen nicht zu.«

»Wirklich?«

Ihre Brust wurde eng. Er sah sie mit einer Intensität an, die ihr das Gefühl gab ... Schnell wandte sie den Blick ab. »Sie sind nicht Madden. Und Sie haben mir versichert, dass Sie mein Freund sind. War das eine Lüge?«

Er verstummte. »Nein.« Seine Hände fielen von ihren Schultern. »Es war keine Lüge.« Er ging zurück zur offenen Tür und starrte Maddens Wagen nach, der in der Ferne noch auszumachen war. »Und ich bin nicht Madden. Warum haben Sie mir verschwiegen, dass Sie eine Affäre mit ihm hatten?«

»Sie brauchten es nicht zu wissen, um mir zu helfen. Es war nicht wichtig.«

»Nein? Mir kommt es verdammt wichtig vor.«

»Sollte es aber nicht. Es ist lange her und hat mit der jetzigen Situation nichts zu tun. Heutzutage braucht er mich nur noch zur Beförderung seiner Karriere.«

»Und Sie?«

»Um Himmels willen, ich war praktisch noch ein Kind damals. Ich bin ihm gleich nach meinem Eintritt in die ATF begegnet. Ich war einsam und ich dachte, er … Er war sehr gewandt. Sechs Monate habe ich mich täuschen lassen von ihm. Dann habe ich Schluss gemacht. Das hat ihm gar nicht gefallen.«

»Offensichtlich.« Er sah sie nicht an. »Zumal er Sie sehr unterhaltend fand.«

Sie fühlte, dass ihr die Hitze ins Gesicht stieg. »Na und?«

»Nur so. Und seit er Sie nicht mehr ins Bett kriegt, hat er auf andere Weise seinen Spaß mit Ihnen.«

»Das war grob.«

»Aber wahr.«

Einen Augenblick lang schwieg sie nachdenklich. »Ja. Er musste immer derjenige sein, der die Peitsche in der Hand hat.«

»Ich hoffe, das ist im übertragenen Sinne zu verstehen. Ich denke doch, dass selbst Sie sich geweigert hätten …« Er brach ab und schüttelte den Kopf. »Entschuldigung. Das war nicht nötig.«

»Nein, und grob war es auch. Und es geht Sie einen Dreck an.«

»Sie haben Recht und es tut mir Leid.« Er wandte sich um und sah sie an. »Ich war wohl verletzt, weil Sie mich ausgeschlossen haben. Freunde tun das nicht.«

Die Spannung zwischen ihnen war verschwunden, wie sie mit Erleichterung feststellte. Oder hatte sie nur nachgelassen? »Ich habe nie behauptet, Ihr Freund zu sein.«

»Aber Sie sind es doch, oder nicht?«

Tage enger Zusammenarbeit. Nächte an Maggies Krankenlager. Späße, Humor, Vertrautheit. »Ich nehme es an«, sagte sie langsam.

»Da können Sie Gift drauf nehmen. Ich habe mich so sehr darum bemüht, Sie ...«

Das Telefon klingelte.

»Ich gehe ran.« Logan durchquerte mit vier Schritten das Zimmer und nahm den Hörer ab. »Sie ist im Augenblick beschäftigt. Hier spricht John Logan. Reden Sie mit mir.« Er hörte eine Weile zu. »In einer Stunde schicke ich jemanden mit einem Scheck zu Ihnen. Geben Sie ihm eine notariell beglaubigte Verkaufsurkunde. Danke.« Er legte auf und wandte sich wieder an Sarah. »Sanders von der ATF. Er sagte, er sei der Chef der Hundestaffel. Kennen Sie ihn?«

»Er ist mein Chef.« Erregung durchflutete sie. »Hat Madden ihn angerufen? Wird er mir Monty verkaufen?«

Er nickte. »Morgen kriegen Sie die Papiere.«

O Gott, das war zu schön, um wahr zu sein. Nach all der Zeit und all diesem Kummer sollte die Sache nun doch ein glückliches Ende nehmen. »Wirklich?«

Er lächelte. »Wirklich.«

Ihre Knie wurden weich. Sie ließ sich in einen Sessel sinken. »Ich hatte Angst, er würde es nicht tun. Ich konnte nicht glauben ...«

»Glauben Sie es.«

Monty gehörte ihr. Keine Drohungen mehr. Er war in Sicherheit.

Logans Blick ruhte auf ihrem Gesicht. »Sie strahlen.«

Sie fühlte sich strahlend. Sie fühlte sich wie die Sonne selbst. »Er ist sicher.«

»Ja.«

Sie schloss die Augen. »Ich habe mir solche Sorgen um ihn gemacht. Hunde sind so wehrlos. Sie können sich vor Grausamkeit nicht schützen.«

»Aber Sie haben ihn beschützt.«

Sie öffnete die Augen, als sie sein Taschentuch auf ihrer Wange fühlte. »Was machen Sie da?«

»Sie weinen.« Er wischte ihr die Tränen ab, dann reichte er ihr das Taschentuch. »Warum weinen Frauen immer, wenn sie glücklich sind? Ist doch unlogisch. Und außerdem enorm beunruhigend.«

Er ging zum Ausguss.

»Warum beunruhigend?«

»Tränen sind ein Zeichen von Kummer und als Mann ist man mit dem Instinkt ausgestattet, Frauen von allem Kummer heilen zu wollen.« Er kehrte mit einem feuchten Geschirrtuch zu ihr zurück. »Es bringt uns total durcheinander, wenn es gar keinen Kummer zu kurieren gibt. Geben Sie mir Ihre Hand.«

»Was?«

»Sie bluten.«

Er nahm ihre rechte Hand und tupfte die abgeschürften Fingerknochel sanft mit dem feuchten Geschirrtuch ab. »Gut, dass ich wenigstens diese Wunde kurieren kann.«

»Das ist doch kaum ...«

»Still. Einen eindrucksvollen rechten Haken haben Sie. Wo haben Sie den gelernt?«

»Ray Dawson.«

»Wer ist Ray Dawson?«

»Er ist Feuerwehrmann und einer meiner Ausbilder. Er sagte, dass die Leute bei Naturkatastrophen oder sonstigen Tragödien schon mal durchdrehen. Plünderer und Verwandte der Opfer, die man nicht hat retten können. Man muss sich verteidigen können, sagte er immer.«

»Das leuchtet ein.« Er hob ihre Hand an die Lippen und küsste die abgeschürften Knöchel. »So heilt es besser. Vom medizinischen Standpunkt aus ist das natürlich total wertlos, aber es befriedigt meinen Trösterinstinkt.« Er erhob sich. »Ich muss Margaret anrufen und sie bitten, sofort jemanden mit einem Scheck zur ATF zu schicken. Kann ich sonst noch etwas für Sie tun?«

Sie schüttelte den Kopf.

»Bestimmt nicht? Keine Drachen zu töten? Keine Diamantenkronen zu erobern?«

»Sie haben genug getan. Danke.«

»Genug für Sie vielleicht. Aber was ist mit mir?«

»Was ist mit Ihnen?«

»Ich mag das. Ich meine, wie Sie jetzt aussehen. Ich fühle mich gleich zehn Zentimeter größer, wenn ich dazu beitragen kann, dass Sie so strahlen. Ich könnte süchtig werden nach diesem Gefühl.«

Sie schluckte. »Sie werden drüber wegkommen.«

»Ich weiß nicht. Wir werden sehen.« Er zog das Handy aus der Tasche. »Aber offensichtlich ist es Ihnen unangenehm, also werde ich nach draußen gehen, um meinen Anruf zu machen.«

Er war kaum aus der Tür, als sie den Atem ausstieß, den sie unbewusst angehalten hatte. Jesus, sie zitterte am ganzen Leib. Die letzte halbe Stunde war voller Emotionen gewesen: Zorn, Erleichterung, Verwirrung, Freude.

Und Begierde.

Es war unleugbar. Es war Begierde, die sie verspürt hatte, Begierde nach Logan. Stark und heiß und elementar.

Er hatte das Gleiche empfunden.

Aber er hatte sie nicht bedrängt. Er war zurückgetreten und hatte sich abgewandt.

Und sie war enttäuscht gewesen. Dumm. Mein Gott, war das dumm. Ein sexuelles Verhältnis mit einem Mann wie Logan war das Letzte, was sie brauchen konnte. Er war zu stark und dominant und er würde sich in ihr Leben einmischen.

Aber warum sollte er das tun? Sie könnten wie zwei Schiffe sein, die nachts aneinander vorbeifahren. Er würde ganz gewiss keine feste Bindung wollen. Sie bedeutete ihm nichts.

»Hör auf, an ihn zu denken«, befahl sie sich. »Hör auf.«

Sie stand auf und ging auf die hintere Veranda. Wie gewöhnlich lag Monty neben Maggie, er blickte auf und wedelte träge mit dem Schwanz.

»Du bist mir ein schöner Freund.« Sie kniete neben den beiden nieder. »Da strengen Logan und ich uns an, dich aus Maddens Gewalt zu befreien, und du liegst hier und machst Maggie schöne Augen.«

Schön. Liebe.

»Woher weißt du das? Vielleicht ist es Sex.«

Liebe.

»Vielleicht.« Sie streichelte ihm den Kopf. »Aber du wirst Maggie davon überzeugen müssen. Sie wird eine feste Beziehung wollen. Sie bindet sich fürs Leben.« Die Beziehungen zwischen Männern und Frauen waren nicht so unerschütterlich wie die zwischen Wölfen. Vor langer Zeit hatte sie die emotionale Unbeständigkeit ihrer Mutter gehasst und sich vorgenommen, ihr ganzes Leben mit einem Mann zu verbringen. Aber das war ein Kindertraum gewesen. In der harten Schule des Lebens hatte sie lernen müssen, dass die Beziehungen zwischen Männern und Frauen oft unverbindlich und unbeständig waren.

Liebe.

Nicht für sie.

Und nicht für Logan.

»Ich mache mich sofort an die Arbeit«, sagte Margaret. »Das ist eine gute Sache, John. Ich wusste gar nicht, dass der Hund ihr nicht gehört.«

»Ich auch nicht.«

»Soll ich die Recherchen zu Maddens Vergangenheit einstellen?«

»Nein, ich will alles wissen, was Sie über ihn in Erfahrung bringen können.«

»Sie klingen wütend.«

»Bin ich auch. Ich will dem Typ Manieren beibringen.«

»Warum?«

Weil er eifersüchtig war. Weil er den Drang, einen Menschen zu vernichten, nie stärker verspürt hatte als in dem Augenblick, da er erfuhr, dass Madden Sarahs Liebhaber gewesen war. »Warum nicht? Er ist ein Dreckschwein.«

»Von denen gibt es eine Menge. Gewöhnlich ignorieren Sie sie, wenn sie sich Ihnen nicht gerade in den Weg stellen.«

»Diesen werde ich nicht ignorieren. Ich will den Kerl am Boden sehen.«

»Okay, okay. In ein paar Tagen werde ich Ihnen mehr über ihn sagen können.«

Er beendete die Verbindung und wählte Galens Nummer.

»Wo zum Teufel steckt Rudzak?«, fragte er, als Galen sich meldete.

»Hallo Logan. Wo sind deine Manieren?«

»Hast du Sanchez gefunden?«

»Gestern Abend. Er wusste nicht, wo Rudzak sich aufhält, aber ich konnte ihn überreden, ein wenig rumzutelefonieren. Man sagt, Rudzak sei vor ein paar Tagen in die USA zurückgekehrt.«

»Wohin genau?«

»Mit unbekanntem Ziel. Aber vor seiner Abreise hat er einem russischen Händler eine Menge Sprengstoff und Zünder abgekauft.«

»Scheiße.«

»Der Prolog ist vorbei, wir können davon ausgehen, dass er jetzt sein Hauptziel ins Visier nimmt. Ich glaube, wir können erraten, was ihm da vorschwebt. Vielleicht Dodsworth?«

»Wahrscheinlich. Aber ich habe sieben Fabriken und zweiundzwanzig Forschungseinrichtungen in den Vereinigten Staaten. Die Sicherheitsmaßnahmen sind überall verstärkt worden und die ATF fährt regelmäßige Patrouillen.«

»Das reicht nicht.«

»Das weiß ich, verflucht noch mal.«

»Aber du kannst dich glücklich schätzen. Noch während wir hier plaudern, bin ich schon auf dem Weg, dir zu Hilfe zu eilen. In ein paar Stunden werde ich in San Francisco landen. Morgen nehme ich die Fabrik im Silicon Valley unter die Lupe, da das deine größte Anlage ist, dann Dodsworth. Danach werde ich meine Kontakte anzapfen und sehen, ob ich nicht einen Hinweis auf Rudzaks Aufenthaltsort kriege. Wenn das deine Billigung findet.«

»Und wenn nicht, würdest du es trotzdem machen.«

»Was soll ich sagen? Ich bin eben mit kaum zu bändigender Eigeninitiative begabt. Wie geht's der Hundedame?«

»Prima.«

»Höre ich da einen Misston? Das war doch eindeutig ein Knurren?«

»Ich knurre nicht.«

»Na, du könntest zu einer besseren Verständigung mit ihr gelangen, wenn du's tätest. Sie scheint eine besondere Affinität zu Tieren zu haben. Aber ich dachte, dass ihr in letzter Zeit ganz friedlich wart.«

Du bist *ein Tier.*

Logan umklammerte das Telefon, als er sich der Worte Maddens an Sarah erinnerte. »Finde Rudzak, und zwar schnell.«

»Ich werde ihn finden.« Galen beendete die Verbindung.

Logan steckte das Handy in die Tasche und betrachtete den Sonnenuntergang am Himmel hinter den Bergen. Er sollte zu Sarah gehen und die Wogen der Zwietracht glätten, die er nach Maddens Besuch verursacht hatte. Er hatte sich vollkommen danebenbenommen. Da Rudzak offenbar in der Nähe war, durfte er nicht riskieren, Sarahs Haus verlassen zu müssen.

Er konnte nicht in die Hütte zurückkehren. Noch nicht.

Verdammter Madden. Mit wenigen Sätzen hatte er Logan so aus der Fassung gebracht, dass er die Selbstbeherrschung verloren hatte.

Sie vögelt wie ein wildes Tier.

Er schloss die Augen. »Mein Gott.« Er fühlte, dass sein Körper abermals bereit war, selbst jetzt, wo er von Zorn und Eifersucht erfüllt war.

Sie ist die einzige Frau, die ich je gefickt habe, die nie nein gesagt hat.

Was für erotische Spiele war sie willens gewesen zu spielen?

Reiß dich zusammen. Diese fast schmerzhafte Begierde war ihm neu. Sex war für ihn immer ein erlesenes Vergnügen gewesen, keine Obsession.

Es war keine Obsession. Das würde er nicht zulassen. Er hatte mit instinktiver Lust auf Maddens Worte reagiert, aber das hätte jeder Mann getan.

Und sobald er seinen Körper wieder unter Kontrolle hatte, würde er in die Hütte zurückkehren und Sarah vergessen machen, dass er sich diesen Ausrutscher geleistet hatte.

10

»Irgendetwas geht hier vor sich«, sagte Bonnie. »Ich mag es nicht, Mama.«

Eve blickte von dem Schädel auf, an dem sie arbeitete. Bonnie hatte sich in eine Ecke der Couch gekuschelt. Das kleine Mädchen trug Jeans und ein T-Shirt wie stets, wenn sie Eve erschien, das rote Haar war wild gelockt und ihr Gesicht strahlend und voller Leben. Eves Herz machte vor Freude einen Sprung.

Schnell blickte sie wieder auf den Schädel. »Ach hallo, ich habe mich schon gewundert, dass ich dich so lange nicht gesehen habe.« Sie machte sich daran, das Gesicht zu modellieren. »Ich meine, so lange nicht von dir geträumt habe.«

Bonnie lachte. »Natürlich meinst du das. Du gibst nie auf, Mama. Aber eines Tages wirst du zugeben, dass ich das bin, was ich dir sage, dass ich es bin. Du bist schon auf dem Weg dahin.«

»In die Klapsmühle? Nein, danke.«

»Du weißt, dass du nicht verrückt bist. Wo sind Joe und Jane?«

»Sie sind in die Stadt ins Kino gefahren. Jane wollte den neuen Film mit Matt Damon sehen. Ich hatte zu arbeiten, deshalb bin ich nicht mitgefahren.« Sie schwieg. »Aber ich muss schläfrig geworden sein und mich zu einem Nickerchen auf diese Couch gelegt haben. Sonst wärst du nicht hier.«

Bonnie grinste. »Ist schon großartig, wie du an diesem Schädel weiterkommst, während du schläfst.«

»Sei still, vorlaute Göre. Ist mir egal, was du sagst. Du bist kein Geist, nur eine Einbildung von mir. Ich habe dich geschaffen, und sobald ich dich nicht mehr brauche, wirst du verschwinden. Ich bin schon fast soweit. Du bist mir seit Monaten nicht mehr erschienen.« Sie hielt den Blick auf den Schädel geheftet. »Ich dachte, dass du vielleicht fortgegangen wärst, nachdem Sarah deine Leiche aufgespürt hat und wir dich heimgeholt haben.«

»Und hätte dich das glücklich gemacht?«

»Ja, natürlich.« Sie schloss die Augen. »Nein, das war eine Lüge. Du hast mir gefehlt, Kleine.«

»Du hast mir auch gefehlt.«

Sie räusperte sich. »Warum bist du dann nicht gekommen?«

»Du warst ganz durcheinander meinetwegen. Weißt du, eigentlich bist du doch eine kluge Frau, aber manchmal kannst du nicht klar denken. Da habe ich gedacht, ich bleibe eine Weile weg, bis zwischen Jane und dir alles klar ist.«

»Wie diplomatisch von dir.«

»Ich will, dass es dir gut geht, Mama. Ich wäre länger weggeblieben, aber ich habe mir Sorgen gemacht.« Sie schwieg einen Augenblick. »Es wird etwas geschehen.«

»Das hast du schon mal gesagt.«

»Weil es wahr ist. Was Schlimmes.«

»Und das soll ich dir glauben?« Ihre Hand zitterte, als sie einen weiteren Streifen Modelliermasse anbrachte. »Joe? Jane?«

»Ich glaube nicht. Vielleicht. Du weißt doch, dass ich nicht in die Zukunft sehen kann. Ich habe nur so Gefühle und Ahnungen.«

»Du bist mir ein schöner Geist. Erst machst du mich nervös und dann erzählst du mir, dass du keine Einzelheiten weißt.«

»Sarah ...«

»Was?«

»Sarah ist von Dunkelheit umgeben. Tod. Soviel Tod.«

»Sie ist gerade erst aus Barat zurückgekommen. Da sind viele Menschen gestorben.«

Bonnie schüttelte den Kopf. »Es wird etwas geschehen.«

»Dann besuche sie in ihren Träumen.«

»Mama.«

»Was soll ich denn tun? Soll ich ihr erzählen, dass meine Tochter, die wir gerade begraben haben, sich Sorgen um sie macht?«

Bonnie knabberte an ihrer Unterlippe. »Es ist nicht nur sie. Etwas von der Finsternis, die sie umgibt, muss auch dich berühren, sonst könnte ich sie gar nicht spüren.« Sie legte den Kopf schief und lauschte. »Ich muss jetzt gehen, ich höre Joes Wagen.«

»Ich nicht.« Eve wischte sich an einem Handtuch die Hände ab und trat ans Fenster. Eben bog Joes Wagen in der Ferne um die Kurve. »Wie machst du das bloß?«

»Gewisse Vorteile genießt man als Geist eben doch. Ich liebe dich, Mama.«

»Und ich liebe dich, Kleines.« Sie wandte den Kopf. »Aber du kannst sehr ...« Die Couch war leer. Da war kein kleines Mädchen in Jeans mehr, kein strahlendes, schelmisches Gesicht. Keine Bonnie.

Sie schloss die Augen, von Enttäuschung überwältigt. Träume von Bonnie versetzten sie meist in eine friedliche Stimmung, doch dieser Traum hinterließ eine quälende Unruhe. Warum?

Es wird etwas geschehen.

Dunkelheit.

Sie hatte geglaubt, die Dunkelheit hinter sich gebracht

zu haben. Diese letzten Monate mit Joe waren voller Freude und Licht gewesen. Die einzige Wolke war Janes Verhalten gewesen und Eve hatte die Gewissheit gehabt, dass sich dies mit der Zeit zum Besseren wandeln würde. Wenn tatsächlich eine Bedrohung bestand, würde das Schicksal doch sicherlich nicht zulassen, dass es sie und ihre Lieben traf.

Doch das waren Kinderwünsche. Als Bonnie ermordet worden war, hatte sie gelernt, dass es auf der Welt keine Gerechtigkeit gab. Dass sie sich nur an die Menschen, die sie liebte, klammern konnte, und an die Hoffnung.

Joe parkte neben der Hütte, dann stiegen er und Jane aus dem Wagen. Sie lachten, und plötzlich fühlte Eve sich besser. Sie ging zur Haustür, den Heimkehrern entgegen. Sie würde sich von ihren Einbildungen nicht verunsichern lassen. Bonnie war kein Geist, nur ein Traum. Sie hatte nicht die Macht, Gefahren kommen zu sehen. Sarah war in vollkommener Sicherheit und die Dunkelheit bedrohte weder Eve noch einen der Menschen, die sie liebte.

Trotz der einbrechenden Dunkelheit sah Rudzak den erfreuten, liebevollen Ausdruck in Eve Duncans Gesicht, als sie über die Veranda auf Joe Quinn und das Kind zuging. Dieser Gesichtsausdruck verriet ihm alles, was er zu wissen brauchte. Demnach war Logans Liebesaffäre mit Eve Duncan Schnee von gestern. Duncan hatte einen neuen Mann und Logan war nicht der Typ, der sich damit begnügte, die zweite Geige zu spielen.

Pech.

Er ließ das Fernglas sinken und wandte sich an Duggan. »Lassen Sie den Motor an. Wir können umkehren.«

Er lehnte sich in seinem Sitz zurück, während Duggan das Motorboot über den See zurücklenkte.

Dem Dossier über Logan hatten er zwar entnommen, dass dessen Beziehung zu Eve beendet war, aber er hatte es doch für nötig gehalten, sich durch eigenen Augenschein davon zu überzeugen. Es wäre köstlich gewesen, eine von Logan geliebte Frau auszuradieren. Aber dennoch konnte er auf Eve Duncan zurückkommen, wenn sich nichts Besseres fand.

Seine Finger berührten den Kamm aus Elfenbein und Jade, den er heute früh beim Verlassen des Hotels in die Tasche gesteckt hatte. Er hatte gedacht, vielleicht...

Noch nicht, Chen Li.

Er würde froh sein, den Kamm loszuwerden. Er war eins der letzten Geschenke gewesen, die er ihr gemacht hatte, und die Erinnerungen, die sich für ihn damit verbanden, waren schmerzhaft.

»Du solltest mir ein so wunderbares Stück nicht schenken.« Während Chen Li sprach, strich sie mit dem Zeigefinger behutsam über die vergilbten Elfenbeinzähne des Kamms. »Es ist zu teuer. John sagt nie etwas, aber ich glaube, es ist ihm unangenehm, dass er mir solche Geschenke nicht machen kann.«

»Logan ist nicht so egoistisch. Er gefällt dir doch, der Kamm, oder nicht?«

»Er ist wunderschön.« Widerstrebend reichte sie ihm den Kamm zurück. »Aber Johns Gefühle sind mir wichtiger. Das verstehst du doch, Martin, nicht wahr?«

Rasende Wut durchfuhr ihn. Er wandte sich ab, so dass sie seinen Zorn nicht sehen konnte. »Natürlich verstehe ich das.« Er ging zu dem Schrank, in dem sie ihre Schätze aufbewahrte. »Aber er gehört dir. Wie wär's, wenn wir ihn einfach ganz hinten in den Schrank legen und Logan nichts davon sagen? Er wird ihm nicht mal auffallen.«

»Ich denke … ja, das könnten wir machen.«

»Bestimmt.« Er schloss den Schrank und lächelte ihr zu. »Schließlich will er doch auch, dass du die Dinge hast, die dich glücklich machen.«

»Nicht die Dinge machen mich glücklich, Martin. John macht mich glücklich.«

»Das ist gut. Mehr will ich gar nicht.«

Nur, dass Logan auf der Stelle tot umfällt.

In der folgenden Woche war sie zum Arzt gegangen und es war Leukämie festgestellt worden. Nach all den Jahren war er betrogen worden.

Logan hatte ihn betrogen.

»Werden wir wieder herkommen?«, fragte Duggan.

»Vielleicht. Aber nicht gleich.«

»Wohin gehen wir? Sacramento? Dodsworth?«

»Nur Geduld«, ermahnte ihn Rudzak. Aber Duggan hatte keine Geduld, er war in vieler Hinsicht wie ein Kind.

»Dodsworth?«, insistierte er.

»Letztlich ja. Aber vorher gibt es einiges zu erledigen. Ich habe lange auf Logan gewartet. Ich war immer der Meinung, dass die Vorfreude fast genussreicher ist als die Sache selbst.«

»Für Sie vielleicht«, sagte Duggan verdrossen. »Mir kommt es so vor, als wäre all die Mühe in Phoenix umsonst gewesen.«

Er war wirklich unglaublich schwer von Begriff, dachte Rudzak staunend. Und Dummheit war gefährlich. Rudzak hatte deshalb bereits beschlossen, dass Duggan die Explosion, die auszulösen er so erpicht war, nicht überleben sollte.

Aber einstweilen war Duggans Nützlichkeit noch nicht

erschöpft. Es galt also, ihn bei Laune zu halten, sich die Verachtung nicht anmerken zu lassen, die richtigen Knöpfe zu drücken und Duggans Eigenliebe zu schmeicheln. »Ich weiß, einem Mann der Tat wie Ihnen fällt das Abwarten schwer. Nicht zuletzt wegen dieses Tatendrangs bewundere ich Sie. Aber versuchen Sie es einmal auf meine Art. Der Erfolg wird Sie überraschen.«

Er beobachtete, wie sein Worte auf Duggan wirkten.

Nach einer Weile zuckte er die Achseln. »Wenn Sie meinen. Versuchen wir es auf Ihre Art.«

»Danke.« Rudzak lächelte. »Ich verspreche Ihnen, dieser Job wird eine ganz neue Erfahrung für Sie sein.«

Um halb zehn an diesem Abend rief Eve Sarah an.

»Ist alles in Ordnung?«, fragte Sarah. »Wie geht es Jane?«

»Nicht viel besser. Allerdings ist ihr kaum was anzumerken, wenn man sie nicht kennt. Sie ist nur sehr still.«

»Und wie geht es dir?«

»Prima. Ich wusste, dass du dir Sorgen machst, deshalb dachte ich, ich rufe mal an.«

»Das Angebot gilt noch. Ich habe zwar im Augenblick ein paar Probleme, aber die sollten bald erledigt sein, und dann würde ich mich freuen, Jane eine Zeit lang hier zu haben.«

»Wir sind eine Familie. Wir schaffen das schon.«

Sarah schüttelte den Kopf. »Du bist so dickköpfig. Es ist kein Verbrechen, Freunde um Hilfe zu bitten.«

»Wir kommen schon zurecht. Wie geht es Monty?«

»Er ist verliebt. In eine Wölfin.«

»Wie bitte?«

»Frag mich nicht.« Aber sie hatte eine Idee. »Maggie, das ist die Wölfin, hat ein gebrochenes Bein und bei ihrer

Pflege könnte ich Hilfe gebrauchen. Jane kann doch gut mit Tieren umgehen.«

Eve lachte. »Und jetzt soll ich dir Jane zu Hilfe schicken? Nur du allein kannst auf die Idee kommen, dass ein verwundetes Tier ein ausreichender Grund ist, ein Kind in eine Wolfsgrube zu schicken.«

»Hey, die Grube ist meine. Die Wölfin ist hier nur zu Gast.«

»Kommt nicht in Frage.«

»Jane würde sie lieben. Maggie ist nicht einfach, aber sie hat Charakter. Wenn ich's mir recht überlege, hat sie mit Jane einiges gemeinsam.«

»Ach, wirklich?«

»Ich sehe schon, du bist nicht überzeugt. Aber denk darüber nach und sag mir Bescheid.«

»Pflege deinen Wolf selbst.« Eve zögerte. »Wie steht es mit dir? Was sind das für Probleme, die du hast? Außer der Wölfin?«

»Ist eine Wölfin im Hause nicht schon Problem genug?«

»Du weichst mir aus.«

»Ein bisschen vielleicht.« Sie sah zu Logan hinüber, der an der gegenüberliegenden Seite des Raums im Sessel saß. »Aber ich kann dir versichern, dass alle meine sonstigen Probleme sich demnächst erledigen werden. Ich rufe dich nächste Woche an, um zu hören, ob du es dir anders überlegt hast. Jane würde Maggie wirklich mögen.«

»Genau das befürchte ich. Es hat mir gerade noch gefehlt, dass es ihr das Herz bricht, wenn sie den Wolf verlassen muss.« Dann schwieg sie einen Moment. »Aber du bist sicher, dass du alles unter Kontrolle hast? Ich bin in letzter Zeit etwas beunruhigt deinetwegen.«

»Warum, um Himmels willen?«

»Ich weiß es nicht. Es ist nur so ein Gefühl …«

»Du bist verrückt. Mir passiert nie was. Und wenn doch, komme ich immer wieder auf die Füße.«

»Natürlich. Und du würdest es mir ohnehin nicht erzählen. Aber wenn du nächste Woche nicht anrufst, rufe ich an. Gib Monty einen Klaps von mir.« Sie legte auf.

»Sie wollten meinen Job anderweitig vergeben«, sagte Logan, als Sarah sich vom Telefon abwandte. »Und ich dachte, ich schlage mich ganz gut.«

»Tun Sie auch.« Sie setzte sich auf die Couch ihm gegenüber. »Aber Eve täte es gut, wenn Jane eine Weile hier bei mir verbringen würde.«

»Und dann würden Sie mich rausschmeißen? Das wäre keine gute Idee. Nicht jetzt.«

»Wenn Sie Rudzak eliminieren, könnte ich endlich mein eigenes Leben fortsetzen.«

»Ich bemühe mich. Aber erst muss ich ihn finden.« Er blickte ihr in die Augen. »Und so schlimm war es doch nicht, mich hier zu haben, oder?«

»Nein.« Sie schwieg. »Aber jetzt reicht's.«

»Warum jetzt?«

Aber du bist sicher, dass du alles unter Kontrolle hast?

Seltsam, dass Eve diese Frage gestellt hatte. Zum ersten Mal seit Jahren fühlte Sarah, dass sie nicht mehr alles unter Kontrolle hatte. Während der letzten beiden Tage hatte sie sich ununterbrochen beschäftigt, bloß um Logan aus dem Wege zu gehen.

»Warum jetzt?«, wiederholte Logan.

Sie stand auf. »Ich werd mal nach Maggie sehen und dann lege ich mich aufs Ohr.«

»Wollen Sie mir nicht sagen, warum Eve angerufen hat?«

»Sie war beunruhigt meinetwegen, hat sie gesagt.«

»Und Sie haben gesagt, dass Ihnen nie was passiert.«

»Wenn Sie schon lauschen müssen, hören Sie wenigstens richtig hin. Gesagt habe ich, dass ich immer wieder auf die Füße komme.«

»O Verzeihung. Warum war Eve beunruhigt?«

»Ohne Grund. Sie weiß nichts von Rudzak oder dass Sie hier sind. Wahrscheinlich liegt es an der Situation mit Jane, dass sie so nervös ist.«

»Vielleicht.« Er dachte nach. »Aber es sieht ihr nicht ähnlich. Sie hat zu viel durchgemacht, um sich grundlos Sorgen über alles und nichts zu machen.«

»Sie müssen es ja wissen.« Sie ging zur Tür der hinteren Veranda. »Schließlich haben Sie ein Jahr mit ihr zusammengelebt. Aber machen Sie sich um Eve keine Sorgen. Das ist jetzt Joes Sache.«

»Herrgott, ich mache mir keine Sorgen um Eve.«

Sein schroffer Ton überraschte sie und sie sah ihn an.

Er erwiderte ihren Blick mit einer Intensität, die ihr den Atem verschlug. »Ich mache mir Sorgen um Sie. Ist das so schwer zu glauben?«

Sie atmete tief ein, um gegen die plötzliche Enge in ihrer Brust anzukämpfen. »Ja. Ich weiß nicht ... Ich meine ... Natürlich sind Sie um Eve besorgt ...«

»Natürlich.«

»Sie ist Ihnen wichtig.«

»Selbstverständlich. Aber das heißt doch nicht, dass ich nicht für ... he, wohin gehen Sie?«

»Wie ich schon sagte, ins Bett.«

»Sehen Sie mich an.«

Sie wollte ihn nicht ansehen. Sie spürte die gleiche willenlose Erregung wie an dem Tag, an dem Madden hergekommen war. »Ich will nicht mehr reden. Gute Nacht!«

»Dann reden Sie nicht, hören Sie zu.« Er war aus dem Sessel aufgestanden und stand nun vor ihr.

»Sie wissen, was wir beide wollen. Wenn Sie sich weigern, es anzunehmen, werde ich Sie nicht dazu zwingen. Aber stellen Sie Eve nicht zwischen uns. Sie hat damit nichts zu tun.«

Er berührte sie nicht, doch er war ihr so nahe, dass sie die Hitze seines Körpers spürte. Sie fühlte sich schwindelig und kribbelig ... Sie wollte ihm noch näher sein. Er war so groß. Wie würde es sich anfühlen, den eigenen Körper an seinen zu schmiegen? Im nächsten Augenblick wusste sie es.

Er atmete scharf ein und erstarrte. »Was tun Sie?«

Sie wusste es nicht genau. Ihre Bewegung war vollkommen instinktiv gewesen. »Ich weiß nicht. Ich wollte ... Ich glaube, ich habe einen Fehler gemacht.«

»Bitte entscheiden Sie sich schnell. Ich zähle bis fünf.«

Wie sollte sie sich entscheiden, wenn sie so schwindelig war, dass sie kaum zwei Gedanken aneinander reihen konnte?

»Wir sollten es nicht tun. Wir passen nicht zusammen.«

»Und ob.« Seine Hände wanderten zu ihren Hüften, ließen sie sanft kreisen und pressten sie an sich. »Besser kann man nicht zusammenpassen.«

Sie biss sich auf die Unterlippe, während eine Woge reiner Lust in ihr aufbrandete. »Du würdest versuchen, mich zu kontrollieren. Du bist einer, der alle manipuliert. Du willst immer deinen Kopf durchsetzen.«

Er küsste sie. »Na und? Tun wir das nicht alle? Aber ich bin bereit zu verhandeln. Und ich bin nicht so dumm, deinem geliebten Beruf in die Quere zu kommen.«

»Und was war in Taiwan? Es gibt Jobs, die ich allein erledigen muss, und du würdest ...«

Er küsste sie abermals. »Ich gebe dir mein Versprechen.«

»Du hast gesagt, du würdest bis fünf zählen.«

»Habe ich doch. Innere Uhr.« Er trat zurück, nahm ihre Hand und zog sie in Richtung des Schlafzimmers. »Und sie tickt noch. Mein Gott und wie sie tickt. Willst du sie hören?« Er legte ihre Hand auf sein Herz. »Wenn du nein sagen willst, tu es bitte jetzt.«

Sie fühlte das schnelle Pochen seines Herzens unter ihrer Hand. Mit jedem Schlag gingen Schockwellen durch ihren ganzen Körper. Das ganze Zimmer. Die ganze Welt.

»Es wird gut sein. Kannst du es nicht fühlen? Spürst du …«

»Hör auf zu reden«, sagte sie mit bebender Stimme. »Ich werde nicht nein sagen. Wie könnte ich das?« Sie folgte ihm zum Bett und bedeckte seinen Mund mit ihrem.

»Ich muss unbedingt nach Maggie sehen.« Sarah gähnte und kuschelte sich näher an Logans nackten Körper. »Ich hätte das schon vor Stunden tun sollen.«

»Du warst beschäftigt.« Er hauchte ihr einen Kuss auf die Stirn. »Und du wirst gleich wieder beschäftigt sein … in ungefähr zwei Minuten.«

Sie lachte. »Ist das wieder deine innere Uhr?«

»Und ob. Die ist gerade frisch aufgezogen.«

Widerstrebend schob sie ihn weg und setzte sich auf. »Maggie.«

»Ich geh schon.« Er schwang sich aus dem Bett. »Bleib du hier. Ich glaube, du hast nicht genug Übung, um Pflicht und Vergnügen ins Gleichgewicht zu bringen. Und ich will nicht, dass die Gewichte in die falsche Richtung ausschlagen.«

Eine Hitzewelle durchlief sie, als sie ihn nackt durch den Raum gehen sah. Als sie ihn zum ersten Mal gesehen hatte, hatte sie ihn schön wie einen Puma gefunden. Er war muskulös, groß, stark, durchtrainiert und in diesem Schlafzimmer genauso in seinem Element, wie er es im Dschungel gewesen war.

Er hatte sie mit seiner unverblümten Erotik und seiner dynamischen Energie fasziniert und zugleich überrascht. Sie hatte erwartet, dass Sex mit ihm intensiv und überwältigend sein würde, und so war es auch gewesen. Aber zugleich hatte es Spaß gemacht. Wenn sie überwältigt gewesen war, dann von ihrer eigenen Sexualität. Logan hatte nicht versucht, sie zu dominieren. Er hatte geführt, angeboten, verlockt.

Aber war nicht gerade das der Gipfel der Macht und der Manipulation? Verführen war tausendmal schlauer, als Gewalt anzuwenden, und Logan war der verführerischste Mann, dem sie je begegnet war.

Ach, zum Teufel, sie wollte nicht analysieren, was geschehen war. Es ging um Sex, nicht um Gehirnchirurgie. Sie hatte ihren Körper und seinen genossen. Das war alles. Es hatte niemandem geschadet.

»Maggie geht es gut.« Logan kam zu ihr zurück. »Ich habe ihr den Verband gewechselt.«

»Das ging aber schnell. Ich brauche länger.«

»Ich war ja auch hochgradig motiviert.« Er setzte sich auf die Bettkante. »Rück rüber.«

Sie gehorchte. »Geht es Monty gut?«

»Er himmelt Maggie an. Ein derart liebeskrankes Tier habe ich noch nie gesehen. Sie hat ihn ganz schön um den Finger gewickelt.«

»Sie muss vorsichtig sein. Für sie wäre es für immer. Nicht, dass ich sie verteidigen will. Der arme Monty ist ... was ist mit deiner Hand?«

»Nichts Schlimmes.« Er blickte auf seine linke Hand

hinunter. »Maggie hat mich ein bisschen gezwickt. Nicht sehr, hat kaum die Haut aufgerissen.« Er legte ihr die Hand auf die Brust. »War nicht ihre Schuld. Ich war wohl zu hastig.«

Sie fühlte wieder die Hitze in sich aufwallen. »Du musst die Wunde reinigen und desinfizieren.«

»Später.« Er legte sich auf sie. »Die Uhr tickt.«

»Jetzt.« Sie stieß ihn weg. »Aber bleib liegen, ich hole meinen Medizinkoffer. Ich möchte nicht, dass du mir die Bettwäsche versaust.«

»Wie liebevoll du sein kannst.«

Sie stand auf und durchquerte das Zimmer. »Perverse Sexspiele sind nichts für mich. Naja, kommt darauf an. Auf Blut stehe ich jedenfalls nicht.«

»Und du denkst, du kannst solche Sachen sagen und dann von mir erwarten, dass ich geduldig ...«

»Sei still.« Einen Augenblick später kam sie mit der Sanitätstasche zurück. »Das haben wir gleich.«

Er betrachtete ihren gebeugten Kopf, während sie die Wunde mit Alkohol abtupfte. »Das ist doch gar nicht nötig. Ich glaube, du versuchst, mich zu quälen.«

»Gute Idee. Andererseits ist es nur fair, den Spieß umzukehren. Du hast mich verarztet, als ich Madden geschlagen hatte.«

»Du warst aber nicht in meiner gegenwärtigen Verfassung.«

»O doch, war ich. Nicht sofort, aber du warst zornig und ich spürte ...« Sie hob den Blick. »Was Madden gesagt hat, hat dich erregt. Du hast mich angesehen und ich konnte spüren, dass du an die Sachen dachtest, die du gern mit mir machen würdest. Und dann habe ich auch angefangen, an diese Sachen zu denken, und das hat mich erregt.«

»Madden hat mit alledem nichts zu tun.«

»O doch.« Sie blickte wieder hinab und begann, Jod auf die Wunde zu streichen. »Madden hat mich ein Tier genannt. War ich tierisch genug für dich, Logan?«

Er sagte mit rauer Stimme: »Du warst einfach wunderbar.« Er hob ihr Kinn, so dass er ihr in die Augen blicken konnte. »Ich hätte Madden am liebsten umgebracht, als er das sagte, aber was spricht dagegen, ein Tier zu sein? Zumal ein so sauberes und kühnes und schönes wie du? Und vielleicht war Madden der Auslöser, aber es wäre früher oder später ohnehin passiert. Erinnerst du dich?«, spottete er. »Was soll man anderes von einem Mann erwarten, der alle zehn Minuten an Sex denkt.«

»Acht Minuten«, sagte sie. »Und nach der heutigen Nacht habe ich das Gefühl, dass der Mensch, der den Artikel geschrieben hat, auch damit noch danebenlag.«

»Diese Nacht zählt nicht.« Er zog sie ins Bett. »Woran soll ich wohl denken, wenn wir uns lieben?«

Sie wich seinem Blick aus. »Mach das Licht aus.«

»Ich sehe dich aber gerne an.«

Sie sah ihn auch gern an. »Mach es aus.«

Er tat es und zog sie in seine Arme. »Wenn du es nicht magst, warum hast du es mir nicht eher gesagt?«

Sie mochte es. Aber es war einfacher, gewisse Sachen im Dunklen zu sagen. »Du hast gesagt, wir hätten uns gerade geliebt. Aber das war nur eine Redewendung, denn hier geht es nicht um Liebe, sondern um Sex. Das wissen wir beide. Du brauchst also nicht vorzugeben, dass da noch etwas anderes im Spiel war.«

»Ach nein?«

»Es ist besser, wenn wir uns von vornherein darüber im Klaren sind. Ich weiß, dass du mich nicht lieben kannst, wie auch ich dich niemals lieben könnte. Wir beide sind wie Feuer und Wasser.«

Sie fühlte, wie seine Muskeln sich anspannten.

»Ich ... verstehe.«

»Ich bin nicht wie Eve.«

»Nein, bist du nicht.«

»Und ich bin sicher, dass ich auch nicht wie Chen Li bin.«

»Nicht im Geringsten.«

»Also ist Sex genug.« Sie begrub ihr Gesicht an seiner Schulter. »Ich mag das ... Ich mag dich. Ich dachte ... es wäre schön, wenn es eine Weile dauert. Aber das geht nicht, wenn wir nicht ehrlich zueinander sind.«

»Na, man kann dir wohl nicht vorwerfen, dass du nicht ehrlich bist.« Er schwieg einen Augenblick. »Hast du Madden jemals gesagt, dass du ihn liebst?«

»Warum willst du ...«

»Hast du?«

»Ja.«

»Noch jemandem?«

»Nein.«

»Also hat das Aas wirklich einen überwältigenden Eindruck auf dich gemacht, was?« Er drückte ihren Kopf an seine Schulter. »Aber vergiss es. Wir haben heute Nacht so viel über Madden geredet, dass es mir bis ans Ende meiner Tage reichen wird. Ich wollte nur Bescheid wissen.«

»Du glaubst doch nicht, dass ich ihm nachweine?«

»Um Gottes Willen, nein. Du hast keine Narben davongetragen, nicht das kleinste Päckchen zu tragen. Der Gepäckträger in dieser Beziehung bin ganz allein ich, stimmt's?« Er wartete nicht auf eine Antwort, sondern bedeckte ihren Mund mit seinem und schob sich auf sie. »Jetzt sei still und lass uns Sex haben. Ich verspreche dir, es geht nicht um Liebe. Du sollst mich nicht für einen Lügner halten.«

Er war zornig. Diesmal war es schroffer, tiefer, härter, und doch spürte sie, dass sie noch leidenschaftlicher reagierte als beim ersten Mal. Es dauerte lang, bis er schließlich auf sie niedersank.

Er rang nach Atem. »Gott sei Dank ist das nur Sex. Es könnte mich ohne weiteres umbringen, wenn es was Ernstes wäre.«

11

Es war schon fast zehn, als Sarah die Augen öffnete. Monty.

Sie musste Monty und Maggie füttern.

Gewöhnlich bekam Monty sein Frühstück um sieben und sie wunderte sich, dass er noch nicht an der Tür gekratzt hatte.

Logans Arm lag über ihrer Brust, er schlief noch. Auf eine Minute mehr oder weniger kam es jetzt auch nicht an. Also blieb sie liegen und betrachtete ihn. Es machte ihr Freude, ihn schlafen zu sehen. Er sah jünger, verletzlicher aus. Es gab ihr ein warmes, behagliches Gefühl, dass er ihr soweit vertraute, sich so von ihr betrachten zu lassen.

Monty.

Vorsichtig stieg sie aus dem Bett, um Logan nicht zu wecken. Sie würde Monty und Maggie füttern, sich duschen, und Frühstück machen. Sie nahm ihren Morgenmantel, suchte ihre Kleider zusammen und schloss leise die Tür hinter sich.

Monty begrüßte sie mit vorwurfsvollem Blick und leisem Grollen, als sie auf die Veranda trat.

»Hör bloß auf.« Sie setzte ihm den Futternapf hin. »Auch ich habe ein Recht auf ein Leben, weißt du. Du bist nicht der Einzige, der ein wenig Kameradschaft braucht.« Aber Kameradschaft war es nicht gewesen, sonst würde sie jetzt nicht diese köstliche Lethargie und Sensitivität ihres Körpers spüren. Sie setzte Maggies Napf vor sie hin. »Und du warst nicht sehr nett zu Logan gestern Abend.

Ich dachte, du hättest es dir inzwischen abgewöhnt, die Hand zu beißen, die dich füttert.«

Maggie warf ihr aus silbernen Augen einen rätselhaften Blick zu und begann zu essen.

Es war ihre Schuld gewesen. Sarah war für Maggie verantwortlich und sie hatte Logan zu ihr geschickt. Es war bequem gewesen, Logan die Arbeit machen zu lassen.

Viel zu bequem. Während sie sich langsam erhob, runzelte sie die Brauen. War es möglich, dass sie unbewusst bemüht war, ihm zu gefallen?

Doch es war nicht verwerflich, einem Mann gefallen zu wollen, der sich so offensichtlich bemühte, ihr zu gefallen. Sie brauchte ihm ihre Gefühle nicht zu zeigen, um die Lust zu genießen.

Ihre Gefühle zeigen? Woher kam dieser Gedanke?

»Nein«, flüsterte sie.

Sie schüttelte den Kopf. »Du nicht, mein Junge.« Sie verließ die Veranda. Diese Anwandlung panischer Furcht entbehrte jeder vernünftigen Grundlage. Es gab da keine Gefühle zu zeigen außer einer gewissen Zuneigung und Hochachtung. Sie konnte unbesorgt weiter mit Logan ins Bett gehen, solange sie einen kühlen Kopf bewahrte und ihr Leben so unabhängig weiterführte, wie sie es von jeher getan hatte. Das war das einzig Vernünftige …

Das Telefon klingelte.

Geheul.

Logan öffnete die Augen.

Das musste Maggie sein.

Sarah lag nicht mehr neben ihm

Er schlug das Laken beiseite. »Sarah, was ist mit Maggie los?«

Keine Antwort.

Ihm wurde eiskalt. »Mein Gott.« Er rannte aus dem Schlafzimmer.

»Sarah!«

Sie war nicht im Wohnzimmer.

Die Veranda.

Auf der Veranda war nur Maggie. Weder Monty noch Sarah. Maggie warf ihm einen bösen Blick zu und hob den Kopf, um ein weiteres, herzzerreißendes Geheul anzustimmen.

Wo zum Teufel war Sarah?

Nur keine Aufregung. Er bezweifelte, dass sie nur mit Monty laufen gegangen war. Er würde sich anziehen, nachsehen, ob der Jeep noch da stand, und sie suchen lassen, wenn das nicht der Fall war.

Auf dem Weg ins Schlafzimmer sah er die Nachricht auf dem Küchentresen.

Logan,

Helen Peabody hat angerufen. Sie brauchen Monty und mich für eine Wassersuche. Es ist nicht weit von hier, ich werde also heute Abend oder morgen zurück sein. Versorge Maggie.

Sarah.

Scheiße.

Er wählte Franklins Nummer. »Sarah hat das Haus verlassen.«

»Ich weiß. Vor ungefähr dreißig Minuten.«

»Haben Sie jemanden hinter ihr hergeschickt?«

»Machen Sie Witze? Galen hat mir gesagt, er zieht mir die Haut ab, wenn bei dieser Sache irgendwas schief geht. Smith beschattet sie. Sie ist auf dem Highway 60 in östlicher Richtung unterwegs. Außer unserem Mann folgt ihr niemand.«

Logan verspürte eine immense Erleichterung. »Gut. Sagen Sie Smith, er soll sich nicht abhängen lassen.«

Vielleicht war alles in Ordnung. Der Anruf war von Helen Peabody gekommen, einer Person, die sie kannte und der sie vertraute.

Es konnte aber auch eine Falle sein.

Er wählte Margarets Nummer. »Ich brauche eine Verbindung zu Helen Peabody vom Rettungsteam in Tuscon. Ich brauche Informationen. Sorgen Sie dafür, dass sie kooperiert, es ist enorm wichtig.« Er ging ins Schlafzimmer und zog sich hastig an.

»Helen Peabody«, meldete Margaret und verband ihn.

»Ich bitte Sie, die Störung zu entschuldigen, Ms Peabody, aber ich brauche Ihre Hilfe.«

»Aber gern. Wie geht es Ihnen, Mr Logan? Ich möchte Ihnen noch einmal herzlich danken für die Unterstützung unseres Einsatzes in Taiwan. Und jetzt höre ich von Ms White, dass Sarah Sie dafür gewonnen hat, unsere Organisation mit einer Spende zu unterstützen. Sie wissen sicherlich, wie sehr wir auf Spenden angewiesen sind.«

»Sarah war sehr überzeugend. Aber sie musste weg, ehe wir die Spende an Sie adressieren konnten. Ich glaube, Sie hat mit Ihnen gesprochen, ehe sie aus dem Haus rannte.«

»Es tut mir wirklich Leid, aber Monty ist der einzige Hund in unserer Truppe, der Wassersuche macht. Ich hätte Sarah so kurz nach der Rückkehr aus Taiwan lieber nicht behelligt, aber als Sergeant Chavez anrief, konnte ich nicht nein sagen. Es wird höchstens ein, zwei Tage dauern. Was aber die Spende angeht, kann ich die Modalitäten mit Ihnen besprechen, Spenden fallen in mein Ressort. Sarah gehört zum Einsatzteam.«

»Ach, wissen Sie, Sarah hat mich für Ihre Sache geworben, da möchte ich es auch mit ihr abschließen. Aber ich müsste sie jetzt auch wegen einer anderen Sache dringend sprechen. Kann ich sie vielleicht über Sergeant Chavez erreichen? Kennen Sie ihn persönlich?«

»Einige aus dem Team haben gelegentlich mit Richard zusammengearbeitet. Er gehört dem Manicopa Sheriff's Department an. Netter Kerl. War furchtbar in Sorge um diese Kids.«

»Was für Kids?«

»Haben Sie es nicht im Fernsehen gesehen? Drei Teenager haben im Tonto Basin Wald in der Nähe des Apache Lake ein Picknick gemacht und sind seitdem verschwunden. Sie werden schon seit zwei Tagen vergeblich gesucht. Gott sei Dank ist es Sommer, da sind die Überlebenschancen sehr viel höher.«

»Nein, davon wusste ich nichts.« Sarah hatte kein Fernsehgerät. »Ist Sarah direkt zum Apache Lake unterwegs?«

»Ja, Chavez erwartet sie an der Raststätte.«

»Können Sie mir seine Telefonnummer geben?«

»Klar. Aber er ist schwer zu erreichen. Bei solchen Notfällen ist er gewöhnlich mit den Suchteams im Gelände oder auf dem Wasser unterwegs.«

»Ich kann es ja versuchen.« Er notierte sich die Nummer. »Danke. Wegen der Spende hören Sie dann von Sarah.«

Er legte auf und rief Margaret an. »Setzen Sie sich mit dem Manicopa Sheriff's Department in Verbindung und erkundigen Sie sich nach Sergeant Richard Chavez. Überzeugen Sie sich davon, dass der Mann vertrauenswürdig ist. Außerdem brauche ich Informationen über die Suche nach diesen verschwundenen Teenagern am Apache Lake.«

»Alles klar.«

Er beendete die Verbindung.

Maggie heulte noch immer.

Vielleicht hatte sie Schmerzen. Er ging auf die Veranda und prüfte ihren Verband. Er war neu, Sarah musste ihn gewechselt haben, ehe sie ging. Maggie schnappte nach ihm und er entging ihrem kräftigen Gebiss nur um Haaresbreite. »Ich kann doch nichts dafür, verdammt noch mal, ich habe sie nicht weggeschickt.«

Sie funkelte ihn an, hob den Kopf und heulte.

Er stand auf, als das Telefon klingelte.

»Chavez ist vertrauenswürdig. Seit fünfzehn Jahren im Dienst, die ganze Brust voller Auszeichnungen. Er ist bei der Suche nach den Teenagern am Apache Lake. Sonst noch was?«

»Augenblicklich nicht.« Er ließ sich in den Sessel nieder. Anscheinend war alles in Ordnung. Die Suche nach den Teenagern fand tatsächlich statt, Chavez war vertrauenswürdig und niemand, außer Smith, folgte Sarah.

Nein, es war nicht alles in Ordnung. Allein die Tatsache, dass Sarah ihn nicht geweckt hatte, um ihm zu sagen, dass sie wegmüsse, war bedeutsam. Auf diese Weise hatte sie ihre Unabhängigkeit demonstriert und ihm eine lange Nase gemacht. Er hatte mit so etwas gerechnet und er konnte es nicht ignorieren. Was sollte er tun? Allem Anschein nach war sie in Sicherheit, sie machte nur ihre Arbeit. Wenn er ihr folgte, könnte sie ihm zu Recht vorwerfen, er beschneide ihre Freiheit.

Maggie heulte.

Und sie hatte ihm die Verantwortung für Maggie anvertraut. Er konnte die Wölfin nicht allein lassen oder jemand anderem anvertrauen, dem Sarah nicht vertraute. Damit würde er alle Fortschritte, die er in der vergangenen Nacht gemacht hatte, zunichte machen.

Maggie heulte wieder.

Ihm war ebenfalls zum Heulen zumute, vor Zorn und Angst und weil ihm die Hände gebunden waren. Unter dieser glatten und sauberen Oberfläche konnte sich alles Mögliche verbergen. Er kannte diesen Smith nicht. War er gut genug? Und es gab zu vieles, was Logan nicht wusste über diesen Job, den Sarah übernommen hatte.

Was zum Beispiel war eine Wassersuche?

Irgendjemand folgte ihr.

Sarah blickte noch einmal in den Rückspiegel. Schwarzer Toyota. Der gleiche Wagen war ihr schon aufgefallen, kurz nachdem sie die Ranch verlassen hatte. Inzwischen war er näher gekommen. Ihre Hände umklammerten das Lenkrad.

Sie fuhr durch die letzte kleine Stadt vor der Abzweigung der gewundenen Straße, die zum See hinunterführte. Es war Zeit, diesen Toyota unter die Lupe zu nehmen, bevor sie in einsamere Gegenden kam. Sie fuhr auf eine belebte Tankstelle und stieg aus dem Wagen.

»Du bleibst drin, Monty.«

Sie ging die sechs Schritte zur Straße zurück und stellte sich mitten auf die Fahrbahn. Mit kreischenden Bremsen kam der Toyota kurz vor ihr zum Stehen.

»Jesus.« Ein Mann steckte den sandblonden Kopf aus dem Fenster. »Ich hätte Sie fast überfahren.«

Sie blickte über die Schulter zur Tankstelle zurück. Sie zogen hinreichend Aufmerksamkeit auf sich, mehrere Kunden hatten sich umgedreht und beobachteten neugierig die Szene auf der Straße.

»Wer hätte mich fast überfahren?« Sie trat an die Seite des Wagens. »Wer sind Sie? Und warum folgen Sie mir?«

»Ich bin Ihnen, ich meine, ich habe nicht …« Er verstummte und grinste. »Okay, ich bin aufgeflogen. Henry Smith. Franklin hat mich hinter Ihnen hergeschickt, als Sie das Blockhaus verließen.«

»Und wer hat Franklin geschickt?«

»Galen. Wer sonst?« Er blickte über die Schulter nach hinten.

»Kann ich vielleicht auf die Tankstelle fahren?«

»Die anderen Autos können an Ihnen vorbeifahren. Wir können es sicherlich kurz machen. Rufen Sie Galen an. Ich will mit ihm sprechen.«

Er wählte die Nummer und reichte ihr das Telefon, als Galen sich meldete. »Galen, kennen Sie einen Henry Smith?«

»Sarah?«

»Henry Smith – kennen Sie den? Wie sieht er aus?«

Er antwortete in knappen Worten: »Ja. Etwas über dreißig, hellbraunes Haar, braune Augen und eine kleine Narbe in der Halsgrube. Wenn Sie Zweifel haben, fragen Sie ihn, woher er die Narbe hat. Es war in San Salvador.«

Tatsächlich hatte der Mann eine kleine, runde weiße Narbe in der Halsgrube. »Woher haben Sie diese Narbe?«

»San Salvador, 1994.«

»Er ist es. Danke, Galen.«

»Sarah, was machen Sie? Logan hat mich angerufen und ...«

»Ich mache meinen Job.« Sie gab Smith das Telefon zurück. »Entschuldigen Sie. Ich habe damit gerechnet, dass mir einer von euch folgte. Ich nehme diese Bedrohung zwar nicht so ernst wie Logan, aber es wäre dumm gewesen, mich nicht zu vergewissern.«

»Kein Problem. Ich bin froh, dass Sie auf der Hut sind. Aber Sie hätten uns wissen lassen können, dass Sie zum Lake Apache unterwegs sind.«

»Woher wissen Sie, dass das mein Ziel ist?«

»Von Logan. Er hat Franklin angerufen und ihm gesagt, wohin Sie fahren.«

Sie war erleichtert, dass Logan nicht höchstpersönlich gekommen war. Anscheinend bemühte er sich, ihre Wünsche zu respektieren. »Ich werde mich bei der Raststätte am See mit Sergeant Chavez treffen. Wenn Sie weiter ein Auge auf mich haben wollen, kommen Sie mir nicht in die Quere und lassen mich meinen Job machen.«

Er hob die linke Hand zu einem militärischen Gruß an die Stirn. »Sie werden nicht einmal merken, dass ich da bin.«

»So schlimm ist es nun auch nicht.« Sie wandte sich ab und ging zu ihrem Wagen zurück. »Wenn Sie mir nur nicht vor den Füßen stehen.«

»Ms Patrick? Ich bin Richard Chavez.«

Der Mann in der braunen Uniform des Manicopa Sheriff's Department stieg aus dem Geländewagen der Tahoe Patrol und kam ihr entgegen. »Schön, dass Sie kommen konnten.« Er reichte ihr seine Dienstmarke und seinen Ausweis und blickte zu Monty hinab. »Hey Junge, von dir habe ich schon viel gehört. Helen sagt, du bist ein Wunderhund. Kann ich ihn streicheln?«

»Sicher.« Sie prüfte den Ausweis, verglich die Nummer des Streifenwagens und reichte ihm dann Ausweis und Dienstmarke zurück. »Gönnen wir ihm als Erstes ein bisschen Auslauf. Die Fahrt war lang. Lauf, Monty.«

Er sprang aus dem Jeep und rannte über den Parkplatz.

»Er ist wirklich schön.« Sein bewundernder Blick folgte dem Hund. »Ich habe eine Promenadenmischung aus dem Tierheim. Sie hat einen starken Charakter, aber eine

Schönheit ist sie leider nicht. Nicht, dass ich einen anderen Hund wollen würde.«

»Gerade Promenadenmischungen sollen doch die intelligentesten sein. Und ich wünschte, mehr Leute würden Hunde aus dem Tierheim adoptieren.« Sie musterte den Wald jenseits des Parkplatzes. »Wann sind die Kids das letzte Mal gesehen worden?«

»Vor drei Tagen. Sie haben hier oben gezeltet. Josh Nolden hat seinen Vater per Handy angerufen und gesagt, sie würden vor Mitternacht zurück sein. Sie sind nie aufgetaucht. Zehn Meilen von hier haben wir ihren Lagerplatz gefunden, aber keine Spur von den Kids.« Er rieb sich den Nacken. »Gestern gegen Abend haben wir jenseits dieser Kiefern da am Seeufer Reifenspuren gefunden.«

»Glauben Sie, der Wagen könnte in den See gefahren sein?«

»Wir wissen es nicht. Wir hoffen zu Gott, dass nicht. Aber das Ufer dort ist steil und der See ist tief. Wenn sie die Böschung heruntergerutscht sind, sind sie geradewegs in die Tiefe gestürzt.«

»Könnte man das nicht an den Reifenspuren erkennen?«

Er schüttelte den Kopf. »Nee, alles Schiefer.«

»Haben Sie schon Taucher eingesetzt?«

»Noch nicht. Das machen wir erst, wenn wir weitere Anhaltspunkte haben.« Er zog eine Grimasse. »So eine Wassersuche kann Tage dauern, Wochen.«

»Ich weiß.« Ein Albtraum für Freunde und Verwandte der Vermissten. »Wo sind die Reifenspuren?«

»Ich bringe Sie hin. Das Seeufer ist durch den Wald ungefähr eine Meile weit entfernt. Nicht weit von der letzten Stelle, wo wir die Spuren gefunden haben, habe ich ein Motorboot liegen.«

Sie band sich den Werkzeuggürtel um. »Monty.«

Monty kam zu ihr und sie legte ihn an die Leine. »Gehen wir an die Arbeit, Junge.«

»Brauchen Sie die Leine? Er scheint doch aufs Wort zu gehorchen.«

»Das tut er.« Sie folgte Chavez den Pfad hinunter in den Wald hinein. »Aber das heißt nicht, dass er nicht aus dem Boot springen und versuchen würde, sie zu retten, wenn er sie findet.«

»Selbst wenn sie tot sind?«

»Monty gibt nicht auf. Er ist Optimist. Er will es nicht wahrhaben.«

Chavez seufzte. »Ich auch nicht. Diese Kinder sind erst sechzehn und siebzehn Jahre alt. Der Nolden-Junge hatte ein Stipendium fürs MIT. Jenny Denkins und meine Tochter gehen auf die gleiche High School. Sie kennen sich.«

»Erzählen Sie mir nichts von ihnen.«

»Warum nicht?«

Weil es ihr das Herz zerriss. »Es ist schon schwer genug, einen Fremden zu suchen, aber wenn man ein Bild vor Augen hat, ist es noch schlimmer.«

Er sah sie verständnisvoll an. »Vielleicht sind Sie und Ihr Hund sich ziemlich ähnlich. Ich denke, auch Sie könnten versucht sein, ins Wasser zu springen, wenn wir die Leichen finden.«

»Nicht mehr. Bei meinen ersten Wassersuchen wollte ich es tun. Der Tod unter Wasser muss schrecklich sein. Man hat das Bedürfnis, die Opfer aus der Dunkelheit wieder ans Licht zu ziehen.«

»Aber inzwischen sind Sie abgehärtet?«

»Das nicht, aber ich muss schon Montys wegen Selbstbeherrschung üben. Mein Job ist es, sie zu finden. Bergen muss sie jemand anderes.«

»So wie ich.«

»So wie Sie. Aber ich werde nicht dabei sein. Wenn wir sie aufgespürt haben, fahren Monty und ich nach ... Was ist?«

Chavez war plötzlich stehen geblieben und blickte über die Schulter zurück. »Nichts. Eine Gans ist über mein Grab gelaufen.«

»Was?«

»Ich hatte so ein komisches Gefühl im Nacken.« Er ließ den Blick in die Runde schweifen. »Als ob uns jemand beobachtet.«

Sie musterte die Bäume, die um sie herumstanden. Sie konnte nichts entdecken und fühlte auch nicht wie Chavez eine unbestimmte Bedrohung.

»Schon gut. Es ist wahrscheinlich nichts.« Er schüttelte den Kopf. »Es gibt Bären hier oben, wissen Sie. Und die treiben sich mit Vorliebe in der Nähe der Raststätten herum und suchen in den Abfalltonnen nach Nahrung.«

Wahrscheinlicher war, dass Henry Smith sein Versprechen hielt, sich nicht in ihrer Nähe blicken zu lassen.

»Es könnte auch ein Freund von mir sein, er ist mir hierher gefolgt. Ich habe ihm gesagt, er soll mir nicht in die Quere kommen.«

»Er ist Ihnen gefolgt? Warum?«

»Er ist ein bisschen überängstlich. Das ist eine lange Geschichte, die Sie nicht interessieren würde.«

»Und ob mich das interessiert.« Sein Ausdruck war nüchtern. »Man sollte vorsichtig sein mit solchen Leuten. Viele Frauen müssen irgendwann feststellen, dass diese Überängstlichkeit ein Symptom ...«

»Machen Sie sich um mich keine Sorgen.« Höchste Zeit, das Thema zu wechseln, bevor Chavez auch noch anfing, sie beschützen zu wollen. Sie waren auf dem Hügelkamm angekommen und der See lag ausgebreitet zu ihren Füßen.

»Wie schön. Ich hatte fast vergessen …«

»Sind Sie schon mal hier gewesen?«

»Vor Jahren. Mein Großvater hat mir den See gezeigt. Er liebte diese Gegend.«

Sie sah auf den blauen See hinab. Es war unvorstellbar, dass unter dieser überwältigenden Schönheit die Leichen jener Kinder verborgen lagen. Der Gedanke war unglaublich traurig. Machen wir unseren Job und hauen wir ab, dachte Sarah. »Wo ist das Boot?«

Chavez wies die Böschung hinab auf eine Stelle, die von ihrem Standort ungefähr fünfzig Meter entfernt war. »Die letzten Spuren, die wir gefunden haben, sind da unten. Aber von da an wird der Untergrund fester und es kann gut sein, dass sie noch eine Meile oder zwei weitergefahren sind.« Er ging los, die Böschung hinab, und reichte ihr die Hand. »Erlauben Sie mir, Ihnen zu helfen. Der Boden ist verdammt schlüpfrig.«

Seine Hand war warm und fühlte sich gut an. Sie spürte noch immer das Frösteln nach jenem ersten Blick auf den See und es tat gut, sich an jemandem festhalten zu können. Sie blickte über die Schulter zurück, entdeckte aber keine Anzeichen dafür, dass ein Wagen über das Gestein gefahren war. Sie verstand, warum es für Chavez nicht leicht war zu entscheiden, wo der Wagen möglicherweise ins Wasser gestürzt war.

»Haben Sie was gehört?« Der Blick von Chavez folgte ihrem.

»Nein, ich habe mir nur den Schiefer angesehen.« Neckend fügte sie hinzu: »Kein Bär weit und breit.«

»Ich dachte, ich hätte gehört, wie … es waren wohl unsere eigenen Schritte, auf diesem Schiefer hallt es so komisch.« Chavez half ihr ins Boot und Monty sprang hintendrein. »Wo wollen Sie anfangen?«

»Sagen Sie's mir.« Ihr Blick wanderte zum anderen Ende des Sees. Dort waren etliche Streifenwagen, Fahrzeuge des Sheriffs und Beamte auszumachen. »Ist das Ihre Einsatzzentrale?«

»Ja.« Er winkte einem Beamten zu und der Mann winkte zurück. »Die Eltern sind auch da. Ich bin froh, dass wir ein gutes Stück weit weg sind. Ich habe den Jungs gesagt, sie sollen die Eltern vom See fern halten, damit sie Sie nicht sehen. Obwohl sie wahrscheinlich gar nicht wissen, was Sie mit dem Hund hier machen. Nicht viele Leute wissen, dass es Hunde gibt, die Leichen unter Wasser aufspüren können.«

Sie beschirmte ihre Augen mit der linken Hand. »Wie weit draußen könnte der Wagen gelandet sein?«

»Das kommt ganz darauf an, wie schnell er war.« Er deutete auf einen Hügel in einiger Entfernung. »Wenn er da ins Rutschen gekommen und mit hoher Geschwindigkeit die Böschung runtergefahren ist, kann er zehn, zwölf Meter weit draußen liegen. Wenn er dagegen hier ins Wasser gefallen ist, könnte er direkt unter uns liegen.«

»Das ist aber nicht der Fall. Monty würde es wissen.« Sie lehnte sich im Boot zurück. »Aber fangen wir trotzdem direkt am Ufer an.«

12

»Na endlich.« Logan trat aus der Tür des Blockhauses, als Galen davor hielt. »Schnell, ich brauche deinen Mietwagen.«

»Ich habe nur zweieinhalb Stunden gebraucht«, sagte Galen, als er aus dem Wagen stieg. »Und das ist eine Rekordzeit, wenn man bedenkt, dass ich in Dodsworth war, als du anriefst. Du kannst mich nicht quer durchs ganze Land jagen, wenn ich Rudzak aufspüren soll.«

»Das hier ist wichtig.«

»Es geht ihr gut, ich habe dir doch erzählt, dass sie mich angerufen hat, um Henry Smiths Identität zu überprüfen. Sie ist nicht dumm und Smith wird ein Auge auf sie haben.«

Logan setzte sich ans Steuer. »Ich will selbst hin.«

»Warum fährst du dann nicht einfach hin? Wozu brauchst du mich dabei?«

Logan ließ den Wagen an. »Maggie.«

»Maggie?«

»Die Wölfin. Es muss sie jemand versorgen, zu dem Sarah Vertrauen hat.«

»Ich soll den Babysitter spielen für einen Wolf? Das steht nicht in meinem Arbeitsvertrag.«

»Du hast keinen Arbeitsvertrag ... und wenn, stünde da eh nicht drin, was du machst. Maggie ist auf der hinteren Veranda. Ich habe den Verband gerade gewechselt, aber wenn ich in ein paar Stunden nicht zurück bin, musst du einen neuen machen.«

»Dann sieh bitte zu, dass du rechtzeitig wieder da bist. Ich weiß nicht …«

Logan war weg.

Galen sah den entschwindenden Schlusslichtern kopfschüttelnd nach. Es sah Logan gar nicht ähnlich, so panisch zu reagieren, wenn keine konkrete Gefahr bestand. Andererseits, wenn es um Rudzak ging, war Logan von jeher besonders vorsichtig gewesen. Seit jener Zeit mit Chen …

Galen fuhr zusammen, als plötzlich ein gellendes Geheul die Stille zeriss.

»Gott im Himmel.« Er ging ins Haus. Auf der hinteren Veranda, hatte Logan gesagt.

Maggie hob den Kopf und knurrte ihn an, als er auf die Veranda trat. Was zum Teufel hatte Logan ihm da wieder aufgehalst? Den Verband wechseln? Das Biest würde ihn gar nicht an sich ranlassen.

Also musste er Freundschaft mit ihr schließen. »Hallo.« Er ging langsam auf sie zu. »Du bist ja 'ne richtige Schönheit! Wir sollten unbedingt Freunde werden. Auch in deinem Interesse.« Maggie funkelte ihn böse an. »Ich nehme dir dein Misstrauen nicht übel. Ich würde den meisten Menschen auch nicht trauen.« Er setzte sich nicht weit von ihr auf den Boden und kreuzte die Beine. »Ich glaube, wir sind uns sehr ähnlich. Also werde ich mich mal ein bisschen zu dir setzen und mit dir plaudern.«

Die letzten Strahlen der untergehenden Sonne warfen scharlachrote Streifen über den See und Monty hatte noch immer keinen Fund gemeldet.

»Muss Monty noch mal an Land?«, fragte Chavez.

»Ich glaube, noch nicht.« Monty war bei diesen Wasseroperationen so konzentriert, dass er häufig Pausen einlegen musste, um sich nicht zu überfordern. »Wir sind ja erst seit vierzig Minuten wieder dabei.«

»Mir kommt es länger vor.«

Ihr kam es ebenfalls länger vor. Je höher die Spannung stieg, desto schleppender verging die Zeit.

»Sollten wir nicht für heute Schluss machen und morgen von neuem anfangen?«, fragte Chavez.

»Nein, erst wenn wir das ganze Gebiet abgesucht haben. Die Dunkelheit ist für Monty kein Hinderungsgrund.«

»Ich hatte gehofft, dass Sie das sagen würden. Ich will da rüberfahren und den Eltern sagen können, dass wir das ganze Gebiet abgesucht haben, ohne etwas zu finden.« Er steuerte das Boot weiter auf den See hinaus. »Ich bleibe so lange, wie Sie wollen. Aber sind Sie sicher, dass Monty weiß, wenn da jemand unter Wasser ist?«

»Ich bin mir sicher«, sagte sie kurz. »Wenn Sie es Monty nicht zutrauen, warum haben Sie mich dann holen lassen?«

»Entschuldigung.« Er hob die Hände. »Ich verstehe nicht viel von diesen Wassersuchen. Ich wollte nur für die Eltern alles Menschenmögliche tun.«

»Ich weiß.« Sie rieb sich den Nacken. »Tut mir Leid, ich bin etwas angespannt. Vielleicht sind sie ja nicht in dem See. Gott, ich hoffe, sie sind es nicht.«

»Aber wenn sie da sind, wird Monty sie finden? Wie macht er das?«

»Der Körper eines Ertrunkenen gibt unsichtbare Hautpartikel an seine Umgebung ab. Diese Partikel tragen den Geruch des Menschen und Öl- und Gasausscheidungen, die leichter sind als Wasser und an die Oberfläche steigen. Sobald sie an die Oberfläche kommen, bilden sie durch den Kontakt mit der Luft die Spitze eines Duftkegels. Wenn

Monty einen solchen Kegel aufspürt, folgt er ihm bis zu seiner Spitze, wo der Duft am stärksten konzentriert ist.«

»Unglaublich.«

»Übung. Monty und ich haben einen ganzen Sommer lang geübt, Ertrunkene zu finden. Am Ende waren wir beide ganz schön durchgeweicht.« Sie gab Monty einen liebevollen Klaps auf den Kopf. »Er ist unglaublich, seine Fähigkeit, eine Duftspur aufzunehmen, ist achtundfünfzig Mal größer als die des Menschen, bei bestimmten Molekülen kann sie um einige tausend Mal größer sein.«

»Beeindruckend. Wenn er keine Witterung findet, können wir also davon ausgehen, dass sie nicht hier sind?«

Sie schüttelte den Kopf. »Algen könnten das Aufsteigen des Dufts behindern, genauso Schichten kalten Wassers. Es gibt einige Faktoren, die störend wirken können, aber Monty hat es geschafft, die Stelle zu ...«

Monty bellte.

»Scheiße.« Damit konnte sie die Hoffnung, dass diese Kinder in Sicherheit waren, verabschieden.

Monty fing an, mit gesenktem Kopf im Boot auf und ab zu laufen.

»Er hat etwas gefunden.« Sie packte die Leine fester. »Stellen Sie den Motor ab und lassen Sie das Boot treiben.« Chavez tat, wie ihm geheißen, und Sarah saß still da und beobachtete.

Monty war aufgeregt, aber er hatte die Quelle des Geruchs noch nicht gefunden. »Starten Sie den Motor wieder, aber fahren Sie ganz langsam. Erst nach rechts, dann nach links.«

Als sie nach links gewendet hatten und einige Meter gefahren waren, begann Monty, sich wie ein Rasender zu gebärden. Er riss an der Leine und versuchte, im Wasser zu scharren.

»Hier.« Sie schluckte, um den Knoten in ihrer Kehle zu vertreiben. »Werfen Sie eine Boje aus und markieren Sie die Stelle.«

Die Stelle markieren. Die Stelle markieren, so dass die Eltern ihre Kinder finden konnten. Sie hatte das Gefühl, in letzter Zeit nichts anderes getan zu haben, als solche Stellen zu markieren und weiter zu gehen.

»Alles in Ordnung?«

Sie sah von der im Wasser schwimmenden, gelben Boje auf in Chavez' mitfühlendes Gesicht. »Mir geht's gut.« Sie lächelte schief. »Nein, das ist gelogen. Ich hatte gehofft, wir würden nichts finden. Fahren wir an Land, ich kann Monty kaum noch halten.«

»Sie hatten ja gesagt, dass er versuchen würde, ins Wasser zu springen.« Er ließ den Motor an. »Brauchen Sie Hilfe?«

»Nein. Sobald die Aufregung nachlässt, wird ihm klar werden, dass sie tot sind und er sie nicht retten kann.«

Ebenso wenig wie sie selbst.

»Es müssen ja nicht unbedingt diese Kinder sein«, sagte Chavez. »Könnte es nicht ein Tier sein, oder ...«

»Nein, Monty kennt den Unterschied. Es ist mindestens ein Mensch da unten.«

Monty hatte aufgehört, an der Leine zu zerren, und blickte zurück zu der von der Boje markierten Stelle.

Retten.

»Du kannst sie nicht retten, mein Junge.«

Er begann zu begreifen, dass er nichts tun konnte, und sie spürte seine Traurigkeit.

Helfen.

»Du hast geholfen.«

Monty hob den Kopf und stieß ein herzzerreißendes Heulen aus.

Sie starrte ihn überrascht an. Normalerweise bellte oder winselte er, aber dieses unheimliche Geheul hatte sie noch nie von ihm gehört.

War das Maggies Einfluss?

»Mein Gott«, murmelte Chavez. »Wenn man da keine Gänsehaut kriegt.«

»Er ist traurig.« Sie streckte die Hand aus und streichelte Monty den Kopf. »Es wird ihm bald wieder besser gehen.«

»Entschuldigung.« Chavez schnitt eine Grimasse. »Soll er ruhig heulen. Immerhin stehen wir in seiner Schuld.«

»Das werden wir wissen, sobald Sie Taucher eingesetzt haben.«

»Werde ich sofort anfordern«, sagte Chavez und schaltete nahe am Ufer den Motor ab. Er sprang aus dem Boot und zog es an Land. »Aber ich werde sie erst für morgen früh bestellen. Jetzt ist es zu dunkel und es ist schon bei Tag gefährlich genug, ein Wrack aus dem Wasser zu heben.«

»Werden Sie die Eltern heute noch benachrichtigen?«

Er schüttelte den Kopf, während er ihr aus dem Boot half. »Es kann nicht schaden, ihnen noch eine Nacht der Hoffnung zu gönnen. Monty könnte sich ja auch mal geirrt haben. Vielleicht hat diese Millionen-Dollar-Nase Schnupfen oder so was.«

»Ich hoffe, Sie haben Recht.« Sie biss sich auf die Unterlippe, während sie Monty aus dem Boot scheuchte. Er hatte den Schwanz zwischen die Beine geklemmt, legte sich am Ufer nieder und starrte auf das Wasser hinaus. Es sah schlecht aus. Ständig musste sie darum kämpfen, dass Monty nicht in tiefe Depressionen versank. Manchmal dauerte es Wochen, ehe er wieder hinausfand. Sie wandte sich an Chavez. »Tun Sie mir einen Gefallen?«

Er sah sie fragend an.

»Verstecken Sie sich bitte im Wald.«

»Was?«

»Verstecken Sie sich und lassen Sie sich von Monty finden.«

»Ich habe keine Zeit für Spiele. Ich muss den Bericht aufsetzen.«

»Nur zehn Minuten. Ich bitte Sie. Es wird Monty helfen. Es ist eine Art Therapie. Ein Rettungshund ist schrecklich deprimiert, wenn er nur Tote findet. Es ist wichtig für Monty, auch mal einen Lebenden zu finden.«

»Ich kann nicht …« Er sah zu Monty hinab. »Armer Kerl.«

»Nur zehn Minuten.«

»Okay.« Er zog sein Telefon. »Ich kann ja aus meinem Versteck einen vorläufigen Bericht durchgeben.« Er zog eine Grimasse. »Aber Sie können darauf wetten, dass ich niemandem erzählen werde, dass ich gerade mit einem Golden Retriever Versteck spiele. Brauchen Sie irgendwas von mir, damit er den Geruch aufnehmen kann?«

»Ihre Mütze wird genügen. Ich gebe Ihnen fünf Minuten Vorsprung. Verstecken Sie sich einfach irgendwo im Wald. Aber machen Sie es ihm nicht zu leicht.«

Er nahm seine schwarze Mütze ab und gab sie ihr.

»Zehn Minuten.«

»Gut. Danke, Sergeant.«

Er lächelte. »Keine Ursache. Wir wollen doch nicht, dass er psychische Probleme kriegt.« Er kletterte die Böschung hinauf. »Gott, was rede ich da?«

Sie sah ihn in der Dunkelheit verschwinden. Netter Kerl. Er hatte ihr die Suche so leicht wie möglich gemacht und nicht viele Beamte wären bereit, sich einem Hund zuliebe im Wald zu verstecken.

Monty wimmerte, den Blick noch immer aufs Wasser hinaus gerichtet.

Sie kniete neben ihm nieder und legte ihm die Arme um den Hals. »Alles in Ordnung. Du hast heute gute Arbeit geleistet. In ein paar Minuten werden wir jemand anderen suchen gehen und dann fahren wir nach Hause. Da wirst du Maggie wiedersehen. Ist das nicht schön?«

Monty stupste den Kopf gegen ihre Schulter. Wenigstens starrte er nicht mehr auf den See hinaus. Sie hielt ihm die Mütze von Chavez unter die Nase. »Riech. Er hat sich verirrt, wir werden bald auf die Suche nach ihm gehen müssen.«

Tot?

»Nein, er lebt. Nur verirrt.«

Sie hatte selbst das Gefühl, sich verirrt zu haben. Sie fühlte sich verloren, entmutigt und allein. Sie wollte nach Hause und Maggie sehen und sich an Logan kuscheln und die Welt ausschließen.

Logan. Den ganzen Nachmittag lang hatte sie versucht, nicht an ihn zu denken, nur ab und zu waren ihr Erinnerungen an die vergangene Nacht gekommen. Aber jetzt würde es ihr gut tun, an ihn zu denken, sie brauchte Wärme und Leidenschaft, um zu vergessen, dass diese armen Kinder …

»Hör auf, an sie zu denken. Kümmere dich um Monty und dann verschwinde von hier, geh nach Hause zu Logan.« Sie stand auf und zog die Taschenlampe aus ihrem Werkzeuggürtel. »Schnüffel noch mal dran.« Sie schwenkte die Mütze noch einmal vor Montys Nase, während sie ihm die Leine abnahm. »Such.«

Er jagte die Böschung hinauf zur Straße.

Sie holte ihn ein, als er einige Minuten später im tiefen Wald stehen blieb und in die Runde schnupperte. Er bebte, erregt, das ganze Wesen auf die jetzige Aufgabe konzentriert.

»Gut. Das ist es, was du brauchst. Vergiss den Tod. Finde Leben.« Sie hielt ihm die Mütze hin, doch ohne sie zu beachten wandte er sich um und rannte los in südlicher Richtung. Er hatte den Kegel zu packen bekommen.

Sie rannte ihm hinterher, der Schein ihrer Taschenlampe durchschnitt die Dunkelheit.

Büsche.

Sie wich ihnen aus, doch im Vorüberrennen kratzte ihr ein herausstehender Ast den Arm.

Ein gestürzter, knorriger Baumstamm.

Spring drüber weg.

Der Boden jenseits des Baumstamms war schlammig und sie rutschte aus, stolperte und rannte weiter.

Sie sah Monty vor sich, wie er mit langen Sprüngen einen Hügel hinaufrannte. Oben angekommen, blieb er stehen und hob den Kopf. Bellend blickte er zu ihr zurück.

Wir haben dich, Chavez.

Einen Augenblick später war Monty verschwunden, er hetzte den Hügel auf der anderen Seite hinab.

Sarah blieb einen Augenblick stehen und schöpfte Atem. Gleich würde sie Monty folgen und ihn für seine Tüchtigkeit loben. Er würde so stolz und glücklich sein, dass er vielleicht vergaß ...

Jemand war hinter ihr.

Sie fuhr herum.

Nichts.

Niemand.

Aber irgendjemand war da.

Jemand beobachtete sie. Chavez hatte das gesagt. Sie hatte gelacht und einen Scherz über Bären gemacht. Jetzt war ihr nicht nach Lachen zumute. Die Nackenhaare standen ihr zu Berge.

»Smith?« Es musste Henry Smith sein. Er hatte gesagt, er würde ein Auge auf sie haben.

Keine Antwort.

Sie hielt die Taschenlampe fest umklammert und zwang sich, die Umgebung langsam und sorgfältig abzuleuchten. Bäume, Büsche, Felsbrocken. So viele Stellen, an denen man sich verstecken konnte. Jeder konnte ...

Monty heulte.

Er hatte Chavez gefunden. Erleichterung überkam sie. Sie war nicht allein. Sie hatte Monty und Chavez, sie rannte den Hügel hinauf und auf der anderen Seite wieder hinab. Jetzt konnte sie Monty wieder sehen. Mit erhobenem Kopf saß er neben einem Steinhaufen. Chavez musste hinter ...

Monty heulte noch einmal.

Abrupt blieb sie stehen. Irgendetwas stimmte nicht. Wenn die Suche erfolgreich gewesen war, bellte er und rannte zu ihr zurück. Er saß nicht da und heulte.

Sie ging langsam weiter, den Lichtkegel der Taschenlampe auf den Steinhaufen gerichtet. »Monty?«

Er bewegte sich nicht. Sein Blick war auf den Boden hinter dem Steinhaufen gerichtet.

»Sergeant? Er hat Sie gefunden. Kann ich kommen ...«

Dann sah sie ihn. Er lag mit dem Gesicht nach unten ausgestreckt am Boden. Aus seinem Rücken ragte der Griff eines Messers.

Monty drängte sich näher heran. *Helfen.*

Ihr wurde übel bei der Erkenntnis, dass Chavez nicht mehr zu helfen war. Das Messer hatte ihn durchbohrt und nagelte ihn an den Boden. Wer konnte ...

Auf dem Pfad hinter ihr knackte ein Zweig.

Das Herz schlug ihr bis zur Kehle.

Jemand beobachtete sie.

»Monty!« Sie rannte den Hügel hinab, an den Steinen vorbei. »Monty, komm!«

Jemand rannte hinter ihr her.

Messer. Messer im Rücken.

Außer ihrer Stablampe hatte sie keine Waffe. Monty rannte ihr auf dem Pfad voraus.

Erstickende Finsternis. Wohin lief sie?

Egal. Nur immer Monty nach.

Schritte hinter ihr.

Schneller. Lauf schneller.

Eine Lichtung in den Bäumen voraus. Sie sah Licht. Die Raststätte. Erleichterung, als sie Monty anhalten und erwartungsvoll zu ihr zurückschauen sah.

»Lauf.« Sie rannte weiter auf den asphaltierten Parkplatz. Ein Wagen, der ihr bekannt vorkam, parkte neben dem Gebäude. Henry Smiths Wagen, und er saß am Steuer.

Gott sei Dank.

Sie blickte über die Schulter, als sie auf Smiths Wagen zurannte.

Niemand.

Doch irgendjemand war da. Sie wusste es. Sie konnte es fühlen.

Sie klopfte an das Fenster des Wagens, während Monty erregt um sie herumsprang.

Smith sah sie nicht an. Warum zum Teufel …

Weil in seiner Schläfe ein kleines, rundes Loch war.

Sie ging rückwärts vom Wagen weg.

Tot. Tot. Tot.

Smith tot. Chavez tot.

Und irgendjemand dort im Wald beobachtete sie und kam immer näher.

»Sarah.«

Sie wirbelte herum und warf die Taschenlampe nach dem Mann, der auf sie zukam.

Logan stöhnte auf, sie hatte ihn vor die Brust getroffen. »Verdammt, das tat weh. Warum hast du nicht ...«

»Logan!« Sie warf sich in seine Arme. »Tot. Sie sind alle ...« Sie konnte nicht aufhören zu zittern. »Und er ist da draußen. Er ist hinter ...« Sie entriss sich seinen Armen. »Wir müssen aus dem Licht gehen. Ich dachte, ich wäre in Sicherheit. Er hat ein Messer ... Aber Smith wurde erschossen. Eine Pistole hat er also auch.«

»Ruhig«, sagte Logan. »Niemand wird dir etwas tun.«

»Da wäre ich mir nicht so sicher. Logan.« Logan durfte nichts geschehen. Sie würde es nicht ertragen. Sie zog ihn zu dem Gebäude. »Geh rein.«

Er stellte sich vor ihr auf. »Du bist in Sicherheit.« Sein Blick suchte die umstehenden Bäume ab. »Sieh nur mal die Straße rauf.«

Scheinwerfer. Zwei Streifenwagen des Sheriffs kamen auf sie zu.

Vor Erleichterung wurden ihr die Knie weich.

»Ich habe sie gerufen, als ich auf der Serpentinenstraße hier runterfuhr. Ich wollte dich finden, ohne das ganze Seengebiet allein absuchen zu müssen. Sie sagten, sie würden hierher kommen.« Er wandte sich ihr wieder zu. »Nun rede. Langsam und deutlich. Wer ist tot?«

Plötzlich hatte sie das Gefühl, sich nicht länger aufrecht halten zu können. Sie lehnte sich gegen den Kotflügel des Wagens.

»Chavez. Und Smith. Er ist im Wagen. Ich dachte, er wäre es, der mir folgte. Er sagte, nur er allein sei mir von der Ranch aus gefolgt, aber da muss noch ...«

»Schsch … Augenblick mal …« Er ging um den Wagen herum, zog ein Taschentuch, öffnete damit vorsichtig die Fahrertür und sah hinein. »Mein Gott.« Er schlug die Tür zu und kam wieder zu ihr. »Und Chavez?«

»Im Wald. Hinter einem Haufen Steine. Meine Schuld. Ich habe ihn allein in den Wald geschickt.«

»Zeig mir, wo.«

»Ich weiß nicht, ob ich die Stelle finde.« Sie rieb sich die Schläfe. »Aber Monty kann es.« Der arme Monty, es würde ihm schwer fallen, zu dem toten Chavez zurückzukehren. Sie hatte ihm einen Lebenden versprochen und stattdessen hatte er nur einen weiteren Toten gefunden. »Wenn es ungefährlich für ihn ist. Ich werde nicht zulassen, dass irgendein Irrer auf meinen Hund schießt.«

»Er ist nicht irre. Und wenn er die Polizisten sieht, wird er so schnell wie möglich verduften.«

»Woher willst du das wissen? Du glaubst, es ist Rudzak, stimmt's?«

»Du etwa nicht?«

Sie wusste nicht, was sie glauben sollte. Das Denken fiel ihr schwer. Doch anscheinend bedurfte die Frage ohnehin keiner Antwort, denn Logan ging von ihr weg auf die Streifenwagen zu, die soeben auf den Parkplatz gefahren waren.

Monty blieb zehn Schritte vor dem Steinhaufen stehen und weigerte sich weiterzugehen. Sie zwang ihn nicht dazu. Auch sie hatte keine Neigung, das blutbefleckte Messer noch einmal zu sehen.

Sie wies die Richtung mit ihrer Taschenlampe. »Da ist er.«

Logan und die vier Beamten gingen näher heran und leuchteten dabei vor jedem Schritt den Boden zu ihren Füßen ab. Sie wusste, dass sie bemüht waren, keine wertvollen Spuren zu zerstören, aber die letzten paar Meter schienen eine Ewigkeit zu dauern.

Bitte. Werdet endlich fertig und lasst uns nach Hause gehen. Sie wandte den Blick ab, doch sie hörte das Murmeln ihrer Stimmen, als die Männer sich neben Chavez auf den Boden knieten.

»Sarah.« Logan kam zu ihr zurück. »Lieutenant Carmichael will mit dir sprechen.«

»Was soll ich ..«

»Komm einfach mit, okay?«

»Nein, es ist nicht okay.« Dennoch ging sie auf den Steinhaufen zu. »Bleib da, Monty.«

»Tritt auf die Steine, damit du nicht ...«

»Ich weiß.« Sie stand neben der Leiche des Ermordeten und sah Lieutenant Carmichael in die Augen. »Sie wollten mich sprechen?«

»Wir dürfen die Leiche nicht umdrehen, aber der Kopf ist auf die Seite gedreht.« Er wies sie an, neben ihm in die Hocke zu gehen. »Sehen Sie sich das Gesicht an.«

Sie wollte ihn nicht ansehen. Sie tat es trotzdem. Augen und Mund waren geöffnet. Der Tod musste ganz plötzlich und überraschend gekommen sein und ...«

Sie erstarrte. »Es ist nicht Chavez.«

»Sind Sie sicher?«

»Natürlich bin ich sicher.« Sie starrte benommen in die Züge des toten Mannes. »Es ist nicht Chavez.«

»Danke.« Er gab Logan ein Zeichen und half ihr auf die Füße.

»Sie können mit ihr zur Raststätte zurückkehren. Aber fahren Sie nicht weg, bevor wir sie nicht vernommen haben.«

»Komm, Sarah.« Logan drängte sie sanft hügelaufwärts, wo Monty auf sie wartete.

»Es ist nicht Chavez. Ich dachte, ich hätte ihn geradewegs seinem Mörder in die Hände geliefert, aber es ist nicht Chavez.«

Logan war still. Zu still.

»Was ist?«

»Es war Chavez, Sarah.«

»Nein.«

»Diese Polizisten kannten ihn, sie haben jeden Tag mit ihm zusammengearbeitet, es war Chavez.« Seine Hand drückte ihren Ellenbogen. »Und er ist schon lange tot. Die Totenstarre hat schon eingesetzt.«

Sie starrte ihn verwirrt an. »Ich habe den ganzen Nachmittag mit ihm verbracht. Er war …« Sie holte tief Luft, als ihr plötzlich ein Verdacht kam. »Rudzak?«

»Wie sah er aus?«

»Groß, etwas über Vierzig. Feine Züge, graue Augen, weißes Haar.« Sie sah ihn an.

»Rudzak?«

Er nickte.

»Aber ich … ich mochte ihn.«

»Jeder mag Rudzak. Er hat ein phänomenales Talent, sich beliebt zu machen. Wahrscheinlich hat auch Chavez ihn gemocht. Der Lieutenant meint, dass Chavez gezwungen wurde, Helen Peabody anzurufen und dich anzufordern, bevor er umgebracht wurde. In der Einsatzzentrale ist er seit heute Morgen zehn Uhr nicht mehr gesehen worden.«

Sie schüttelte den Kopf. »Aber er hat einem der Polizisten am anderen Ufer zugewinkt, und der hat zurückgewunken.«

»Wie nahe wart ihr?«

Er hatte Recht. Der Beamte war viel zu weit entfernt gewesen, um festzustellen, dass der Mann, der ihm da zuwinkte, nicht Chavez war. Mein Gott, wie dreist dieser Mann war. »Smith. Ich habe ihm von Henry Smith erzählt, als er sagte, er habe das Gefühl, als ob uns jemand folgte. Aber er kann ihn nicht umgebracht haben, wir waren die ganze Zeit zusammen auf dem See.«

»Hat er telefoniert?«

Sie dachte nach und nickte. »Mindestens einmal. Als wir ans Ufer gingen, um Monty ausruhen zu lassen. Ich dachte, er erstattet der Einsatzzentrale Bericht. Glaubst du, er hat jemanden geordert, um Smith zu töten?«

»Ich zweifle nicht daran.«

Sie schauderte. »Ich war den ganzen Nachmittag allein mit ihm. Wenn er mich hätte töten wollen, hätte er es jederzeit tun können. Warum hat er es nicht getan? Und warum hat er mich zu Chavez geführt?«

»Ich weiß es nicht. Ein Katz-und-Maus-Spiel? Vielleicht wollte er dich gar nicht töten. Vielleicht hatte er gar nicht vor, dich zu töten. Vielleicht wollte er mir nur zeigen, dass er dazu imstande wäre.«

»Bei dieser Sache geht es nur um dich, stimmt's?«

»Du meinst, ich trage die Schuld daran. Zum Teufel, ja, glaubst du, ich würde es leugnen? Du hast jedes Recht, stinksauer zu sein.«

»Ich bin stinksauer.« Sie war ängstlich und erschrocken gewesen, aber jetzt waren diese Emotionen der blanken Wut gewichen. »Dieses Schwein. Er hat mich benutzt und manipuliert.«

»Rudzak hat sich von jeher viel auf seine Fähigkeit eingebildet, die richtigen Knöpfe zu drücken.«

»Und der Mord an diesem armen Polizisten war einer der Knöpfe, die er gedrückt hat?«

Logan nickte.

»Er muss verrückt sein.«

»Ich bin nicht sicher, dass er wahnsinnig ist. Ich glaube, ihm fehlt etwas von Geburt an. Er hat keine Vorstellung von Gut und Böse, wie wir es kennen. Was Rudzak zugute kommt, ist gut, was ihm im Weg steht, ist schlecht.«

»Ein Soziopath.«

»So einfach lässt er sich nicht einordnen.« Sie hatten die Raststätte erreicht und der Griff seiner Hand um ihren Arm wurde fester, als er die Leute von der Spurensicherung bei Smiths Wagen sah. »Lass uns hineingehen. Du willst dir das bestimmt nicht ansehen.«

Er hatte Recht. Sie wollte nicht noch eine Leiche sehen und Monty ging es genauso. Sie ging auf das Gebäude zu. »Wie lange müssen wir hier bleiben?«

»Der Lieutenant will mit dir sprechen und deine Aussage aufnehmen, aber ich werde ihn bitten, zur Unterschrift jemanden mit dem Protokoll zum Blockhaus zu schicken, schließlich giltst du nicht als Verdächtige.«

Das hatte sie auch nicht erwartet. »Als was gelte ich denn?«

»Zeugin.« Er zuckte die Achseln. »Vielleicht auch als Opfer.«

Sie erinnerte sich des Schreckens und der Hilflosigkeit, die sie empfunden hatte, als sie durch den Wald rannte. In diesem Moment hatte sie sich als Opfer gefühlt und bei der Erinnerung stieg wieder die Wut in ihr auf.

Vier Stunden mussten sie in der Raststätte ausharren, ehe sie die Erlaubnis erhielten, nach Hause zu fahren. Sarah war schon fast so erschöpft wie Monty.

»Ich fahre«, sagte Logan und stieg in den Jeep. »Du ruhst dich aus.«

»Ich kann selbst fahren. Du musst doch deinen Wagen …«

»Es ist nur Galens Mietwagen. Er wird dafür sorgen, dass er hier abgeholt wird.« Er ließ den Jeep an. »Hör auf zu diskutieren und steig ein. Du weißt, dass ich im Augenblick emotional in besserer Verfassung bin als du. Du möchtest doch nicht auf dieser lausigen Straße einen Unfall bauen, bei dem Monty zu Schaden kommen könnte?«

Widerstrebend nahm sie auf dem Beifahrersitz Platz.

»Das einzige unwiderstehliche Argument«, murmelte er. »Lehn dich zurück und schließ die Augen.«

Ihr war nicht danach zumute, die Augen zu schließen. Ihr Körper war gefühllos vor Erschöpfung, aber ihr Geist kam nicht zur Ruhe. Sie starrte auf die gewundene Straße, die der Jeep langsam hinauffuhr, und fragte: »Wie bist du an Galens Mietwagen gekommen?«

»Ich habe ihn angerufen und gebeten, auf Maggie aufzupassen, und dann habe ich seinen Wagen genommen.«

»Galen ist auf der Ranch?« Es war so viel passiert, dass sie Maggie ganz vergessen hatte. »Du hättest Maggie nicht allein lassen sollen. Ich habe dir gesagt, du sollst auf sie ...«

»Halt den Mund«, sagte er grob. »Ich konnte einfach nicht zu Hause sitzen und auf dich warten. Und du weißt, dass Galen sehr gut imstande ist, sich um Maggie zu kümmern.«

Ja, Galen war zweifellos zu allem imstande, was er sich vornahm. »Ich denke, es geht ihr gut.«

»Wahrscheinlich ist sie in besserer Verfassung als du. Ihr Selbsterhaltungstrieb ist sehr viel besser ausgebildet als deiner.«

»Sie ist auch in eine Falle gegangen, wie ich bei Rudzak. Er wusste, dass ich versuchen würde, diese Kinder zu finden.«

»Und wenn Helen Peabody wieder anruft, wirst du gleich wieder losmarschieren, stimmt's?«

»Ja.«

Logan murmelte einen Fluch. »Wie dumm kann man sein.«

»Ich bin nicht dumm«, sagte sie heftig. »Man hat uns für eine Suche angefordert, das ist schließlich unser Beruf. Woher sollte ich wissen, dass Rudzak sich das Verschwinden dieser Kinder zunutze machen würde, um eine Falle zu stellen? Er hätte ja alles im Voraus planen müssen, mit Chavez, dem Anruf von Helen – o Gott.« Sie schloss die Augen. »Die Kinder. Vielleicht hat er sich ihr Verschwinden nicht einfach zunutze gemacht. Könnte er sie umgebracht haben, Logan?«

»Ja.«

Sie öffnete die Augen und sah ihn an. »Du traust ihm zu, drei unschuldige Kinder zu töten, nur um mich in die Falle zu locken?«

»Ich halte das für wahrscheinlich. Er plant immer alles sehr genau. Er würde nicht riskieren, dass diese Kinder plötzlich auftauchen und seine Pläne durchkreuzen.«

»Mir wird übel.« Das Bild der gelben Boje auf dem Wasser drängte sich ihr auf. »Der See ...«

»Lieutenant Carmichael wird eine Tauchmannschaft zur Boje hinausschicken. Ich habe ihn gebeten, mich anzurufen, wenn er Genaueres weiß.«

»Kinder ... Und du sagst, er ist nicht wahnsinnig.«

»Er tötet nicht zu seinem Vergnügen, sondern nur, wenn er einen Nutzen davon hat.« Er setzte ein grimmiges Lächeln auf. »Allerdings könnte ich die Ausnahme von dieser Regel sein. Es würde ihm zweifellos das größte Vergnügen bereiten, mich zu töten.«

»Ich hoffe, dass diese Kinder nicht dort liegen«, flüsterte sie. »Lieber Gott, ich hoffe, er hat sie nicht getötet, um mich hierher zu locken.«

Er legte seine Hand auf die ihre, die sie verkrampft im Schoß hielt. »Ich auch, Sarah.«

Logans Mobiltelefon klingelte, als sie nur noch wenige Meilen von der Ranch entfernt waren. »Ja, Lieutenant.«

Sie versuchte, seinen Gesichtsausdruck zu lesen, doch es war unmöglich zu erraten, was Carmichael ihm mitteilte.

»Von Rudzak keine Spur. Sie glauben, dass er über alle Berge ist.«

»Und was ist mit den Teenagern?«

»Man hat sie unter der Boje gefunden.« Er blickte starr geradeaus. »Sie haben sie noch nicht aus dem Wagen geholt, aber die Taucher sagen, dass alle drei mit Stricken gefesselt waren.«

Ihr war zumute, als hätte man ihr ein Messer in die Brust gerammt.

»Sag was.«

Sie schüttelte den Kopf. Was sollte sie sagen? Sie wollte sich nur noch zusammenrollen, wollte die Welt aus ihrem Leben ausschließen.

»Es ist nicht deine Schuld.«

»Ich weiß.«

»Dann guck nicht so ...«

»Ich kann nichts dafür, wie ich gucke.« Ihre Hände ballten sich zu Fäusten. »Waren sie noch am Leben, als sie untergingen? Aber nein, das kann man noch nicht wissen, oder?«

»Nein.«

»Niemand kann so grausam sein. Sie zu fesseln und dann ...«

»Lass deine Phantasie nicht mit dir durchgehen. Vielleicht war es ganz anders.«

»Vielleicht auch nicht.« Sie lehnte den Kopf gegen die Fensterscheibe. »Ich will nicht mehr reden, Logan.«

»Dann rede nicht mehr, aber hör auf zu denken.«

»Ich will's versuchen«, flüsterte sie.

Er murmelte einen Fluch und trat heftig aufs Gaspedal. Wenige Minuten später hielt er vor der Hütte. Sie sprang aus dem Jeep und ging auf die Eingangstür zu.

»Augenblick mal.« Logan ging um den Wagen herum. »Du hast was fallen lassen.«

Sie schüttelte den Kopf.

»Ich habe gesehen, dass du was aus dem Wagen getreten hast. Es muss auf der Fußmatte gelegen haben.« Er kniete sich hin.

»Was ist es?«, fragte sie gleichgültig.

»Nichts. Geh rein.«

Er hatte etwas in der Hand. »Was ist es, verdammt noch mal?«

»Ein Kamm.« Er streckte die Hand aus und zeigte ihr den aus Jade und Elfenbein gearbeiteten Kamm. »Ein Geschenk von Rudzak.«

Sie schauderte. »Glaubst du, er hat einem der Jugendlichen gehört?«

»Nein, er hat Chen Li gehört.«

»Weshalb sollte er ...« Sie starrte ihn an. »Du hast damit gerechnet?«

»Das nicht. Aber ich bin nicht überrascht. Geh schon ins Bett, wir reden später darüber.«

»Darauf kannst du Gift nehmen.« Doch für den Augenblick war ihr alles zu viel. Ihre Nerven hingen in Fetzen. Sie wandte sich um und ging ins Haus.

»Hallo.« Galen kam von der hinteren Veranda. »Wird

Zeit, dass Sie endlich nach Hause kommen. Ich fing schon an mich zu fühlen wie ein ... Sie sehen furchtbar aus.«

»Ich bin müde. Ich gehe ins Bett.« Monty. Sie musste sich um Monty kümmern. Aber Monty war schon zur hinteren Veranda, zu Maggie, unterwegs ... »Gute Nacht, Galen.« Sie schloss die Schlafzimmertür hinter sich.

Sie warf die Kleider ab, kroch ins Bett und zog sich die Decke über die Ohren. Die Laken rochen nach Logan und Sex, wie ihr unbestimmt zu Bewusstsein kam. Sex und Leben und eine Freude, die diese Kinder nie erleben würden.

»Rück beiseite.« Logan schlüpfte nackt neben ihr ins Bett und nahm sie in die Arme.

»Ich will dich nicht hier.«

»Pech. Du hast mich.« Er küsste sanft ihre Schläfe. »Mein Gott, und wie du mich hast! Jetzt entspann dich. Ich will weiter nichts, als dich trösten.«

»Ich will schlafen.«

»Und Albträume haben?« Er drückte ihren Kopf an seine Schulter. »Besser, du sprichst darüber.«

»Was soll ich sagen? Dass drei Kinder sterben mussten, weil irgendein Verrückter mich in sein verdammtes Spinnennetz ziehen wollte?«

»Es ist nicht deine Schuld. Ich dachte, wir haben uns darauf geeinigt, dass ich die Schuld trage.«

»Ich habe gemacht, was er wollte. Er hat mich analysiert wie ein machiavellistischer Psychoanalytiker und dann hat er beschlossen, drei unschuldige Kinder umzubringen, weil ich dann genau das tun würde, was er wollte. Und er hat richtig gerechnet. Er rief und ich bin gekommen.«

»Was hättest du tun sollen? Du bist da hingefahren,

weil … hör auf zu weinen. Nein, hör nicht auf. Es tut dir wahrscheinlich gut. Nur für mich ist es schrecklich.«

»Es tut mir nicht gut. Es tut weh.«

»Weil du es nicht oft genug machst. Du bist aus der Übung. Wann hast du zum letzten Mal geweint? Als dein Großvater starb?«

»Nein, ich hatte ihm versprochen, stark zu sein. Das letzte Mal war, als ich Monty auf dieser Polizeiwache in Italien wiederfand.«

»Hätte ich mir denken können.«

»Geht es Monty gut?«

»Er ist bei Maggie.«

»Richtig. Hatte ich vergessen. Aber normalerweise spürt er, wenn ich traurig bin, und dann kommt er und schläft vor meinem Bett.«

»Seine Hormone sind in Aufruhr. Du wirst dich mit mir begnügen müssen.«

»Ich bin froh, dass er Maggie hat. Das wird ihn vielleicht ablenken von dem, was heute Abend passiert ist.«

»Dich müssen wir vor allem ablenken.«

»Es hätte nicht geschehen dürfen. Ich strenge mich so an, die Lebenden zu finden und den Toten zur letzten Ruhe zu verhelfen. Das ist mein Beruf, es bestimmt mein Wesen. Und er hat das benutzt, um diese Kinder zu ermorden.« Sie zitterte. »Er hat alles, was ich bin, verdreht und hässlich gemacht und …«

»Schschsch …«

»Du hast doch gesagt, ich soll reden.«

»Aber nicht so einen Blödsinn. Es ist nichts Verdrehtes oder Hässliches an dir. Du bist rein und schön und aufrecht wie ein Pfeil. Du kannst mir glauben, ich bin ein Fachmann für alles, was verdreht und hässlich ist. Ich kenne das aus Erfahrung.«

Sie schüttelte den Kopf.

»Glaubst du mir nicht? Es ist wahr. Ich habe Dinge getan …« Er strich ihr übers Haar. »Du würdest das nicht hören wollen.«

Sie wollte alles über ihn hören. Es war ihr wichtig, das wurde ihr immer klarer. Als sie Logan an der Raststätte gesehen hatte, hatte sie plötzlich erkannt, dass alles, was Logan betraf, von großer Bedeutung für sie war.

Wenn er sterben würde … Sie wollte jetzt nicht darüber nachdenken, sie war zu verwirrt und betäubt. Sie wollte nichts anderes, als von Logan gehalten werden und glauben dürfen, dass das, was am Apache Lake passiert war, nur ein Albtraum gewesen war.

»Schlaf jetzt«, sagte er. »Ich werde wach bleiben und für dich da sein, wenn du schlechte Träume hast.«

Hatte er ihre Gedanken gelesen? Wusste er, was für ein kostbares Geschenk er ihr machte? Nie im Leben hatte sie jemanden gehabt, der es unternahm, sie vor ihren Albträumen zu beschützen …

»Schläft sie?«, fragte Galen, als Logan aus dem Schlafzimmer kam.

»Im Moment ja. Ich muss gleich wieder rein. Ich habe ihr versprochen, bei ihr zu bleiben.«

»Sie sah schrecklich aus.«

»Sie hat Schreckliches durchgemacht.« Er ging zum Spülbecken und holte sich ein Glas Wasser. »Henry Smith ist tot. Rudzak hat ihn getötet.«

Galen erstarrte. »Warum hast du mir das nicht gleich gesagt? Franklin hat dauernd versucht, ihn zu erreichen, seit du mit Sarah zurückgekommen bist.«

»Ich erzähle es dir jetzt. Du hättest vor einer halben Stunde auch nichts mehr daran ändern können und sie hat mich gebraucht.« Er trank das Wasser. »Oder irgendwen.«

»War es eine Falle?«

»Ja, und Rudzak hat drei Teenager umgebracht und als Köder benutzt. Kannst du dir vorstellen, wie ihr zumute ist?«

Galen presste die Lippen zusammen. »Ich weiß, wie mir zumute ist.«

»Dann sorg dafür, dass Dodsworth auf alles vorbereitet ist. Oder finde Rudzak. Er hätte sie heute Abend töten können.«

»Aber du warst gerade noch rechtzeitig da.«

»Nein, wenn Rudzak sie hätte töten wollen, wäre ich zu spät gewesen. Er wollte sie nicht töten. Noch nicht.«

»Wozu dann das Ganze?«

»Um mich wissen zu lassen, dass er sie töten könnte, und um festzustellen, wie hoch sie auf der Liste der Dinge steht, die mir wichtig sind.«

»Und, hat er das feststellen können?«

»Vermutlich. Wenn er uns beobachtet hat. Er hat mich immer lesen können.«

Galen hob die Brauen. »Und steht sie hoch genug auf der Liste, um für ihn interessant zu sein?«

»Er hat ins Schwarze getroffen.« Logan setzte das Glas ab und wandte sich um. »Wir müssen ihn finden, ehe er sie tötet. Denn das nächste Mal wird er es tun.«

Sarah schlief tief und fest wie ein Kind nach einem anstrengenden Tag. Logan stand am Bett und sah auf sie hinab.

Zärtlichkeit. Fürsorge. Liebe. Leidenschaft. Furcht.

Sie war nicht die erste Frau in seinem Leben. All diese Emotionen hatte er schon früher gefühlt. Aber nicht so.

Nicht mit dieser völligen Hingabe und dieser verzweifelten Intensität. Wann war aus Bewunderung und Freundschaft diese unbedingte Hingabe geworden?

Die Frage war müßig. Sie war gewachsen, sie war da.

Und Rudzak wusste es.

Sarah bewegte sich und wimmerte leise im Schlaf.

Albträume? Er hatte ihr versprochen, ihre Albträume zu verscheuchen.

Er glitt neben sie ins Bett und zog sie in die Arme. Sie fühlte sich weich und fraulich an, aber er wusste, wie stark sie war. Stark und hartnäckig und dabei furchtbar verletzlich und vorsichtig. Es war ein Wunder, dass er es überhaupt in ihr Bett geschafft hatte. Es war eine übermenschliche Aufgabe, sie dazu zu bewegen, eine weitergehende Beziehung zuzulassen. Er musste vorsichtig vorgehen und durfte sie nicht drängen.

Sie seufzte wieder und er streifte ihre Stirn mit den Lippen.

»Schschsch, alles in Ordnung, ich bin hier. Ich passe auf, dass dir niemand wehtut.« Er zog sie näher und flüsterte die Worte, von denen er wusste, dass sie sie ihm niemals glauben würde. »Ich werde immer da sein, Sarah.«

Logan lag noch immer neben ihr, als Sarah am nächsten Morgen erwachte. Seine Augen waren offen, augenscheinlich war er hellwach.

»Guten Morgen.« Er drückte ihr einen Kuss auf die Stirn und setzte sich im Bett auf. »Geh unter die Dusche, ich kümmere mich um das Frühstück.«

»Wie spät ist es?«

»Fast Mittag.«

»Ich muss Maggie und Monty füttern.«

»Schon geschehen.« Er stand auf. »Ich habe dich ganz

kurz verlassen, um Monty zu versorgen, und Galen hatte Maggie schon gefüttert. Es wird dich freuen zu vernehmen, dass Monty das Futter aus seiner Hand verweigert hat.«

»Aber von dir hat er es wieder angenommen.«

»Sei nicht böse auf ihn. Ich bin was Besonderes. Wir haben viel zusammen durchgemacht in Santo Camaro, Taiwan und dann gestern Abend. Es ist nur natürlich, dass ...« Er unterbrach sich, als er sah, wie sich ihr Gesichtsausdruck veränderte. »Denk jetzt nicht darüber nach. Geh duschen und lass uns frühstücken.« Er nahm seinen Bademantel vom Fuß des Bettes und verließ das Zimmer.

Leicht gesagt, dachte sie, während sie sich langsam im Bett aufrichtete. Wie sollte sie es vermeiden, an jene armen Kinder zu denken? Die Ereignisse des gestrigen Tages stürmten auf sie ein, jedes schreckliche Detail deutlich und messerscharf gezeichnet.

Wie das Messer im Rücken von Chavez.

Sie erschauderte. Fünf Menschenleben vernichtet, nur um sie zum Apache Lake zu locken. Wie konnte jemand so etwas tun?

Aber er hatte es getan. Und er war davongekommen.

Plötzlich trat glühender Zorn an die Stelle des eisigen Schreckens, der sie noch eben gelähmt hatte.

Das konnte dir so passen, du Widerling.

13

Zwanzig Minuten später kam Sarah mit Khaki-Shorts und einem T-Shirt bekleidet aus dem Badezimmer.

Galen sah vom Küchenherd zu ihr auf. »Die Sauce und die Biskuits sind noch nicht fertig.«

»Wo ist Logan? Ich dachte, er wollte das Frühstück machen.«

»Also bitte!«, sagte Galen mit gequältem Gesichtsausdruck. »So gern ich mich von Logan bedienen lassen würde, meinen Verdauungsapparat werde ich dafür nicht opfern. Ich habe mich im Laufe der Jahre an gute Küche gewöhnt.«

»Und wo ist er?«

»Draußen, mit Monty.«

»Ich dachte, Monty wäre bei Maggie.«

»Er schmollt. Ihm passt es nicht, dass ich mich mit seiner Angebeteten angefreundet habe.«

»Wie bitte?«

»Er glaubt, dass Maggie mich lieber hat als ihn. Als ich ihren Verband gewechselt und sie gefüttert habe, hat sie ihn total ignoriert. Es liegt auf der Hand, dass sie bis über beide Ohren in mich verliebt ist.« Kopfschüttelnd goss er Milch in die heiße Kasserolle, dann zwinkerte er ihr zu. »Ich mache nur Spaß. Es hat eine ganze Weile gedauert, bis sie aufgehört hat zu heulen, als Sie gestern weg waren. Ich glaube, sie ist sauer auf Monty und spielt die Unberührbare. Ich könnte mich natürlich irren. Meine Bescheidenheit verstellt mir manchmal den Blick und ich…«

Er brach ab und sah sie prüfend an. »Sie sehen besser aus als gestern – aber ziemlich wütend.«

»Ich bin wütend.«

»Dann gehen Sie zu Logan. Ich brauche Ruhe und gute Gedanken, um mich in die höchsten Regionen der Kochkunst zu erheben.«

»Hat Logan Ihnen erzählt, dass Smith tot ist?«

»O ja, und ich hatte auch schon einige wütende Gedanken.« Er rührte in der Sauce. »Aber nachdem ich ein paar Räder in Bewegung gesetzt hatte, fühlte ich mich gleich viel besser.«

»Was für Räder?«

»Ich will wissen, wer Rudzak am Apache Lake zur Hand gegangen ist. Man muss immer erst Bescheid wissen, ehe man Maßnahmen ergreift.« Er öffnete die Ofenklappe und sah nach den Biskuits. »Es war mit ziemlicher Sicherheit Carl Duggan.«

»Wie können Sie da so sicher sein?«

»Ich habe großartige Kontakte. Jeder liebt mich. Habe ich das noch nicht erwähnt?«

»Ich hatte es angenommen. Und was für Maßnahmen wollen Sie ergreifen?«

Er sagte leise: »Auge um Auge, Zahn um Zahn. Was sonst?«

Sie erinnerte sich plötzlich, wie er durch den Dschungel gerannt war, ein Raubtier. Sie fand den Gedanken nicht abstoßend. Eine saubere Tötung und der Tod wohlverdient. Nicht wie Rudzak, der …

»Sie haben schon wieder schlechte Gedanken.« Er schnalzte tadelnd mit der Zunge. »Ich habe Ihnen doch gesagt, dass ich das beim Kochen nicht tolerieren kann. Gehen Sie raus und sprechen Sie mit Logan. Ich rufe Sie, wenn das Frühstück fertig ist.«

Logan lehnte am Zaun und sprach in sein Handy. Er hob die Hand zum Gruß und redete weiter. Monty lag zu seinen Füßen, doch als er Sarah sah, sprang er auf und lief ihr mit freudig wedelndem Schwanz entgegen.

»Jetzt freust du dich, mich zu sehen«, murmelte sie, als sie sich niederkauerte, um ihn zu streicheln. »Wo warst du gestern Abend, als ich dich brauchte?«

Doch sie hatte ihn nicht wirklich gebraucht. Logan war ja da gewesen und hatte sie gehalten. Vielleicht hatte Monty den gleichen Trost bei Maggie gefunden.

»Ist das Frühstück fertig?« Logan hatte sein Telefongespräch beendet und betrachtete sie und Monty.

»Noch nicht. Ich habe Galen gestört und er hat mich zu dir geschickt.«

»Das überrascht mich. Galen lässt sich nicht so leicht stören. Aber es freut mich, dass er die richtigen Prioritäten setzt.«

»Mit wem hast du gesprochen?«

»Lieutenant Carmichael. Er schickt heute Nachmittag jemanden her, um deine Aussage aufzunehmen.«

»Irgendwelche Neuigkeiten von Rudzak?«

»Nein.«

Sie hatte nicht damit gerechnet. »Und was ist mit den Teenagern? Wie sind sie gestorben?«

Er schüttelte den Kopf. »Das willst du nicht wissen.«

»Doch.«

»Einer wurde erschossen. Die anderen ertränkt. Sie sind lebendig ins Wasser gestürzt worden.«

Sie schauderte. »Mein Gott.«

»Ich habe dir doch gesagt, dass du es nicht wissen willst.«

»Ich muss es wissen.« Sie schloss die Augen und hielt sich an Monty fest. »Ich muss alles wissen.«

»Warum? Damit du nie wieder ruhig schlafen kannst?«, fragte er herausfordernd.

»Weil Rudzak für mich nicht real war. Ich wusste, er hat diese Menschen in Kolumbien getötet, aber ich konnte zwischen ihm und mir und meinem Leben keine Verbindung herstellen.«

Mit Tränen in den Augen sah sie zu ihm auf. »Jetzt kann ich es, Logan.«

»Und es bringt dich um.«

»Nein, denn das würde heißen, dass Rudzak gewonnen hat. Das werde ich nicht zulassen. Ich werde nicht zulassen, dass er mir wehtut.« Sie stand auf. »Und ich werde ihm nicht erlauben, noch irgendjemandem wehzutun. Nie wieder.«

Er sah ihr in die Augen. »Was heißt das?«

»Das heißt, ich werde ihn finden, ehe er noch jemanden töten kann.«

»Und was dann?«

»Sag du's mir. Du sagst, Rudzak ist schlau. Selbst wenn er gefasst wird, heißt das nicht unbedingt, dass er verurteilt wird. Und selbst wenn, er hat es schon einmal geschafft, aus dem Gefängnis zu entkommen. Er würde es wieder schaffen, nicht wahr?«

»Es wäre schwieriger.«

»Aber er könnte es schaffen.«

»Verdammt noch mal, ja. Worauf willst du hinaus, Sarah?«

»Du weißt, worauf ich hinauswill.« Ihre Stimme bebte vor Zorn. »Galen glaubt an Auge um Auge. Und du auch.«

»Aber du nicht. Das liegt nicht in deiner Natur.«

»Woher willst du das wissen? Ich bin noch nie so zornig gewesen.«

»Du warst zornig, als Madden dir Monty weggenommen hat, aber du hast ihn nicht getötet.«

»Monty ist nicht gestorben. Ich konnte ihn retten. Rudzak hat mir keine Chance gegeben, diese Kinder zu retten. Er hat sie getötet und mich zu der Stelle gebracht, damit Monty sie findet. Er sagte mir, wie Leid es ihm täte, und dabei hatte er sie selbst in dieses Auto gesetzt und ...«

»Du nimmst das persönlich, dabei wollte er nur mich treffen.«

»Du hast Recht, ich nehme es persönlich. Wen er treffen wollte, ist mir scheißegal. Er hat mich benutzt, und er hat diese Kinder benutzt und Chavez und Smith. Er hat gelächelt und mir von diesem Hund erzählt, den er aus dem Tierheim geholt hat, und er war mir sympathisch. Er hat mit mir gespielt wie ...«

»Schschsch.« Er stand vor ihr, die Hände auf ihren Schultern. »Du jagst mir Angst ein und ich finde anscheinend nicht die richtigen Worte, dich zur Vernunft zu bringen.«

»Wie willst du mich zur Vernunft bringen? Soll ich einfach vergessen, dass ...«

»Ich versuche, dir zu erklären, dass dieser Krieg meine Sache ist, nicht deine. Ich werde Rudzak kriegen.«

»Noch hast du ihn nicht gefunden.«

»Und du würdest ihn finden?«

»Das werde ich.« Ihre Hände ballten sich zu Fäusten. »Das ist mein Beruf. Ich finde Menschen. Ich werde ihn suchen.«

»Das habe ich befürchtet.« Einen Moment lang verstärkte er den Griff an ihren Schultern, dann ließ er die Hände sinken. »Ich nehme an, du wirst dir das von mir nicht ausreden lassen, richtig?«

Sie schüttelte den Kopf.

»Dann muss ich wohl versuchen, das Beste daraus zu machen. Wenn es ein Bestes gibt.« Er trat zurück. »Ich hoffe, du hast nicht vor, mich ganz auszuschließen von dieser Sache?«

»Wie könnte ich das? Ich brauche dich.«

»Das ist tröstlich ... ein wenig.«

»Ich versuche nicht, dich zu trösten. Du bist derjenige, der alles über Rudzak weiß. Ich will alles wissen, was du weißt.«

»Hat das Zeit bis nach dem Frühstück?«

»Nein.«

»Na gut.« Er führte sie zu der Bank, die an der Hauswand stand. »Setz dich und frag mich.«

»Warum hat Rudzak diesen Kamm in meinen Wagen gelegt?«

»Wird die Antwort auf diese Frage dir helfen, ihn zu finden?«

»Vielleicht. Sie wird mir helfen, ihn kennen zu lernen und einzuschätzen, was er vorhat.«

Er schwieg einen Augenblick. »Er wollte mir zeigen, dass er derjenige war, der diese Kinder umgebracht hat, und dass er auch dich hätte töten können. Er hat diesen Kamm und viele andere Stücke altägyptischen Kunsthandwerks Chen Li geschenkt. Und jetzt hinterlässt er sie als eine Art Signatur an den Orten, wo er zugeschlagen hat.«

»Was für eine Signatur?«

»Eine symbolische Grabbeigabe. Ägyptische Herrscher wurden mit ihren Schätzen begraben. Und er will mit diesen Morden den Tod von Chen Li ehren.« Seine Lippen verzerrten sich. »Und zugleich mich verletzen.«

»Dann geht es also um Chen Li. Waren sie Geliebte?«

»Nein, Halbgeschwister.«

Sie starrte ihn voller Bestürzung an. »Und du hast ihn ins Gefängnis gebracht?«

»Ja.«

»Um Gottes willen, warum?«

»Er hat Chen Li getötet.«

»Was?«

»Er ging in ihr Zimmer im Krankenhaus und brach ihr den Hals. Nach seiner Auffassung war das Sterbehilfe.«

»Und nach deiner?«

»Mord. Ihr Zustand hatte sich gebessert und diese Besserung hätte andauern können.« Er presste die Lippen zusammen. »Er hat ihr diese Chance nicht gegeben.«

»Wusste er, dass es ihr besser ging?«

»Ich habe es ihm selbst gesagt. Er hat mir nicht geglaubt. Er wollte mir nicht glauben. Er hatte sie verloren und er wollte nicht, dass sie weiterlebte, wenn er sie nicht haben konnte.«

»Wieso verloren?«

»Er liebte sie. Er wollte mit ihr ins Bett.«

Sie schnappte erschrocken nach Luft.

»Deshalb hat er versucht, sie in diesen ägyptischen Schwindel einzuwickeln. Im alten Ägypten war Sex zwischen nahen Verwandten gang und gäbe. Er umwarb sie wie ein Liebhaber und ging nie einen Schritt zu weit. Doch zum Ende hin muss sie es gemerkt haben und er spürte, dass seine Begierde sie abstieß. Das konnte er nicht akzeptieren und also musste sie sterben.«

»Und du hast ihn ins Gefängnis gebracht?«

»Wenn ich ihn in die Finger gekriegt hätte, ehe er nach Bangkok abhaute, hätte ich ihn umgebracht. Stattdessen informierte ich die Behörden in Bangkok, wann und wo sie die Drogen finden konnten, die er ins Land geschmuggelt hatte. Beim Prozess habe ich den Richter bestochen, damit er zu lebenslänglicher Haft in einem der schlimmsten Gefängnisse der Welt verurteilt würde. Galen versicherte mir, dass dort selbst die Schaben Reißaus nehmen, wenn sie sich versehentlich dorthin verirrt haben.« Sein Lächeln war eisig. »Das machte mich sehr glücklich.«

»Rudzak hat Drogen geschmuggelt?«

»Sein Vater hatte ein Import-Export-Geschäft in Tokio. Rudzak bediente sich der Kontakte seines Vaters, um Kunstgegenstände zu schmuggeln. Dabei machte Galen seine Bekanntschaft und durch Galen lernte dann ich ihn kennen. Wir machten ein paar Geschäfte zusammen und er lud uns zu sich nach Hause ein, wo ich seine Familie kennen lernte ... und Chen Li.«

»Du warst ein Schmuggler?«

»Ich habe dir ja gesagt, dass meine Vergangenheit nicht so sauber ist. Ich war damals pleite und versuchte, auf einen grünen Zweig zu kommen. Doch ich hörte mit der Schieberei auf, als ich Chen Li heiratete. Rudzak behauptete, dass er ebenfalls aufhören würde, doch tatsächlich stieg er nur in eine andere Branche ein. Zwei Jahre später kam Galen zu mir und erzählte, dass Rudzak angefangen habe, Drogen durch ganz Asien zu schmuggeln. Das war sehr viel profitabler, aber auch sehr viel gefährlicher. Ich wusste, dass es Chen Li umbringen würde, wenn sie davon erfahren wurde, deshalb versuchte ich, ihn zu uberreden, damit aufzuhören. Er versicherte mir, er würde direkt nach der nächsten Lieferung Schluss machen.«

»Das hat er aber nicht getan.«

Logan schüttelte den Kopf. »Er verdiente haufenweise Geld und dachte nicht daran, sich das entgehen zu lassen. Also ließ ich ihn machen und versuchte nur, sein Treiben vor Chen Li zu verheimlichen. Alles, was ich damals tat, diente nur dem Zweck, Chen Li zu beschützen. Wir hatten soeben erfahren, dass sie Krebs hatte, und ich suchte verzweifelt nach einem Mittel, sie zu heilen. Ich war so jung, ich konnte nicht glauben, dass es Dinge gab, die ich nicht ändern konnte.«

Nein, Logan würde nicht hinnehmen, dass es irgendetwas gab, das er nicht ändern konnte, dachte sie. Und als junger Mann war er sicher noch sturer und entschlossener gewesen.

»Jetzt weißt du, was für ein Schwein Rudzak ist – und auch von mir hast du ein besseres Bild. Denkst du nicht doch, du solltest es mir überlassen, ihn zur Rechenschaft zu ziehen?«

Sie schüttelte den Kopf.

»Du machst einen Fehler«, sagte er grob. »Du kommst gegen ihn nicht an. Er hat dich studiert. Er weiß um deine Schwäche.«

»Was für eine Schwäche?«

»Menschlichkeit. Wenn du gebraucht wirst, kommst du zu Hilfe. Wie am Apache Lake.«

»Und was soll ich stattdessen tun? Hier herumsitzen?«

»Wäre das so schlimm? Es wird ja nicht mehr lange dauern. Er hat seine Hausaufgaben gemacht und sich in Bewegung gesetzt. Vor jetzt an wird alles sehr schnell gehen.«

»Was für Hausaufgaben?«

»Wir glauben, dass er über Dodsworth Bescheid weiß. Galen hat einen Mann ins Rathaus geschickt und herausgefunden, dass irgendjemand dort in den Archiven geschnüffelt hat.«

»Dodsworth?«

»Eine medizinische Forschungseinrichtung in North Dakota. Deren Projekte sind nicht ganz so geheim wie das in Santo Camaro. Sobald Bassett seine Notizen geordnet hat, wird er nach Dodsworth gehen, um das Projekt mit dem dortigen Team zu Ende zu bringen.«

»Du hast mir nie erklärt, wie Rudzak von Santo Camaro erfahren hat. Es war doch streng geheim, nicht?«

»Geld. Er hat jemanden aufgespürt, den er bestechen konnte, um die Informationen zu kriegen, die er brauchte.«

»Wen?«

»Castleton.«

Sie erstarrte. »Castleton? Bist du sicher?«

»Ganz sicher.«

Sie dachte an ihre Begegnung mit Castleton zurück und konnte sich an nichts erinnern, das ihn hätte verdächtig erscheinen lassen. Aber im Rückblick und im Lichte der Kenntnis, die sie inzwischen von Logan gewonnen hatte, erkannte sie, dass da etwas in seiner Haltung gewesen war, das sie hätte stutzig machen müssen. »Du hast es am Abend unserer Ankunft bereits gewusst.«

»Ja.«

»Und du hast ihn gehen lassen?«

Er antwortete nicht sofort. »Nein.«

Nach allem, was sie inzwischen über Logan erfahren hatte, war sie nicht einmal überrascht. »Weil du Angst hattest, er könnte Rudzak von Monty und mir erzählen und dir den geplanten Überraschungsangriff verderben?«

»Auch. Aber ich hätte es ohnehin getan. Er hat seine Kollegen verraten. Er war verantwortlich für ihren Tod. Auge um Auge, Zahn um Zahn.«

Sie nickte langsam. »Und so hat Rudzak auch von Dodsworth erfahren.«

»Was Castleton wusste, weiß Rudzak. Als Erstes habe

ich also die Sicherheitsvorkehrungen in allen meinen Produktionsstätten und Forschungseinrichtungen verstärkt.«

»In allen? Aber du glaubst, dass er es auf Dodsworth abgesehen hat.«

»Ich nehme es an. Aber was weiß ich? Ich darf nichts riskieren. Abgesehen davon wissen wir, dass er genug Sprengstoff gekauft hat, um eine kleine Stadt in die Luft zu sprengen.«

»Sprengstoff«, flüsterte sie.

»Du warst in Oklahoma City. Du hast gesehen, was Sprengstoff anrichten kann.«

Sie wusste es sehr gut. Sie hatte geholfen, diese unglücklichen kleinen Kinder aus den Trümmern zu ziehen. »Du darfst das nicht zulassen. Warum hast du nicht die ATF benachrichtigt?«

»Ich habe sowohl die ATF als auch das FBI benachrichtigt.«

»Hast du ihnen auch von Dodsworth erzählt?«

Sie las die Antwort in seinem Gesicht. »Du hast nichts davon gesagt.«

»Noch nicht.«

»Ruf sie an.«

»In Dodsworth wird niemand zu Schaden kommen.«

»Wie kannst du so etwas sagen?« Die Tragödie von Oklahoma City stand ihr noch immer lebhaft vor Augen. »Du hast gesagt, Rudzak hat sich Sprengstoff besorgt.«

Er schüttelte den Kopf. »Zum ersten Mal haben wir eine gewisse Ahnung, wo Rudzak zuschlagen wird. Wir haben die Chance, ihn in eine Falle zu locken.«

»Das Risiko ist zu groß. Lass die ATF ihm die Falle stellen.«

»Jede Behördenpräsenz in Dodsworth würde ihn sofort

abschrecken, das kann ich nicht brauchen, wenn ich ihn in die Falle locken will. Meinen Sicherheitsdienst sieht er als Herausforderung, nicht als Abschreckung. Aber er wird sich die Zähne daran ausbeißen.«

»Ruf die ATF.«

»Noch nicht. Erst wenn es absolut notwendig ist. Erst wenn ich ganz sicher bin, dass wir ihn nicht aufhalten können. Vertrau mir. Ich werde handeln, wenn es nötig ist.«

»Wie viele Leute arbeiten in dieser Forschungseinrichtung?«

»Siebenundfünfzig.«

»Und wissen sie, in welcher Gefahr sie sind?«

»Ja. Ich habe den Leiter des Instituts gebeten, alle darüber zu informieren, was in Santo Camaro geschehen ist, und dass der nächste Anschlag ihnen gelten könnte. Ich habe ihnen freigestellt, die Einrichtung zu verlassen. Nur sechs sind gegangen. Der Rest ist geblieben.«

»Du musst das Institut schließen.«

»Dann sucht Rudzak sich ein anderes Ziel.« Er stand auf. »Wenn du die ATF mit der Sache befassen willst, ruf sie selbst.«

»Werde ich tun.«

»Dann sei dir darüber im Klaren, dass du damit die Verantwortung für ein zweites Kai Chi übernimmst.«

Sie spürte, dass ihr alles Blut aus dem Gesicht wich. »Kai Chi?«

»Das war Rudzak. Eine Hommage an Chen Li. Willst du also ein weiteres Kai Chi oder die Chance, den Kerl zu fangen?«

»Kai Chi.« Bleich vor Schrecken starrte sie ihn an. »Warum hast du mir das nicht gesagt?«

»Weil ich wusste, dass du mich so ansehen würdest,

wie du es jetzt tust, und ans andere Ende der Welt flüchten. Du kannst nicht begreifen, dass jemand auf die Idee kommen kann, fünfhundert Menschen zu ermorden, um eine hirnrissige Erklärung abzugeben.«

»Kannst du es?«

»Nein. Aber ich bin ein Teil des Problems und jedes Mal, wenn du mich ansiehst, wirst du Kai Chi sehen.«

»Bitte, ruf die ATF«, flüsterte sie. »Du hast das Kind gesehen, das in Taiwan umkam. Das war noch gar nichts gegen das, was diese Bombe in Oklahoma mit den Kindern gemacht hat.«

Er schwieg einen Augenblick lang, sein Gesicht verriet eine Vielzahl wechselnder Emotionen. Dann schüttelte er den Kopf. »Ich würde dir alles auf dieser Welt geben, Sarah, aber das kann ich dir nicht geben. Ich darf mir die Chance, ihn zu fassen, nicht entgehen lassen.«

»Das ist falsch, Logan.«

»Dann ruf du die ATF an. Niemand hindert dich.« Er ging aufs Haus zu. »Aber überlege es dir gut. Und denke an Kai Chi. So etwas könnte wieder passieren.«

Niemand hinderte sie? Und ob sie gehindert wurde!

Oklahoma City. O Gott, sie könnte es nicht ertragen, für eine ähnliche Katastrophe verantwortlich zu werden.

Kai Chi.

Wenn Logan Recht hatte, würde sie es ertragen können, für den Tod von noch mehr Menschen verantwortlich zu sein, als in Dodsworth gefährdet waren?

Sie brauchte eine Antwort, und zwar bald.

Monty winselte und legte ihr den Kopf aufs Knie. »Ist schon gut.« Sie streichelte ihm den Kopf. »Geh zurück zu Maggie.«

Er rührte sich nicht von der Stelle. Er war da, ihr Trost und Kameradschaft zu spenden, wie es Logan in der

Nacht zuvor getan hatte. Doch am Morgen hatte Logan ihr nichts geboten als Einsamkeit und Verzweiflung.

Sarah versuchte, den Schmerz zu ignorieren. »Hör auf, dich selbst zu bemitleiden«, befahl sie sich. Sie hatte ihm gesagt, dass sie nichts als sexuellen Genuss von ihm erwartete. Es war dumm von ihr, dass sie ihn so nah an sich herangelassen hatte. Aber alles halb so wild. Sie war die meiste Zeit ihres Lebens allein gewesen und sehr gut zurechtgekommen.

Er hatte sie gebeten, ihm zu vertrauen. Konnte sie das? Aufgrund ihrer Gefühle für ihn oder weil sie davon überzeugt war, dass das Risiko sich lohnte? Sie hatte ihr Leben immer selbst in die Hand genommen, aber sie hatte auch noch nie solche Gefühle gehabt wie für Logan.

Als sie nach draußen gegangen war, um mit ihm zu reden, hatte alles ganz einfach ausgesehen. Sie war voller Wut auf Rudzak und fest entschlossen gewesen, ihn aufzuspüren und für die am Apache Lake verübten Greuel zu bestrafen. Nun drohte in Dodsworth noch Schlimmeres und nichts war mehr einfach.

Nichts außer der Tatsache, dass jede Entscheidung, die sie in dieser Situation traf, die falsche sein konnte.

»Meine Biskuits und die Sauce sind hinüber«, sagte Galen, als sie eine Stunde später in die Hütte kam. »Und Logan hat auch nichts davon gegessen. Aber gutherzig wie ich bin, werde ich euch eine neue Portion machen. Es wird allerdings einen Moment dauern, Perfektion braucht Zeit.«

»Ich bin nicht hungrig.« Sie sah Logan an, der auf einem Stuhl am Tisch saß. »Mir steckt was in der Kehle.«

Logan begegnete ihrem Blick. »Das kann ich mir vorstellen. Die Frage ist, ob du imstande sein wirst, es zu schlucken.«

»Ich werde es versuchen. Ich sehe keine andere Lösung.« Sie kreuzte die Arme über der Brust. »Ich werde abwarten, ehe ich die ATF über Dodsworth informiere. Aber wenn ich glaube, dass eine direkte Gefahr besteht, werde ich sofort Alarm schlagen, und du wirst es mir nicht ausreden können.«

»Das habe ich nicht anders erwartet.«

»Und ich bin nicht gewillt, hier herumzusitzen und Däumchen zu drehen, bis ich höre, dass Rudzak weg ist. Du hast gesagt, Rudzak ist bereit zum Handeln. Ich will nach Dodsworth und dort sein, ehe er seine Sprengladungen legen kann.«

»Ich habe dir doch gesagt, dass er möglicherweise woanders zuschlagen wird.«

»Aber Dodsworth liegt dir besonders am Herzen und das weiß er. Und du glaubst nicht, dass er sich die Gelegenheit entgehen lassen wird, dich dort zu treffen, wo es dir besonders wehtut.«

»Nein.«

»Und wenn du persönlich dort wärst, wäre das für ihn ein Grund mehr, gerade da zuzuschlagen, stimmt's?«

»Ja.«

»Und offensichtlich hat er es auch auf mich abgesehen, habe ich Recht?«

»Daran kann wohl kein Zweifel bestehen.« Er setzte ein schiefes Lächeln auf. »Leider.«

»Dann wird er der Gelegenheit, so viele Fliegen mit einer Klappe zu schlagen, nicht widerstehen können.« Sie wandte sich entschlossen an Galen. »Sie sind sicher, dass die Sicherheitsvorkehrungen in Dodsworth nicht zu knacken sind?«

Galen nickte. »Ich würde da jederzeit mein Lager aufschlagen und mir ist mein eigener Hals sehr viel wichtiger als der dieser Wissenschaftler. Die Wissenschaft kann vielleicht die Welt retten, aber wo kämen wir hin ohne meinen Charme und ohne feine Küche?« Er blickte zu Logan. »Es scheint, dass auf einmal Eile angesagt ist. Wir hatten doch vor, noch ein bisschen zu warten.«

»Ich will nicht warten«, sagte Sarah. »Ich will Rudzak jetzt.«

Logan nickte. »Ich hatte gehofft, dich da raushalten zu können.«

»Rudzak will mich nicht raushalten.«

»Aber warum willst du ihm geben, was er will? Bleib hier, wo du in Sicherheit bist.«

»Klingt vernünftig«, sagte Galen.

»Wann fliegen wir nach Dodsworth?«, fragte Sarah.

Logan seufzte. »Wenn Bassett bereit ist, sich dem dortigen Team anzuschließen. Ich denke, Rudzak ist scharf darauf, alle Hoffnungen in das Projekt mit einem Schlag zu vernichten, und das kann er nur, wenn er auch Bassett eliminiert.«

»Und du hast gesagt, dass Bassett binnen einer Woche bereit sein wird?«

Logan nickte.

»Gut. Dann muss auch ich Pläne machen.« Sie ging ins Schlafzimmer und schloss die Tür hinter sich.

»So viel zu dem Plan, sie da rauszuhalten«, sagte Galen. »Ich werde versuchen, mich in Dodsworth um sie zu kümmern, aber ich kann nichts versprechen, wenn sie ihren eigenen Weg geht wie am Apache Lake. Man kann niemanden beschützen, der nicht beschützt werden will.«

»Ich weiß.«

»Und ich habe da eine gewisse Kühle in ihrem Verhalten ausgemacht, die mir die Arbeit nicht gerade erleichtern wird.«

»Kann man ihr das übel nehmen? Ich staune, dass sie mir nicht die Kehle durchschneiden will. Ich musste ihr von Kai Chi erzählen, sonst wäre sie geradewegs allein gegen Rudzak auf den Kriegspfad gezogen.«

Galen wandte sich wieder seinem Ofen zu. »Ich würde aufhören, über ihre Gefühle nachzugrübeln, und da reingehen, um zu sehen, was sie macht. Es kann nicht in deinem Sinne sein, sich von ihren Plänen überraschen zu lassen.« Er blickte auf die Sauce hinab, die in der Bratpfanne dick wurde. »Ein Jammer. Ihr beide habt mir alles verdorben. Dieses Frühstück hätte ein Meisterwerk werden können.«

»Was machst du?«

Sarah blickte auf und sah Logan in der Tür stehen. »Wonach sieht es aus?« Sie warf einen Stapel Unterwäsche in die Reisetasche, die auf dem Bett stand. »Ich packe. Ich will fertig sein, wenn Bassett soweit ist.«

»Wir müssen nicht sofort dort sein.«

»Ich weiß.« Sie warf eine Strickjacke und zwei Paar Jeans in die Tasche. »Aber ich werde verrückt, wenn ich nichts tun kann. Du und Rudzak, ihr mögt ja alle Geduld der Welt haben, ich mache bei diesem Spiel nicht mit. Für mich ist es keins.«

»Für mich ist es auch keins. Du bist nicht fair, Sarah.«

»Vielleicht nicht. Ist mir allerdings auch scheißegal.«

»Eben nicht. Das ist ja gerade das Problem. Du nimmst dir das alles zu sehr zu Herzen.« Er ging durchs Zimmer und blieb vor ihr stehen. »Das bringt zwar alle meine Pläne durcheinander, aber ich möchte es trotzdem nicht anders haben.«

Er war zu nah. Sie konnte die Wärme seines Körpers fühlen. Sie wich ihm aus und ging zum Schreibtisch. »Was ich mir zu Herzen nehme, sind diese Menschen in Dodsworth. Es geht nicht um dich.«

»Ich weiß«, sagte er ruhig. »Ich weiß, dass du im Augenblick nicht gut auf mich zu sprechen bist. Wenn das hier vorbei ist, wird es anders sein. Dafür werde ich sorgen.«

Sie antwortete nicht.

»Wir müssen zusammenarbeiten, Sarah. Du darfst nicht nur auf deine Gefühle hören.«

Genau das wollte sie ja verhindern. Sie musste Abstand von ihm halten. Sie durfte sich von ihren Gefühlen für ihn nicht ihre Urteilsfähigkeit trüben lassen. Nicht, wenn so viele Menschenleben auf dem Spiel standen. »Ich werde mit dir zusammenarbeiten.« Sie sah ihm in die Augen. »Aber erwarte sonst nichts von mir. Ich kann es dir nicht geben.«

»Du wirst. Wie du sagtest, ich kann sehr geduldig sein.«

»Wenn das alles vorbei ist, wirst du es dir vielleicht anders überlegt haben.«

»Ganz sicher nicht.«

Ihre Hand schloss sich fest um den Knauf der Schreibtischschublade, als er das Zimmer verließ und die Tür hinter sich schloss. Pack deine Sachen. Denk nicht an ihn. Lass nicht zu, dass er dir zu wichtig wird. Selbst wenn er jetzt an dir interessiert ist, wie lange kann das dauern? Du bist viel zu verschieden von ihm.

Und das ist gut so. Sie wollte sich nicht ändern. Sie wollte niemand anders sein als sie selbst. Sie war eine Frau, die Entscheidungen treffen und ihr Leben nach ihrem eigenen Geschmack gestalten konnte.

Denk nicht an ihn. Denk an Rudzak und daran, wie du Dodsworth vor ihm schützen kannst.

»Du willst, dass ich komme?«, wiederholte Eve. »Warum denn?«

»Wegen Maggie. Es geht ihr schon viel besser, aber ich brauche jemanden, der sich während meiner Abwesenheit um sie kümmert.«

»Ich dachte, das sollte ein Witz sein, als du sagtest, du bräuchtest Jane zur Pflege deiner Wölfin.«

»War es damals auch. Aber jetzt brauche ich deine Hilfe wirklich. Kannst du kommen?«

»Da fragst du noch? Du bist gekommen, als ich dich brauchte, du hast meine Tochter gefunden. Ich komme mit dem nächsten Flieger.«

»Danke. Kannst du Jane bei deiner Mutter in Pflege geben und Joe mitbringen?«

»Ich müsste ihn erst fragen, ob er abkömmlich ist. Aber warum soll ich ihn mitbringen?«

»Mir wäre wohler. Ich glaube zwar nicht, dass es hier gefährlich für dich ist, wenn wir nicht hier sind, aber mir wäre trotzdem wohler, wenn ich weiß, dass Joe bei dir ist.«

»Wir? Wer sind wir?«

»Logan und ich.«

Eve schwieg einen Moment. »Wirst du mir verraten, was bei euch los ist?«

»Sobald du hier bist. Aber bitte versuch, Joe mitzubringen. Obwohl das vielleicht gar nicht in meinem Interesse ist. Er wird dich wahrscheinlich gleich wieder ins Flugzeug zurück nach Atlanta zerren, wenn ich ihm von Rudzak erzähle.« Sie rieb sich die Schläfe. »Na ja, vielleicht wäre das wirklich das Beste.«

»Ich verstehe kein Wort.«

»Mir geht's nicht viel besser. Aber du sollst wissen, dass ich vollstes Verständnis habe, wenn du dich entschließt, mir nicht zu helfen. Du sollst dich um Himmels willen nicht genötigt fühlen ...«

»Halt den Schnabel. Ich melde mich, wenn ich weiß, wann der Flieger in Phoenix landet.«

Sarah machte sich auf den Weg ins Wohnzimmer. Das war erledigt. Nun zu Galen.

Doch das Wohnzimmer war leer. »Galen!«

»Hier draußen«, meldete er sich von der hinteren Veranda. »Ich habe gerade Maggie gefüttert.«

»Ich habe gerade meine Freundin Eve angerufen und sie wird ...« Angesichts des Bildes, das sich ihr auf der hinteren Veranda bot, blieb ihr der Mund offen stehen. Galen saß neben Maggie auf dem Boden, ihr Kopf lag auf seinem Schenkel. »Auf diese Weise können Sie aber leicht einen Körperteil einbüßen. Einen, der Ihnen besonders teuer ist, wie ich mir denken könnte.«

»Wir verstehen uns.« Galen streichelte Maggie den Kopf. »Wir haben uns gerade ausgesprochen und festgestellt, dass wir einander in vieler Hinsicht sehr ähneln. War es nicht so, Maggie?«

»In welcher Hinsicht?«

»Ähnliche Herkunft. Aus dem Käfig in die Wildnis. Ähnlich starker Selbsterhaltungstrieb.« Er zwinkerte Sarah zu. »Und wir sind beide so atemberaubend schlau, dass einem die Spucke wegbleibt.«

»Danke für die Warnung. Aber würden Sie dennoch ein Stück von ihr wegrücken? Sie mögen ja beide atemberaubend schlau sein und sich wunderbar verstehen, aber ich habe Maggie ins Haus geholt und bin verantwortlich für jeden Schaden, den sie anrichtet.«

»Wenn Sie unbedingt wollen.« Vorsichtig zog er das Bein unter Maggies Kopf weg, ohne aufzuhören, sie zu streicheln. »Wissen Sie, dass ich diese Schönheit verlassen und nach Dodsworth gehen muss? Ich habe jetzt dort zu tun.«

Sie nickte. »Ich habe jemanden gebeten, sich um sie zu kümmern. Eve Duncan und Joe Quinn kommen noch heute.«

»Tatsächlich? Wird es nicht ein bisschen eng werden in der kleinen Hütte?«

»Ich möchte, dass Sie Ihre Leute nicht abziehen. Ich will, dass Eve und Joe hier sicher sind.«

»Ich wollte sie eigentlich nach Dodsworth schicken.«

»Holen Sie sich dafür andere Leute. Logan hat Geld genug.«

»Gut ausgebildete Leute sind auch für Geld nicht zu ...« Er grinste. »Aber was erzähle ich da? Natürlich geht das. Glücklicherweise habe ich aber schon genug Leute in Dodsworth.«

»Weshalb machen Sie es mir dann so schwer?«

»Ich fühlte mich verpflichtet, einen letzten Versuch zu unternehmen, Sie umzustimmen. Logan zahlt mein Gehalt und er will, dass Sie hier bleiben.«

»Wo ist er?«

»Er dreht draußen eine Runde mit Monty. Ich glaube, nach der Unterhaltung mit Ihnen musste er ein bisschen Dampf ablassen.«

Sie wandte sich zum Gehen, als ihr noch etwas einfiel. »Sie können Franklin anrufen und ihm sagen, dass ich in etwa fünfzehn Minuten zu Logans Haus in Phoenix fahren werde.«

»Warum das denn?«

»Dort werde ich Bassett näher und zur Stelle sein, wenn er mit seiner Arbeit fertig ist. Logan scheint zu glauben, dass er Rudzak wichtig ist.«

»Sie können ebenso gut hier warten.«

»Außerdem will ich Eve und Joe vom Flughafen abholen, von Logans Haus ist es dahin nicht weit.«

»Lassen Sie die beiden von einem meiner Leute abholen.«

Sie schüttelte den Kopf. »Ich will auf dem Flughafen mit Eve und Joe sprechen. Wenn sie hören, was ich ihnen zu erzählen habe, entschließen sie sich vielleicht, mit der nächsten Maschine nach Atlanta zurückzufliegen.«

»Und wenn nicht, bringen Sie sie her?«

»Nein sie sollen selbst fahren. Wie Sie schon bemerkten, ist hier nicht viel Platz.«

»Logan wird Ihnen folgen.«

»Ich versuche gar nicht, ihm wegzulaufen. Er kann mitkommen, wenn er will. Ich muss ihn ohnehin suchen gehen, damit ich Monty mitnehmen kann.«

»Ich bin sicher, da wird er Ihnen dankbar sein.«

Er würde nicht dankbar sein. Er würde aufgebracht und wahrscheinlich wütend sein, weil sie die Initiative ergriffen hatte.

Eve legte das Telefon nieder, nachdem sie Plätze für einen Flug nach Phoenix reserviert hatte, und ging hinüber zum Fenster, um auf den See hinauszublicken.

Joe ging mit Jane am Ufer spazieren.

Er sah zu ihr hinab und schien aufmerksam zuzuhören. Es war eine bittersüße Tatsache, dass das Verhältnis zwischen Jane und Joe enger geworden war, nachdem Bonnie gefunden wurde. Aber diese leichte Distanzierung von ihr mochte letztlich nur Gutes bewirken. Eve würde alle Schwierigkeiten mit Jane überwinden und dann würden sie eine wahre Familie sein.

Vielleicht sollten sie nach ihrer Rückkehr aus Phoenix alle drei eine kleine Reise unternehmen. In Ferienstimmung würde Jane sich ihr eher öffnen und dann konnten alle Missverständnisse zwischen ihnen ausgebügelt werden.

Nach Phoenix. Aber was war bei Sarah los und warum war Logan bei ihr?

Es wird etwas geschehen. Was Schlimmes.

Sie hob den Blick zu den Hügeln jenseits des Sees.

»Ich hoffe nicht, Baby, ich hoffe nicht.«

14

Am Abend holten Sarah und Logan Eve in Phoenix vom Flugplatz ab. Eve kam allein.

Sie hob die Hand, als Sarah sich anschickte, ihr Vorwürfe zu machen.

»Jane ist schon so durcheinander genug. Ich wollte ihr Joe nicht wegnehmen.«

»Hast du Gepäck?«, fragte Logan.

Eve schüttelte den Kopf, während sie niederkniete, um Monty zu kraulen. »Ich hoffte, ich würde nicht mehr brauchen, als in diese Tasche passt.« Sie blickte zu Sarah. »Habe ich mich da geirrt?«

»Ich hoffe nicht.« Sarah runzelte die Stirn. »Ich wollte, dass du Joe mitbringst. Hast du ihm nicht gesagt ...«

»Ich habe ihm gesagt, dass ich für dich einen Wolf hüten soll.« Lächelnd stand sie auf. »Mehr weiß ich schließlich selbst nicht.«

Sie marschierte auf den Ausgang zu. »Die Sache mit dem Wolf hat ihm nicht gepasst, aber wenn ich ihm erzahlt hatte, dass du der Meinung bist, ich musste hier einen Leibwächter haben, würde er keine Nacht mehr durchschlafen. Joe ist ein wenig überängstlich.«

Logan schnaufte. »Ein wenig?«

»Vielleicht mehr als ein wenig. Aber Vorsicht ist bekanntlich die Mutter der Porzellankiste.« Sie sah Logan an. »Du bist doch genauso. Es wundert mich, dass du Sarah in so eine Geschichte verwickelst, die ...«

»Ich hatte keine Wahl.« Logan nahm Eves Reisetasche.

»Aber sie selbst kann immer noch wählen, und wenn es dir gelingt, ihr auszureden, mit nach Dodsworth zu kommen, setze ich euch beide ins nächste Flugzeug nach Atlanta.«

»Dodsworth?«

»Ich gehe nicht nach Atlanta.« Sarah sah ihm in die Augen. »Das ist ein schmutziger Trick, Eve einzuspannen, damit ich meine Meinung ändere.«

»Nicht annähernd so schmutzig wie das, was du in Dodsworth finden wirst.«

»Es wäre nett, wenn ihr mich aufklären würdet, worum es eigentlich geht«, schaltete Eve sich ein.

»Werde ich.« Logan öffnete die Tür von Sarahs Jeep. »Ich setze Sarah in meinem Haus in Phoenix ab und dann fahre ich dich zu ihrer Ranch. Unterwegs ist also Zeit genug, dir alles zu verklickern.«

»Ich werde sie fahren«, sagte Sarah. »Ich habe sie hierher geholt, also werde auch ich ihr erklären, was los ist.«

»Schade, dass Joe nicht hier ist, um den Leibwächter für Eve zu spielen, aber in seiner Abwesenheit fällt die Pflicht auf mich. Und du bleibst hinter Schloss und Riegel, bis ich zurückkomme.« Er setzte ein schiefes Grinsen auf. »Du wolltest doch in Bassets Nähe sein. Vielleicht kannst du dafür sorgen, dass er schneller fertig wird.«

»Eve ist wichtiger.«

»Ja, natürlich.« Er ließ den Motor an. »Und ich werde gut auf sie aufpassen, oder bezweifelst du das etwa?«

Sarah sah von einem zum anderen. Das Band der Erinnerungen und Erfahrungen, das die beiden miteinander verknüpfte, war beinah mit Händen zu greifen. Langsam schüttelte sie den Kopf. »Nein, du hast immer gut auf sie aufgepasst.«

»Dann vertrau mir, dass ich es auch jetzt tun werde.«

Ihr Blick ging zu Eve. »Wenn Logan dir von Rudzak erzählt hat und du dich hier nicht sicher fühlst, will ich, dass du nach Hause fliegst. Wenn du glaubst, dass du in Gefahr bist, bleibe nicht hier, okay?«

Eve lächelte. »Keine Angst. Ich gehe dieser Tage allem Ärger aus dem Weg. Das Leben hat mir in letzter Zeit so gute Karten gegeben, dass ich mir das Spiel nicht verderben lassen will.«

Und dennoch war Eve gekommen, als Sarah sie darum gebeten hatte. »Denk daran, wenn Logan dir von Dodsworth erzählt.«

Fünfzehn Minuten später stand Sarah vor dem Haus in Phoenix und sah Logan und Eve durch das Gartentor vom Grundstück fahren. Sie unterhielten sich ungezwungen, wie alte Freunde – oder Liebespaare – es tun. Auf einmal fühlte sie sich leer und allein. Es war dumm von ihr, da zu stehen und die beiden zu beobachten.

Sie würde Eve später anrufen und mit ihr sprechen. Vielleicht würde sie auch Joe anrufen und ihm erzählen, was los war. Die Entscheidung darüber wollte sie nach dem Gespräch mit Eve treffen.

Schon wieder eine Entscheidung zu treffen, ein Urteil zu fällen. Sie wollte nicht dauernd Menschenleben und Alternativen abwägen müssen. Sie war nicht König Salomo. Sie war nur eine Rettungsdienstmitarbeiterin, die sich bemühte, ihr Bestes zu geben. Wie war sie nur …

»Gott sei Dank, endlich jemand, der mich beim Babysitten ablösen kann.« Margaret kam ihr durch die Eingangshalle entgegen. »Ich habe tausend Dinge zu erledigen und muss mich hier die ganze Zeit um diesen Bassett kümmern.«

»Wieso, macht er Probleme?«

»Eigentlich nicht. Er weiß nur nicht, was gut für ihn ist, und er hört nicht auf mich.«

»Ich will gern behilflich sein, so gut ich kann.«

»Wenn Sie mir nur ein bisschen unter die Arme greifen. Logan hat mir die Verantwortung übertragen und die werde ich natürlich nicht auf Sie abwälzen.« Sie sah Sarah prüfend an. »Ihnen geht es wohl nicht so gut?«

Sarah schüttelte den Kopf.

»Dann ist es wahrscheinlich ganz gut, dass Sie hierher gekommen sind. Regelmäßige Mahlzeiten und ein bisschen Bewegung sind das Beste für gestresste Nerven. Ich werde Bassett aus seinem Labor holen und dann machen wir drei einen ordentlichen Spaziergang.«

»Ich brauche nicht …«

Aber Margaret war schon weg. Sarah schüttelte schicksalsergeben den Kopf. Es sah ganz so aus, als hätte Margaret sie bereits unter ihre Fittiche genommen; sie hätte niemals zugeben dürfen, dass etwas nicht in Ordnung war.

Wenige Minuten später kam Bassett in die Eingangshalle. »Hallo, schön, dass Sie wieder da sind. Es ist ganz schön einsam hier auf die Dauer.«

Sie hatte ihn an diesem Tag noch nicht gesehen. Er war im Labor gewesen, als Logan und Sarah ihre Koffer im Haus abgestellt hatten. Das Haar stand ihm zu Berge und er hatte Ringe unter den Augen. Offensichtlich arbeitete er bis spät in die Nacht.

»Ich kann mir nicht vorstellen, wie man sich einsam fühlen kann, wenn Margaret in der Nähe ist«, sagte sie.

»Sie hat was von einer Mutter und einem Diktator zugleich. Sie zwingt mich zum Essen und zu Spaziergängen und sie unterbricht mich dauernd bei der Arbeit.«

»Bravo.«

»Aber ich könnte ein bisschen Gesellschaft gebrauchen, die nicht vierundzwanzig Stunden am Tag mit mir schimpft.«

»Na ja, lange wird Ihre Einsamkeit ja nicht mehr dauern. Logan sagt, Sie seien fast fertig und bereit, nach Dodsworth umzusiedeln.«

Er hielt in der Bewegung inne. »Logan hat Ihnen von Dodsworth erzählt?« Ein Lächeln erhellte sein Gesicht. »Ich bin froh. Es hat mir nicht gefallen, Sie auszuschließen, nachdem Sie mir geholfen haben, aber es musste sein. Künstliches Blut ist ein bevorzugtes Ziel für Industriespionage und ...«

Sie hob die Hand. »Ich habe das alles schon mit Logan besprochen. Solange nicht die Gefahr besteht, dass in Dodsworth irgendjemand zu Schaden kommt, werde ich nicht Alarm schlagen.«

Sein Lächeln schwand. »Wir alle wussten, worauf wir uns einließen, als wir diese Jobs angenommen haben.«

»Aber Sie wussten nichts von Rudzak.«

»Nein, aber trotzdem würde ich es wieder tun, um bei diesen bahnbrechenden Forschungen dabei zu sein.«

»Wie lange werden Sie für die Vorbereitungen noch brauchen?«

»Noch mindestens fünf Tage. Ich tue, was ich kann, aber leider hat der Tag nur vierundzwanzig Stunden.«

»Und von denen haben Sie offensichtlich nicht viele verschlafen.«

»Ich sagte Ihnen ja, diese Sache ist mein Traum. Vielleicht verstehen Sie jetzt, wo Logan Sie eingeweiht hat, wie wichtig das Projekt ist.«

»Ich verstehe es.« Sie schüttelte den Kopf. »Aber Sie müssen sich nicht zu Tode arbeiten.«

»Ich werde es schon überstehen. Tagein, tagaus sterben

Menschen, die noch am Leben sein könnten, wenn wir unser Ziel schon erreicht hätten. Das ist ein Ansporn, der einen auf den Beinen hält.« Er rieb sich den Nacken. »Ich versuche, jeden Tag einen Spaziergang zu machen, um mich zu erholen und einen klaren Kopf zu kriegen. Wollen Sie mich begleiten?«

»Ich dachte, das wäre Margarets Aufgabe. Ich möchte nicht, dass sie sich auf den Schlips getreten fühlt.«

Er zog eine Grimasse. »Sie kann ja mitkommen. Aber ich mag es langsam, und sie zwingt mich, im Sturmschritt zu marschieren.«

»Ich komme mit, aber vorher möchte ich Monty was zu trinken geben.«

»Ich werde warten. Vielleicht können wir ja sogar eine richtige Unterhaltung führen.« Er lehnte sich in den Türrahmen. »Wissen Sie, ich fühle mich doch ziemlich einsam, wenn ich mit niemandem reden kann. Meine Frau sagt, ich sei viel zu gesellig für einen Wissenschaftler.« Er lachte in sich hinein. »Was wohl heißen soll, dass sie mich für eine Plaudertasche hält. Aber bei meiner Arbeit bin ich so einsam, dass ich einfach mit jemandem reden muss, wenn ich aus dem Labor komme.«

»Wie geht es Ihrer Frau?«

»Danke, gut. Sie fehlt mir. Ich rufe jeden Tag an, aber das ist nicht dasselbe. Sie macht diese Woche mit unserem Sohn Ferien auf den Bahamas. Wir haben dorthin unsere Hochzeitsreise gemacht. Ich wünschte, ich könnte mit ihnen fahren. Wissen Sie, das Tauchen dort… aber ich möchte Sie nicht langweilen mit meinem Gerede.«

»Sie können nach Herzenslust plaudern, sobald ich Monty sein Wasser geholt habe. Wir sind beide recht wortkarg, aber gute Zuhörer.«

»Sie reden von ihm, als ob er ein Mensch wäre.« Dann

nickte er. »Warum nicht? Sie arbeiten mit ihm zusammen und Ihr Beruf ist Ihnen genauso wichtig wie mir.«

»Er ist mehr als das. Monty ist mein Freund.«

»Glücklicher Monty«, sagte er bedauernd. »Ich habe für Freunde nie Zeit gehabt. Ich hatte kaum die Zeit, ein anständiger Ehemann und Vater zu sein.«

»Sie sind noch jung. Sie haben noch viel Zeit vor sich.« Sie winkte Monty, ihr in die Küche vorauszugehen, und fügte mit bitterem Tonfall hinzu: »Wenn Sie sich nicht noch einmal von Logan für ein solches Projekt gewinnen lassen.«

»Logan hat mich nicht besoffen gemacht und mir eins über die Rübe gegeben, um mich seiner Mannschaft einzuverleiben. Das ist nicht seine Art.«

»Nur, wenn er es für nötig hält.«

Aber sie wusste, was er meinte. In der Regel erreichte Logan sein Ziel mit Liebenswürdigkeit und geschickter Manipulation. Wer wüsste besser als sie selbst, wie weit er damit kam? Er hatte sie in seinem Netz gefangen und sie kam nicht wieder von ihm los.

»Sind Sie noch immer wütend auf ihn? Ich hoffte, Sie würden merken, was für ein großartiger Kerl er ist.«

»Ich bin nicht wütend auf ihn.« Sie wollte es aber sein. Es wäre so viel einfacher, wenn sie Logan nicht inzwischen so gut kennen gelernt hätte. Aber sie hatte seine Verletzlichkeit gesehen, seinen Humor und seine Entschlossenheit. Es würde schwer werden, ihn zu verlassen. Aber was dachte sie da? Wahrscheinlich würde er sie verlassen. Dass sie miteinander geschlafen hatten, bedeutete gar nichts. In diesem Augenblick war er mit einer Frau zusammen, mit der er vor nicht einmal einem Jahr eine Beziehung gehabt hatte. Wer würde die Frau des nächsten Jahres sein?

»Ich bewundere ihn«, sagte sie zu Bassett. »Ich glaube nur nicht, dass er immer hundertprozentig Recht hat.« Sie folgte Monty in die Küche. »Ich bin gleich wieder da. Ich gebe Monty zu trinken und dann können wir Margaret holen.«

»Wenn ich dich nicht besser kennen würde, würde ich schwören, dass du kein Gewissen hat, Logan«, sagte Eve streng. »Du hättest Sarah niemals in diese Sache verwickeln dürfen.«

»Wem sagst du das?« Logan hielt vor dem Blockhaus und zog den Zündschlüssel ab. »Das weiß ich besser als du. Aber jetzt ist es zu spät. Mir bleibt nichts anderes übrig, als sie mit allen Mitteln zu schützen.«

»Und zugleich dieses Dodsworth. Ich möchte diese Verantwortung nicht haben.«

»Ich auch nicht.« Seine Hände umklammerten das Steuerrad. »Du weißt, dass ich kein Heiliger bin, Eve. Ich bin arrogant und selbstsüchtig und dickköpfiger, als irgendein Mensch das Recht hat zu sein. Vor Jahren habe ich den Fehler gemacht, Rudzak leben zu lassen, und diesen Fehler muss ich jetzt berichtigen. Dodsworth ist der Köder und den muss ich auslegen.«

»Wenn Sarah dich lässt.«

»Sie wird mich lassen. Ich werde dafür sorgen, dass die Sicherheitsvorkehrungen so lückenlos sind, dass auch sie einsieht, dass Rudzak keine Chance hat.«

Sie schwieg eine Weile. »Du hast gesagt, Rudzak würde jeden aufs Korn nehmen, der dir nahe steht. Gehören auch ich und meine Familie dazu?«

»Ich halte es nicht für wahrscheinlich. Seit Rudzak wieder aufgetaucht ist, habe ich dein Haus zwar von zwei Sicherheitsleuten überwachen lassen, aber nur, um auf

Nummer Sicher zu gehen.« Er setzte ein schiefes Grinsen auf. »Die Vergangenheit interessiert Rudzak nicht.«

»Du wirst immer mein Freund sein, Logan.«

»Ich weiß und das reicht mir.« Er schwieg. »Ruf Quinn an und sag ihm, er soll kommen. Sarah wird ein Stein vom Herzen fallen.«

»Und was denkst du?«

»Ich denke, ihr seid hier sicher. Ihr werdet von den Bergen aus bewacht, von dort kann man die ganze Umgebung überblicken. Das Haus im Wald ist viel schwieriger zu sichern. Das hast du ja gemerkt, als dir dieser Mörder nachstellte.«

Sie fröstelte. »Rudzak kann nicht so gerissen sein wie Don.«

»Da wäre ich mir nicht so sicher. Schließlich hat er Sarah an der Nase herumgeführt und Sarah ist nicht auf den Kopf gefallen.«

»Ja.« Sie runzelte die Brauen. »Ich werde es mir überlegen.« Sie stieg aus dem Jeep und griff nach ihrem Koffer. »Du musst nicht aussteigen. Ich werde mich mit Galen selbst bekannt machen. Ich weiß, dass du zu Sarah zurückwillst. Du machst dir Sorgen um sie.«

»Mache ich. Dauernd.«

»Aber die Wachen in Phoenix sind sehr …« Sie hielt inne und studierte sein Gesicht. »Mein Gott.«

Er nickte. »Es ist ausgeschlossen, dass er sie nicht im Visier hat.« Spöttisch fügte er hinzu: »Quinn würde lachen. Er hat mir gesagt, dass ich dich nicht genug liebte, dass Liebe eine Obsession sein müsse. Ich habe das damals nicht verstanden, aber er hatte Recht. Liebe ist eine Obsession.«

»Wenn den Leuten in Dodsworth etwas zustößt, wird sie dich hassen, Logan.«

»Ich werde mich selber hassen.« Er ließ den Jeep an. »Ruf sie an und sag ihr, dass du dich entschlossen hast, Quinn kommen zu lassen. Sie macht sich schon genug Sorgen um Dodsworth. Ersparen wir es ihr, sich auch noch um dich sorgen zu müssen.«

Auf der Rückfahrt nach Phoenix klingelte Logans Telefon.

»Ich habe deine Sarah getroffen«, sagte Rudzak. »Hat sie dir erzählt, was für einen netten Nachmittag wir zusammen verbracht haben? Sie ist eine interessante Frau. Nicht annähernd so faszinierend wie Chen Li natürlich, aber dir hat es ohnehin an Feinsinn gefehlt, um sie wertschätzen zu können. Es überrascht mich nicht, dass du mit einer Frau zusammen bist, die so simpel und direkt ist wie Sarah Patrick.«

»Sie hat für mich gearbeitet, mehr nicht.«

»Erspar mir die Lügen. Ich habe euch zusammen gesehen. Und vergiss nicht: Ich kann dich lesen.«

»Gar nichts kannst du. Du weißt nichts über mich. Ich bin nicht mehr so, wie du mich vor Jahren gekannt hast.«

»Du bist reifer geworden, klüger, aber die Grundlagen sind geblieben. Du nimmst an allem Anteil und wirst so kläglich sentimental, wenn Gefühle im Spiel sind. Wir wissen doch beide, wie unvernünftig du reagiert hast, als ich tat, was das Beste für Chen Li war.«

»Ich gebe zu, es wäre vernünftiger gewesen, dir gleich den Hals zu brechen. Das muss ich jetzt nachholen.«

Rudzak lachte. »Nur zu, Logan. Ich erwarte dich. Du musst mich nur noch finden. Ach übrigens, der Kamm war nicht für Sarah oder irgendjemanden am Apache Lake. Das war bloß eine Fingerübung, Chen Lis nicht würdig.«

Logan erstarrte. »Warum hast du den Kamm dann in ihren Jeep geworfen?«

»Jedenfalls nicht für Sarah, Logan.« Er legte auf.

15

»Wo ist Jane?«, fragte Eve sofort, als Logan am nächsten Morgen ans Telefon ging. »Du hast gesagt, sie wären in Sicherheit. Also, wo verdammt noch mal ist Jane?«

»Was?« Panik überkam ihn. »Wovon redest du?«

»Ich rede von Jane. Joe hat mich gerade angerufen und mir gesagt, dass sie verschwunden ist.«

»Verschwunden von wo?«

»Aus dem Haus meiner Mutter in Atlanta. Joe hat sie gestern Abend dort hingebracht, als ich ihn bat, heute hierher zu kommen. Als meine Mutter in ihr Zimmer ging, um sie zum Frühstück zu rufen, war sie weg. Verdammt noch mal, du hast gesagt, sie wäre in Sicherheit.«

»Gab es Anzeichen für einen Einbruch?«

»Nein, ich glaube nicht. Joe ist unterwegs, um mit meiner Mutter zu sprechen und sich die Wohnung anzusehen.«

»Könnte sie davongelaufen sein? Sie war doch in letzter Zeit ziemlich verstört.«

»Nicht genug, um wegzulaufen.«

Das war auch Logans Eindruck, aber diese Erklärung wäre ihm lieber gewesen, als die, die ihn gerade zu Tode ängstigte.

Der Kamm war nicht für Sarah.

Rudzaks Worte hatten ihn schon die ganze Nacht gequält.

War er für die kleine Jane MacGuire?

»Warum sagst du nichts?«, fragte Eve.

»Ich habe nachgedacht. Ich muss Galen anrufen. Er hat die Wohnung deiner Mutter sicherlich bewachen lassen, wenn Jane sich dort aufhielt.«

»Dann ruf ihn an und ruf mich gleich zurück.« Eves Stimme schwankte. »Bring mir meine Jane zurück. Ich will nicht noch eine Tochter verlieren.« Sie legte auf.

»Was ist los?« Sarah war ins Wohnzimmer gekommen. »Was ist mit Jane?«

»Sie ist aus dem Haus ihrer Großmutter verschwunden.« Logan wählte Galens Rufnummer. »Eve ist kurz davor durchzudrehen.«

»Natürlich«, sagte Sarah. »Das muss sie doch an Bonnies Entführung erinnern und das Grauen, das …«

»Galen, wen zum Teufel hast du nach Atlanta geschickt? Jane MacGuire ist verschwunden.«

»Das Kind? Kann nicht sein. Ich habe gestern Abend zwei zuverlässige Männer vor der Wohnung ihrer Großmutter postiert. Wenn irgendwas schief gelaufen wäre, hätten die es mir berichtet.«

»Dann haben deine zuverlässigen Männer wohl versagt. Sie ist weg. Ruf sie an und lass dir erzählen, was sie wissen.« Zu Sarah sagte er: »Galen wusste von nichts. Er sagt, die Wohnung wurde bewacht.«

»Rudzak«, flüsterte Sarah.

»Ich weiß es nicht.«

»Sie ist noch ein kleines Mädchen, Logan.« Sie schauderte. »Aber diese Teenager am Apache Lake waren ja auch noch Kinder. Es ist ihm egal.«

»Ja, es ist ihm egal.« Er presste die Lippen zusammen. »Aber wir sollten keine voreiligen Schlüsse ziehen.«

»Und warum nicht? Wo dieses Ungeheuer auf freiem Fuß ist?« Sie griff nach dem Telefon. »Ich muss Eve anrufen.«

»Jetzt nicht.«

»Ich habe sie hierher geholt. Wenn sie bei Jane geblieben wäre, wäre das vielleicht nicht passiert.«

»Und was willst du ihr sagen? Dass es dir Leid tut? Glaubst du, das würde sie beruhigen? Lass lieber ihre Leitung offen für den Fall, dass jemand sie erreichen muss.«

»Die Polizei zum Beispiel«, sagte sie dumpf. »Genau das wird doch immer empfohlen, wenn ein Kind vermisst wird.«

»Quinn ist auf der Suche nach ihr. Wenn er irgendeine Spur findet, meldet er sich sofort bei Eve.« Logan schwieg. Dann sagte er: »Es muss nicht unbedingt Rudzak sein, Sarah.«

»Und das soll ein Zufall sein? Hast du dir das nicht auch in Kai Chi einreden wollen?«

Das konnte er nicht leugnen. Trotzdem sagte er: »Zieh keine voreiligen Schlüsse.«

Sie ging zur Tür. »Warten wir, bis wir einen von Chen Lis Kunstgegenständen neben Janes Leiche finden.«

Er war froh, als sie aus dem Zimmer ging. Er hatte nicht die Absicht, ihr mitzuteilen, was Rudzak gesagt hatte, aber sie mochte etwas an seinem Gesicht abgelesen haben.

Der Kamm war nicht für Sarah.

»Irgendwelche Neuigkeiten über das Kind?«, fragte Margaret auf dem Weg zur Haustür.

Sarah schüttelte den Kopf. »Galens Leute schwören, dass sie niemanden in die Nähe der Wohnung haben kommen sehen.«

»Das ist doch erfreulich.«

»Es heißt nur, dass Rudzak schlau ist. Ich kann nicht länger warten. Ich werde nach Hause fahren, um Eve zu besuchen.«

»Sie können da nichts ausrichten.«

»Ich kann ihr Gesellschaft leisten. Mein Gott, es ist schon fast dunkel und Jane ist seit heute Morgen verschwunden. Und ich hatte so gehofft, wir würden schon bald etwas erfahren ...«

»Warten Sie noch eine Weile«, sagte Margaret eindringlich. »Wir machen einen kleinen Spaziergang mit Bassett, und wenn Logan bei unserer Rückkehr immer noch nichts weiß, können Sie fahren und ich werde Sie bei Logan entschuldigen.«

»Ich brauche niemanden, der mich entschuldigt.«

»Dann können Sie mich entschuldigen, weil ich meinen Job nicht mache und Sie nicht davon abhalte, an Jane zu denken.«

»Hat Logan Ihnen das aufgetragen?«

Margaret schüttelte den Kopf, während sie die Tür öffnete. »Manches versteht sich von selbst. Bassett wartet schon auf uns.«

Sarah zuckte die Achseln. Auf eine Viertelstunde mehr oder weniger kam es nicht an. »Na gut, einmal ums Grundstück.«

»Super.« Margaret ging schnellen Schrittes an Bassett vorbei. »Na los, Bassett, werfen Sie den Motor an, setzen Sie den Kreislauf in Bewegung.«

»Sehr wohl, Madame.« Bassett zwinkerte Sarah zu und folgte Margaret. »Da haben wir es wieder. Diese Frau ist die Geißel meines sündigen Lebens.« Er wurde plötzlich ernst. »Logan hat mir von dem kleinen Mädchen erzählt. Gibt es irgendwelche Neuigkeiten?«

Sarah schüttelte den Kopf und ging neben ihm her. »Galen ist heute Nachmittag nach Atlanta geflogen, wahrscheinlich trifft er sich gerade mit Joe.«

»Vielleicht ist alles in Ordnung. Kinder können komisch sein. Vielleicht versteckt sie sich, damit alle sich Sorgen um sie machen.«

»Das würde Jane nicht tun.«

»Na, vielleicht macht ihre Großmutter ...«

»Beeilen Sie sich.« Margaret winkte einem der Sicherheitsleute zu, der in einiger Entfernung am Gartentor stand. »Hallo Booker. Haben Sie je zwei schlimmere Faultiere gesehen als diese beiden?«

Er grinste. »Erwarten Sie wirklich eine Antwort?«

»Feigling.« Margaret bog in den Pfad ein, der um das Haus herumführte. »Na los, Leibesübungen, die nicht den Herzschlag beschleunigen, sind der Mühe nicht wert.«

»Ich komm ja schon.« Bassett beschleunigte den Schritt. »Gleich hinter ihnen.«

Sie waren nicht gleich hinter ihr. Vielmehr war Margaret ihnen mehrere Schritte voraus. Sie wandte sich um und winkte ihnen höhnisch zu. »Ich habe Ihnen doch gesagt, dass Sie ein bisschen Dampf machen ...«

Plötzlich erstarrte sie, den Blick auf das Gartentor gerichtet. »Booker!«

Wieder heulte die Wölfin. Eve fühlte sich selbst zum Heulen.

Lieber Gott, bitte mach, dass Jane nichts passiert ist.

Sie sollte nachsehen, ob Maggie irgendetwas fehlte. Dann hatte sie wenigstens etwas zu tun. Sie öffnete die Tür zur hinteren Veranda. Die Wölfin starrte sie mit funkelnden Augen an und hob den Kopf, um abermals ein Geheul anzustimmen.

»Ich kann dir nicht helfen«, flüsterte sie. »Ich kann sie nicht zurückholen.«

Sie konnte auch sich selbst nicht helfen.

Oder Jane.

Verdammt, Logan, finde sie!

Sie erstarrte, als es an der Tür klopfte.

Langsam ging sie durchs Zimmer.

Wenn sie Jane gefunden hätten, hätten sie sofort angerufen. Wenn jemand persönlich kam, brachte er schlechte Nachrichten. Polizisten klopften an die Tür, um zu sagen, wie Leid es ihnen tue, dass das kleine Mädchen tot sei.

Bonnie.

Nein, diesmal ging es um Jane und Gott würde nicht zulassen, dass ihr noch einmal das Gleiche widerfuhr. Es musste ein universal gültiges Gesetz geben, das verbot ...

Es klopfte erneut.

Die Wölfin heulte.

Sie lehnte für einen Augenblick die Stirn an die Tür.

Man muss den Tatsachen ins Auge sehen. Sie trat zurück und riss die Tür auf.

Herb Booker klammerte sich ans Gartentor und starrte geradeaus. Blut spritzte aus seiner Schulter. Plötzlich zuckte sein ganzer Körper.

»Christus, sie haben ihn niedergeschossen.« Bassett rannte an Margaret vorbei die Einfahrt hinunter. »Wir müssen ihm helfen.«

Ein Schuss? Panische Angst durchfuhr Sarah. »Bassett, bleiben Sie vom Gartentor weg!«

»Werfen Sie sich hin.« Margaret rannte auf Bassett und den gefallenen Booker zu. »Auf den Boden, Bassett.«

»Was zum Henker ist hier los? Booker ist ...« Bassett wirbelte herum, sein Handgelenk umklammernd.

Noch ein Schuss.

Sarah sah Blut aus Margarets Brust schäumen, als diese langsam in die Knie sank. »Sarah?«, flüsterte sie ungläubig.

»Rufen Sie die Sicherheit«, sagte Bassett wie betäubt.

Er umklammerte immer noch sein Handgelenk und Blut rann ihm durch die Finger. »Um Gottes Willen, rufen Sie ...«

»Werfen Sie sich zu Boden und bleiben Sie unten«, schrie Sarah ihm zu. »Sie können ihm nicht helfen. Monty, bleib bei ihm.«

Eine Kugel pfiff an ihrer Wange vorbei, als sie neben der gestürzten Margaret niederkniete. »Margaret?«

Margarets Augen blickten starr geradeaus. »Bleib ... unten.«

Sie gab noch immer Befehle. Sarah fragte sich, ob sie die Verletzte bewegen durfte. Bestand da nicht die Gefahr, dass die Kugel ...«

Hilfe. Sie brauchte Hilfe.

Sie öffnete den Mund und schrie.

»Du bist bestimmt wütend auf mich.« Jane richtete sich kampfeslustig auf. »Dein Pech. Ich bin nun einmal hier und gedenke, hier zu bleiben. Du kannst nicht einfach weggehen und dann nicht darauf gefasst sein, dass ... Lass mich los. Ich kriege keine Luft.«

»Dein Pech.« Eve umklammerte Janes mageren Körper noch fester. »Ich lasse dich nicht los.« Sie räusperte sich. »Jedenfalls nicht gleich. Danach bringe ich dich dann um.«

»Ich wusste, dass du wütend sein würdest. Ich hätte ja Joe oder deiner Mutter Bescheid gesagt, aber ich wusste, dass die mich nicht gehen lassen würden. Die denken, ich bin noch ein Kind.«

»Du bist noch ein Kind.«

Jane sah sie an.

Okay, Jane war kein Kind mehr, ebenso wenig wie Eve selbst in diesem Alter noch ein Kind gewesen war.

Sie beide waren auf der Straße aufgewachsen, wo ihnen die Kindheit geraubt worden war. »Dann hättest du erwachsen genug sein sollen, mich nicht zu Tode zu ängstigen.«

»Du hättest mir nicht erlaubt zu kommen.« Sie trat zurück. »Und jetzt bin ich hier. Willst du nicht Joe anrufen und ihm sagen, dass ich hier bin?«

»Ja.« Sie rührte sich nicht von der Stelle. Sie wollte nicht aufhören, ihre Tochter anzusehen. »Wie bist du überhaupt hierher gekommen?«

»Ich habe im Internet ein Ticket gekauft und mit deiner Kreditkarte bezahlt. Ich schulde dir was.«

»Sie haben dich allein ins Flugzeug gelassen?«

»Kein Problem für mich. Ist das die Wölfin, die da heult? Wo ist sie?«

»Hinten auf der Veranda. Und wie bist du vom Flughafen hierher gekommen?«

»Per Anhalter.« Sie hob die Hand, um Eves Vorwürfe abzuwehren. »Ich weiß, dass es gefährlich ist. Mich hat ein älteres Ehepaar mitgenommen und die beiden haben mich den ganzen Weg hierher belehrt, wie unvernünftig und tollkühn es ist, per Anhalter zu fahren. Sie sind vor der Tür stehen geblieben, bis du mir aufgemacht hast. Ich will die Wölfin sehen.«

Sie ging auf die Tür zur Veranda zu, die Eve ihr gezeigt hatte.

»Ruf Joe an, danach kannst du mich immer noch beschimpfen.«

»Worauf du dich verlassen kannst.« Sie ging ans Telefon. »Und geh nicht zu nah an Maggie ran. Sie ist gereizt.«

»Warum?«

»Ich glaube, sie ist einsam.«

Jane sah sie über die Schulter an. »Das ist schlecht. Es ... tut weh.«

»Ja, allerdings.«

Jane wandte den Blick ab. »Ruf Joe an.«

Ein weiterer Schuss pfiff an Sarahs Ohr vorbei und sie kauerte sich über Margarets Körper, beide Hände auf die Wunde gepresst.

»Sarah!« Vom Haus her rannte Logan auf sie zu, gefolgt von Juan Lopez. »Sieh zu, dass du dich mit Margaret hinter die Bäume verziehst.«

»Mache ich. Kümmere dich um Bassett und Booker. Sie sind beide verletzt.«

»Lopez, ruf einen Krankenwagen«, schrie Logan.

Vor dem Tor quietschten Reifen und ein dunkler Camaro raste die Straße hinab.

Lopez rannte zum Gartentor hinaus und sah dem Wagen nach. »Dreckschwein!«

»Vergiss ihn. Ruf einen Krankenwagen.«

»Wird sie durchkommen?« Bassett stand neben Margaret, noch immer sein verwundetes Handgelenk umklammernd. »Wie konnte das passieren? Ich dachte, wir wären hier in Sicherheit. Wird sie durchkommen?«

»Bestimmt.« O Gott, sie konnte die Blutung nicht stillen. »Schlaf nicht ein, Margaret. Bleib bei uns.«

Eve stellte sich neben Jane in die Tür zur Veranda. »Ich habe Logan angerufen, aber er ist nicht ans Telefon gegangen. Ich habe ihm auf die Mailbox gesprochen. Du hast ihm wirklich Ärger gemacht. Joe habe ich erreicht. Er nimmt den nächsten Flieger. Er sagt, er wird dich skalpieren. Ich habe ihm gesagt, dass ich dich schon mal an den Marterpfahl binde.«

»Sie ist schön, nicht?« Unverwandt betrachtete Jane die Wölfin. »Aber du hast Recht, sie ist mieser Laune. Gut, dass ich da bin und mich um sie kümmern kann.«

»Du?«

»Joe war nicht begeistert, dass du die Wölfin pflegen sollst. Ich habe das gleich gemerkt. Deshalb bin ich gekommen, um mich um sie zu kümmern.«

»Und um mich?«

Janes Blick wanderte zu Eve. »Na sicher. Das ist etwas, das ich tun kann. Ich bin nicht Bonnie. Ich werde niemals Bonnie für dich sein. Ich glaube nicht mal, dass ich das überhaupt wollen würde. Ich habe mich mit deiner Mutter über sie unterhalten und Bonnie war so nett, dass ich nicht mal weiß, ob ich sie überhaupt gemocht hätte.«

»Du hättest sie gemocht.«

»Vielleicht. Auf jeden Fall mag ich dich.« Sie betrachtete wieder die Wölfin. »Vielleicht ... liebe ich dich sogar.«

»Das ist schön. Ich weiß, dass ich dich liebe.«

Jane nickte. »Ich bin den Hügel hinaufgegangen und habe Bonnies Grab besucht, nachdem du gestern Nachmittag abgereist warst.«

Eve wurde still. »Warum hast du das getan?«

»Ich weiß nicht. Ich habe es einfach gemacht. Und da habe ich mir überlegt, dass es mir nichts ausmacht, dass du sie noch immer liebst. Ich bin nicht nett, wie sie es war, aber ich kann Sachen für dich tun, die sie nicht hätte machen können. Sie hätte sich nicht um dich kümmern können wie ich. Ich bin klug und ich weiß die gleichen Sachen, die du weißt. Das muss was bedeuten.«

»Es bedeutet sehr viel.«

»Also kannst du dich glücklich schätzen, mich zu haben.«

»O ja.«

Jane warf ihr einen vorwurfsvollen Blick zu. »Du wirst doch jetzt hoffentlich nicht anfangen zu heulen?«

Eve schüttelte den Kopf. »Würde mir niemals einfallen.« Sie räusperte sich. »Ist ja nur vernünftig, was du da sagst.«

»Gut. Weinen wäre jetzt nämlich albern.« Jane ging auf die Wölfin zu. »Jetzt zeig mir, was Maggie alles braucht.«

Sarah stand auf, als Logan ins Wartezimmer des Krankenhauses kam. »Kommt sie durch?«

»Ich weiß es nicht. Sie haben die Kugel entfernen können, aber ihr Zustand ist noch immer kritisch. Und es wird noch eine ganze Weile auf der Kippe stehen.« Er setzte sich und schlug die Hände vors Gesicht. »Ich weiß es einfach nicht.«

Sie schwieg eine Weile, dann sagte sie: »Margaret ist schon sehr lange bei dir.«

»Fast fünfzehn Jahre.« Er hob den Kopf und sie sah sein ausgezehrtes Gesicht. »Wir arbeiten schon so lange zusammen, dass sie für mich zur Familie gehört. Aber ich habe nicht daran gedacht, dass Rudzak … ich glaubte sie in Sicherheit.«

»Sie war durch einen elektrischen Zaun und Sicherheitsleute geschützt.«

»Es hätte nicht passieren dürfen. Ich hätte besser aufpassen müssen. Ich hätte sie und Bassett von diesen Spaziergängen abhalten sollen.«

»Es wäre nichts passiert, wenn sie nicht ans Tor gegangen wären. Nur da hatte der Mörder freies Schussfeld. Du konntest nicht damit rechnen, dass er erst Booker niederschießen würde, um uns zum Tor zu locken.«

»Das heißt nicht, dass ich nicht verantwortlich bin.«

»Hör auf, Logan.« Sie nahm seine Hand und hielt sie zwischen beiden Händen. »Du hast getan, was du konntest. Du bist kein Wahrsager und du bist nicht Gott. Hör auf, dir Vorwürfe zu machen.«

Er rang sich ein Lächeln ab. »Danke für die zärtlichen Worte.«

»Bin ich dir nicht zärtlich genug?« Sie zwinkerte die Tränen zurück. »Tut mir Leid, ich kann nur so sein, wie ich bin. Wenn ich dir das hier hätte ersparen können, ich hätte es getan. Wenigstens werden Booker und Bassett gesund werden. Der Arzt sagt, dass Booker schon von der Intensivstation verlegt werden konnte, und Bassett hat nur eine Wunde an der Hand.«

»Er ist total durch den Wind. Und er will in Dodsworth weiterarbeiten.«

»Er weiß, dass er vielleicht auch in Dodsworth nicht in Sicherheit ist.«

»Trotzdem will er nicht hier bleiben. Und ich neige dazu, ihm Recht zu geben. Dodsworth ist wahrscheinlich sicherer.« Er stand auf. »Ich muss mich bewegen. Willst du einen Kaffee aus dem Automaten?«

Sie schüttelte den Kopf.

»Ich habe Lopez angewiesen, deinen Koffer zu packen. Galen wird dich und Bassett abholen und nach Dodsworth bringen.«

»Dich auch?«

»Ich muss hier bleiben, aber ich will, dass Galen in deiner Nähe ist. Und er muss nach Dodsworth.«

»Hast du die Möglichkeit erwogen, dass ich vielleicht lieber bei dir bleiben würde?«, fragte sie mit unsicherer Stimme.

»Habe ich. Obwohl du ja keine Gefühle für mich

hegst.« Er berührte sanft ihre Wange. »Aber wenn du mir helfen willst, gehst du nach Dodsworth. Ich will mir nicht auch noch um dich Sorgen machen müssen.«

»Ich will nicht…«

»Und was ist mit den Leuten in Dodsworth? Hast du vergessen, dass du wegen meiner mangelnden Fürsorge für sie vielleicht Alarm schlagen musst?«

»Habe ich nicht.«

»Dann geh und pass auf, dass Galen seine Arbeit gut macht. Ich komme nach, sobald es Margaret besser geht.«

Er litt und sie wollte ihn nicht verlassen. Sie wollte ihn halten und ihn durch diese scheußliche Nacht bringen, wie er sie gehalten hatte, als sie vom Apache Lake zurückgekehrt war.

»Rudzak wird nach Dodsworth gehen, Sarah. Dessen bin ich mir vollkommen sicher. Und ich brauche dich hier nicht und ich will dich nicht hier haben.« Er verließ das Zimmer.

Sie holte ihn auf dem Korridor ein. »Hat gar keinen Zweck, mir was vorzuschwindeln.« Sie drehte ihn herum, die Arme um seine Mitte gelegt, und drückte ihn heftig an sich. »Ich lasse dich nicht. Du willst mich hier haben. Ich weiß es. Dir liegt etwas an mir und ich könnte dir helfen.« Ihre Arme fielen von ihm ab. »Trotzdem gehe ich nach Dodsworth. Um sicherzustellen, dass den Leuten dort nichts passiert, so dass du nicht für den Rest deines Lebens Schuldgefühle haben musst.« Sie trat zurück. »Ich gehe in Bassetts Zimmer. Sag Galen, dass er mich dort abholen soll.«

Der Elfenbeinspiegel hatte die Form eines *ankh*. Eine fein geschnitzte Viper wand sich um den Griff aus Teakholz. Es war sein letztes Geschenk an Chen Li gewesen.

Es würde nun sein letztes Geschenk an Logan sein.

»Ein ankh?« Chen Li hielt den Spiegel hoch. »Das ist das Symbol für Unsterblichkeit, nicht wahr?«

»Deshalb habe ich ihn dir mitgebracht. Um dir zu zeigen, dass du ewig leben wirst.«

Sie zog ein Gesicht. »Im Augenblick fühle ich mich überhaupt nicht unsterblich, Martin. Wenn auch viel besser als letzte Woche. Vielleicht werde ich ja doch gesund.«

Sie würde nicht gesund werden. Wie sie da in diesem Stuhl am Fenster saß, sah sie dünn und schwach und blass aus. Sie würde niemals wieder die gleiche Chen Li sein. Der Tod stahl sie ihm, wie schon Logan sie ihm gestohlen hatte. Und Logan würde sie bis zuletzt besitzen, ihr Hoffnungen machen und Rudzak erzählen, sie sei zu krank, ihn zu sehen. »Bist du gestern Abend früh schlafen gegangen? Logan hat mich nicht reingelassen.«

Sie wandte den Blick ab. »Ich war müde.«

»Die Müdigkeit wird bald vergehen.« Er trat hinter sie und legte ihr die Hände auf die Schultern. »Dieser Spiegel ist etwas ganz Besonderes. Er gehörte einem Hohepriester. Er wird dir ewiges Leben schenken.«

»Vielleicht sollten wir das den Ärzten erzählen. Ich habe das Gefühl, die könnten ein bisschen Hilfe gebrauchen.« Sie lehnte sich vor und seine Hände fielen von ihren Schultern. Sie entzog sich seiner Berührung. Er erkannte es mit ungläubigem Zorn. Er hatte sie bereits verloren.

Aber er konnte sie zurückholen. Sie Logan wegnehmen.

»Versuchen wir es«, sagte er. »Sieh in den Spiegel.«

»Ich mag nicht, was ich im Spiegel sehe.«

»Das solltest du aber. Du bist so schön.«

»Ja sicher. Das sagt John auch immer.«

Er wollte nicht hören, was Logan sagte. Dieser Augenblick gehörte ihm allein. »Weil es wahr ist.« Er beugte sich vor und legte die Hände um ihren Hals. »Du kannst es in meinen Augen sehen. Sieh in den Spiegel. Wenn du dein Spiegelbild nicht sehen willst, sieh meins an, und du wirst wissen, dass du ewig leben und immer so schön sein wirst, wie du es in diesem Augenblick für mich bist. Hebe den Spiegel.«

Langsam hob sie den Spiegel. »Aber Martin, was ist denn los? Du hast Tränen in …« Der Spiegel fiel ihr aus der Hand, als er ihr mit einer heftigen Drehung den Hals brach.

»Lebe wohl, Chen Li.« Zärtlich küsste er ihre Wange, dann hob er den Spiegel auf. »Lebe wohl, meine Liebe.«

Er wickelte den Spiegel sorgfältig in Seidenpapier ein und legte ihn in die Schachtel. Darauf legte er einen Brief, dann verschloss er die Schachtel und adressierte sie an Sarah Patrick in Dodsworth.

Stadtverwaltung
Dodsworth, North Dakota

Hatte er etwas gehört?

War eine Tür zugefallen?

Wahrscheinlich nicht. Er hatte schon den ganzen Abend in diesem knackenden und knarrenden alten Haus die seltsamsten Geräusche gehört, dachte Bill Ledwick. Wenn man sich langweilte, trieb die Phantasie die tollsten Blüten. Er konnte es kaum erwarten, zu den anderen in die Forschungseinrichtung zurückzukehren.

Trotzdem sollte er dem vermeintlichen Geräusch besser nachgehen. Galen mochte es gar nicht, wenn man etwas ungeprüft durchgehen ließ.

Er erhob sich von seinem Stuhl und ging den langen, dunklen Korridor hinunter.

Stille, unterbrochen nur von den leisen Schritten seiner Gummisohlen auf dem Marmorboden.

An der Glastür des Archivraums hielt er inne. Er trat zur Seite und öffnete die Tür. Er wartete eine Minute, dann knipste er das Licht an.

Natürlich nicht. Einbildung.

Trotzdem nachsehen. Sicherheitshalber.

Er ging zu dem Aktenschrank an der anderen Seite des Raums und zog die Schublade heraus. Er wusste, wo die Akte aufbewahrt wurde. Er hatte schon oft genug nachgesehen.

Er öffnete den Aktendeckel.

Scheiße!

»Mein Mann in der Stadtverwaltung hat mir gemeldet, dass die Pläne unserer Forschungseinrichtung aus dem Archiv verschwunden sind«, berichtete Galen, als er am nächsten Tag Logan anrief.

Logan schwieg eine Weile, dann sagte er: »Darauf war ich gefasst. Rudzak ist nicht der Typ, der einfach eine Wagenladung Dynamit vor seinem Ziel parkt. Er überlässt nichts dem Zufall. Er will ganz sichergehen.«

»Dann hätte er seinen Killer nicht auf Margaret, sondern auf dich ansetzen sollen.«

»Das hätte ihn nicht befriedigt. Mich einfach so sang- und klanglos abknallen zu lassen, ist ihm nicht spektakulär genug. Er will mich in Dodsworth begraben, wie ich ihn in diesem Gefängnis begraben habe. Ein letzter Tribut an sich selbst und an Chen Li.«

»Wie geht es Margaret?«

»Sie ist noch nicht über den Berg, aber es geht ihr schon

besser. Heute lassen sie mich für ein paar Minuten zu ihr. Letzte Nacht ist ihre Familie aus San Francisco angekommen und ihre Brüder durften sie schon auf der Intensivstation besuchen.« Er hielt inne. »Wie geht es Sarah?«

»Sie ist verdammt lästig. Sie und Monty haben das ganze Institut Zentimeter für Zentimeter abgeschnüffelt, um Lücken in meinen Sicherheitsvorkehrungen zu finden. Sie kennt die Vorgehensweise bei Katastrophenalarm besser als mein Stellvertreter und ich glaube, sie hat jeden Korridor in dem verdammten Gebäude auswendig gelernt.«

»Hat sie irgendwelche Lücken gefunden?«

Der andere zögerte. »Eine. Eigentlich nur ein Haarriss in solidem Beton.«

»Sie ist also mit der Sicherheit in Dodsworth zufrieden?«

»Ja, aber jetzt fragt sie sich, ob Rudzak es wirklich zum Ziel seines Anschlags machen würde.«

»Erzähl ihr von den gestohlenen Plänen.«

»Werde ich. Sie wird sich trotzdem weiter Sorgen um deine anderen Firmen machen.«

»Es gehört zu deinem Auftrag, sie daran zu hindern.«

»Ich kann sie nicht einmal daran hindern, morgens um vier Uhr die Sicherheitsvorkehrungen zu überprüfen.« Es war nicht zu überhören, dass diese Inspektionen nicht nach seinem Geschmack waren. »Ich würde viel lieber Maggie versorgen. Wann kommst du her und nimmst mir Sarah ab?«

»Ich komme, sobald ich kann, aber du kannst sicher sein, dass Rudzak nicht loslegt, ehe ich da bin. Gibt es irgendetwas Neues von ihm?«

»Außer den gestohlenen Plänen nichts. Aber das reicht ja fürs Erste. Meine besten Wünsche für Margaret.«

Er legte auf.

Logan steckte sein Handy in die Tasche und machte sich auf den Weg zur Intensivstation. Es wunderte ihn nicht zu hören, dass Sarah Galen das Leben schwer machte. Niemand, wie sehr sie ihn auch schätzen mochte, durfte ihr bei ihrer Arbeit in die Quere kommen, und die bestand nun mal darin zu verhindern, dass Dodsworth zu einem Katastrophengebiet wurde.

»Was machen Sie hier?« Margarets Stimme war kaum mehr als ein Flüstern und von der Tür, wo er stand, kaum zu hören.

Er durchquerte das Zimmer und nahm ihre Hand.

»Wie fühlen Sie sich?«

»Beschissen.« Sie funkelte ihn an. »Und wütend. Warum stehen Sie hier rum und stöhnen und jammern, statt hinter dem Arschloch her zu sein, das auf mich geschossen hat? Haben Sie gedacht, dass ich sterbe?«

»Der Gedanke ist mir nie gekommen.«

»Lügner. Aber ich werde nicht sterben, und …« Sie musste innehalten, um Atem zu holen. »Meine Brüder machen mir mit ihrem Beschützerinstinkt das Leben schon schwer genug, also verschwinden Sie.«

Er blieb stehen und sah sie an.

»Okay, okay, ich verspreche, ich werde nicht sterben.«

Sie zeigte mit tigerischer Wildheit die Zähne. »Und bitte schicken Sie mir statt Blumen Rudzaks Kopf.«

»Ich gebe mir Mühe.«

»Gut.« Sie schloss die Augen. »Und nun verschwinden Sie. Ich bin müde.«

»Soll ich eine Schwester rufen?«

»Seinen Kopf, John.« Sie öffnete die Augen nicht. »Stehen Sie nicht da rum und machen sich Sorgen, sondern gehen Sie los und holen mir seinen Kopf.«

»Jawohl, Ma'am.« Er wandte sich zur Tür. »Zu Befehl, Ma'am.«

19:45 Uhr

»Joe ist gestern angekommen«, erzählte Eve Sarah am Telefon. »Er bleibt so lange, wie du mich brauchst. Hast du schon eine Ahnung, wie lange das sein wird?«

»Leider nicht.«

»Kein Problem. Es ist nur, dass ich gern zu Hause bei meiner Familie bin.«

»Ist mit Jane alles in Ordnung?«

»Ja, aber das ist nicht mir zu verdanken. Sie hat allein einen Weg gefunden, mit der Situation umzugehen … glaube ich.«

»Wie meinst du das?«

»Es ist seltsam, wie klar und einfach alles ist, wenn man sich nicht den Blick versperren lässt. Was machst du in Dodsworth?«

»Ich versuche, mich zu beschäftigen.«

»Ist die Sicherheit so gut, wie du gehofft hast?«

»Besser. Und das beunruhigt mich. Warum sollte Rudzak glauben, er könnte gerade hier seinen großen Schlag landen?«

»Du befürchtest, dass er ein anderes Ziel wählen wird?«

»Ja, aber ich scheine mit dieser Befürchtung allein zu stehen. Galen und Logan sind der Meinung, dass der Diebstahl der Pläne beweist, dass Rudzak hier zuschlagen will. Ich denke, es könnte ein Täuschungsmanöver gewesen sein.«

»Logan lässt sich nicht an der Nase herumführen …«

»Das weiß ich. Es ist nur …« Ratlos hielt sie inne. »Ich fürchte, wir sind auf der falschen Spur. Es riecht komisch.«

Eve lachte. »Du klingst wie Monty.«

»Monty irrt sich gewöhnlich nicht.«

»Da stimme ich dir zu. Du solltest deinem Instinkt folgen. Ich muss jetzt an die Arbeit, Maggie füttern.«

Es war auch an der Zeit, Monty zu füttern. »Komm, mein Junge.« Sarah machte sich mit Monty auf den Fersen auf den Weg in die Cafeteria. Sie hatte seine Futterbüchsen und Vitamine in einem Küchenschrank verstaut und war dazu übergegangen, abends zu füttern, wenn er nicht durch die ständige Aufmerksamkeit der Wissenschaftler abgelenkt war. Monty war schnell zu einer Art Maskottchen der ganzen Belegschaft geworden und ließ sich so gern den Bauch streicheln, dass er darüber das Essen versäumte.

Bassett saß am Tisch und sah auf, als Sarah ins Zimmer kam. »Haben Sie Zeit, sich auf eine Tasse Kaffee zu mir zu setzen?«

Sie schüttelte den Kopf. »Ich muss Monty füttern. Außerdem bin ich auch ohne Koffein nervös genug.«

»Tatsächlich? Ich fühle mich hier sehr viel sicherer.« Er stand auf und folgte Sarah und Monty in die Küche. »Andererseits habe ich mich auch in Phoenix sicher gefühlt. Haben Sie etwas von Margaret gehört?«

»Sie lebt.«

»Ich habe oft uber sie geklagt, aber ich hatte sie wirklich gern.«

»Ich weiß. Wie gefällt Ihnen Ihr Labor hier?«

»Ausgezeichnet. Sie haben mir Hilda Rucker als Assistentin zugeteilt. Sie ist glänzend.« Naserümpfend betrachtete er seine verbundene linke Hand. »Und sie kann den Computer mit zwei gesunden Händen bedienen. Das ist nicht zu verachten.« Er trank mit einem Schluck seinen Kaffee aus. »Aber ich muss zurück ins Joch. Hilda ist nicht wie Margaret, aber ich kann mir nicht leisten, dass sie mich überholt. Sagen Sie mir Bescheid, wenn Sie was von Margaret hören.«

»Mache ich.«

Galen begegnete ihm in der Küchentür und nickte ihm grüßend zu, ehe er sich an Sarah wandte. »Logan ist unterwegs hierher. Er hat gerade angerufen und gesagt, dass Margaret ihn rausgeschmissen hat. Er wird in ein paar Stunden hier sein.«

»Gut.« Sie beugte sich vor und stellte Monty sein Abendessen hin. »Dann ist sie wohl wieder auf dem Damm?«

»Zumindest funktioniert sie wieder wie gewöhnlich.« Er zog eine Grimasse. »Ich bin froh, dass sie in Phoenix ist. Noch eine Powerfrau hier wäre wirklich zu viel für mich.«

»Sie könnten durchaus noch eine brauchen. Aber nach Lage der Dinge werden Sie sich mit mir begnügen müssen. Apropos Powerfrau, ich habe gerade mit Eve gesprochen. Sie glaubt, dass Maggie entweder schmollt oder für einen Wettkampf trainiert. Sie hört nicht auf zu heulen.«

»Vielleicht sollten Sie nach Hause fahren und sich selbst um Maggie kümmern?«

Sie warf ihm einen schelmischen Blick zu. »Vielleicht sollte ich Eve und Maggie hierher kommen lassen.«

»Vergessen Sie's. Ich verschwinde hier.«

»Angst?« Aber er war schon weg.

Die große Küche war plötzlich leer und öde. Ihr Lächeln schwand, als sie sich an die Arbeitsplatte lehnte, um Monty beim Fressen zuzusehen. Die Kabbeleien mit Galen waren für sie ein Ventil, um Dampf abzulassen. Die Spannung wuchs von Stunde zu Stunde und sie brauchte diese harmlose Ablenkung dringender denn je.

Monty sah auf zu ihr. *Traurig?*

Sie schüttelte den Kopf und füllte seinen Wassernapf. Nicht traurig. Beunruhigt. Und einsam. Es war seltsam, wie einsam man sich fühlen konnte, weil man von einer bestimmten Person getrennt war. »Iss dein Abendbrot. Du hast nicht mehr anständig gegessen, seit wir von zu Hause weg sind.«

Traurig.

»Wir haben hier einen Job zu erledigen. Ich musste dich von Maggie trennen.«

Traurig.

»Herr im Himmel, bewahre mich vor einem liebeskranken Hund!«

Aber warum machte sie Monty Vorwürfe, wo sie vor wenigen Minuten selbst schmachtend herumgesessen hatte? »Ist schon okay«, murmelte sie und kraulte ihn hinter den Ohren. »Ich weiß, dass es schlimm ist. Aber wir müssen durchhalten. Und nun friss dein Abendbr …«

»Sarah.«

Sie wandte sich um und sah Galen in der Tür stehen. »Warum sind Sie zu …« Sie erstarrte. »Was ist los?«

»Ein Päckchen für Sie.« Er durchquerte den Raum und reichte ihr eine sauber verpackte Schachtel. »Gerade gekommen. Per Eilboten.«

Alle Pakete, die angeliefert wurden, wurden selbstverständlich geröntgt. »Was ist drin?«

Er zuckte die Achseln. »Ich konnte es nicht erkennen. Irgendwas Ausgefallenes. Jedenfalls keine Bombe.«

Behutsam wickelte sie die Schachtel aus dem Packpapier und nahm den Deckel ab. Der Gegenstand in der Schachtel war alt, sehr alt, das Elfenbein von den Jahren vergilbt, doch das Blattgold des Spiegels glänzte noch. Sie spürte, wie sich ihr der Magen zusammenkrampfte. »Chen Li.«

Galen erstarrte. »Das habe ich befürchtet. Lesen Sie den Brief nicht. Wir sollten ihn für Logan aufheben.«

»Er ist an mich adressiert.« Sie entfaltete das Papier.

Sarah,

wie ich Logan bereits anvertraute, war das letzte Geschenk nicht für Sie. Dieses hier ist passender. Sehen Sie die Viper? Die können Sie sich mit Logan teilen.

Martin Rudzak

16

20:20 Uhr

Nur noch eine Ladung.

Duggan deponierte die Sprengladung vorsichtig in einer Einkerbung der Säule, wo sie nicht zu sehen sein würde.

Und jetzt runter.

Und raus.

Und dann zusehen, wie alles in die Luft flog.

22:05 Uhr

»Was genau soll ich mir mit dir teilen?«, fragte Sarah. Sie und Galen sahen Logan zu, der Rudzaks kryptisches Schreiben las.

In dem Konferenzsaal im Erdgeschoss, in dem sie saßen, waren alle Vorhänge zugezogen. Monty lag Sarah zu Füßen auf dem Boden. »Hat der Spiegel Chen Li gehört?«

»Wahrscheinlich. Aber ich habe ihn nie zuvor gesehen. Die Schwestern haben mir gesagt, dass Rudzak an dem Abend, an dem er Chen Li in ihrem Krankenzimmer ermordete, eine Schachtel dabei hatte.«

»Was bedeutet das?«

»Wenn dieser Spiegel sein letztes Geschenk an sie war, heißt das, dass er allmählich die Geduld verliert. Er will die Sache zu Ende bringen.« Seine Hand umklammerte den Spiegel. »Gott sei Dank. Ich habe genug von dieser Warterei.«

Sarah ging es genauso, aber der Gedanke schreckte sie. »Ist Dodsworth …«

Das Telefon klingelte. Logan hörte eine Weile schweigend zu, dann sagte er: »Richtig. Ich verstehe.« Er wandte sich an Galen. »Es geht los. Räumen Sie das Gebäude. Wie viele Leute sind heute Abend im Dienst?«

»Zwölf.«

»Bring sie hier raus. Dann sag deinen Leuten, sie sollen noch eine Runde drehen und dann ebenfalls verschwinden.«

»Bin schon unterwegs«, sagte Galen und rannte aus dem Zimmer.

»Soll ich die Bombenstaffel und die ATF anrufen?«, fragte Sarah.

»Das wird Galen tun.« Er berührte ihre Wange. »Es ist alles in Ordnung, Sarah. Das Gebäude wird geräumt sein, ehe irgendetwas passiert. Wir haben noch Zeit genug, um zu verschwinden.«

»Woher weißt du das? Hat Rudzak dir das am Telefon erzählt? Dann musst du darauf gefasst sein, dass uns dieser Lügner in den nächsten Minuten hochgehen lässt.«

»Rudzak hat diese Sache von langer Hand geplant. Niemand geht methodischer vor als er. Schritt für Schritt. Vertrau mir. Es wird niemand zu Schaden kommen.«

»Wie soll ich dir vertrauen, wo du mir alles verschweigst? Warum hast du mir nicht erzählt, dass Rudzak gesagt hat, der Kamm wäre nicht für mich?«

»Weshalb hätte ich dich ängstigen sollen? Ich habe mir schon Sorgen genug gemacht für uns beide.«

»Gibt es noch mehr, was du mir verschweigst?«

Er schwieg.

»Seit ich dir das erste Mal begegnet bin, habe ich mit

deiner Heimlichtuerei zu kämpfen. Du hast mir auch nicht von Kai Chi erzählt.«

»Bitte, tu mir das jetzt nicht an, Sarah.«

»Warum nicht? Es ist wichtig. Du musst immer den großen, starken Helden spielen. Ich habe die Nase voll davon. Warum versuchen wir es nicht mal mit Offenheit und Partnerschaft? Ich bin nicht zerbrechlich wie Chen Li. Du musst mich nicht ...«

»Sei still.« Er packte sie bei den Schultern und schüttelte sie. »Lass Chen Li aus dem Spiel.«

»Wie soll ich das machen? Rudzak sorgt doch dafür, dass keiner von uns sie vergisst.«

»Hör zu.« Er sah ihr gerade in die Augen. »Ich bin nicht mehr der Mensch, der Chen Li geheiratet hat, aber ich bin dankbar für das, was sie mir gegeben hat.«

»Ich weiß das. Du und sie, ihr wart ...«

»Verdammt noch mal, hör auf. Du verstehst überhaupt nichts. Ich liebe dich. Ich will mein Leben mit dir verbringen. Ich habe nie zuvor für einen Menschen so empfunden und ich werde nicht zulassen, dass dir was zustößt.« Er küsste sie heftig. »Und ich werde dich beschützen, ob du willst oder nicht. Du gehst raus, wenn das Sicherheitsteam geht.«

Wie betäubt sah sie zu, als er davonging.

»Kommt gar nicht in Frage«, rief sie ihm nach. »Rudzak will, dass ich bleibe. Wenn ich gehe, kommt er vielleicht nicht.«

Er ging aus der Tür, ohne sich umzusehen.

»Wohin ...« Sie rannte hinter ihm her, Monty auf den Fersen, aber Logan war schon um die Ecke verschwunden.

Sie hatte nicht die Absicht, Dodsworth zu verlassen, aber zum Streiten war jetzt keine Zeit. Es galt, die Belegschaft aus dem Gebäude zu evakuieren.

»Komm, Monty. An die Arbeit.« Monty folgte ihr in das Labor im Erdgeschoss, in dem Kevin Janus arbeitete.

Sie war zunehmend beunruhigt. Die ganze Situation war wie ein Puzzle, zu dessen Vollendung die wichtigsten Stücke fehlten. Es würde nicht so passieren, wie sie es erwarteten. Es roch komisch.

Du klingst wie Monty.

Folge deinem Instinkt.

Sie hatte keine andere Wahl. Sie hatte nicht die Zeit, sich auf etwas anderes als ihren Instinkt zu verlassen.

Also gut, stell deine Besorgnis auf kleine Flamme. Versuch den Kegel zu finden und dann such die Quelle.

Ehe es zu spät ist.

22:35 Uhr

Das Gebäude leerte sich. Der Parkplatz war fast verlassen.

»Warum haben Sie die gewarnt?«, sagte Duggan zu Rudzak, der neben ihm im Wagen saß. »Sie laufen davon wie verängstigte Mäuse.«

»Und Ihnen wäre es lieber, die Mäuse säßen in der Falle.« Rudzak ließ das Fernglas sinken. »Ich bin willens, ein paar unwichtige Leute davonkommen zu lassen. Die entscheidenden Mäuse sind noch drin, Duggan. Wo haben Sie die Ladung angebracht?«

»Wo Sie sie haben wollten. Im Kellerlabor. Der Abwassertunnel war genau da, wo er laut Plan sein sollte. Die ganze Sache war in fünfzehn Minuten erledigt. Aber Sie hätten mich einen Zeitzünder einbauen lassen sollen. Das wäre sehr viel sicherer.«

»Ich will nicht, dass es sicher ist. Ich will dabei sein und sein Gesicht sehen, wenn ich ihm sage, was auf ihn zukommt.« Er lächelte. »Das verstehen Sie doch. Auch Sie genießen es, die Hand am Drücker zu haben.«

»Nicht, wenn ich auf einem Haufen Sprengstoff sitze.«

»Aber Sie haben doch gesagt, dass ich durch den Abwassertunnel problemlos entkommen kann. Sie haben rein und wieder raus nur fünfzehn Minuten gebraucht, richtig?«

Duggan nickte.

»Und der Schalter ist im Kofferraum? Holen Sie ihn mir bitte, Duggan.«

»Gern.« Duggan stieg aus dem Wagen, kam zurück und reichte Rudzak den Schalter. »Ich habe ihn nicht allzu empfindlich eingestellt. Wir wollen ja nicht, dass Sie sich aus Versehen selbst in die Luft sprengen.«

»Ich danke Ihnen für Ihre Sorgfalt, Duggan.« Gemächlich stieg Rudzak aus. »Aber ich möchte wirklich nicht, dass Sie sich meinetwegen noch mehr Sorgen machen.«

Rudzak schoss Duggan eine Kugel in den Kopf.

23:10 Uhr

Dunkelheit.

Alle Muskeln gespannt, blieb Logan in der Tür stehen. Er wusste, was ihn in dieser Dunkelheit erwartete.

Sobald seine Augen sich an die Schwärze gewöhnt haben würden, würde er Rudzak sehen. Er konnte die Wellen des Hasses, die ihm aus der Tiefe dieses Raums entgegenbrandeten, fast spüren.

Doch die Bedrohung kam nicht aus der Dunkelheit, sie kam von hinten.

»Vorwärts.« Der Lauf einer Pistole wurde ihm in den Rücken gedrückt. »Vorwärts, Logan.«

23:45 Uhr

Vier Laboratorien geräumt. Noch drei übrig.

Sarah und Monty eilten den Gang entlang.

Galens Leute hatte die sieben Wissenschaftler, die im Labor im zweiten Stock gearbeitet hatten, bereits evakuiert, als Sarah und Monty dort ankamen. Blieben also noch Hilda Rucker und Ron Bassett auf der dritten Etage. Sie begegnete Hilda Rucker auf der Treppe. Die grauhaarige Frau trug einen Karton voller Akten. »Ich weiß, ich soll machen, dass ich wegkomme. In zwei Minuten bin ich draußen.«

»Und Sie haben Zeit verloren, um diese Akten mitzunehmen?«

»Glauben Sie, ich will mit ansehen müssen, wie meine Arbeit in die Luft gesprengt wird?«

Logan hatte Recht. Diesen Leuten lag das Projekt genauso am Herzen wie ihm. »Wo ist Bassett?«

»Auf dem Weg. Er kam gerade ins Labor zurück und ich habe ihm von der Evakuierung erzählt. Er schmiss Disketten in seine Aktentasche, als ich rausging.«

»Und wahrscheinlich auch Akten in einen Karton wie Sie, ich werde ihm mal Beine machen. Es ist höchste Zeit.« Sie rannte die Treppe hinauf.

Sie würde Bassett rausholen und …

Bassett rausholen.

Bassett beschützen.

Sie blieb stehen.

Jesus.

Als sie weiterging, klingelte ihr Handy.

»Machen Sie, dass Sie da rauskommen, Sarah«, sagte Galen.

»Verdammt, Galen. Sie und Logan wussten Bescheid, stimmt's?«

Schweigen, und dann: »Machen Sie, dass Sie da rauskommen, Sarah.«

»Den Teufel werde ich tun.« Sie beendete die Verbindung und rannte, zwei Stufen auf einmal nehmend, die Treppe hinauf, Monty hinter ihr drein.

Bassett beschützen.

Bassett in Sicherheit bringen.

»Bassett!«

Er kam aus dem Labor, seine Aktentasche in der Hand. »Sarah, ich wollte Sie gerade anrufen. Ich habe mit Logan gesprochen und er will, dass Sie mit mir ...« Er hielt inne, als er ihren Gesichtsausdruck sah. »Ich verstehe. Es wird nicht so leicht sein, wie ich dachte, was? Sie sind eine sehr scharfsinnige Frau. Ich fürchtete schon, dass Sie dahinterkommen würden. Zu schade, dass ...«

»Sie sind der Judas, richtig? Rudzak hatte Sie von Anfang an unter Kontrolle. Er wollte, dass wir Sie retten. Er wollte, dass wir Sie aus Santo Camaro befreien, damit er Sie benutzen konnte, um den Anschlag auf Dodsworth vorzubereiten.«

Und auf Logan. Ein Anschlag auf Logan. Ihr Herzschlag setzte aus. »Wo ist Logan? Sie waren es, der ihn angerufen hat, nicht wahr?«

Er nickte. »Ich habe ihm gesagt, ich hätte eine Drohung von Rudzak erhalten, und bat ihn, mich im Labor im Keller zu treffen. Natürlich ist er gekommen.« Er lächelte. »Wir alle wissen, dass Rudzak es auf mich abgesehen hatte.« Er zog eine Pistole aus der Tasche seines Jacketts. »Aber Rudzak will auch Sie, also werde ich ihm den Gefallen tun müssen.«

»Wie viel hat er Ihnen gezahlt?«

»Mehr als Castleton. Obwohl Castleton mich angeworben hat. Ich habe es verdient. Rudzak wurde plötzlich ungeduldig, also lieferte er mir einen Vorwand, Phoenix sofort zu verlassen. Das Aas hat mir nicht gesagt, dass er auch auf mich schießen würde.« Er winkte mit der Waffe. »Wir sollten uns auf den Weg machen. Rudzak will dieses Gebäude zwar nicht ohne Sie in die Luft jagen, aber vielleicht wird er ungeduldig, und dann möchte ich nicht in der Nähe sein.«

Sie rührte sich nicht vom Fleck.

»Soll ich Ihren Hund erschießen?«

»Nein.« Sie begann, die Treppe herunterzugehen. »Wenn ich freiwillig mit Ihnen gehe, kann ich dann Monty zu Galen schicken?«

»Haben Sie Angst, dass er mit in die Luft gejagt wird?«

»Es gibt keinen Grund, ihm wehzutun.« Sie blieb stehen und drehte sich nach Bassett um. »Lassen Sie ihn laufen.«

Er zuckte die Achseln. »Meinetwegen. Ich habe sowieso keine Lust, mich mit ihm abzugeben. Schicken Sie ihn weg.«

»Monty! Lauf zu ...« Sie stürzte sich treppauf und griff nach Bassetts Hand, die die Waffe hielt.

»Monty!«

Monty biss Bassett ins Handgelenk, während Sarah die verbundene Hand packte und die Finger zurückbog.

Er schrie vor Schmerzen und ließ die Waffe fallen. Sie hob sie auf und schlug ihm mit dem Kolben ins Gesicht. Blut strömte aus der geplatzten Lippe. »Bastard.« Sie schlug noch einmal mit der Waffe zu. »Hurensohn.«

Er krümmte sich vor Schmerzen.

»Sarah!«

Sie sah Galen auf sich zurennen, und befahl Monty loszulassen.

Widerstrebend ließ Monty Bassetts Handgelenk los.

»Entschuldigung.« Galen stellte sich vor sie hin und verpasste Bassett einen Handkantenschlag gegen die Halsschlagader. »Wir wollen ja nicht, dass er uns noch mal in die Quere kommt. Gott, war das ein Hochgenuss.« Er blickte auf Monty hinab. »Hätte ich nicht für möglich gehalten, dass dieses Kuscheltier so bösartig werden kann.«

»Er mag es nicht, wenn man mich mit Schusswaffen bedroht.«

»Da hätte ich mir ja nicht so große Sorgen machen müssen, als ich Hilda Rucker am Haupteingang traf und sie mir sagte, dass Sie zu Bassett unterwegs waren. Sie und Monty scheinen ja alles unter Kontrolle zu haben.«

»Nichts ist unter Kontrolle.« Sie begann, die Stufen hinabzulaufen. »Logan ist im Labor im Keller. Wenn Sie das nicht schon wussten.«

»Ich wusste es.«

»Und Sie und Logan wussten über Bassett Bescheid?«

»Nicht sofort. Wir hatten nur einen Verdacht. Aber der wurde bestätigt, als wir erfuhren, dass die Anrufe bei seiner Frau zu einem anderen Anschluss weitergeleitet wurden.«

»Deshalb waren Sie so sicher, dass Rudzak hier zuschlagen würde, unbeschadet der aufwändigen Sicherheitsvorkehrungen. Hier hatte er jemanden, der ihn mit Informationen über Sicherheitsprüfungen versorgte und ihm alle Türen öffnete.«

»Ja, das hat Sie misstrauisch gemacht, stimmt's? Ich wusste, das es Sie störte.«

»Warum zum Teufel hat mir niemand was davon gesagt?«

»Sarah, Sie können vieles, aber verstellen können Sie sich nicht. Sie wären nie imstande gewesen, Bassett in die

Augen zu sehen und so zu tun, als wüssten Sie von nichts.«

»Und Logan ist da unten allein mit Rudzak?«

»Sie dürfen da nicht runtergehen, Sarah. Das ist genau das, was Rudzak will.«

»Und ob ich da runtergehe.«

Galen legte ihr die Hand auf die Schulter. »Ich habe Logan versprochen, dass ich Sie hier rausschaffe.«

»Dann haben Sie eben gelogen, denn ich werde nicht …« Dunkelheit.

00:05 Uhr

»Du bist so friedlich, Logan«, sagte Rudzak. »Ich frage mich, warum.«

»Es könnte an der Waffe liegen, die du in der Hand hältst.«

»Allerdings, das könnte zur Beruhigung beitragen. Und dann sind dir ja auch noch Hände und Füße gefesselt und du liegst am Boden wie ein Stück Schlachtvieh.«

»Es könnte aber auch daran liegen, dass es hier von Sicherheitsleuten wimmelt und dass gleich einer hier hereinplatzen und dich abschlachten wird.« Logan lächelte. »Was ich mir mit dem größten Vergnügen ausmale.«

»Ich würde dich vorher töten.« Rudzak erwiderte sein Lächeln. »Aber das wird nicht passieren. Ich habe dies zu gut geplant. Wir warten nur noch auf deine Sarah, dann geht es los. Ich hoffe, dass die Explosion euch nicht auf der Stelle tötet, aber vermutlich wird das geschehen. Wenn ihr nicht sofort tot seid, werdet ihr zermalmt. Ich habe Duggan angewiesen, die Sprengladungen oben auf diesen Säulen anzubringen. Die Träger, die diesen Teil des Gebäudes tragen, werden umkippen wie Dominosteine.«

»Noch eine Huldigung an Chen Li.«

»Die letzte.«

»Nein, nicht die letzte. Du wirst geschnappt werden und wieder im Gefängnis landen. Und dort wirst du sterben.«

Rudzak schüttelte den Kopf. »Ich werde hier auf dem gleichen Weg verschwinden, wie ich reingekommen bin. Durch eine Falltür, die zu einem Abwassertunnel unter dem Gebäude führt. Und auf einem kleinen Flugplatz vor der Stadt wartet ein Flugzeug auf mich. Ich werde auf und davon sein, ehe sich jemand die Mühe macht, nach mir zu suchen. Alle werden viel zu beschäftigt damit sein, eure Leichen aus den Trümmern zu bergen.«

»Verlass dich darauf nicht. Galen ist schlau und er ist mein Freund.«

»Ich war sehr versucht, Galen in meine Pläne einzubeziehen, aber das war nicht praktikabel. Vielleicht habe ich später noch mal die Gelegenheit.« Er sah auf die Uhr. »Bassett lässt sich Zeit.«

»Vielleicht hat er sich in die Karten sehen lassen. Sarah ist nicht dumm.«

»Nein, aber Bassett sagt, sie mag ihn, und es fällt einem schwer, jemanden zu verdächtigen, den man mag.« Er lächelte wieder. »Du hast Bassett doch auch gemocht, nicht wahr?«

»Er wäre doch längst hier, wenn nicht etwas schief gelaufen wäre. Galen hatte den Befehl, das Gebäude zu räumen. Er sollte das ganze Personal einschließlich Bassett herausbringen. Wenn Bassett sich geweigert hätte, seinen Anweisungen zu folgen, hätte er sofort Verdacht geschöpft. Galen ist nicht wie Sarah, er verdächtigt jeden.«

Rudzak runzelte die Stirn. »Du willst mich nervös machen. Willst du deine letzten Augenblicke darauf verwenden, diese Frau zu retten?«

Logan antwortete nicht.

»Anscheinend. Du warst schon immer ein sentimentaler Idiot.« Seine Stirn war wieder heiter. »Ich warte noch. Es wird sich lohnen.«

»Gut.« Ihn in die Ecke drängen, ihn verunsichern, beunruhigen. Und hoffen, dass es Galen gelungen war, Sarah aus dem Institut herauszubringen. »Jede Minute, die du hier bleibst, wird es Galen leichter machen, dich zu fangen.«

Rudzak zögerte, dann schüttelte er den Kopf. »Wir werden warten.«

Fünf Minuten.

Zehn Minuten.

Logan starrte ihn an. Warum hatte er keine Angst? Rudzak hatte gewollt, dass er sich fürchtete. Würde er im letzten Augenblick Angst bekommen?

Und wo war Bassett?

»Er kommt nicht.« Logan hatte seinen Gesichtsaudruck gelesen. »Aber Galen wird kommen. Er wird sich schon fragen, wo ich bleibe.«

Rudzak traf eine Entscheidung. »Ich brauche Sarah Patrick nicht. Die kann ich mir später immer noch holen.«

Er ging hinüber zu Logan. »Und ich kriege sie, Logan. Denk daran, wenn diese Säulen über dir zusammenbrechen.«

Er öffnete seine Reisetasche. »Ich habe ein Geschenk für dich. Eigentlich sollte der Spiegel mein letztes Geschenk sein, aber ich habe es mir anders überlegt. Ich bin zu dem Schluss gekommen, dass hier die letzte Ruhestätte all meiner Geschenke an Chen Li sein soll.«

Er zog einen großen Teakholzkasten aus der Tasche.

»Also habe ich die restlichen sechs Kostbarkeiten, die sie von mir erhalten hat, in diesen Kasten gelegt, und noch eine andere Kleinigkeit dazu.« Er hob den Deckel und zeigte Logan die vier Stangen Dynamit, die neben den Kunstgegenständen in dem Kasten lagen.

Logan sagte: »Entschuldige die Frage, aber warum doppelt und dreifach?«

Ah, endlich eine Reaktion. Logan versuchte, es zu verbergen, aber er kriegte es doch mit der Angst zu tun.

»Vom Abwassertunnel aus werde ich die Ladungen zünden, die Duggan hier angebracht hat. Aber ich finde das doch ein wenig phantasielos. Also möchte ich, dass du zusehen kannst, wie diese Zündschnur herunterbrennt und das Ende näher und näher kommt.« Er stellte den Kasten neben die Logan am nächsten stehende Säule und wickelte die Zündschnur ab, während er durch das Labor zur Tür ging. Dort bückte er sich, um die Zündschnur anzuzünden. »Sie brennt langsam. Du kannst nicht wissen, welche Ladung als erste hochgeht, Duggans oder meine. Du hast ungefähr drei Minuten. Lieg da und zähl die Sekunden.« Er warf einen letzten Blick auf Logan. Logans Ausdruck war finster, aber zu Rudzaks bitterer Enttäuschung war keine Angst darin zu lesen. »Lebe wohl, Logan, du wirst sterben.«

»Wenn ich sterbe, wird Chen Li mich willkommen heißen. Ich habe getan, was ich konnte, um sie zu retten. Dich wird sie nicht willkommen heißen, Rudzak. Du hast sie ermordet. Sie wird dich hassen.«

»Du lügst. Ich habe sie erlöst.« Er warf die Tür zu und rannte die Treppe hinab. Wenige Augenblicke später war er im Abwassertunnel.

Scheiße.

Logan starrte auf die helle Glut der brennenden Zündschnur.

Denken. Keine Panik.

Keine Panik, wenn dieses verdammte Labor jede Minute über ihm zusammenbrechen konnte? Sein Herz schlug so schnell, dass es ihm aus der Brust zu springen schien.

Einen sicheren Ort suchen.

Er begann, über den Boden zu kriechen.

Rudzaks Schritte hallten von den Wänden wider, als er den Abwassertunnel entlanglief.

Was Logan gesagt hatte, war nicht die Wahrheit. Chen Li würde ihn niemals hassen. Es war Logan, nicht Chen Li, der alles, was zwischen Rudzak und ihr gewesen war, für hässlich und sonderbar hielt.

Noch zwei Minuten, dann konnte er auf den Knopf drücken. Logan würde sterben.

Und mit ihm die Erinnerung an die Nähe zwischen Logan und Chen Li. Dann würde Rudzak sich nur noch an Chen Li erinnern, wie sie gewesen war, ehe Logan in ihr Leben trat.

Er zog den Schalter aus der Tasche. Noch eine Minute, Chen Li.

Er rannte schneller.

Nur noch ein kleines Weilchen, Chen Li.

Bald, Liebste.

Bald ...

Sarah öffnete die Augen und sah über sich den schwarzen Himmel und Geäst. Sie lag im Gras, Montys Kopf war auf ihrem Arm.

Und Galen stand riesig über ihr und redete mit jemandem.

Er musste ihren Blick bemerkt haben, denn er sah zu ihr hinunter. »Tut mir Leid.« Sein Ton war angespannt. »Aber ich musste Sie da rausbringen.«

Sie erinnerte sich dunkel an seine Hand auf ihrer Schulter. Ein Einstich. »Sie haben mich betäubt …«

»Es war nur ein mildes Sedativ, anderenfalls wären Sie noch immer bewusstlos.«

»Haben Sie … Was ist mit Logan?« Sie setzte sich auf.

»Ich glaube, es ist alles in Ordnung.«

»Glauben Sie?« Sie sah sich um. Gras. Männer. Ein Abwasserrohr aus Beton. »Wo sind wir?«

»Draußen vor dem Institut.«

»Und Logan ist noch immer drin?«

»Es sind erst zehn Minuten.«

»Mit Rudzak.« Sie kam auf die Knie. »Warum sind Sie ihm nicht gefolgt?«

»Wir warten.«

»Warten?«

Er deutete auf das Abwasserrohr. »Auf diesem Wege ist Rudzak ins Gebäude gekommen.«

»Dann folgen Sie ihm, verdammt noch mal.«

»Logan hat uns befohlen, zu warten.«

»Was wollen Sie damit … Er wird in die Luft …«

Die Erde bebte unter ihr, bevor sie die Explosion hörte.

Das Abwasserrohr explodierte, ein Feuerball schleuderte Betonsplitter und Rauch.

»Nein!«

Sie sprang auf die Füße und rannte auf das Rohr zu. Galen packte sie, ehe sie dort war. »Sarah, es ist alles in Ordnung. Das war Logans Plan.«

Sie starrte ihn in ungläubigem Entsetzen an. »Er wollte in die Luft gesprengt werden? Sind Sie wahnsinnig?«

»Logan ist kein Selbstmörder. Nicht die Anlage ist gesprengt worden, nur das Abflussrohr. Wir wussten von den Sprengladungen im Keller und haben sie in das Rohr verlegt. Rudzak hat die Zündung ausgelöst, als er selbst in dem Rohr war.«

Hoffnung wallte in ihr auf. »Das Labor ist nicht explodiert?«

»Nein, nur der Abwassertunnel.«

»Sie wussten, dass Rudzak durch dieses Rohr kommen würde, und haben trotzdem nicht die Polizei gerufen?«

Galen schwieg einen Augenblick. »Logan wollte nicht, dass er gefasst und ins Gefängnis gesteckt würde. Er wollte seinen Tod. Er hat schon einmal den Fehler gemacht, ihn am Leben zu lassen. Er hatte nicht die Absicht, diesen Fehler zu wiederholen.«

»Und hat sich selbst als Köder präsentiert? Was ist, wenn Rudzak ihn getötet hat, bevor er das Labor verließ?«

»Logan glaubte nicht, dass er das vor ...«

»Und wenn er sich irrt?« Sie begann zu zittern. »Wer kann ahnen, was in diesem kranken Gehirn ...«

Eine zweite Explosion erschütterte die Erde.

Voller Entsetzen starrte Sarah auf das Gebäude. Der Rauch verzog sich und offenbarte, dass nicht nur das Abwasserrohr in die Luft gesprengt worden war. Sie flüsterte: »War das das Labor?«

Galen fluchte. Das war Antwort genug.

12:55 Uhr

Die Feuerwehrleute spritzten das Abwasserrohr aus, um es von Staub und giftigen Gasen zu reinigen. Sarah bohrte sich die Fingernägel in die Handflächen, während sie ihnen zusah.

»Ich weiß nicht, wie das passiert ist«, sagte Galen. »Meine Männer sind zuverlässig. Sie haben bestimmt keine Sprengladung in dem Labor übersehen.«

»Es ist aber passiert«, sagte sie. »Und Logan kann von Glück sagen, wenn er nicht unter einer Tonne Trümmer liegt. Wenn er noch lebt. Ich weiß nicht, wie man ihn da rausholen kann. Der Teil des Gebäudes ist vollständig eingestürzt.«

Monty drängte sich an ihre Beine und sah zu ihr auf.

Suchen?

Sie senkte die Hand und streichelte ihm den Kopf.

Suchen?

Ja, man soll die Hoffnung am Leben halten, selbst wenn man zu Tode geängstigt ist. Also hör auf, herumzustehen und zu zittern. Vielleicht gibt es einen Weg. Lieber Gott, sie hoffte, dass es einen gab. »Suchen.« Sie machte sich auf den Weg zur Einsatzzentrale der Feuerwehr, Monty folgte ihr.

»Wo wollen Sie hin?«, rief Galen.

»Meinen Job machen.«

Christus, war das dunkel!

Monty kroch ihr voraus durch die Trümmer, die den Abwassertunnel verstopften. Sie konnte ihn kaum sehen, aber er kroch stetig voran. Er wusste, wohin er zu gehen hatte, er hatte die Witterung aufgenommen.

Aber das hieß nicht, dass Logan noch am Leben war.

Denk nicht daran. Wenn sie dieses Rohr erst hinter sich hatten, würden sie Logan finden und er würde am Leben sein. Wiederholen wie ein Mantra.

Er ist lebendig.

Er ist lebendig.

Er ist lebendig.

Sie konnte kaum atmen.

Sie blickte auf den Monitor, den sie am Hals trug. Keine giftigen Gase. Es musste der Betonstaub sein. Und Angst. Mit den Ellenbogen in den Trümmern kroch sie langsam weiter.

»Alles in Ordnung, Sarah?« Das war Donner, der sich aus der Einsatzzentrale über Funk nach ihrem Befinden erkundigte.

Nein, es war nicht in Ordnung. Sie war in Todesängsten. Aber sie sagte: »Kein Problem. Es gibt hier mehr Luftblasen, als ich dachte. Und ich habe keine Schwachpunkte gefunden, die ich nicht abstützen konnte.«

»Das heißt nicht, dass es solche Schwachpunkte nicht gibt. Sarah, Sie sollten da rauskommen und uns machen lassen.«

Unmöglich, wusste sie doch, dass die Feuerwehrleute Vorsichtsmaßregeln treffen mussten, die eine Menge Zeit kosten würden. Logans Zeit. »Kein Problem«, wiederholte sie.

Monty winselte leise.

Sie kannte diesen Laut. O Gott, er hatte etwas gefunden. Und es war nicht lebendig.

»Ich kann jetzt nicht weiterreden, Donner, ich höre Monty ...«

Sie kroch weiter, bis sie Monty still vor sich stehen sah.

Er stand neben einem Körper, der unter Betonplatten zermalmt lag.

Tot.

Bitte, Jesus. Mach, dass Monty sich irrt!

Mach, dass in Logan noch ein Funken Leben ist, so dass sie ihn retten konnte.

Sie kroch näher.

Blut. Sie kroch durch Blut.

»Ganz ruhig, mein Junge. Rück mal ein bisschen rüber. Ich muss ihm helfen.«

Monty winselte und rückte beiseite.

Ihre Taschenlampe durchschnitt die Finsternis und ihr zog sich der Magen zusammen. Blut. So viel Blut.

Der Kopf lag in einer Blutlache.

O Gott, nicht Logan!

Rudzak.

Augen weit geöffnet, Blut in dem weißen Haar, auf dem Gesicht und am Hals.

Tot.

Nicht Logan.

Die Erleichterung war so groß, dass ihr schwindelig wurde.

»Such, Monty.«

Er sah sie verwirrt an. Dann ging er weiter.

Fünf Minuten.

Zehn Minuten.

Dunkelheit.

Staub.

Monty bellte.

»Logan!«

Keine Antwort.

Aber sie konnte Monty dort hinten sehen und sein Bellen hatte einen gewissen Eifer ausgedrückt.

»Logan! Antworte mir!«

»Sarah, was zum Teufel machst du hier unten?«

Sie fiel fast in Ohnmacht. Sie musste einen Augenblick lang die Augen schließen, ehe sie sprechen konnte.

»Was glaubst du, was ich hier mache? Ich rette dich.«

»Dann geh raus und sag Galen, er soll mich ausbuddeln.«

»Hör auf, mich herumzukommandieren. Wo bist du? Ich kann dich nicht sehen.«

»Ich kann dich auch nicht sehen. Ich bin hinter einer der eingestürzten Säulen im Labor.«

»Wie viele sind zusammengebrochen?«

»Zwei. Eine hält noch.«

Sie kroch in die Richtung, aus der die Stimme kam.

»Hier ist der Durchgang blockiert.«

»Sagte ich doch.«

»Aber ich glaube, ich komme dran vorbei.«

»Bleib, wo du bist.«

»Halt den Mund. Bist du verletzt?«

»Ein paar Schnittwunden und Abschürfungen.«

»Da hast du mehr Glück gehabt, als du verdienst.« Sie zwängte sich an den Trümmern vorbei. Monty versuchte eifrig winselnd, ihr zu folgen. »Nein, Junge, du hast ihn gefunden. Guter Junge. Jetzt geh und sag Galen und Donner Bescheid.«

»Geh du und sag Galen Bescheid«, sagte Logan zu ihr.

»Geh, Monty.«

Monty sah sie zweifelnd an.

»Geh.«

Er drehte sich um und begann, durch den Tunnel zurückzukriechen. In ihr Sprechfunkgerät sagte sie: »Ich habe Logan gefunden. Ich glaube, es geht ihm gut. Ich habe Monty geschickt, damit er euch den Weg zeigt.« Sie schaltete ihr Funkgerät ab und richtete den Schein ihrer Taschenlampe auf Logan. »Also, wo sind nun deine Schnittwunden und Abschürfungen? Du Lügner!« Sie kroch näher an ihn heran. »Ist er gebrochen?«

»Ich vermute.«

»Sonst noch was?«

»Reicht das nicht?«

»Doch.« Ihre Hand zitterte, als sie ihr Erste-Hilfe-Päckchen auspackte und sich den Arm näher ansah. Dann schnitt sie ihm die Fesseln auf. »Scheint ein einfacher Bruch zu sein. Das überrascht mich, wo du doch sonst alles nur kompliziert machst.«

»Da fass dir mal bitte an die eigene Nase.«

»Es hätte auch dein idiotischer Kopf sein können.«

»Darauf bin ich auch schon gekommen. Ich habe nicht damit gerechnet, dass Rudzak mir ein Überraschungspaket hier lassen würde. Ich dachte, ich hätte alles unter Kontrolle. Ich hatte die Gebäudepläne ändern lassen, ehe er sie stahl, so dass sich ihm dieses Kellerlabor als bestes Ziel empfehlen musste. Ich wusste, er würde ...«

»Halt den Mund und beiß die Zähne zusammen.«

Sie schiente den Arm und verband ihn. »Okay, fertig.«

»Ich bin ... sehr froh.«

»Ich auch.« Sie saß da und sah ihn an. »Aber ich breche dir den anderen Arm, wenn du mir noch einmal etwas verschweigst.«

»Es war nötig.«

»Quatsch. Selbst wenn mit der zweiten Ladung nicht zu rechnen war, bei der Explosion dieses Rohrs hätte alles Mögliche ...

»Ich konnte ihn nicht am Leben lassen. Nicht nach Kai Chi. Ich hoffe nur, dass ich ihn erwischt habe.«

»Hast du. Monty fand ihn auf dem Weg hierher.«

»Gott sei Dank.«

»Ich dachte, er hätte dich gefunden. Ich dachte, du wärst tot.« Sie legte sich neben ihn, ohne ihn zu berühren. »Ich will nicht, dass du mir noch einmal solche Angst machst.«

»Ich glaube, man kann in diesem Fall von außergewöhnlichen Umständen sprechen.«

»Mir ist egal, wovon man sprechen kann. Ich will so was nicht noch mal erleben. Ich will dich nicht verletzt oder tot sehen.«

»Geht mir genauso.«

»Dann solltest du besser auf dich aufpassen. Du kannst nicht erwarten, dass Monty und ich dich jedes Mal raushauen, wenn du in der Tinte sitzt.«

»Ich werd's mir merken.«

»Denn wir werden es tun müssen. Wir haben keine Wahl.«

»Warum nicht?«

Sie schwieg einen Augenblick. »Weil wir ... dich lieben.«

Er erstarrte. »Tut ihr?«

»Nicht, dass du es verdient hättest. Aber das spielt wohl keine Rolle. Wir sind einfach an dir kleben geblieben.«

»Mein Gott, wie romantisch du sein kannst. Ich frage mich nur, ob ich das eher Monty oder eher dir ...«

»Mir hast du das zu verdanken. Monty hat mehr Verstand.« Sie befeuchtete ihre Lippen. »Und es ist mir egal, wie viele Frauen du in der Vergangenheit schon gehabt hast, denn ich werde die beste sein und die letzte. Wir passen zusammen. Wir könnten eine großartige Ehe führen. Ich werde daran arbeiten und dafür sorgen, dass du daran arbeitest, bis wir etwas ganz Besonderes daraus gemacht haben.«

»Hältst du um meine Hand an?«

»Nein, ich sage dir, dass du mich heiraten sollst, weil du niemanden finden wirst, der besser zu dir passt, und weil ich dich für die nächsten hundert Jahre sowieso nicht mehr loslassen werde.«

»Du brauchst das gar nicht so streitlustig vorzutragen.« Er räusperte sich. »Die erste Zuneigungserklärung habe doch wohl ich abgegeben. Ich wünschte nur, du hättest dir für deine Erwiderung nicht ausgerechnet dieses unterirdische Loch ausgesucht.«

»Ich musste es loswerden.«

»Könntest du jetzt bitte meine Hand halten?«

»Nein. Es könnte dir wehtun. Du hast dir den Arm gebrochen.«

»Ich werde es aushalten.«

Sie streckte die Hand aus und verschränkte behutsam ihre Finger mit seinen. Sie flüsterte: »Ich liebe dich, Logan. Ich hätte nie gedacht, dass ich jemanden so lieben könnte. Ich hoffe, du weißt, dass das nicht aufhören wird.«

»Ich werde mich damit abfinden müssen.« Er legte den Kopf auf ihre Schulter und sein Gewicht fühlte sich warm an und solide und wunderbar richtig. »Aber eine Sache hätte ich gern noch gewusst. Eine Sache von überragender Bedeutung.«

»Was?«

»Liebst du mich so sehr wie deinen Hund?«

Epilog

SIE HÖRTEN DEN WOLF heulen, sobald sie aus dem Jeep gestiegen waren.

»Gott sei Dank.« Eve hatte die Haustür aufgerissen und blickte ihnen entgegen, als sei sie wirklich am Ende ihrer Geduld. »Ich will in meinem ganzen Leben nie wieder eine Wölfin heulen hören, und einen Wolf auch nicht. Ich erwäge sogar, mein Abonnement des *National Geographic* zu kündigen. Ich war versucht, dem Tier ein Schlafmittel zu geben, damit wir mal zur Ruhe kommen.«

»Tut mir Leid.« Sarah blickte schuldbewusst drein. »Jetzt übernehmen wir wieder. Wo sind Joe und Jane?«

»Draußen, spazieren. Ich glaube, sie wollten nur von Maggie wegkommen.«

»War es so schlimm?«

»War es.« Eve sah Logan an. »Dieser Gipsverband an deinem Arm könnte dir hier noch zustatten kommen.«

Maggie heulte.

Monty bellte freudig und verschwand im Haus.

»Du solltest bei diesem Wiedersehen lieber dabei sein«, sagte Eve zu Sarah. »Sie hat sehr schlechte Laune. Sie könnte ihm die Kehle aufschlitzen.«

»Ich glaube, da können wir ganz beruhigt sein«, sagte Sarah. »Normalerweise lässt sie ihn an sich heran. Aber sehen wir mal nach.«

»Was wirst du mit ihr machen?«

»Das ist eine gute Frage«, sagte Logan. »Glaubst du, dass es ihr in Kalifornien gefallen könnte?«

»Nein.« Sarah runzelte die Brauen. »Es ist verboten, sie über die Staatsgrenze zu bringen.«

»Ich glaube garantieren zu können, dass man für uns die Bestimmungen lockern würde.«

»Aber was hätte sie davon? Was soll sie in Hollywood? Hier hat sie's besser.«

»Willst du riskieren, dass sie von deinen Freunden, den Ranchern, umgelegt wird?«

»Nein, das natürlich nicht. Es ist nur, dass Monty ...«

»Ich weiß«, sagte Logan. »Er hat ein Problem.« Er neigte den Kopf. »Was ist das?«

Auch Sarah hörte diesen Laut, eine seltsame Mischung zwischen Grollen und Trillern.

»Monty?« Nein, das war nicht Monty. Sie ging schnell auf die hintere Veranda. »Was ist ...«

Monty lag auf dem Rücken, die Beine in die Luft gestreckt. Er jaulte vor Wonne.

Maggie gab ein verärgertes Grollen von sich, fuhr jedoch fort, Monty das Gesicht zu lecken.

»Ich würde sagen, die Trennung hat die beiden über ihre wahren Gefühle belehrt«, murmelte Logan. »Wenn du also Monty nicht mit ihr durch die Wälder streifen lassen willst, müssen wir uns wohl eine häuslichere Lösung für dieses Beziehungsproblem einfallen lassen. Ich sehe schon eine zweite Generation am Horizont.«

»Viel Glück«, sagte Eve. »Ihr werdet's brauchen,«

»Um das Glück mache ich mir keine Sorgen.« Sarahs Blick wanderte von Maggie und Monty zu Logan, dem sie in die Augen lächelte. »Wenn wir keins haben, machen wir es uns. Nicht wahr, Logan?«

»Ich verweigere die Aussage. Du hast mir schon des Öfteren Manipulation vorgeworfen und ich hatte Mühe genug, dich zu überreden, dass der Versuch mit mir sich lohnen könnte. Wenn ich jetzt deinen Verdacht errege, wirst du womöglich mit deinem Hund in die Berge entfliehen.«

»Und was würdest du dann machen?«

»Hinter euch her. Maggie und ich würden euch aufspüren. Wir wissen beide, was wir wollen, und wir geben nicht auf. Du hast mir ja mal erzahlt, dass Maggie sich für ihr ganzes Leben bindet.«

»Und wie hältst du es?«

Er lächelte. »Lass es drauf ankommen.«

Die attraktive Sarah Jensen, der Shooting-Star der Londoner Finanzwelt, nimmt einen gefährlichen Undercoverauftrag des Geheimdienstes an: Als Devisenhändlerin wird sie in eine Bank eingeschleust, die im Verdacht steht, in illegale Machenschaften verwickelt zu sein. Tatsächlich stößt sie bald auf Unstimmigkeiten, die auf Mafia-Kontakte schließen lassen. Und dann ist da auch noch ihr neuer Vorgesetzter, der undurchsichtige Dante Scarpirato, dessen Interesse an Sarah nicht nur mit ihren Erfolgen im Börsengeschäft zusammenhängt ...

Der berühmteste Thriller der Bestseller-Autorin

Linda Davies

Das Schlangennest
Roman

Econ | ULLSTEIN | List

B147

Dr. Jessie Copeland ist ein Genie. Sie hat einen Miniroboter entwickelt, der Hirntumore operieren kann, aber Jessie ist auch in Gefahr: Ein brutaler Terrorist, der an einem inoperablen Hirntumor leidet, weiß von ihrer Erfindung und will sie zwingen, ihn zu heilen. Er erpresst Jessie, ihn zu operieren. Und sie weiß: Sollte sie versagen, müssen Tausende von unschuldigen Menschen sterben ...

»Eine überaus spannende Story um Gier und einen medizinischen Amoklauf.«
CHICAGO TRIBUNE

Michael Palmer

Der Patient
Roman

Econ | ULLSTEIN | List

B 139

Der Tod kommt aus der Tiefe. Er kommt laut- und geruchlos. Er kommt plötzlich. Und er vernichtet alles, was in seine unsichtbaren Fänge gerät.

Alarmstufe Rot in Seattle. Mehrere Menschen, darunter ein Indianerkind, sind qualvoll gestorben, nur weil sie mit Meerwasser in Berührung gerieten. Man sucht fieberhaft nach dem Grund für den grässlichen »Tod aus der Tiefe«. Allen voran Meeresbiologe Brock Garner, dessen bester Freund dem mysteriösen Killer zum Opfer fiel. Eng an seiner Seite: Dr. Ellie Bridges, in deren Armen ein Mädchen starb. Aber wonach sollen die Forscher suchen? Nach einem Virus? Oder handelt es sich um die Folgen einer vertuschten Umweltkatastrophe? Was weiß Garners Exfrau Carol, die Spezialistin für den Gesang der Wale? Ist sie wirklich auf der Seite des Teams?

James Powlik

Tod aus der Tiefe

Roman

Oder verschweigt sie etwas, um ihren Vater, einen früheren Sicherheitsberater des Verteidigungsministeriums, zu schützen?

Econ | Ullstein | List

B 135